AF281472

Auf befohlenem Kurs

Amüsantes aus der Marine

Tomas Dürigen

Impressum:

Bibliografische Information der Deutschen Nationalbibliothek: Die Deutsche Nationalbibliothek verzeichnet diese Publikation in der Deutschen Nationalbibliografie; detaillierte bibliografische Daten sind im Internet über dnb.dnb.de abrufbar.

Die automatisierte Analyse des Werkes, um daraus Informationen insbesondere über Muster, Trends und Korrelationen gemäß §44b UrhG („Text und Data Mining") zu gewinnen, ist untersagt.

2024 © Tomas Dürigen – alle Rechte vorbehalten.
Illustration - Lorenz Hübner

Verlag: BoD · Books on Demand GmbH, In de Tarpen 42, 22848 Norderstedt
Druck: Libri Plureos GmbH, Friedensallee 273, 22763 Hamburg

ISBN: 978-3-7693-1049-8

Indem du die Gegenwart gewahr wirst,
ist sie schon vorüber.
Das Bewusstsein des Genusses liegt immer in der
Erinnerung.

Karoline von Günderrode

Inhaltsverzeichnis:

8

Offizier „Rotlocke"

Norderwerft Hamburg

V. Kapitel

Auf befohlenem Kurs

Humorvolle Erzählungen über meine Erlebnisse bei der Bundesmarine, chronologisch aufgeführt, aus der Zeit von 1974 bis 1978.

Wahrschau!

In der Zeitung liest man in der Regel nur den interessanten Teil, drei Viertel des Blattes wird ungelesen weggeschmissen. Der flüchtige Leser findet hier die erste Gelegenheit, zu überspringen.

Ein **Vorwort** gibt es im Buch nicht, dient es in der Regel nur dazu, überblättert zu werden. In der Seefahrt wird der Begriff *„Wahrschau"* (Achtung, Vorsicht!), als Warnruf verstanden, abgeleitet bedeutet das Wort wahrnehmen. Genau diese Aufmerksamkeit möchte ich beim Leser erzielen, damit er genussvoll in das Reich des ehemaligen Bordlebens eintauchen kann.

Um die folgenden Schmunzelgeschichten besser verstehen zu können, werde ich vorab detaillierter auf die Situation an Bord eingehen.

Die Erzählweise erfolgt aus Sicht der Mannschaften mit einem guten Schuss **Ironie**. Die **Schlitzohrigkeit** gegenüber Vorgesetzten wird in den nachfolgenden Zeilen nicht verleugnet. Es wird **humorvoll** mit gesundem Augenmaß auf ihre charakteristischen Eigenarten eingegangen. Keiner soll sich auf den Schlips getreten fühlen, denn der Erzähler ist sich natürlich bewusst, dass es einfach ist, über die Schwächen anderer zu lachen, sich selbst aber außen vor und in Sicherheit zu lassen. Um niemanden persönlich zu brüskieren, bin ich in meinen wahren Geschichten auf fiktive Charaktere ausgewichen und betone es nochmals: Ebendiese Figuren hat es absolut nie gegeben!

Auf uns Mannschaften lastete, zu jener Zeit, ein gewaltiger Druck durch die Vorgesetzten. Das durchschnittliche Alter betrug 19 Jahre, somit waren wir allesamt nach dem Gesetz zumindest bis zum 01.01.1975 minderjährig.

Zusammengewürfelt kamen wir aus der gesamten einstmaligen Bundesrepublik. Auch wenn nicht darüber geredet wurde, mit den Gedanken schweiften wir oft ab, in die Heimat nach zu Hause. Meist zum ersten Mal lebten wir für eine längere Weile getrennt von ihr. Aufgrund der damaligen Wehrpflicht waren rund drei Viertel unfreiwillige Soldaten im Mannschaftsdeck. Die restliche Gruppe, zu der ich gehörte, bestand aus freiwilligen Zeitsoldaten. Hinzukam, dass wir aus allen Schichten der Gesellschaft und Berufsgruppen stammten.

Wir lebten auf engstem Raum mit circa 15 *Gasten* (offizielle Bezeichnung für sämtliche Mannschaftsdienstgrade) auf ungefähr 30 Quadratmetern Decksfläche zusammengepfercht. Zog man hiervon die Flächen der *Kojen* und Spinde ab, blieb grob geschätzt ein Quadratmeter pro Person über. Es existierte also kein artgerechtes Beisammensein, wie man heute zu sagen pflegt. Privatsphäre kannten wir nicht.

Druck, Enge und Heimweh bestimmten das Bordleben!
Aus jenem Mix entwickelte sich eine Spezies, deren Charakter sich einzigartig formte, wackere Seeleute, die ihren Mann zu stehen vermochten, wenn es nottat.

Der rationierte Alkohol, hauptsächlich Bier, ließ uns fast alles akzeptieren.

Nachdem ich mich dazu entschloss, dieses Buch zu schreiben, war mir noch nicht bewusst, welche Rolle in den Geschichten der Alkohol spielen würde. Natürlich hingen wir nicht jeden Tag „*in den Seilen*", denn es wurde streng darauf geachtet, dass wir den Dienst verrichteten. In jenen vier Jahren erkannte ich allerdings immer wieder Schlupflöcher, um der Routine zu entweichen.

Ich denke, dass es garantiert keinen Leser interessieren würde, wenn ich von Tagen berichte, an denen wir Halma im Deck spielten.

Trotzdem gebe ich dem kritischen Leser recht, der mir eine Verniedlichung und Verharmlosung des Alkohols in meinen Darstellungen vorwirft. Um die Erzählungen nicht zu verzerren, habe ich das Erlebte auf den nachfolgenden Seiten wahrheitsgetreu festgehalten und nicht geschönt. Es muss jedermann klar sein, dass Alkohol süchtig macht, ja sogar unweigerlich in den sozialen Abstieg führt.

Für die in *Kursivschrift* geschriebenen Redewendungen, Militärbegriffe und Seemannssprache findet der Interessierte am Ende im fünften Kapitel des Buches die jeweiligen Begriffserklärungen im Glossar! Ich empfehle, die Bedeutungserklärung vorab zu studieren. Damit sich im Vorhinein, der ein oder andere Begriff einprägen lässt, bevor man zu den Texten übergeht.

An dieser Stelle bedanke ich mich bei den vielen „ehren-amtlichen Helferlein", die mir ebendieses Buch ermöglich-ten. Besonders hervorheben möchte ich:

Für das Korrektorat Dr. Jörg Vogeler. Lorenz Hübner veran-schaulichte meine Gedanken durch seine genialen humor-vollen Illustrationen. Mein Sohn, Sebastian Alexander Dürigen, stand mir mit schriftstellerischem Gespür beiseite.

Tomas Dürigen

Dat wor ick mol.

Maritime Chronik des Autors

Als Kind faltete er sich im zarten Alter aus Papier eine Flotte Segelschiffchen.

Wasser zog ihn magisch an. Zum Leidwesen seiner Eltern gehörte jede Art von Pfützen und Ähnlichem dazu.

Mit zwanzig Jahren begann der Ernst des Lebens:

01.07.1974 – 30.09.1974   Seemannschaftslehrgruppe Borkum:
Grund- und Gastenausbildung.

01.10.1974 – 30.09.1975   **Schulschiff Deutschland A 59.**

01.10.1975 – 05.01.1976   Seemannschaftslehrgruppe Borkum:
Fachlehrgang 1 / bestanden.
MUS Lehrgang nicht teilgenommen!

06.01.1976 – 30.06.1978   **Troßschiff Lüneburg A 1411.**

Erworbene Kenntnisse:

Begeistert sog er die traditionellen Bräuche der Seeleute in sich auf und stellte fest: Bier *dunt* gewaltig!

Nebenbei erwarb der Verfasser die seemännischen Grundkenntnisse.

Richtschütze für: 100 mm Turm / 40 mm Breda Zwillingsgeschütz / 40 mm Borfors.

Als *Gefechtsrudergänger* fuhr er für zwei Wochen auf dem **Troßschiff Westerwald A 1435**.

In seiner gesamten Zeit ließ er 72 000 Seemeilen hinter sich und besuchte 16 ausländische Häfen, von denen manche mehrfach. Er blieb mangels Planstelle an Bord altgefahrener Obergefreiter.

Von Disziplinarstrafen blieb er verschont. Verwarnungen und Strafwachen sammelte er eifrig. Er musterte als Hauptgefreiter der Reserve nach vier Jahren ab.

Im Zivilleben geriet er mit einem drei Meter siebzig langen Sportboot bei hohem Wellengang vor Helgoland in Seenot. Ein Begleitboot rettete sein Leben.

Kajak- und Kanufahren blieben seine weitere Leidenschaft.

Seit dem Jahr 2023 besitzt er nach einem erfolgreichen Antrag das blecherne Veteranenabzeichen und weiß damit nichts anzufangen.

Die Entstehungsgeschichte,

erzählt von einem ahnungslosen Seemann.

Hier kann nun wirklich nichts dabei herauskommen.

Nun bin ich nicht besonders bibelfest, so möge man mir verzeihen, wenn ich hier ein paar Patzer hinterlassen werde.

Am Anfang war das Nichts und Gott sah, dass es nicht gut war. Deshalb schuf er die Zeit, denn es heißt: Am ersten Tag, Montag, schuf er den Weltraum mit unserem Heimatplaneten und weil dieser ihm besonders gut gelungen war, schuf er noch die Sonne, die den Planeten, welchen er Erde nannte, beleuchten sollte. Es wurde Licht und Gott sah, dass es gut war. Daraufhin schuf er die Luft und die irdischen Pole und Gott sah nun, dass sich die Erde beleuchtet um die eigene Achse drehte. Damit hatte er Tag und Nacht erschaffen.

Am zweiten Tag, Dienstag, schuf er das Wasser und weil es noch nicht ganz gut war, fügte er der Erde schließlich einen Mond hinzu, welcher fortan für den *Tidenhub* zuständig war. Und Gott sah, dass er Ebbe und Flut und die Strömung erschaffen hatte. Er toppte dies, indem er die Erdkugel mit Wind und Orkan belebte. Und weil er sich nicht alleine daran erfreuen wollte, schuf er am dritten Tag, Mittwoch, die vielen Wassergeschöpfe, wie zum Beispiel den Hering, die Makrele, den Aal und die Garnele (Granat, Kraut), um nur die Schmackhaftesten zu nennen. Und weil es gut war, schuf er nach seinem Ebenbilde den Menschen. Da ihm dies jedoch nicht gut gelang, setzte er am folgenden vierten Tag, Donnerstag, zur Krönung noch einen drauf und kreierte den Seemann und als er sah, wie perfekt er ihm gelungen war und er völlig erschöpft herniedersank, legte er eine Pause ein und nannte diese, *Seemannssonntag*.

Am fünften Tag, Freitag, erschuf er für die Seeleute die brillantesten Schiffe, nur beim *Troßschiff* Lüneburg musste er einen im Tee gehabt haben und dies muss ich wissen, denn das Schiff diente mir immerhin zweieinhalb Jahre als Heimat. Trotzdem sah Gott, dass es gut war. Der Grund, warum er die Meere so versalzen hatte, ist mir allerdings bis heute auf ganzer Linie schleierhaft. Zugegeben war es von ihm eine pfiffige Idee, als er den Nordpol magnetisierte. Jetzt konnten die Seeleute sich besser auf den scheinbar unendlichen Ozeanen mit dem Kompass orientieren. Auch die vielen unzähligen Häfen sind für den Seemann stets eine Wohltat und stellen für ihn ein kleines Paradies dar. Ebenso unsere gefiederten *Außenbordkameraden*, wie zum Beispiel die Möwen, möchte ich nicht unerwähnt lassen. Sie zeigten mit ihrer Anwesenheit dem Fahrensmann auf hoher See, dass in der Nähe Land sein musste, selbst wenn man es mit dem Fernglas nicht unbedingt erblickte.

Am sechsten Tag, Samstag, passierte es: Obwohl der Mensch nach dem Bildnis Gottes angefertigt wurde und jedes von uns Geschöpfen wusste, dass der Allgütige Single war, entnahm er trotzdem von uns Kreaturen eine Rippe und fertigte daraus eine Frauensperson. Weshalb er es tat, weiß ich nicht genau, glaube aber, er wollte uns ärgern, denn bis heute bleiben sie zumindest für mich unergründlich. Ich denke, ein männliches Leben wird niemals ausreichen, um die holde Weiblichkeit zu verstehen.

Am siebten Tag, Sonntag, ruhte der Schöpfer in der Hängematte und grinste geheimnisvoll und sah, dass alles gut war.

Mir ist bewusst, dass ich gerade mit den letzten Zeilen es mir bei einigen Leser/innen verscherze, deshalb beginne ich nun lieber mit dem *Klabautermann* im Nacken mit der eigentlichen, wahren Begebenheit.

I. Kapitel

Die Weichenstellung

Aller Anfang ist schwer. Hans Albers
würde sagen:
Beim ersten Mal da tut`s noch weh.

1972 bekam ich Post vom Kreiswehrersatzamt. Darin stand, dass ich mich kurz nach dem 18. Geburtstag dort einzufinden hätte. Zu der Zeit wurde man erst mit 21 Jahren volljährig. Die Wehrpflicht begann jedoch bereits mit Achtzehn. Mit zwingendem Aufruf erhielt ich die Einladung zum patriotischen Eignungstest, um danach die Militärpflicht als Minderjähriger ausüben zu dürfen, - nein, man wollte mich dazu zwingen. Nie war ich ein guter Schauspieler, um diesem Zwang ausweichen zu können. Deshalb absolvierte ich den Test ohne Anstrengungen erfolgreich. Aufgrund der körperlichen Fitness fand ich nun in den Unterlagen die Verwendung als Gebirgsjäger. Meinerseits konnte ich mir beim besten Willen nicht vorstellen, achtzehn Monate als Soldat in den Bergen herumzukraxeln. In erster Linie galten meine Wunschvorstellungen und die Interessen der Marine.

Eine Verhandlung vor Ort war nicht möglich. Mein Gesprächspartner empfahl, nochmals mit neuem Termin beim Kreiswehrersatzamt vorzusprechen. „Dort können Sie sich für zwei Jahre, also vierundzwanzig Monate, zur Marine verpflichten." Ich dachte kurz nach und kam zu dem

Schluss, dass es ein guter Vorschlag war. Ich würde dadurch einen höheren Sold bekommen, dafür musste ich allerdings auch ein halbes Jahr länger dienen.

„Herein", verlangte eine Stimme, nachdem ich an die Tür geklopft hatte, wo der Termin stattfinden sollte. Hinter der Tür verbarg sich nichts, was an die Bundeswehr erinnerte. Ein freundlicher, sympathischer Sachbearbeiter forderte mich auf, Platz zu nehmen. Vertrauensvoll schilderte ich ihm meine Belange. Top geschult hatte er viele Antworten auf die gestellten Fragen. Diese unterstrich er mit einer damals noch nicht alltäglichen Hochglanz-Broschüre, auf der ein Marineschiff mit untergehender Sonne zu sehen war.

Beeindruckt verließ ich die Stätte, die mein komplettes Leben in eine andere Richtung verlaufen lassen würde. Aufgrund der jugendlichen Naivität hatte ich einen Vierjahresvertrag in der Tasche. „Sie haben sich richtig entschieden", versicherte noch der liebenswürdige Mann.

1974: Im Anschluss der abgeschlossenen Lehre als Schaufenstergestalter fuhr ich knapp zwanzigjährig mit dem Zug nach Wilhelmshaven/ Ebkeriege. Hier ließ ich bei der Marine den zweitägigen Eignungs- und Verwendungstest über mich ergehen. Diesmal vom Ehrgeiz gepackt, strengte ich mich als Freiwilliger besonders an.

Zu jener Zeit wusste ich nicht viel von der Bundesmarine. So blieb mir zum Beispiel verborgen, dass ein Drittel der Marine-Angehörigen ein Landkommando innehatte. Wer eine technische Tätigkeit aufweisen konnte, ging in der Regel als Heizer „unter Tage." Mein Wissen und die Gedanken waren inspiriert von der Romantik der Seemannslieder. Mit dieser völlig falschen Vorstellung bestand ich die zweitägige Prüfung. Zumindest wurde mir in keinerlei Hinsicht bekannt, dass überhaupt jemand durchfiel.

Danach erfolgte das persönliche Gespräch. Im Grunde beschränkte es sich darauf, dass mein Gegenüber Fragen stellte, die er auf dem Formblatt entsprechend abhakte. Hellhörig wurde ich, als die Äußerung auftauchte, wie ich verwendet werden wollte. Ich murmelte kleinlaut irgendwas von Navigation. „Leider nichts frei", meinte er bestimmend. „In ihren Unterlagen steht unter Beruf Schaufensterdekorateur, dann haben sie bereits mit Farben zu tun gehabt?", hinterfragte er und ich bejahte. Ich muss vom Himmel her in dem seligen Moment ein helles Geläut gehört haben, denn es war ein neuer *Elfer*, eine *Seeziege* geboren.

Er klärte mich über Sinn und Zweck des Decksdienstes der Verwendungsreihe elf auf: „Sie werden in einem traditionsreichen Berufszweig tätig sein. Seit es die Seefahrt gibt, existiert der Beruf, und kein Schiff könnte ohne die Seemänner fahren." Dies gefiel mir. Ergänzend fügte er noch einen Leckerbissen hinzu: „Nach ihrer vierjährigen Verpflichtung haben Sie die Möglichkeit, für ihr weiteres ziviles Leben den Matrosenbrief bei der Handelsmarine in einem sechswöchigen Kurs zu erwerben. Völlig überzeugt und motiviert formte sich in mir als künftiges Ziel, anschließend bei der Christlichen den Matrosenbrief zu bestehen, um den seemännischen Dienst dort fortzusetzen.

Inspiriert durch die Lieder von Hans Albers und mit meinem Fernweh im Gepäck, fuhr ich für ein Vierteljahr mit der Fähre nach Borkum zur Grundausbildung.

Rotarsch

Keiner bezeichnet sich gerne als Rotarsch.
Hinterfragt man dieses Wort, bedeutet es nichts weiter wie
Anfänger oder Neuling.

Borkum Grundausbildung / Juli 1974.
Während der Überfahrt zur Insel fielen mir hauptsächlich Gleichaltrige an Bord des Fährschiffs auf. Eine angespannte Atmosphäre hatte sich zwischen uns breitgemacht. Manche saßen nachdenklich und bedrückt an Oberdeck mit ihrer Reisetasche oder einem Koffer neben sich auf dem Boden. Ein paar wenige unterhielten sich angeregt und mutmaßten, was sie erwarten würde. So vernahm ich eine Geräuschkulisse, die aus verschiedenartigen Dialekten zusammengesetzt war. Nur das leichte Rauschen der Wellen unterbrach hin und wieder meine Wahrnehmung. Auch in mir kamen Zweifel auf und die Stimmung erlebte ihren Tiefpunkt, zu viel hörte ich den meist negativen Mutmaßungen der künftigen Kameraden zu. Ich beschloss, mich zu zerstreuen, indem ich die Szenerie an Oberdeck genauer studierte. Zwei völlig verschiedene Gruppen unterschied ich. Einige besaßen immer noch ihr schulterlanges Haar, wie es zu dieser Zeit üblich war, während andere bereits versucht hatten, sich der „Bundeswehr-Mode" anzunähern. In dem engeren Fokus beobachtete ich einen Typen mit sogenannten Jesuslatschen an den nackten Füßen, zudem trug er einen ausrangierten oliv Bundeswehr Parka. „Na gut, jeder wie er mag", dachte ich, wunderte mich allerdings, als er aufstand und mir den Rücken zuwendete. Nun lachte mir von der Rückseite seines Parkas ein lebensgroßes Porträt von Che Guevara entgegen. „In der jetzigen Lage hätte ich an ihn am Allerwenigsten gedacht", schmunzelte ich innerlich.

Das „Peace-Symbol" war allgegenwärtig, auf Hemdsärmeln, Jacken und sogar auf der Brust des einen oder anderen T-Shirts. Der Protest der Wehrpflichtigen war nicht zu übersehen. Im Kontrast dazu die geringere Zahl der Zeitsoldaten, welche sich anzupassen versuchten. Jedoch bestand auch hier der zivile Zwirn aus Röhrenjeans und T-Shirt.

Ein paar Unteroffiziere und Gefreite holten uns von der Fähre ab. Der bunte Haufen setzte sich langsam in Marsch. *„Pfeifen und Lunten aus"* hieß es. Die Worte betreffen mich nicht, vermutete ich und zog genüsslich an der Zigarette weiter. Daraufhin riss mir ein Maat die Kippe aus dem Mund und zertrat sie.

„Hatte ich nicht gesagt *Pfeifen und Lunten aus?*", brüllte er mich an.

„Na, da müsst ihr noch viel lernen", sagte er und warf einen Blick in die Runde. „<u>Und **Sie**</u>", dabei schaute er mich an, „<u>werde ich im Auge haben.</u>"

„O weh, das beginnt ja heiter", dachte ich und wäre am liebsten sofort nach Hause gefahren.

Die zugeteilte sogenannte Stube lag mit Aussicht zur Nordsee. Urlaubsidylle kam kurzzeitig in mir auf. Jedoch diese Stimmung verblasste rasch, obwohl die Fenster keine Gitterstäbe aufwiesen, hatte ich dann doch eher das Gefühl, in einer Justizvollzugsanstalt gelandet zu sein. Überall befanden sich brüllende Aufsichtspersonen, die unsere Argumentationen einfach weg brüllten, bis man selber ganz klein geworden war. Während ich dessen gewahr wurde, wusste ich, es ging nicht über Los, sondern ich hatte mich freiwillig ins Gefängnis gemeldet. Nach einem rasanten Maschinen-Einheitshaarschnitt wurden meine bereits zu Hause frisch geschnittenen Haare nochmals extrem kurz geschnippelt. Nun begann die Zeit, in der die Bundeswehr mich zum Soldaten drillte.

Der Formaldienst in der Grundausbildung beinhaltet in Kurzform: Benehmen und Gepflogenheiten in der zackigen Gemeinschaft, die für den täglichen Dienstalltag unerlässlich sind.

Am Anfang übten wir das militärische Grüßen, Meldung machen gegenüber einem Vorgesetzten, sowie das Antreten und paradieren in verschiedenen Formationen. Im Gleichschritt Marschieren fiel den meisten von uns am schwersten. Wir haben solange geübt, dass ich selbst in der *Koje* im

Schlaf noch weitergelaufen bin. Der Spieß stellte mir meine „Braut" an die Seite. Sie sah aus wie ein Gewehr. Bald kannte ich sie in- und auswendig, durch Putzen, Reinigen, Pflegen und danach die ganze Prozedur zum wiederholten Male von vorn. Blind lernten wir, sie auseinanderzunehmen und zusammenzusetzen, zum Exerzieren eignete sie sich ebenfalls. Schnell begriffen wir, dass die alltägliche Schikane durch die Obermuftis hier „zum guten Ton" gehörte. Ihr Ideenreichtum schien in dieser Richtung unermesslich. Hatte ein Mufti miese Stimmung, ließ er es uns spüren. Gefühlsmäßig besaßen sie, zumindest aus meiner Sicht, immer schlechte Laune.

Der Unteroffizier, welcher mich im Auge behalten wollte, hatte es nicht vergessen. Dank ihm bekam ich extra Formaldienst-Nachhilfeunterricht. Wie oft ich zusätzlich den Exerzierplatz im Dauerlauf umrundete, weiß ich nicht mehr. Allerdings wurde ich durch die unzähligen Strafliegestützen „fit wie ein Turnschuh". In jener Zeit haben sich die anfänglichen Zweifel natürlich verstärkt und zerstreuten sich nicht in dem Vierteljahr. So erduldete ich, genauso wie die Kameraden, das erlittene Schicksal durch die Willkür der Vorgesetzten. Üblich war bei den Ausbildern ein Spiel zum Wochenende. Bevor wir in die heimatlichen Gefilde aufbrechen durften, gab es traditionell ein *Großreinschiff*.

Besonders strengten wir uns an, um danach mit der ohnehin schon knapp bemessenen Zeitspanne, die letzte Fähre zu bekommen. Wir konnten noch so gut die Stube sauber gemacht haben, irgendetwas fanden die immer. „Sehen sie mich noch?", war ein beliebter Spruch der „Halbgötter", nachdem sie über den oberen Türrahmen mit dem Zeigefinger wischten, um mir dann den angeblichen Staub von ihrem Finger ins Gesicht zu pusten. Ich erlaubte mir, später einmal bei meinem „Lieblingsunteroffizier" mit "Ja" zu antworten, weil ich aus verschiedenen Umständen sowieso nicht ins Wochenende wollte. Dies hätte ich besser nicht getan, denn zusätzlich bekam ich weiterhin eine Wochenendwache aufgebrummt.

Fünf Wochen lebte ich schon eng mit der Braut. Den Grund ihres Daseins sollten wir jetzt erfahren. Es ging zum Schießen. Die Hingabe zu ihr zahlte sich aus. Das Schnellfeuergewehr gab alles, was in ihr steckte, und wir machten zusammen den zweiten Platz unter den fünfzig Kameraden.

Anschließend schienen wir bereit zu sein für das berüchtigte Duala-Dünengelände im Westen von Borkum. Es war ein besonders heißer Augusttag, optimaler konnte unser Vorhaben nicht geplant werden. Mit Sturmgepäck, Stahlhelm und Waffe marschierten wir in sengender Hitze durch das FKK-Gebiet der Insel. Das Marschgepäck wog über dreißig Kilo mit Braut. Heute möchte ich mich im Rückblick nicht beklagen. Meine heutige Braut wiegt mehr, und ihr Gewicht nimmt zu.
Trotz dieses Schlamassels erinnere ich mich an eine gut gewachsene „Hübsche". Nackt schaute sie den Schwitzenden von ihrer Liege aus beim Marschieren zu. Einen intimen Einblick verwehrte sie nicht. „Na, mit der hätte ich jetzt zu gerne eine eisgekühlte Cola getrunken", dachte ich so schweißgebadet vor mich hin lächelnd.

In Duala eingetroffen, robbten wir durch das sandige, hohe Dünengelände. Ungewollt schreckten wir splitternackte Urlaubsgäste in unserem „Kampfgebiet" auf.

Statt Cola war mein Mund voller Sand und der entkräftete Körper, den ich nicht spürte, klitschnass durchgeschwitzt.

Zwei Drittel der Kameraden kollabierten und mussten ärztlich versorgt werden. Sie wurden zur Kaserne zurückgefahren. Wir, die durchgehalten hatten, durften zur Belohnung die fünf Kilometer mit komplettem Gepäck zurückmarschieren. An die Belastungsgrenze angekommen, wollten wir nur noch unter die eiskalte Dusche und schlafen.

Aufgrund des fehlenden Feingefühls der Ausbilder sahen wir uns nach dem Abbrausen in der Stube wieder, sämtliche Marsch-Utensilien vom Sand befreiend. Dem Gewehr teilte die Obrigkeit eine Extra-Musterung zu. Wir hielten uns gegenseitig wach, sonst wäre ich eingeschlafen.

Müde mussten wir anschließend den Sand aus der Kammer entfernen, bevor wir schließlich die Erlaubnis dafür bekamen, was die Natur für solche Fälle vorgesehen hat, nämlich endlich ratzen.

Während wir in der anfänglichen Zeit das Kasernengelände nicht verlassen durften, erlangten wir im zweiten Monat letztlich nach Dienstschluss die Ausgeherlaubnis. Ab sofort verfügten wir über die gesamte Nacht bis zum Wecken. Die nächtlichen Torturen der vielen Manöver, - vorbei. Wir machten von dem „großzügigen Entgegenkommen" eifrig Gebrauch. Der „Seestern", ein Tanzlokal mit Öffnungszeiten, die dienlich in unser Konzept passten, wurde von uns rege frequentiert. Der Alkohol floss in Strömen. Geschwind erzielten wir einen zweifelhaften Ruf. Das kam dann wiederum dem morgendlichen Gleichschritt nicht zu Gute.

Im zweireihigen Zug (Teileinheit bei der Bundeswehr, in dem Fall waren es fünfzig Mann) hatte jeder, sortiert nach Körpergröße, einen festen Platz. Ich bekam aufgrund jener Zuordnung einen Hintermann, der „nüchtern sein" nicht drauf hatte.

Mit dem derben Schuhzeug trat er mir regelmäßig die Fersen blutig. Über einen Monat hielt ich das aus, in dieser Zeit kam es deswegen zwischen uns täglich zu Reibereien.

In den letzten drei Wochen, die mir auf Borkum noch verblieben, erkannte ich im Kantinenbereich der Unteroffiziersanwärter meinen Schulfreund wieder. Hinter ihm herrennend rief ich freudestrahlend: „Hallo Bruno, warte mal." Ohne sich umzudrehen, ertönte es barsch:

„*Rotarsch*, spreche mich nicht an!" Ich kuschte, war das Bruno? So kannte ich ihn nicht. Zusammen saßen wir früher auf der Schulbank. Als zwölfjährige Knaben verliebten wir uns in die siebzehnjährige blonde „Lulu". Einen Trecker setzten wir nach einer wilden Fahrt direkt in den randvollen Bach. Enttäuscht beschloss ich, ihn zu ignorieren.

Morgens auf dem Exerzierplatz: Jeden mir bekannten Quadratzentimeter marschierten wir im Gleichschritt ab. Das Schicksal nahm seinen Lauf. Mit unerträglichen Schmerzen in den Fersen blieb ich stehen. Wut auf dem alkoholisierten Hintermann hatte sich aufgestaut, und jetzt diese wiederholende schmerzstechende Pein. Ohne zu zögern und nachzudenken drehte ich mich mit erhobener Faust um, und traf den Verursacher meiner Qualen geradewegs an die Schläfe.

Er brach bewusstlos zusammen. Ein beschämendes Gefühl der Schuld übermannte mich. Mehrere Kameraden hielten mich fest.

Fünf Tage Kasernengefängnis war die Konsequenz, außerdem musste ich ihn kurze Zeit später um Verzeihung bitten. Für mich und dem schlechten Gewissen war ebendies sowieso selbstverständlich. Noch immer lag er im Lazarett mit einer Gehirnerschütterung. Zwei bewaffnete Wachkameraden führten mich in Handschellen zum Hospital.

Er lächelte mir entgegen, dadurch fiel mir die unangenehme Situation leichter. Nach der Entschuldigung winkte er ab und erklärte: „Halb so wild, hier habe ich, was ich benötige, fast wie im Urlaub." Er beobachtete, wie ich das aufnehmen würde und ergänzte: „Ich brauche nicht am Exerzieren teilnehmen und werde dank dir nicht weiter geschliffen. Erleichtert verließ ich ihn und die beiden Wachen begleiteten ihren Gefangenen zurück ins Gefängnis.

Zwei Tage darauf, endlich draußen, der Zwangskäfig gehörte der Vergangenheit an. Auf unserer Stube erfuhr ich, dass alle Kameraden, während ich die Haft abbrummte, ihr Bordkommando erhalten hatten. Sorgen stiegen in mir auf, denn ein Marine-Landkommando zur Strafe wegen des „Ausrutschers" kam nicht in Frage. In dieser Hinsicht ließen mich meine Vorgesetzten allerdings weiterhin im Dunkeln tappen.

Vier Tage vor Beendigung der „*Grundi*", traf ich dann noch mal auf Bruno. Ein Ausweichen war meinerseits nicht mehr möglich. Nun erblickte er sein Gegenüber und das Gesicht strahlte auf: „Tomas!", brach es aus ihm heraus, „zu spät erkannte ich vor Kurzem deine Stimme." Bruno war wieder der Alte, so wie ich ihn kannte, ich verzieh ihm. Nachdem wir uns vor sieben Jahren aus den Augen verloren hatten, gab es nun viel Gesprächsstoff.

Einen Tag darauf bekam ich endlich das heiß ersehnte Bordkommando. Von dem Maaten, der mich von Anfang an im Blick behalten wollte. „*Schulschiff* Deutschland" suchte einen Ersatz für einen erkrankten Kameraden. Als Einziger von meinem Zug ohne Bordkommando kam ich auf diese Weise zum begehrtesten und größten damaligen Schiff der Bundesmarine. Ich vernehme noch heute die Drohung von dem Unteroffizier: **„Wenn ich hören sollte, dass Sie sich nicht zu benehmen wissen, komme ich selber vorbei und haue Ihnen welche in die Fresse!"** Offenbar kam ihm nichts Negatives zu Ohren, denn er hat sich nie blicken lassen.

Bruno traf ich dann später auf der „Gorch Fock" wieder. Wir unternahmen noch manchen gemeinsamen Landgang. Jahre danach erfuhr ich, dass er bei der Wasserschutzpolizei seinen Dienst aufgenommen hatte und dort sein Leben in der winterlichen Elbe verlor.

Marinechor

Schnell begriff ich, dass der Beitritt zum Chor

erhebliche Vorteile mit sich brachte.

Borkum im Sommer **1974**. Die ersten Tage der Grundausbildung waren vorüber.

Morgendliche Musterung:

„**Ausscheiden mit** *Palaver*! Wer spielt ein Instrument?",
schrie der Spieß, „der trete drei Schritte vor."

Eine „Gitarre" und ein „Akkordeon" folgten dem Aufruf.

Nächste brüllende Frage: „Wer Interesse hat, dem Marinechor beizutreten, drei Schritte vor."

Vier „Nachtigallen" traten mutig vor.

„Das reicht nicht, wo sind die begnadeten Inseltroubadours?“, brüllte er leidenschaftlich weiter. Nix geschah, dann fuhr er fort: „Die Chorproben finden während des *Reinschiffs* statt.“

Schlagartig kam Bewegung in den Haufen. Circa ein Drittel von uns trat drei Schritte vor. Ich hatte diese Entscheidung ebenfalls getroffen. „*Blocker,* ade“, dachte ich.

Der glorreiche Chor der Seemannschaftslehrgruppe Borkum war geboren.

Die Chorproben auf dem sogenannten *Takelboden* gingen leidlich voran und wir wurden textsicher. Allerdings etwas grenzwertig erinnerten die Texte von ein paar Liedern an die Zeit von 1933 bis 1945.

Der Akkordeonspieler entpuppte sich als echtes Vorzeigetalent und überbügelte leicht die Gesangsfehler. Je nach Stimme fand jeder seinen Platz im Chor. Mit meiner Baritonstimmlage konnte ich auch die zweite Stimme halten und war deshalb ausgezeichnet einsetzbar.

Der Chorleiter, ein Hauptbootsmann, schien einen Monat später sichtlich zufrieden und spendierte für uns eine Runde Bier. Überhaupt wirkten die Chorproben auf mich wie ein kleiner Rückzugsort von der *Grundi*.

Der Kurort Borkum wies sich als Eldorado aus, um unsere Sangeskunst voll darbieten zu können. Für das erste Live-Entertainment war die Strandpromenade eine wirklich günstige Testmöglichkeit. Hier mussten die Kurgäste zuhören, ob sie wollten oder nicht. Dankbar und als willkommene Abwechslung nahm das Publikum die maritime Show auf. Feuchtfröhliche Auftritte folgten im Kurhaus mit vorzüglichem Essen und Getränken.

Unsere „Berühmtheit“ hatte sich in kürzester Zeit bis zum Festland herumgesprochen. Wir kamen der Nachfrage nach und ölten vorher auf der Inselfähre mächtig die Stimmen. Um es auf norddeutsch zu sagen: Wir waren höllisch *dun*. Der Hauptbootsmann sah nicht viel anders aus.

Angekommen im großflächigen Festzelt, krönte eine erhöhte Bühne den festlich geschmückten Raum, perfekt für das großartige Vorhaben. Guter Stimmung trällerten wir los, während der Chorleiter schwungvoll dirigierte und dabei seine Position auf den „Brettern, die die Welt bedeuten", mehrfach wechselte.

In dem Repertoire hatten wir mehrmals einen Refrain eingebaut, um auf diese Weise zehn Minuten Gesangspause zu erhalten, und hofften gleichzeitig auf ein alkoholisches Getränk.

Der Kehrreim lautete:

....

„Was trinken die Matrosen von allen Spirituosen,
am liebsten Rum vallera, Rum vallera,
Rum aus Ja-mai- hei- ka!"

Es geschah kurz vor dem Abtritt. Unser „musikalischer Ziehvater" bekam in den Pausen zwischendurch immer erneut Bier und Schnaps gereicht. Jetzt gab er sämtliches, was einem Chorleiter abverlangt werden konnte. Überschwänglich machte er einen Schritt zu viel rückwärts und verschwand von der Bühne. Wir sangen einfach weiter und siehe da, seine dirigierenden Hände erschienen zaghaft direkt darauf wieder in unserem Blickfeld.

Das Publikum nahm die Szene nicht krumm, sondern glaubte, diese Entgleisung wäre vom Chor eingespielt gewesen. Der tosende Applaus bestätigte uns dies.

Bordchor Schulschiff Deutschland

Gleich die ersten Tage auf dem neuen Bordkommando, stellte ich meine Wenigkeit dem Chorleiter vor. Nach einer Gesangsprobe und den aufzuweisenden Referenzen empfand er mich als ziemlich brauchbar. Hier an Bord gab es durch den Eintritt im „Dienste der Muse" auch allerlei Vergünstigungen.

Das fremde Repertoire studierte ich sorgfältig und prägte es mir ein. Dieser bittere Beigeschmack aus vergangener Zeit der Marinegeschichte war verschwunden. Die Aufgabe des *Schulschiffes*, nämlich die Bundesrepublik Deutschland in der Welt zu präsentieren, ließ es nicht zu. Meiner Einschätzung entsprechend hatte ich die Provinz endlich hinter mir gelassen.

Es geschah im sonnigen Mittelmeer 1975, wir fuhren zur Zeit vier Wochen auf See. „Anfangen mit *Reinschiff*, der Bordchor auf der *Schanz* antreten!", tönte es aus der *SLA* (Schiffslautsprechanlage). Langsam verschmolzen die Tenöre und Bässe auf dem zugewiesenen Platz zu dem ruhmreichen Bordchor. Für spätere Dokumentation hatte ich den Radiorekorder zur Aufnahme bereit.

Es erfolgte die Einteilung der ersten Stimme.
„Wir singen zu Beginn das Lied: „Weit ist die See, lang ist die Fahrt. Ruhe jetzt, Ton aufnehmen", befahl der Dirigent. Nach einem brummigen, summigen Getöse ging das Geräusch in die angestrebte Tonlage über, eben genau in dem Sound, der die Ohren betören sollte. Der Chorleiter zeigte schwitzend Einsatz. Wir indessen feixten herum und versuchten, den Nebenmann zu übertönen. Passend zur Zeile: „Oft haben wir die See verflucht …"

Unser musikalischer Mentor erstarrte in Richtung *Steuer-bord*seite schauend.

„WAHRSCHAU!!", brüllte Wolfgang neben mir. Zu spät erkannte ich den Kurswechsel. Die See trat über das Achterdeck und umspülte alle bis zu den Knien, um danach wieder zu verschwinden. Nur die zurückgelassene Gischt erinnerte noch an das ungewollte, feuchte Erlebnis. Entsetzt sprang ich zu meinem Radiorekorder. In letzter Sekunde ergriff ich ihn zwischen der *Reling*. Geschickt hangelte ich das gute Stück von außenbords auf das rettende Oberdeck.

Was geschah? Eine extreme Kurslage nach *Backbord* war erfolgt. Jetzt staute sich an *Steuerbord achtern* das Wasser. Es hatte zur Folge, dass eine hohe *Dünung* über die *Schanz* rollte.
Der *1O* (Erster Offizier) lehnte währenddessen genüsslich oben am Turm Charlie (100mm Geschützturm), und lächelte geheimnisvoll. Daraus schloss ich, dieses Manöver war von der Brücke perfekt abgekartet worden.

Nach den vielen Proben traten wir endlich in den vorgesehenen Häfen, zum Empfang in den deutschen Botschaften auf. Anschließend servierten uns die Bediensteten das Essen und wir kamen in den vorzüglichen Hochgenuss feinster Köstlichkeiten auf höchstem Niveau. Flink stellten wir fest, dass Sekt und Wein vorzüglich zu Austern und Kaviar passten.
Immer auf der Lauer nach hübschen jungen Ladys wurden wir diesmal schnell fündig. Es gab meist in dem großen, auserlesenen Kreis ein „hohes Tier", das seine Tochter mitbrachte und uns damit ungewollt vorführte. So passierte es in Frankreich in der südländischen Stadt Toulon dem amtierenden *Marineattaché*.

Die Chance erkannte ich, als die Etikette in der leicht beschwipsten Gesellschaft lockerer wurde. Der Zeitpunkt war gekommen, ich wollte Eindruck schinden, also nahm ich ein zweites Glas Champagner in die Hand und näherte mich der reizenden Dame. Sie war umringt von den Junior-Offiziersanwärtern. Ich zwängte meine Matrosenuniform durch eine Lücke und bugsierte die Schiffsoffiziere in spe ins Abseits, in dem ich mich direkt ihr gegenüber stellte.

Unsicher, ob sie der deutschen Sprache mächtig war, sagte ich:

„Mademoiselle, darf ich Ihnen ein Glas Champagner reichen?"

Ein zauberhaftes Lächeln strahlte mir als Geschenk entgegen. „Gewonnen", dachte ich. Mir gelang es, ein nettes und sehr unterhaltsames Gespräch zu führen. Nach knapper Pause erfasste einer der angehenden Offiziere wegen der Dreistigkeit die Situation und drängte mich mit bösen Augen ab.

So viel zur Etikette, die kein Mensch brauchte. Warum durfte Mademoiselle nicht entscheiden? Während ich sie darauf folgend aus angemessener Entfernung beobachtete, erhaschte ich noch manchen Blick von ihr. Von der feinen Gesellschaft musste der Bordchor zwei Stunden später Abschied nehmen. Zu kurz war die Aufwartung in der Botschaft.

Anmerkung: Der traditionelle, geschichtsträchtige Dienstanzug der Mannschaften „Wäsche achtern, scherzhaft Kieler Knabenanzug genannt", war bei den Damen nachweislich begehrt. Zu diesem repräsentierenden Empfang trugen wir die weiße Sommer-Paradeuniform. Der Eindruck, den wir hinterließen, gab uns recht. Sie war brillanter als die der

Offiziere. Ausdrücklich möchte ich sie nicht auf die Stufe eines zu jener Zeit uniformierten „Kofferkulis" (Gepäckträger) vom Bahnhof stellen. Tatsächlich erinnere ich mich an so eine Situation. Geschehen auf einer Bahnhofstation. Eine ältere Dame ruft zu einem jungen Offiziersanwärter: „Herr Gepäckträger, gut, dass ich Sie gefunden habe. Tragen Sie bitte meine Koffer zum Taxi."

Ich selbst im Kieler Knabenanzug schmunzelte. Der Anwärter, der sich nicht die Blöße geben wollte, lehnte beleidigt ab und entfernte sich. Daraufhin griff ich beherzt ein und half der Dame.

Gerne und mit selbstsicheren Stolz repräsentierte ich die Matrosenuniform. Trotz der absichtlichen, fehlenden Kenntnisse der Umgangsformen machte ich in Toulon mit ihr eine noble Figur.

Schulschiff Deutschland A 59

Technische Daten

Schiffstyp: Schulschiff

Kiellegung: 11.09.1959

Stapellauf: 05.11.1960

Indienststellung: 25.05.1963

Dienstzeit: 1963-1990 (27 Jahre)

Seemeilen insgesamt: 730.000

Maße (Länge/Breite/Tiefgang): 138,23 m/ 16,05 m/ 4,5 m (mit Sonar 5,28 m)

Verdrängung: Standard 4880 Tonnen / im Einsatz 5684 Tonnen

Geschwindigkeit: 16 Knoten nur mit Diesel/ 21 Knoten mit Dampf und Diesel

Reichweite: 3800 Seemeilen bei 12 Knoten/ 1700 Seemeilen bei 17 Knoten

Antrieb: 4 MTU-Dieselmotoren mit je 2000 PS/ 1 Dampfturbine mit 8000 PS ; 2 Kessel/ 3 Wellen mit
Verstellpropeller

E-Anlage:

Bewaffnung: 4 x 100mm Einzellafetten/ 2 x 40mm Doppellafetten/ 2 x 40mm Einzellafetten/ 2 x
U-Jagd-Raketenwerfer

Besatzung: 30 Offiziere/ 30 Portepee-Unteroffiziere/ 90 Unteroffiziere/ 180 Mannschaftsdienstgrade/
120 Offizieranwärter/
6 Zivilangestellte

Aufgaben: Kadetten- Ausbildung/ Deutschland in der gesamten Welt präsentieren.
Außerdienststellung: 28.06.1990/ sie legte insgesamt ungefähr 730.000 Seemeilen zurück.
Verbleib: Abgewrackt am Strand von Alang/Indien 1994

II. Kapitel

Schulschiff Deutschland A 59

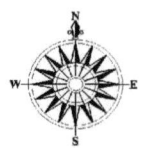 *Nicht im Traum daran gedacht, dass ich dieses begehrte Kommando erhielt. Es gab nichts Besseres.*

Es war so weit, der 30.09.1974. Das erste Bordkommando wartete auf einen frischgebackenen Seelord. Borkum den Rücken kehrend, nur den Seesack auf dem Buckel, darin die gesamte Ausrüstung, blickte er nochmals zur Insel zurück. So setzte die Marine ihn in Marsch. Zuerst über die Fähre zum Festland, mit der Dampflok nach Oldenburg. Endstation! Hier stieg er in eine Diesellok um, die ihn direkt nach Kiel brachte. Hinter dem endlosen Schliff der entbehrungsreichen und kräftezehrenden Grundausbildung jetzt endlich Seeluft schnuppern.

In Kiel Wik an der Tirpitzmole (aufgeschütteter Damm mit Pier), erkannte ich aus der Ferne die weißen Aufbauten der Deutschland. Majestätisch lag sie im Hafen und unterschied sich von den anderen grauen Kriegsschiffen schon aufgrund ihrer Größe. Ein ehrwürdiges Gefühl empfand ich plötzlich.

„Dies sollte also mein künftiges Zuhause werden?"

Ich hielt inne und blieb stehen, nun begriff ich, in welch glücklicher Lage ich mich befand. Eine aufsteigende Nervosität bemerkte ich, als ich auf die *Gangway* zusteuerte und die Meldung beim *Posten Pier* vollzog: „Matrose Dürigen meldet sich von der Seemannschaftslehrgruppe Borkum zum neuen Kommando *Schulschiff Deutschland*." Der Mann musterte den Marinesoldaten und gab es an den *UVD* (Unteroffizier vom Dienst) weiter. Wiederholt machte ich die Meldung. Daraufhin folgte ich der Aufforderung, an Bord zu kommen, und er überprüfte die Papiere, mit denen ich in Marsch gesetzt worden war. Anschließend rief er den *Decksältesten* aus dem *Ziegendeck* zur Wache. Freundlich wurde ich von ihm empfangen und er führte den fremden Matrosen in sein künftiges Wohndeck.

Die zur See gefahrenen Kameraden verschonten mich nicht mit ihren derben Späßen und Bräuchen. Hierzu griffen sie tief in die *Backskiste*, um den Neuling, dem sogenannten *Rotarsch*, ihren gesamten Erfindungsgeist zu zeigen. Da ich willig eine Kiste Bier nach der anderen auf die *Back* stellte, blieb mir der meiste Schabernack erspart.
Wohlgesonnen nahmen mich die „Älteren" in ihrer Crew auf.
Zunächst standen auf dem Terminplan der Deutschland „Hafentage". In der Zeit erkundete ich Kiel und kam geschwind mit dem Bordleben zurecht. Das *Schulschiff* hatte während der letzten Seereisen an der Außenhaut Muscheln angesetzt, die es zu entfernen galt. Zusätzlich musste es auch technisch auf Vordermann gebracht werden. Diesbezüglich fuhren wir durch den Nord-Ostsee-Kanal nach Rendsburg zur Nobiskrugwerft. Die ersten praktischen seemännischen Erfahrungen sammelte ich auf der Durchfahrt dorthin. Zum Beispiel beim Ablegen von der Tirpitzmole, anschließend kurze Fahrt bis Kiel-Holtenau. Hier wurde unser Schiff eingeschleust, und weiter ging es durch den Kanal bis Rendsburg. Dort gelangten wir ins Trockendock.

Ein Trockendock ist eine Einrichtung, um Schiffe trockenzulegen, damit Arbeiten am Unterwasserrumpf durchgeführt werden können.

Für mich hieß es zu dieser Zeit unter anderem Wache *„Posten Dock"* schieben. Gleich zum Anfang meiner Bordzeit bot sich die seltene Möglichkeit, das Schiff von unterhalb zu betrachten. Die Deutschland besaß drei Antriebswellen. Mittschiffs ragte die größere Schiffsschraube für die Dampfturbine heraus. Für die vier Dieselmotoren saßen beiderlei Schrauben an *Backbord* und *Steuerbord*. Beeindruckend war deren Durchmesser. Die beiden Kleineren schätzte ich auf weit über zwei Meter.

Seit der Ankunft an Bord hatte ich mich an die erfahrenen Kameraden gehalten, um mir Wissen über die Seefahrt und das Matrosen Dasein anzueignen. So lernte ich Bernd und Franz kennen, auf dem Schiff hießen sie „Dackel" und „Porky". Als die beiden sich tätowieren ließen, schloss ich mich an und reiste mit ihnen an einem freien Wochenende mit dem Zug nach Flensburg zum „Tattoo- Pit". Mit einem umgebauten Rasierapparat verzierte er mir unwiderruflich und auf ewig den rechten Unterarm mit einem Seemannsgrab. Stolz fuhren wir, noch leicht blutend, mit den aufgewerteten Körpern (zumindest aus unserer damaligen Sicht), nach Rendsburg ins Dock zurück.

Kurz vor Weihnachten wurde die Deutschland zurück nach Kiel verlegt. Über die Feiertage machten wir nicht wie gewohnt am ständigen Hafenplatz der Tirpitzmole, sondern ausnahmsweise an der Scheermole fest. Zu einer Wachplanbefragung entschied ich mich für die Silvesterwache und durfte jetzt für eine Woche zu den Festtagen in die Heimat fahren.

Mein Freund, der Marinesoldat

Wie klein ist doch die Welt. Diese widersprüchliche
Aussage erfolgt in der Regel bei einem Erlebnis, wie
nachfolgend geschildert.

„*H*undewache!" (Nachtwache von 0:00 bis 4:00 Uhr) Es
hatte mich extrem erwischt, dazu schneidende Kälte mit Eisregen. Es war Neujahrsmorgen 1975. Schlimmer konnte es
nicht kommen.
Der Wachmantel war innerhalb kürzester Zeit steif gefroren
und in meinem rot gefrorenen Gesicht tummelten sich die
Eiskristalle. Ein scharfer Wind fegte über die Kieler Bucht.
Weit entfernt stand ich von der Hafenwasserkante draußen
auf der außen liegenden Scheer*mole*, hier gab es keinen
Schutz. Die Hände hatte ich mitsamt den Handschuhen in
der Tasche des Mantels vergraben, die erhoffte Behaglich-
keit blieb aus. Dabei rutschte mir zum wiederholten Mal das
G3 (Schnellfeuergewehr) von den Schultern. Ebendies
nervte gewaltig, alle paar Minuten musste ich die Flossen
zur Korrektur aus den Manteltaschen holen. Hinzu kam, dass
die Quadratlatschen immer kälter wurden. Ich beschloss, das
kleine Wachhäuschen zu verlassen. Die Füße, die trotz der
mit Fell gefütterten Lederstiefeln frostig wurden, sollten im
Gehen auf jene Weise warm werden.

Laut Wachordnung durfte ich mich innerhalb der Vorleine
bis zur Achterleine zwecks Kontrolle bewegen. Das nutzten
ich und andere Wachhabende gern, um der Sicht des *UVD*
(Unteroffizier vom Dienst) zu entkommen. Bei diesem Wetter hatte sich der *UVD* allerdings *verschottet* und ich konnte
in Ruhe eine rauchen. Die Rechnung machte ich jedoch ohne

den kräftigen Ostwind. Er erlaubte es einfach nicht, dem Glimmstängel die nötige Glut zuzuführen.

An der Vorleine eingetroffen, taperte ich zur Achterleine, wo hinter unserem Schiff die „Z3" (Zerstörer, Fletcher–Klasse) lag. Dort angekommen bemerkte ich, wie vermutlich der Wachposten seine Seestiefel immer aneinander knallen ließ. In der Hoffnung, dass die Füße auf jene Weise wärmer würden. Noch so ein armes Schwein, dachte ich. Es gelang mir, mich in der Dunkelheit bemerkbar zu machen. Er kam näher und ich registrierte, dass in der hohlen Hand eine Zigarette glimmte.

Ruckzuck fingerte ich die Packung hervor. Während ich versuchte, einen Tabakstängel der Schachtel zu entlocken, hörte ich überraschend meinen Vornamen. „Tomas?", sprach mich fragend der Wachhabende an. Verwundert schaute ich auf und erkannte sofort Jens, meinen langjährigen Jugendfreund. Verblüfft holperte ich: „W-was treibst du denn hier?", und umarmte ihn vor Freude, soweit der schwere Wachmantel und das *G3* es zuließen. Ich hatte ihn aufgrund des Marinedienstes aus den Augen verloren und wusste deshalb nicht, dass er als Wehrpflichtiger zur Marine eingezogen worden war. Hingegen war mein Verbleib ihm bekannt.

„Na, was glaubst du?", fragte er. „Bestimmt nicht Silvester feiern." Ich freute mich: „Ausgerechnet du, mit jedem hätte ich hier gerechnet, aber sicherlich nicht mit dir Chaoten."
Die Kälte war vergessen.
„Weißt du noch, letztes Jahr hast du Silvester um diese Zeit schon lange auf der alten Couch geschlafen."
Ich erinnerte mich an die vielen, abgefahrenen und feuchtfröhlichen Feste, die wir miteinander erleben durften.
„Warm hatten wir es sowieso", stellte ich frierend fest.

„Hätte nie gedacht, dass wir beide mit geschultertem Gewehr, durch die Kieler Silvesternacht stiefeln würden", lachte Jens. „Hey, gib mir mal Feuer, du Rotarsch", behauptete ich und zückte meine Zigaretten.

„Oh, Glut willste, und das reicht? Willst wohl keinen Aufwärmer, was?" In der Hand hielt er ein kleines silbernes Fläschchen.

„Herr Admiral", sagte ich, „so war es nicht gemeint!"

Nach einer gemeinsam gerauchten Kippe und einem kräftigen Schluck Rum kehrten wir vorerst auf die befohlenen Posten zurück. Alle zehn Minuten gesellten wir uns zusammen. Unsere Wächter verschanzten sich immer noch vor der klirrenden Kälte. So fiel es nicht auf, dass wir zwei Halunken uns alle Augenblicke trafen, dabei rauchten, tranken und über alte Zeiten sprachen. Wir hatten einen ordentlichen Spaß, und die Wache war in dieser Nacht flott vorüber.

Während der Marinezeit sahen wir uns nur zweimal, bis mein Schiff zur nächsten Ausbildungsreise auslief. Anschließend wurde ich zu einem anderen Marinestützpunkt versetzt.

Am Ende unserer Dienstzeit verbrachten wir die Wochenenden wieder regelmäßig miteinander, bis er viel zu früh mit 27 Jahren verstarb. Die Seelenverwandtschaft und der gemeinsame hintergründige Humor wird die Ewigkeit überdauern.

Anfang Januar 1975 *verholten* (über kurze Distanz Schiff verlegen) wir zu der „Heimatmole", der Tirpitz*mole*. Ich machte zahlreiche weitere Erfahrungen. Massenweise Lebensmittel, Getränke und Dinge fürs tägliche Leben kamen per LKW auf die *Mole*. Tagelang stauten wir, das heißt die Mannschaften der Stammbesatzung, alles in das Schiffsinnere an den dafür zugewiesenen Plätzen. Munition,

Kraftstoff und Trinkwasser wurden ebenfalls übernommen. Danach war unser *Schulschiff* seeklar, und wir fieberten der Seefahrt entgegen. Ein letzter Landgang und dem letzten Schluck Bier in der Seemannskneipe, der „Insel" und ein Tschüss, bis dann mal wieder.

Eindrücke aus dem Mittelmeer

45. Auslandsausbildungsreise vom 13.02. - 24.04.1975

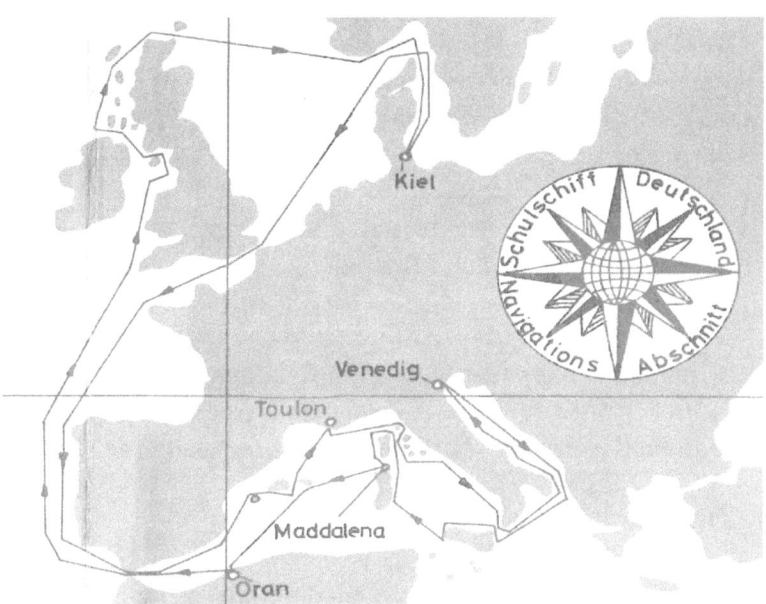

Biskaya

Stets habe ich ein Bordkommando positiv gesehen.
An Seekrankheit dachte ich nie..

Kiel-Wik, 13.02.1975, nach dem Ablegemanöver und jetzt getrennt vom heimatlichen Festland, hieß der Befehl: „Alle Manöverstationen aufklaren." Für mich befand sich diese auf der *Back*, dem Vorschiff des *Schulschiffs*.

Die erste Seereise begann mit Kurs Mittelmeer. Begleitet vom Marine-Musikkorps-Ostsee mit dem Lied: „Muss i denn..", legten wir ab. Zurücklassend die überfüllte Pier mit etlichen hundert winkenden Angehörigen und einigen höheren Offizieren. Circa 300 Kameraden standen *„Front"* auf *Steuerbord*seite zur Passieraufstellung in ihrer zugewiesenen Position und schwenkten zum Abschied im gleichmäßigen Takt ihre weiße Kopfbedeckung. Tränen flossen. Ab nun drei Monate fern der Heimat.

Nach der Ehrerweisung mit *„Front"* in Richtung Laboe auf *Steuerbord*seite, ging es auf die offene See mit dem Ziel Skagerrak. Kaum waren wir draußen, begann der *Rollenschwof* (Übung für den Ernstfall).

„Mann über Bord", schrillte es nach einem aufdringlichen Klingelton aus der *SLA* (Schiffslautsprecheranlage). Ein Kutter wurde ausgesetzt. Nachdem das Manöver beendet war, hieß es lapidar: Dies muss rapide schneller gehen!

Der Drill hatte begonnen.

Die neu zusammengesetzte Mannschaft sollte fit gemacht werden. Im Laufe der nächsten Wochen erfolgten sämtliche Notmanöver. Vom **„Feuer im Schiff"** bis hin zum **„Ruderversager"**.

Der Große Belt führte uns ins Kattegat. Danach ließ das Schiff den Skagerrak hinter sich und nahm den direkten, südlichen Kurs zum Ärmelkanal auf. Vorsorglich kontrollierte der seemännische Dienst an Oberdeck, auf Anweisung des *Schmaddings* (seemännischer Bootsmann), alles bewegliche Gut und zurrte es seefest. Das Wetter zeigte sich von der übelsten Seite. Eine Urgewalt braute sich zusammen. Die See wurde extrem kabbeliger. Als wir in den Nordatlantik stachen, bekamen wir die haushohe *Dünung* quer an *Steuerbord*seite zu spüren. Ein Teil der Mannschaft trotzte gegen die Seekrankheit an. Im Golf von Biskaya erlebten wir den Höhepunkt. Die „weiße Lady" kämpfte jetzt gegen Windstärke zwölf an, dadurch krängte sie aus meiner noch unerfahrenen Sicht gefährlich hin und her.

Über zwei Drittel der Kameraden waren aufgrund dessen nur bedingt einsatzfähig. Der hohe Seegang ließ mich wider Erwarten nicht krank werden. Die Kombüse sah erbärmlich aus, die eingehakten Utensilien, die jeder *Smutje* zum Kochen benötigt, lagen größtenteils am Boden. Er kochte zum x-ten Mal dünne Suppe, weil ein Großteil der Besatzung feste Nahrung ablehnte. Diese schwappte schneller vom Teller, als wir löffeln konnten.

In den Gängen übergaben sich gestandene Seeleute, während sie dabei hin und her schleuderten. An Oberdeck wurde es lebensgefährlich, hier durfte sich keiner weiter aufhalten. Nur wir, das seemännische Personal, war unter ebendiesen Bedingungen, an den gespannten *Strecktauen* angeleint, um die nötigsten Vorkehrungen zu treffen.

Der *Steuerbord*anker schlug unaufhörlich gegen die Außenhaut des Schiffes. Ein paar Mann, darunter ich, sollten den Anker bergen und sichern. Zu jenem Zweck stimmte der *Schmadding* mit der Brücke ein Kurswechsel ab, um dieses Unterfangen etwas zu erleichtern. Trotzdem peitschten die Wogen über uns zusammen. So waren wir mehr unter Wasser als darüber. Als Missstand stellte sich heraus, dass der *Schäkel* vom *Kettenstopper* gebrochen war und seinen Dienst versagte. Durch das ewige Auf und Ab zerrte das Ankergewicht nun an dem *Ankerspill* (drehbare Vorrichtung zum Einholen der Ankerkette). Die Kette hatte er bereits circa drei Meter hinaus durch die *Klüse* gezogen. Der *Backbord*anker pendelte im Takt der Wogen hin und her. Obendrein schepperte er dabei bedrohlich gegen die Außenhaut. Die Gefahr, dass er uns ein Loch in den Bug riss, war besonders groß. Der Versuch, den Anker über den *Spill einzufieren* (einzuholen), misslang. Die Bremse saß wegen jenem ungewöhnlichen Vorgang fest. Zu allem Überfluss ließ sie sich nicht mehr gängig machen. Es erwies sich aufgrund der Situation und der Wetterlage unmöglich, den Anker zu bergen.

Plötzlich zog mir eine Welle die Beine weg. Sitzend fand ich mich mit den Beinen außerhalb des Schiffes wieder, die Hände verkrallt in der *Reling*. Zwei Kameraden sprangen mir schnell zu Hilfe, so rasch, wie die Umstände es angeleint erlaubten. In der Gischt am Oberdeck flatterte das *Strecktau,* mit dem ich verbunden war. Die Ursache meines ungewollten Ausfluges, es hatte sich gelockert und dadurch die Spannung verloren. *Erasmus* schenkte mir noch mal das Leben.

Der Anker war unter diesen Tatsachen nicht zu retten. Um uns vor enormen Schaden zu bewahren, übergaben wir ihn kontrolliert Neptun, dem Gott der Meere.

Nachdem wir die Biskaya durchquert hatten, senkten sich endlich die Wogen auf ungefähr sechs Meter herab. Neptun akzeptierte demnach das „Geschenk". So blieben neue Blessuren aus, die wir uns hauptsächlich im Schiffsinneren zuzogen. Vom Achterdeck zurückkehrend, traf ich im *Backbord*-Seitengang auf einen *Smut*. Er sah fürchterlich aus, die letzten vier Tage zeichneten ihn. Mit fahlem Gesicht faselte er undeutliche Worte. Ich bekam nur Wortfetzen mit, „Außenbord springen" und „halte den Seegang nicht mehr aus." Als er Anstalten machte, sein Vorhaben in die Tat umzusetzen und über die Brüstung klettern wollte, riss ich ihn geistesgegenwärtig herunter und rief um Hilfe. Er wehrte sich heftig. Zusammen mit einigen Kameraden brachte ich ihn in den Sanitätsbereich.

„Nach diesem Seegang sind uns Seemannsbeine gewachsen," behauptete Dackel. Er musste es ja wissen, nachdem er die Erde mit dem Schiff bereits umkreist hatte. Verstanden hatte ich aber nichts und guckte ihn verwundert an. „Warte nur ab, wenn wir in acht Tagen in den Hafen von Toulon einlaufen, halten wir uns in der Nähe der *Gangway* (Zugangsbrücke zum Schiff) auf. Du wirst es dann schon sehen, was ich meine", tat er geheimnisvoll. Er machte mich neugierig, ich grübelte.
Am siebten Tag fuhren wir durch die Straße von Gibraltar,

die See hatte sich wieder beruhigt. Auf der *Steuerbord*seite lag sichtbar Nordafrika, genauer gesagt zeigte Marokko uns das Atlasgebirge. An *Backbordseite* glitten wir am berühmten Affenfelsen vorbei, der mit Berberaffen besiedelt ist. Die einzige europäische Affenart.

Am Vortag hatte der Bordlautsprecher verkündet, dass wir vor Gibraltar eine Postboje aussetzen würden. Postabgabe bis 20:00 Uhr möglich. Wie sollte das funktionieren? Auf Nachfragen erfuhr ich, dass Schiffe, die eine längere Reise unternahmen, die Gelegenheit bekamen, an einem bestimmten Punkt die Boje auszusetzen. Englische Routineboote nahmen sie auf, um die Post dann weiterzuleiten.

Der Zeitpunkt war gekommen. Punkt 12:00 Uhr betrat der Registrator die *Schanz* (Achterdeck). In beiden Armen trug er eine gelbe Boje mit einem schwarzen Posthorn versehen. Oben drauf rundete eine schwarze Fahne das Gesamtbild ab. Sie schien schwer zu sein. Der Oberbootsmann näherte sich mit ihr der Reling. Inzwischen war die *Schanz* überfüllt mit Schaulustigen.

„Registrator, Postboje aussetzen", ertönte es aus der *SLA*. Die Boje fiel zu Wasser, und die Deutschland entfernte sich langsam von ihr. „Prima Einrichtung", dachte ich. So durfte man auf hoher See auf die Art den Lieben Zuhause einen Gruß zukommen lassen. Der Boje nach blickend, musste mir auf einmal das blanke Entsetzen im Gesicht gestanden haben. Den Umstehenden erging es ähnlich. Ein Unglück war passiert. Die Boje ging allmählich mitsamt der Post unter. Mir stockte noch der Atem, während die *SLA* verkündete: „Jetzt übernimmt ein englisches U Boot die Boje." Konnte man dies glauben? Nun war ich skeptisch.

Erst zu Hause erfuhr ich, dass die Briefe in Toulon ordnungsgemäß abgestempelt worden waren.

Inzwischen lag Nordkurs an und auf der *Backbord*seite, glitten wir an der spanischen Küste entlang. Ibiza ließen wir auf *Steuerbordseite* hinter uns, um danach den Kurs nach westwärts zu wechseln, um daraufhin Mallorca an *Backbord*seite liegen zu lassen. Es war ein herrlicher Tag am 25.02.1975, als wir die Balearen querten. Ich stand auf Seewache „Posten Ausguck" in der *Backbord Außennock* (offenes Deck neben der Brücke). Mit dem Fernstecher bemerkte ich am Horizont einen kleinen weißen Punkt. Erst zögerte ich, dann machte ich Meldung: „Voraus Großsegler, vermutlich Entgegenkommer."

Ein Vorgesetzter kontrollierte die Berichterstattung per Fernglas, konnte aber nichts erspähen. Ich schaute deshalb irritiert in den Innenraum der Brücke. Jemand, der sich am Radar aufhielt, gab mir ein unverwechselbares Zeichen, das mir zeigte, wie richtig ich lag. Nun beobachtete ich, was an der Kimmung geschah. Der helle Fleck wurde in den nächsten zehn Minuten deutlich üppiger. Sofort gab ich Meldung, als ich drei Masten identifizierte. Eine Schiffsbestimmung traute ich mir derzeit nicht zu, ich ahnte indessen etwas, wollte es dennoch vorerst für mich behalten. Zu dieser Zeit kannte ich bisher nicht viele Großsegler. Allerdings hatte ich meinen alten Schulfreund Bruno mehrmals auf der Gorch Fock besucht, und die war mir vertraut. „Gorch Fock voraus!", schrie ich in die Brücke hinein. „Gut erkannt, obwohl sie noch weit entfernt von uns ist", lobte der Wachoffizier *(WO)*.

Nun konnte ich nicht mehr von ihr lassen und hielt den Kieker auf den immer bedeutsamer werdenden Segler. „Na, Bruno als wir gemeinsam die Schulbank drückten, hatte unsere kindliche Fantasie nicht ausgereicht, was das Leben für uns noch alles parat halten würde", dachte ich überschwänglich. Als die Gorch Fock auf Augenweite herangekommen war, versuchte ich Bruno, mit dem Fernglas, an Oberdeck einzufangen.

„Freiwache klarmachen zur *Front an Steuerbord*seite, Signäler klarmachen zum *Flaggengruß*", kam der Befehl aus der *SLA*. Während wir an dem berühmten Dreimast-Großsegler vorüberfuhren, gelang es mir tatsächlich Bruno auf dem Vorschiff zu erspähen. Leider zu kurz, war er es überhaupt? Egal, jedenfalls fand viel Spektakel wegen der Begrüßungszeremonie statt. Die Signäler wirbelten grenzwertig mit ihren Flaggen, um Grüße zu übermitteln. Unser *Typhon* tutete, was es konnte und ich bemerkte, dass der Erster Offizier sich wehmütig eine Träne wegdrückte. Die meisten von der Besatzung waren im Bilde darüber, für ihn blieb die Gorch Fock das Traumkommando. Für mich die Deutschland. Im Gegensatz zu mir brauchte er ja auch nicht die Knochenarbeiten in der Takelage verrichten, solche blieben den Mannschaften vorbehalten. Damals wusste natürlich keiner, dass er irgendwann dort Kommandant sein würde.

Zu schnell verrann der Moment der vorbeifahrenden einzigen *Schulschiffe* der Bundesrepublik Deutschland. Zum Abschied verblieb nur das aufgewühlte Fahrwasser der beiden unterschiedlichen Schiffe zurück.

Am 26.02.1975 gingen wir in der Nähe von Toulon vor Reede, mit Blick auf das französische Festland. Wir wienerten unser Mutterschiff auf Hochglanz. Ein *Müllbrahm* übernahm die Abfälle der circa vierhundertsechzig Mann starken Besatzung. Selbst in den letzten zwei Tagen türmten sich die dunkelblauen Plastiksäcke. Unterwegs fuhren wir bereits im Mittelmeer auf dem offenen Meer eine sogenannte „Müllschleife". Das Schiff fuhr ungefähr zehn Minuten im Kreis, um sich der vielen hundert blauen Säcke zu entledigen. Erst nachdem das „Hohe-See-Einbringungsgesetz" im Jahr 1977 in Kraft trat, erlaubte das Gesetz diese Praxis weltweit nicht mehr. Später erfuhr ich, dass der Deutschland 1976 eine Müllpresse spendiert worden war.

Am nächsten Morgen hieß es: „*Front an Backbordseite!*" Mit Ehrensalut, aus einem unserer Geschütze, liefen wir in den Hafen von Toulon ein, während Frankreich mit einer Salve von Salutschüssen antwortete.

Seemannsbeine

Kurios, was ist denn das schon wieder?
Undenkbar, dies erwartete ich nicht.

Dackel und Porky standen mit Hampel und Kubi schon an der *Gangway*, als ich dort eintraf. Viele von der Stammbesatzung bekamen im Laufe der Zeit ihren Spitznamen. Sie unterhielten sich angeregt und wetteten um einen Kasten Bier, wer „Seemannsbeine" besaß. Zuerst kam ein *Smut*, der Küchenabfälle auf die Pier bringen wollte.

Dackel rief: „Der hat sie." Porky hielt dagegen. Die *Pütz* in der einen Hand haltend, mit der anderen am Geländer, schlenderte der, den sie auf dem Kieker hatten, die leicht schwingende *Gangway* herunter. Beim Verlassen betrat er die feste Pier. Jetzt kam der entscheidende Moment.

Der Gleichgewichtssinn der Besatzung hatte sich in der Biskaya an den hohen Wellengang so weit wie möglich angepasst und die Schwankungen im Unterbewusstsein aufgefangen. Der plötzliche, stabile Untergrund ließ deshalb den tapferen *Smutje* mitsamt den Abfällen kläglich zu Boden gehen. Natürlich war er darauf nicht vorbereitet.

Fast das gesamte Küchenpersonal schlich den „Neuen", bis zur Pier hinterher. Schadenfrohes Gelächter folgte. Das sind also Seemannsbeine, wurde mir klar. Wir gingen ins Mannschaftsdeck zurück, dort zeigte sich Dackel in Spendierlaune.

Eine Stunde später meldete die *SLA*: „Freiwache klarmachen zum Landgang!" Porky und Dackel grinsten frech. „Wird Zeit, dass wir uns mit dem Bier an Oberdeck *verholen*", erfolgte ihre logische Schlussfolgerung.

Kurz darauf tauchten die Offiziersanwärter *(OA)*, wohl sechzig an der Zahl, auf. Geschniegelt und in *erster Geige* drängten sie sich zügig über die schmale *Gangway*, um kaum zu erwartend ihren ersten Auslandshafen hurtig zu erobern. Die Vordersten stolperten, sowie sie festen Boden unter den Füssen spürten, und rissen dabei ihren Neben- oder Vordermann mit sich.

Nun ja, auch ich bin nicht von menschlichen Fehlern befreit. Das Schauspiel amüsierte mich ebenfalls köstlich. Den *OA`s* schien nicht klar, warum dies passierte. Die Nachfolgenden wurden durch das Geschehen *gewahrschaut* (vorsichtig) und verhielten sich entsprechend. Zu unserem Nachsehen knickte nur noch vereinzelt jemand ein. Schaukelnd, fast wie betrunken, entschwanden sie bald aus dem Gesichtsfeld.

Nachdem Ruhe einkehrte, wollte ich unbedingt das Rätsel selber untersuchen. Mit einem Vorwand meldete ich mich von Bord. Auf der *Gangway* blieb alles normal. Den standhaften Boden unter mir spürend, merkte ich beim ersten Schritt sofort, was anders war. Mein Gleichgewichtssinn spielte mir einen Streich und gab mir das Gefühl, dass die feste Pier schwankte.

Wir gewöhnten uns rasch an die Landverhältnisse. Das Schwindel-Phänomen verschwand, je länger wir im ruhigen Hafen lagen.

Unverstanden in Toulon

Bis heute weiß ich nicht, was passiert war.
Ich weiß nur, dass ich nicht mehr Herr der Lage war.

Toulon in Südfrankreich vom 27.02. - 03.03.

Für jeden Auslandshafen standen mindestens vier Liegetage auf dem Plan. Für die Besatzung bedeutete es: Zwei Tage Wache und zwei Tage Landgang. Laut Befehl durften wir Einen in Zivil an Land, am Zweiten nur in Uniform oder umgekehrt. In Uniform erkundeten wir brav den kulturellen Teil des jeweiligen Landes. In Zivil jedoch suchten wir das *Gefechtsviertel*, so wie wir es nannten auf, um Party zu machen. Ich hängte mich stets an Porky und Dackel, sie besaßen stets den richtigen Riecher, wo unser „Eldorado" zu finden war. Sie behaupteten, und es entsprach tatsächlich im

Nachhinein ständig der Wahrheit, dass das *Gefechtsviertel* meist in der Nähe eines Hafens und, zumindest für mich unglaubwürdigerweise, unbedingt mit einer Kirche verbunden liegen musste.

Von Toulon aus fuhren wir in *Erster Geige* mit dem Bus nach oben zur Steilküste an die Côte d` Azur. Der Blick auf das westliche Mittelmeer blieb unvergesslich. Als Höhepunkt an diesem Tag galt die Besichtigung des Schlosses von Monaco. Am zweiten Tag Landgang verließ ich direkt nach dem *Picken* (Bordjargon für Mahlzeit) voller Neugierde auf das Neue, das *Schulschiff.*

Man kann ja nicht jede Sprache beherrschen. In Zivil an Land wurde mir ratzfatz klar, in welche Situationen man geraten konnte. Die Sonne schien und ich setzte mich unter der Markise eines Bistros draußen an einen Tisch, um mein Wohlbefinden zu stärken. Frankreich war bekannt für vorzüglichen Wein und Käse. Das Gerücht wollte ich nun selbst auf seinen Wahrheitsgehalt prüfen, fand derartige Speisen jedoch nicht auf der Karte, auch nichts, was ähnlich klang.

Das Wort Baguette sichtete ich flink und Rotwein bestellte ich geschickt in Form von überschwänglicher Gestik.

Der Ober nahm die Bestellung ungerührt auf, schaute sich den Ausländer allerdings zwischendrin in gekünstelten Pausen länger an, als nötig gewesen wäre. Nach Gesten ringend umschrieb ich in meiner Muttersprache Käse.

„Fromage?", fragte er.

Ich zuckte mit den Schultern. Er verschwand, kam aber kurz darauf schwer beladen wieder.

Verzückt, dennoch verwirrt, erblickte ich ihn mit einer riesigen garnierten Käseplatte. Hatte ich das angefordert? Sah teuer aus. Freundlichst servierte er.

Der Wein mundete und ich bestellte mir gleich eine komplette Flasche. Allen Franzosen beabsichtigte ich mit Respekt zu begegnen, denn viel Leid fügten die Deutschen ihnen zu jener Zeit vor dreißig Jahren zu. Aufgrund meiner gestutzten Haare war ich als Soldat in einer Zeit, in der lange Haare modern waren, schnell erkennbar. Desto mehr fühlte ich mich zu einem korrekten Auftreten verpflichtet.

Obwohl ich Hunger verspürte, beschloss ich, von der Platte, die für drei Personen gereicht hätte, nur einen geringen Teil zu essen. Dünn belegte ich mir das servierte Baguette. Nachdem der Rotwein aus der Flasche gelupft war, wollte ich die Rechnung begleichen. Auch drängte die Zeit, weil ich mit Dackel und Porky am Kirchturm verabredet war.

„Oh, noh, noh", reagierte der Ober und schob mir die Käse-platte energisch zu. Ich versuchte sie wegzuschieben, merkte aber sogleich, dass er leicht verärgert war und so lenkte ich ein, ohne bis heute den Grund dafür zu wissen.

Was war zu tun?

Also aß ich alles auf und ließ das Baguette links liegen. Längst hatte ich bemerkt, dass die um zu sitzenden Einhei-mischen den Deutschen neugierig wie ein interessantes Objekt beobachteten. Nach einem Wink von mir sah mich der Ober völlig entgeistert an. Er wusste nicht, wie er sich verhalten sollte, folglich entschied er sich, seinen Gast laut mit französischen Wörtern zu attackieren.

Ich hielt ihm beschämt die Geldbörse entgegen und er wurde ruhiger. Er nahm sich umgerechnet 28,00 DM, was ich auch für angemessen ansah. Die unangenehme Lage veranlasste meinen flinken Aufbruch und ich eilte zum Treffpunkt Kir-che. Bis heute weiß ich nicht, gegen welche Regel ich bei der Käse- und Weinprobe verstoßen haben könnte.

In Windeseile vergingen daraufhin die Hafentage in Toulon und ehe man sich versah, kreuzten wir wieder auf hoher See.

Drei Stunden Venedig

Manchmal kommt alles anders.
Muss es aber ausgerechnet in Venedig sein?

Venedig vom 14.03. - 18.03.

Mit östlicher Marschrichtung hielten wir auf Italien zu. Im Ligurischen Meer angekommen, steuerten wir mit südlichem Kurs ins Tyrrhenische Meer. Korsika an *Steuerbord*seite ließen wir in Sichtweite an uns vorüberziehen, um an dieser Bordseite die vielen Inseln zu umfahren. Am nördlichsten Punkt der Insel Sardinien fuhren wir abermals östlich, dem italienischen Stiefel entgegen. Auf der Höhe Roms passierten wir das Land an *Backbord*seite mit Richtung auf die Straße von Messina. Die Wasserstraße zwischen dem italienischen Festland und Sizilien. Mit jedem Tag steigerte sich die Wärme.

An Bord wurden wir mit Kaki-Kleidung ausgestattet und die dazugehörigen kurzen Hosen empfand die Besatzung als Wohltat.

Apropos Wohltat: Wenn wir parierten, zeigte sich der *Schmadding* (Decksmeister) von seiner besten Seite. Da keine weiteren Arbeiten anlagen, teilte er den Großteil der Mannschaft zum Messingputzen ein. Ich gehörte zur Kommandanten-*Pinasse* (Beiboot). Wir sollten uns auf diese Weise den gesamten Tag beschäftigen und nicht an Oberdeck rumlaufen. Die Aufgabe betrachtete ich als perfekt, im Sitzen bei einem Plausch konnte man sie gut verrichten.

Gleichzeitig beobachteten wir dabei die Küste. Die Sonne brannte und das nasse Element glitzerte in ihrem Schein. Fischerboote mit auffällig hohen Masten fuhren vorbei. Die „weiße Lady" (wie wir die „Deutschland" auch liebevoll nannten) drosselte die Dieselmotoren, sowie wir in die anfänglich zweieinhalb Seemeilen breite Straße von Messina einfuhren. Tümmler, Haie und Thunfische hatte ich auf der Reise bereits gesehen.

Vor Messina gab es allerdings eine Besonderheit. Durch Zufall erblickte ich einen Schwarm von Fliegenden Fischen. Die Motoren schreckten sie auf. Ich bemerkte nunmehr eine Vielzahl von Fischschwärme. Das Wasser schien zu brodeln, so als ob es lebendig werden wollte. Ich staunte, dass sie vereinzelt gleitend Distanzen von über hundert Meter in einer Höhe von ungefähr eineinhalb Meter zurücklegten. Es blieb ein unvergessliches, fantastisches Naturschauspiel.

Später wurde die Wasserstraße weitläufiger und dehnte sich auf annähernd sieben nautische Meilen aus. Unerwartet für die meisten von uns tauchte in der Ferne ein mächtiger dunkler Umriss auf, der ungewohnte kolossale Ausmaße vermuten ließ.

Er stellte sich als der amerikanische Flugzeugträger USS Forrestal (CV-59) heraus, mit einer Länge von 325 Metern und 39 Metern Breite. Die Besatzung betrug 5180 Mann. Der Koloss war auf der Insel Sardinien stationiert.

Wie klein erschien die Lady neben dem Giganten, man musste annehmen, wir wären das Beiboot von diesem Riesen. Der gewaltige Schatten verschluckte uns vollständig. Auf Nähe herangerückt, begann dann die übliche Prozedur der Ehrenerweisung. In deutscher Sprache erhielten wir Grüße, und es wurde uns eine gute Weiterfahrt gewünscht.

Zu spät begriffen wir, dass der amtierende Bundesverteidigungsminister Georg Leber uns begrüßte, der sich zu jener Zeit dort zu Besuch an Bord aufhielt. Zurückschauend erblickten wir in der Ferne, wie Jäger und Bomber aufstiegen.

Nachdem wir mittlerweile im Ionischen Meer verweilten, wurde der neue Kurs östlich unterhalb des Stiefels in Marschrichtung Griechenland gesteckt. Von Tümmlern gefolgt, zogen wir an der Südspitze Italiens vorbei und drehten bald darauf in Richtung *Backbord* nordwärts. Nun befuhren wir das Adriatische Meer und steuerten anschließend die Lagune von Venedig an.

Mit dem nördlichen Kurs verschwand auch die Wärme. Ich hatte mich verkühlt und hustete. Sehnsüchtig schaute ich nach *Steuerbord* auf die Küste von Jugoslawien und meldete mich dann endgültig in den *SAN-Bereich* ab. Hier stellte der Arzt eine Lungenentzündung fest, deswegen wurde ich stationär behandelt. Als einziges Schiff der damaligen Bundesmarine besaß die Deutschland einen Röntgenraum, entsprechende Räumlichkeiten und Ärzte plus Fachpersonal, um die Besatzung pflegen zu können. Ich brauchte also nicht ausgeflogen werden. Aber Venedig, ausgerechnet hier, musste es passieren. Kein Landgang denkbar, dies wurde mir sofort klar.

Zum Glück war es eine leichte Lungenentzündung und aufgrund meines unnachgiebigen Drängens und Bettelns bekam ich zwei Stunden Landgang „verschrieben." Allerdings wurde zur Auflage gemacht: „Nur dick eingepackt möglich."

In der Zwischenzeit lagen wir am Markusplatz, in der Hauptwasserstraße Venedigs, dem Canale Grande vor Reede. Hier herrschte reger Verkehr mit Kleinbooten und Gondeln. Unsere *Pinasse* war bereits zu Wasser gelassen und hatte den Fährverkehr aufgenommen. In der Sonne an Oberdeck ging ich zuerst zur *Schanz*, um einen Rundumblick zu werfen. Jedenfalls soweit die Aufbauten es zuließen. Sehr beeindruckend, der Markusplatz. Rechts der reich verzierte, weiße Dogenpalast und links daneben leicht in den Hintergrund gesetzt, der mit Rotstein erbaute Markusturm.

Jetzt aber im Eiltempo durch Venedig, die Zeit drängte.

Im Vorfeld legte ich mir einen Plan zurecht: Kein Fotoapparat, keine Super 8-Kamera, all das kostete nur Zeit! Nach dem Stadtplan schnurstracks die erreichbaren Sehenswürdigkeiten abklappern. Um nur einige zu nennen: Dogenpalast, Seufzerbrücke, Rialtobrücke und natürlich alles um den Markusplatz herum. Ich beschloss, ebenfalls hinter diese prachtvollen Kulissen zu schauen. Entsprechend krass der Unterschied in den Nebengassen. Nein, hier wollte ich nicht tot über den Zaun hängen. Viel Dreck, Ratten und dunkle feuchte Gassen.

Aus den zwei Stunden entfalteten sich dreieinhalb. War mir auch egal. Wer wusste, ob ich hier jemals wieder herkommen würde. Unterwegs kaufte ich mir zur Erinnerung mehrere Dia-Sets. Unerwartet trug man nach meinem Bildungseinsatz an Bord die Verspätung mit Gelassenheit. So oft es funktionierte, entzog ich mich von nun an dem *San-Bereich* für dreißig Minuten, um an Oberdeck bei einer Zigarette die Aussicht zu genießen. Vier Hafentage gingen immer schleunigst vorbei, ob gesund oder krank. Bei einem Buch genoss ich die Fahrt hinaus auf die offene See.

La Maddalena- Bordfest

Jahrmarkt Atmosphäre auf der Deutschland.

La Maddalena – Sardinien vom 27.03. - 31.03.

Neun Seetage lagen zu dieser Zeit vor uns. Ich empfand die Seereise wie ein Kreuzfahrtpassagier. In der Zwischenzeit probte die Mannschaft zum wiederholten Male die Manöver, Mann über Bord und sofort. Mein leicht erhöhtes Fieber war längst verschwunden, aber die *Sanis* (Sanitäter) behielten ihren Patienten weiter auf der Krankenstation. Der Arzt wollte keine Verantwortung dafür übernehmen, mich zu früh freizustellen. Weil ich zum Deckspersonal gehörte, erschien ich aus seiner Sicht gefährdeter, als das Maschinenpersonal, das nicht an Oberdeck, Wind und Wetter ausgesetzt war.

66

Einen Tag vor La Maddalena wurde ich als gesund entlassen. Am Donnerstag, den 27.03.1975 gingen wir vor Reede. Die Vorbereitungen liefen auf Hochtouren. Als Höhepunkt wurde ein Bordfest organisiert, mit folgenden Wettbewerben: Garn*stropp* ziehen, Malwettbewerb, Wettfüttern mit Pudding und verbundenen Augen, Singwettbewerb, Tauziehen, Wassertragen, Möpse fischen, Luftballons der anderen Teilnehmer zertreten und Wettnageln. Tatsächlich erinnerte es an einem Kindergeburtstag, kam aber bei uns Soldaten als willkommene Abwechslung an. Hauptsache Freizeit, zumal Bier ausgeschenkt wurde.

Zurück zum Hafen. La Maddalena wies den gewissen italienisch-südländischen Charme auf. Die Stadtsilhouette erstrahlte in der Nachmittagssonne in ihren schönsten Pastellfarben. Das Wetter zeigte sich mit angenehmen, warmen Temperaturen, obwohl der Kalender an diesem Wochenende Ostern anzeigte.

So hatte ich mir eine italienische Kleinstadt vorgestellt. Enge, verwinkelte Gassen und in jeder Ecke wild gestikulierende, lautstarke Einwohner. Ich ließ im Verlauf meines Landganges den Abend mit etlichen Karaffen Rotwein ausklingen. Ja, vom Wein keltern verstehen auch die Italiener etwas. Hier schien das Leben lebenswert zu sein. Weiße Strände und sauberes, klares Gewässer luden zum Baden ein.
An Bord wurde „Open Ship" erteilt. Zwei Tage durfte ich deshalb mit der *Pinasse* die Schaulustigen vom Hafen abholen und zum wiederholten Male zur Land Anlegestelle zurückbringen. Über das *Fallreep* (Strickleiter) ging es für die Landratten an Oberdeck. Dabei gab es Szenen, von denen ich nicht berichten möchte. Nur so viel, es fiel keiner

ins Wasser. Manch ein unsportlicher Gast fuhr lieber enttäuscht zurück, ohne unserer Dame einen Besuch abzustatten.

Kontinentwechsel nach Afrika

Erinnerungen an sehr heiße Tage
drängen sich in meine Gedanken.

Oran, die Hauptstadt von Algerien vom 04.04. - 08.04.

Am 31.03. hieß der Befehl „Anker auf!" In drei Tagen wollten wir vor der Hafenstadt Oran wieder vor *Reede* gehen, um der weißen Lady ein sehr gründliches *Reinschiff* zu verpassen. Dazu wurden etliche *Pützen* (Mehrzahl für Eimer) Farbe verstrichen. Die *E-Mixer* (zuständig für die Elektrik an Bord) setzten die Lichterkette über Top. Diese bestand aus verschiedenen farbigen Glühlampen. Am Schornstein erkannte der Zuschauer die aus Glühbirnen farblich zusammengesetzte Landesflagge des jetzigen Gastlandes. Zu weit habe ich dem Geschehen vorgegriffen.

Zurück zum 31.03. – der Anker war inzwischen eingeholt. Die Silhouette von La Maddalena blieb achteraus, zusehend ständig kleiner werdend, bis sie dann völlig verschwand. Wir fuhren fast direkten südwestlichen Kurs auf das wilde, exotische Afrika zu. Ließen im Verlauf die Balearen an *Backbord*seite vorüberziehen. Neptun hatte dem Wettergott gut zugeredet. Wenn ich es nicht besser wüsste, könnte man denken, wir düsten mit der Deutschland bei siebzehn *Knoten* Reisegeschwindigkeit in Gleitfahrt durch das spiegelblanke, klare Wasser. Achterlich auf beiden Seiten verfolgten uns, wie üblich, etliche Tümmler. Verspielt tauchten sie immer wieder in den Wellen ein, die zuvor die Schrauben aufgewühlt hatten. Dabei beobachteten sie uns oben auf dem Deck. Bei herrlichstem Abendrot erreichten wir den zugewiesenen Ankerplatz vor der Küste Afrikas.

Annähernd dreißig Grad, ich schaute übers nasse Element und erkannte diesig flimmernd in der Ferne die Hafenstadt an der Steilküste. Nach dem *Aufklaren* blieb der Freiwache Zeit, sich einen gemütlichen Abend an Oberdeck zu gestalten. Mit meiner sogenannten „Pferdedecke" (wir nannten sie so, weil sie kratzig war), allerhand Bieren und dem Weltempfänger genoss ich mit den Kameraden die Aussicht.

Die Sender Deutsche Welle und der bayrische Rundfunk empfing ich mit dem Kurzwellensender brillant und klar.

Endlich mal wieder Nachrichten aus der Heimat hören. Ansonsten gab es ja leider nur den Schreibkontakt nach Hause und von den Funkern eine grob zusammengestellte wöchentliche Berichterstattung, die wir über die Bordanlage empfingen. Dieser traumhafte Abend hat sich ebenfalls in meinem Gedächtnis auf ewig fest verankert.

Ruhe vorm Sturm. Im Anschluss der morgendlichen Musterung wurde ich und weitere Mannschaftsdienstgrade zur Außenhaut (Bordwand) *pönen* abgeteilt. Auf einem am Seil befestigten Brett, dem „*Bootsmannstuhl*" sitzend, wurde ich bis zur Oberwasserkante hinunter gefiert. An Oberdeck standen bewaffnete Kameraden wegen dem haiverseuchten Gewässer. Sie sollten uns schützen, falls jemand in den *Bach* stürzte. Zum Tagesende glänzte die fünfzehnjährige Deern wieder. Gerne präsentierten wir, beim Einlaufen in den Hafen, stolz unser Schiff.
Obwohl die Neugierde auf das Morgenland groß war, schob ich die zwei ersten Tage Hafenwache. Dies hatte freilich einen Vorteil: Durch Erzählungen meiner an Land gewesenen Freunde konnte ich zielstrebiger die Trampelpfade in Oran ablaufen, ohne unnötige Zeit zu vergeuden.

Der Englisch sprechende Aleman

Okay, eine Trinkkultur erwartete ich nicht. Es kam mal wieder
anders als gedacht. Das Gesöff zog einem die Beine weg,
diente allerdings beim Kulturaustausch in fremder Sprache.

In Dienstkleidung ging es am Morgen von Bord. Nach hundertdreißig Jahren französischer Kolonialherrschaft hatte ich das Gefühl, in Südfrankreich zu sein. Allerdings belehrten mich die Burnus (weiße, weite Kapuzenmäntel) tragenden, dunkelhäutigen Männer und deren völlig verschleierte Frauen, dass dem nicht so war. Unter Palmen schlenderte ich Stunden später auf ein mir empfohlenes Bistro zu. Wohl wissend, dass aufgrund der Kultur kein Alkoholgenuss auf dem Seemann warten würde, setzte ich meine durstige Wenigkeit in der weißen Uniform an den Tresen.

Voller Überraschung sprach mich sogleich der Nebenmann in akzentfreiem Deutsch an. Es stellte sich heraus, dass er ein Ingenieur und aus Deutschland stammte. Schnell redeten wir uns per du an. „Schlecht, dass es in diesem Land kaum Alkohol gibt, außer ein paar Flaschen Wein, die auch noch gewöhnungsbedürftig sind", bemerkte ich. „Da magst du recht haben", säuselte der bereits angeschickerter Gesprächspartner nachdenklich mit ernster Mine. Kurze Pause, ich nippte an dem Rebensaft. „Allerdings besitze ich die Lösung", erhellte sich sein Gesicht wieder.

Der Adhän (islamischer Gebetsruf) ertönte laut vom Minarett durch den Muezzin (Gebetsrufer) und unterbrach das „heidnische Gespräch" abrupt. Soeben ging die Sonne unter. Sämtliche muslimische Völker beteten inzwischen in der Zielgeraden Richtung gen Mekka am Boden kniend. Es wurde still um die beiden Germanmänner, der Wirt hatte sich ebenfalls zurückgezogen. Ich holte die, für deutsche Verhältnisse, überteuerte Flasche Wein vom Tresen und schenkte mir das Glas voll.

„Lösung?

Was spielst du damit an?", hakte ich nach.

„Ich bin jetzt ein Dreivierteljahr hier und muss weiterhin zwei Jahre bleiben, bis dahin ist das Industrieobjekt abgeschlossen. Was macht man folglich? Man richtet sich getreu der westlichen Bedürfnisse aus. Also habe ich mit den anderen Kollegen eine Destille gebaut. Achtung, in diesem Land ist starker Alkohol strengstens verboten und wird mit jahrelangem Gefängnis bestraft“, erklärte er mir bereitwillig. Dabei zog er einen Edelstahl-Flachmann aus der Tasche und hielt sie mir entgegen. „Hier eine Kostprobe, aber vorsichtig, der ist hochprozentig.“ Ein Lächeln stand mir im Gesicht. Erwartungsvoll griff ich zu und schaute mich im Bistro um, während ich die Flasche aufschraubte und danach an die Lippen setzte. Wir waren noch immer die Einzigen im Raum. Ein höllisch scharfer Geruch stieg aus der Buddel.

Der Schluck, den ich nahm, sensibilisierte die Wahrnehmungskraft aufs Äußerste. So konnte ich ihn im Körper verfolgen, bis er den endgültigen Platz eingenommen hatte. Der Gönner, von Neugierde getrieben:
„Und?"

„Toll", hauchte ich, ohne eine Miene zu verziehen, mit heiserer Stimme.

„Dieser Schnaps hat nur sechzig Prozent. In der Wohnung lagert er unverdünnt."

Wir lenzten die kleine Taschenflasche, die es trotzdem in sich hatte. Inzwischen kehrten die Gäste vom Gebet zurück und wunderten sich, welche Wirkung der Rebenfusel, den wir offiziell tranken, auf uns hatte.

Ein Nachtleben gab es in Algerien nicht. Um neun Uhr schlossen sämtliche Lokalitäten. Nur das Bistro besaß eine Lizenz für Wein, und deshalb brauchten wir es erst um zehn Uhr verlassen. Mein neuer Freund und Landsmann hatte mich eingeladen. Draußen schrieb er seine Adresse auf. Morgen Abend wollten wir den Umtrunk mit zwei befreundeten Mädels aus Großbritannien fortsetzen. Zuversichtlich und erwartungsvoll ging ich gut angeheitert zum Hafen. An Bord staunten einige Kameraden, warum ich so spät geschätzt um elf Uhr mit einer Fahne zurückkam. Die meisten von ihnen kamen bereits wesentlich früher nüchtern zurück. Das Geheimnis behielt ich für mich. Nachdem ich in der *Koje eingemuschelt* war, schlief ich selig ein.

Gleich nach dem *Backen und Banken* besorgte ich mir ein paar kleine maritime Geschenke, welche ich in der Bordkantine erwarb, und schlich anschließend vom Schiff. An Land beobachtete ich tagsüber das fremdartig wirkende Treiben. Die Stadt war mit keiner anderen mir bekannten vergleichbar. Armut und Schmutz dominierten das Bild. Den strengen Gerüchen konnte man nicht ausweichen. Fünf Mal pro Tag wurde über Lautsprecher zum Gebet im kunstreich verzierten Gesang aufgerufen. Viel gab es zu sehen, doch nur langsam rückte der ersehnte Zeitpunkt näher. Von den Straßenschildern prangten ausschließlich arabische Schriftzeichen, trotzdem orientierte ich mich an Hand eines winzigen Stadtplans mühelos.

Zur rechten Zeit erreichte ich schließlich die aufgeschriebene Adresse. Zuvor kam ich jedoch durch ein dunkles Stadtviertel mit engen Gassen und Ausdünstungen, welches mir nicht geheuer schien. Vorsichtshalber klappte ich von dem Bordmesser den *Marlspieker* (Werkzeug/spitzer Dorn) aus. Man weiß ja nie.

Es passierte zum Glück nicht das Geringste. Die Menschen erschienen mir freundlich. Als der ein oder andere erfuhr, dass ich aus Alemania stammte, wurde ich gleich gastlich empfangen. Und setzte ich das Wort „West" vor Alemania, brachte es mir ein beachtliches Ansehen ein. Bedauerlicherweise wurde ich von Erwachsenen, aber hauptsächlich von vielen Kindern angebettelt. Schnell lernte ich die Bedeutung des Begriffes Bakschisch (kleine Gabe/Spende) kennen.
Mein neuer Bekannter öffnete mir die Tür. Ich schaute umher, ja, hier wirkte fast alles wie in der Heimat. Zwei von seinen Arbeitskollegen und unerfreulicherweise nur eine Britin, dafür sehr attraktiv, waren anwesend. Der englischen Sprache war ich leider nicht mächtig. Ein Seemann weiß sich in solchen Fällen immer zu helfen. Vorerst bestand ich

darauf, den Schnaps, der aus Kartoffeln hergestellt worden war, pur zu genießen. Der Unverdünnte brannte so intensiv im Hals, dass ich keine Kartoffel herausschmeckte.

Mit Orangensaft entstand allerdings eine wohlschmeckende Brühe. Das Salzwasser und die Seeluft des Mittelmeeres hatten mich durstig gemacht.
Ich animierte freundlichst die schöne Britin erfolgreich zum Mittrinken. Dieses Gesöff konnte man wirklich nicht einschätzen. Die beiden Kollegen entschwanden bereits zwei Stunden später. Als ich ein dringliches Bedürfnis verspürte und aufstehen wollte, knickten mir die Beine weg. Irgendwie schaffte ich es dann doch und lenzte ein weiteres Glas. Die Sprachbarriere zwischen mir und meiner Sofagefährtin war gebrochen. Wir führten ein nettes Gespräch mit Händen und Füßen und amüsierten uns. Irgendwann bekam ich einen Tunnelblick und schlief in ihren Armen gegen vierundzwanzig Uhr ein.

„Heiliger *Klabautermann*, was ist denn jetzt wieder los." Ich sprang auf und fasste nach dem Kopf. Die Schlafbekanntschaft fiel durch die besagte Rücksichtslosigkeit zur Seite und starrte mich mit schläfrigen Augen an. Draußen bölkte der Muezzin um vier Uhr morgens über die Lautsprecher zum Morgengebet, und unnötigerweise dauerte der Gebetsaufruf wenigstens fünf Minuten. Der Lautstärke entsprechend musste das Minarett gleich hier um die Ecke sein. „Wahnsinn, wie haltet ihr das bloß aus?", sagte ich und schaute abwechselnd zu den beiden hinüber, nachdem der Gastgeber aus dem Schlafzimmer gestürmt war.

Hellwach, aber noch total betrunken, schoss mir wiederkehrend meine Situation in den Sinn. Die weiße Lady würde heute um acht Uhr in See stechen. Dankend trank ich einen Kaffee zur Stärkung und nahm mir vierzig Zentimeter von dem meterlangen französischen Weißbrot. Zum Abschied umarmten wir uns und ich entschwand Richtung Hafen, so glaube ich jedenfalls. Aus einer Stunde Fußmarsch entstanden zwei. Ungewollt hatte ich einen Stadtrundgang gemacht. Nach dem Wecken um sechs Uhr dreißig erschien ich kaputt, ausgelaugt und um eine Erfahrung wieder reicher an Bord. Wie ich den normalen Arbeitstag überstand, durchblicke ich nicht mehr. Der Bedarf an Alkohol war vorerst gedeckt. Sechzehn Seetage lagen gegenwärtig vor uns. Wir befanden uns auf Heimreise.

Rollenschwof

Der Rollenschwof, ein notwendiges Übel und
Von den Meisten gehasst.

Heimathafen Kiel: Einlaufen am 24.04.

Wer etwa denkt, bei der Bundesmarine ist das Leben auf See ein Zuckerschlecken, der irrt. Selbst die Nachtruhe ist knapp bemessen. Auf dem *Schulschiff* gab es drei Wachabschnitte, das hieß: Jeder war genötigt, nachts für vier Stunden den Schlaf zu unterbrechen. Falls man Glück hatte, konnte der Wachgänger wenigstens sechs Schlafstunden in einem Stück pennen. Um die Besatzung nicht zu verwöhnen, gab es auch nachtsüber den sogenannten *Rollenschwof* (Übung für den Ernstfall).

Besonders auf dem *Schulschiff* wurde diese Tradition sehr gepflegt, um vor allen Dingen unsere Gäste (die hundertachtzig Offiziersanwärter) in einem Vierteljahr fit zu machen. Die Stammbesatzung kannte dadurch sämtliche Manöver in- und auswendig.

Hier ein kleiner Auszug von dem, was wir Mannschaften Schikane nannten. (Wir gestanden uns allerdings ein, dass es Sinn machte, den Ernstfall zu proben.) Plötzlich durchzog ein unüberhörbares Klingelrasseln das Schiff, kurz vor zwanzig Uhr, ausgerechnet im Laufe der kargen Freizeit.

„Auf Gefechtsstation, Besatzung auf Gefechtsstation!", brüllte die *SLA.* **„Wir werden von einem U-Boot angegrif-**

fen! Ich wiederhole U-Boot Angriff". Jedermann an Bord wusste, was seine Aufgabe war. Innerhalb von zwei Minuten musste jeder den zugewiesenen Posten besetzen. Die ABC-Maske, Schwimmweste und der Stahlhelm gehörten zur Ausrüstung und sollten unbedingt korrekt am Mann getragen werden. Egal, ob man vorher geschlafen hatte oder auf dem WC verweilte. Anzugsordnung *Takelpäckchen*, eventuell an Oberdeck je nach Wetterlage Seeparka.

Dann wieder dröhnendes Klingelrasseln: **„Torpedotreffer im Achterschiff, Wahrschau, Torpedotreffer im Achterschiff!"**, drang es laut und blechern aus dem Schiffslautsprecher. Alle an Bord befanden sich spätestens jetzt auf den Beinen und sprangen wie wild hin und her. Der eine Kamerad fand die Schuhe nicht, der andere vermisste die ABC-Maske. Mir passierte es, dass jemand meine Latschen angezogen hatte und ich darauf in zwei Nummern kleinere schlüpfen musste.

Aktuell war ich zur *Leckabwehr* eingeteilt und beeilte mich, ins Achterschiff zu gelangen. Ein Torpedo hatte ein fiktives gewaltiges Loch in die Außenhaut gerissen. **„Wassereinbruch, Wassereinbruch im Achterschiff"**, verkündete die *SLA* bedrohlich. Der Raum war bereits abgeschottet (verschlossene Tür), als ich eintraf. Also hinauf zum Oberdeck. Hier erfuhr ich, dass ein Lecksegel ausgebracht werden sollte, um das entstandene Leck notdürftig abzudichten.

Wieder klingelrasseln: **„Ruderversager, Ruderversager, auf Manöverstation!"**, klang es auch diesmal nicht besonders lieblich aus der *SLA*. Die besagte Aktion bedeutete äußerste Knochenarbeit. Achtern unterhalb der Wasserlinie befand sich die Notruderanlage, mit einer geringen Übersetzung. Das heißt, mit Muskelkraft versuchten wir das im Wasser befindliche Ruderblatt, gemäß der Befehlsanweisung

78

zu bewegen. Der Vorgang gelang stets nur mit mehreren Kameraden, die sich ans Ruder mit aller Kraft hängten. „Warum, muss man diese Scheiß-Manöver immer nachts üben?", hörte ich einmal während einer anderen Übung von meinem Nebenmann. Wir blieben ihm die Antwort schuldig.

Endlich um 22:10 Uhr dröhnt der Befehl aus der SLA: **„Gefechtsstationen aufklaren, wegtreten von den Gefechtsstationen!"**

Ihr erinnert euch, ich war zur *Leckabwehr* eingeteilt. Im Dunkeln mit zwei Kuttern und mithilfe zweier Schiffstaucher zogen wir das schwere Lecksegel aus festem gewachsten Leinen unter dem Rumpf der treibenden Lady durch. Entsprechend verspannten wir fest das Segel an Oberdeck über dem *Spill*. Die Fertigstellung meldeten wir der Brücke. Jetzt konnten die beschädigten Innenräume fiktiv gelenzt (*„lenzen"* entfernen von Wasser) werden.

Die Maschinen nahmen abermals langsame Fahrt auf. Nachdem die Durchsage kam „Gefechtsstation aufklaren", mussten wir den Kommandostand ermahnen, die Schnelligkeit wieder aus dem Schiff zunehmen. Da sich sonst keine Chance ergab, das Lecksegel wieder einzuholen. Zudem würde es sich in der Schiffsschraube höchstwahrscheinlich verheddern. Eine Stunde brauchten wir, um das Segel zu bergen, dann lag ich endlich in der *Koje* und schlief sofort erschöpft ein.

Hört das denn nie auf? Nochmals erklang die schrille Klingel mit Macht und durchdrang alle Decks. Ich peilte auf die *Klock*, fünfundzwanzig Minuten vergangen seit dem vorigen Manöver. **„Besatzung auf Manöverstation, Luftangriff, ich wiederhole: Luftangriff!"** Die Knochen spürte ich nicht mehr, wie ich in das *Takelpäckchen* sprang. Mit dicken *Klüsen* rannte ich zum Turm Delta, wo ich als Richtschütze eingeteilt war. Zum Glück erfolgte nur ein Schnelligkeitstest und dreißig Minuten später lag ich erneut im *Bock*. Jetzt noch dreieinhalb Stunden Schlaf.

Meine Seewache begann um vier Uhr früh. Zuerst ging ich „Posten *Schanz*". Mit dem *BÜ* (Befehlsübermittlungsanlage) auf dem Kopf *ratzte* ich weg, bis die Ablösung nach einer Stunde kam. Die restlichen drei Stunden verbrachte ich freiwillig auf der Brücke als Ausguck in der *Außennock*. Hier hielt der Fahrwind mich munter.

In der Zwischenzeit hielten wir uns im Nordatlantik auf, durchfuhren die keltische See mit Kurs England. Querten den Sankt-Georg-Kanal und ließen an *Steuerbord* Liverpool und an *Backbord*seite Dublin vorbeiziehen. Das nördliche Klima hatte die Besatzung wieder. Die See verharrte glatt, als wir die schottischen Inseln und die bizarre Steilküste erblickten. Umrundeten Schottland und steuerten das europäische Nordmeer an. Anschließend tauchten wir in die gute alte Nordsee, den „blanken Hans", ein, um die Marschrichtung auf den Skagerrak zu halten. Der Heimathafen Kiel blieb momentan noch einen „pummeligen" Tag entfernt. Die Lady wurde für den Empfang auf Vordermann gebracht.

Schon gab es die Ehrenbezeichnung in Richtung Laboe. Kurz darauf sah ich von fern die weißen Tücher der winkenden Menschen auf der Pier. Ein Platzkonzert gab sein Bestes dazu. Feierlich gingen der letzte Tag und die Seereise zu Ende, in diesen siebzig Tagen manövrierten wir vierundfünfzig Tage auf See und genossen sechzehn Hafentage. Insgesamt fuhren wir 14154,7 *Seemeilen*.

Die erste Wochenendwache bekam ich aufgebrummt und konnte somit nicht nach Hause. So musste ich eine zusätzliche Woche vorüberziehen lassen, um das Erlebte Familie und Freunden mitteilen zu können. Die Offiziersanwärter befanden sich längst nicht mehr an Bord und wir, die Stammbesatzung, bereiteten uns auf die angehende Reise vor. Die gesamte Freiwache staute abermals über eine Woche die Vorräte für knapp fünfhundert Seeleute und für 86 weitere Seetage. Kraftstoff, Trinkwasser und Munition wurden ebenfalls übernommen. Danach war die Instandsetzung des Schiffes abgeschlossen. Endlich bereit, nach einundvierzig Tagen vom Kieler Hafen aus in See zu stechen.

46. Auslandsausbildungsreise vom 04.06. - 29.08.1975

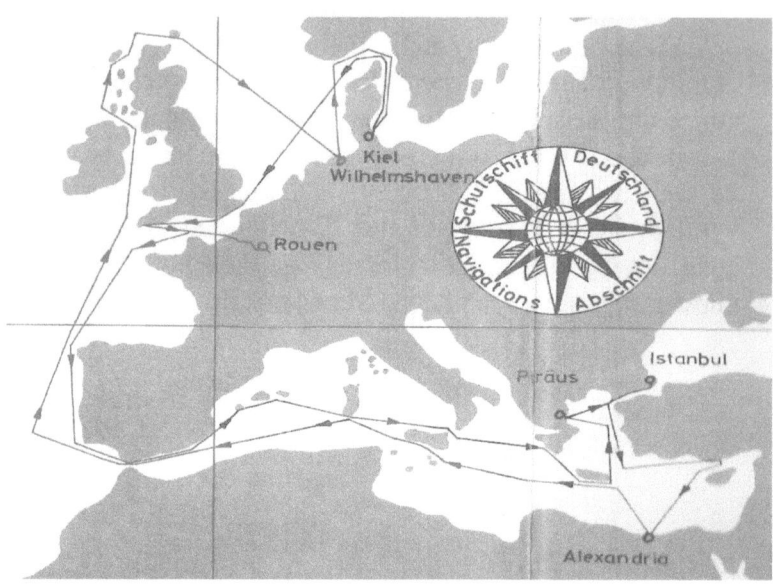

Rouen

Dieser schöne Ort war mir nicht bekannt.
Zählt jetzt zu meinen schönsten Auslandshäfen.

Rouen an der Seine in Frankreich vom 09.06. - 13.06.

Morgens, am 04.06. liefen wir planmäßig aus. Von einer Telefonzelle aus hatte ich am Vortag zu Hause angerufen, um mich zu verabschieden. Für ein Vierteljahr würde ich von nun an mit meinen Familienangehörigen nur noch brieflichen Kontakt haben können. Nur in Notfällen gab es die Möglichkeit, von Bord aus ein Telegramm zu versenden.

Zum An- und Ablegemanöver blieb ich wie immer auf der *Back* eingeteilt. So entging mir nicht, dass die Mole, sowie auch auf der letzten Reise, voll mit Angehörigen, Schaulustigen und sogar mit der Presse und einem Fernsehteam belegt war. Das Militärorchester spielte die bekannten maritimen Weisen. Die Freiwache stand in "*erster Geige* blau" auf Passieraufstellung. Gleichmäßig schwenkten sie im Takt ihre Kopfbedeckung. Das *Schulschiff* hatte abgelegt, die Pier wurde allmählich kleiner, und schließlich sahen wir die winkenden, teils weinenden Menschen nicht mehr. Für die Nachblickenden entschwand die Deutschland kurz nach der üblichen Ehrerweisung in Laboe vollständig vom Horizont.

Wir nahmen Kurs auf Skagerrak, durchquerten den besagten und hielten nachfolgend die unmittelbare Fahrtrichtung auf den englischen Kanal bei, auch Ärmelkanal genannt. Die südliche, britische Steilküste hinter uns lassend, passierten wir diesmal im nahen Bereich die Kreidefelsen von Dover. Anschließend erfolgte die direkte Marschrichtung in die Seine-Flussmündung. Für die folgenden achtzig nautischen Kilometer (ein nautischer Kilometer entspricht einer Distanz von 1000m) blieb das Wetter wie geschaffen.

An Oberdeck wurde ich zur Ankerwache abgeteilt, damit ich notfalls bei Ruderversagen die Kettenbremse lösen konnte, um den Anker ins Wasser rauschen zu lassen. Auf die Weise durfte ich die Fahrt in vollen Zügen genießen. Mit geringer Geschwindigkeit tuckerten wir an Le Havre vorbei, unterfuhren deren berühmte Brücke und bekamen so die ersten unvergesslichen Eindrücke. Fortan schlängelte sich die Seine ins Landesinnere und verjüngte sich folglich langsam.

Schaulustige standen an den Ufern, sobald wir an kleinen

Ortschaften oder größeren Siedlungen vorbeikamen. Manche hielten Willkommensgrüße auf beschriebenen Bettlaken in die Höhe. Ich hatte nicht erwartet, dass die Franzosen das deutsche Kriegsschiff so freundlich aufnehmen würden.

Landschaftlich empfand ich die Tour auf dem Fluss sehr abwechslungsreich und beeindruckend, deshalb blieb sie detailliert im Gedächtnis zurück. Am Schluss der Passage tauchte nach einer Flussbiegung in knapp zehn Stromkilometern unser Ziel auf. Rouen, eine geschichtsträchtige, bezaubernde Metropole, die als Seehafen kaum bekannt ist, weil sie recht weit im Binnenland liegt. Die wenigsten wissen, dass Rouen europaweit bis heute der größte Getreidehafen ist und in der europäischen Auflistung aller Häfen immerhin Platz achtundzwanzig einnimmt. Je näher wir kamen, desto reichlicher entdeckten wir den Charme dieser Stadt. Die Kathedrale überragte den historischen Stadtkern ehrwürdig.

Mein erster Eindruck verstärkte sich beim Landgang. Die sehenswerte Altstadt, mit ihrer überwiegend mehrere hundert Jahre alten Bausubstanz lud zum Entdecken ein. Fachwerkhäuser bestimmten das Stadtbild. Natürlich sind mir auch die hübsch gewachsenen Deerns aufgefallen. Ich möchte hier am Rande bemerken, dass ich an Land nicht nur ausschließlich die Architektur bewunderte. So viel zum Klischee des Seemanns. Immer wieder erwähnenswert sind auf jeden Fall die französische Küche und die vorzüglichen Weine, die ich in den vielen Bistros oder Straßencafés genießen konnte, während ich den vorbei flanierenden Mädels nachschaute. Zum zweiten Mal in Frankreich fand ich mich als Gast wohl aufgehoben. Doch ehe man sich versah, schipperten wir auf der Seine zurück in Richtung Ärmelkanal.

84

Piräus

Die Vorfreude auf Piräus war enorm.
Vorher gab es für mich jedoch ein prägendes Ereignis.

Piräus vom 27.06. bis zum 01.07.

Vierzehn Seetage lagen vor uns, um Griechenland zu erreichen. Logisch, dass die Schiffsführung die Zeit nutzen würde, um die neuen Offiziersanwärter auf Vordermann zu bringen. Der *Rollenschwof* bestimmte in jenen Tagen den Alltag. Die Biskaya zeigte sich von ihrer freundlichsten Seite.

Nachdem wir die Straße von Gibraltar passiert hatten und auf die Balearen Kurs hielten, ertönte plötzlich lautes, schrilles Klingeln unter Einsatz aller Bordlautsprecher. **„Mann über Bord, Mann über Bord an *Steuerbord*seite, Besatzung auf Manöverstation!"** Gleichzeitig drosselten die Maschinen. Ein dröhnendes Vibrieren bekamen wir als Antwort zu hören und zu spüren, so als ob sich die Lady aufbäumen wollte.

Die Brücke führte zunächst sämtliche notwendigen Maßnahmen durch, die diese Situation erforderte. Danach besaß die Deutschland keine Fahrt mehr über Grund. **„*Backbord*kutter und *Steuerbord*kutter zu Wasser"**, dröhnte es durch die *SLA*. In dem Fall gehörte ich als Manövergast zur Kutterbesatzung. Eine seichte, lange *Dünung* von vielleicht zwei Meter Höhe durchzog das westliche Mittelmeer. Das Wetter war angenehm sonnig und warm.

Etwas unsanft schlugen wir mit dem Kutter aufgrund des Wellengangs auf der Wasseroberfläche auf und sanken dann sachte in die Wellen ein. Schnell stießen wir von der Bordwand des Mutterschiffs ab, die uns alles Lebensnotwendige und eine gewisse Geborgenheit zur Verfügung stellte. Der Befehl lautete: *Kutterpullen* und den verunglückten Kameraden bergen. In unsriger Angelegenheit wurde zur Übung stets eine Art Puppe oder Dummy mit orange leuchtender Schwimmweste über Bord geschmissen. Ebendiese galt es mit Ruderkraft in der *Dünung* zu finden.

Die Lady nahm leichte Fahrt auf und entwich langsam aus dem Blickfeld am Horizont. Entgeistert blickten wir hinterher und konnten uns das Verhalten nicht erklären. Hierüber gab es keine Instruktion, die Brücke hatte uns im Unklaren sitzenlassen. So blieben wir jetzt auf uns gestellt, in dieser langen hohen *Dünung* erwies sich das *Pullen* als äußerst schwierig. Trotz außergewöhnlicher Kraftanstrengung kam bei jedem Einzelnen nun die Befürchtung auf, nicht mehr vorwärts zukommen. Wie eine Nussschale schaukelten wir zwischen den Wogen hin und her.

Fern ab bemerkten wir den zweiten Kutter, der manchmal auftauchte und dann wieder in dem hohen Wellengang verschwand. Sie kämpften mit den gleichen Problemen. Ein mulmiges Gefühl entstand in mir, als die Deutschland auf offener See aus dem Gesichtsfeld entschwand. Nirgendwo war Land in Sicht, nicht einmal Schiffs- oder Bootsverkehr. Nur das Ewige auf und nieder der leicht gurgelnden Wellen spielte mit dem kleinen, aber seetüchtigem Segelkutter. Wie durch ein Wunder fand das andere Beiboot die außenbords geworfene Puppe.

Der Funkverkehr zum Mutterschiff brach ab, so konnten wir keine Meldung über das Bergen weitergeben. Ohne ein weiteres Ziel zu haben, durchstöberten wir den Kutter, um die Notausrüstung in Augenschein zu nehmen. Nach geraumer Zeit teilten wir den Proviant auf, denn ebenfalls in der Kombüse vom *Schulschiff* erfolgte längst das mittägliche *Backen und Banken.*

Vier Stunden ließen uns die Offiziere zappeln, bevor man uns wieder an Bord hievte. Es blieb eine Erfahrung fürs Leben. Wir begriffen, dass wir in dieser Situation aufeinander angewiesen waren. Mit vereinten Kräften manövrierten wir den Segelkutter. Schiffbrüchigen empfand ich ab sofort einiges nach. Obwohl wir eine wesentlich bessere Ausgangsposition erleben durften. Zudem verfügte der Kutter nicht nur zum Segeln eine Betakelung, sondern auch einen bewährten eingebauten Volvo Diesel, der uns im Ernstfall zur Verfügung gestanden hätte.

Unser Bordschuster

Als Zivilist auf der Deutschland,
aus damaliger Sicht, ein Traumjob.

25 Jahre Dienstjubiläum feiert unser Bordschuhmacher Willi.

Nachdem das Schiff die Balearen an *Backbord*seite liegen ließ, änderten wir den Kurs in östlicher Richtung. Danach querte es die Südspitze Sardiniens und hielt auf die Straße von Messina zu. Zu dieser Jahreszeit genossen wir bestes

Wetter. Die Anzugordnung an Bord wurde abermals auf „Kaki kurz" umgestellt.

An Bord wohnten sechs Zivilisten, ein Schuhmacher, Schneider, Friseur, Wäscher und zwei Stewards. Eine eingeschworene Gemeinschaft hatte sich unter ihnen gebildet. Der Schuster Willi war ein ruhiger, bescheidener Geselle und beliebt unter uns. Die Ausgeglichenheit übertrug er automatisch auf sein Gegenüber.

Heute am 22. Juni 1975 feierte er das 25. Dienstjubiläum. Einen straffen Zeitplan musste er einhalten, um die vielen Glückwünsche entgegennehmen zu können. Schon zur Abschnittsmusterung wurde der Jubilar mit Sektumtrunk begrüßt. Gegen zehn Uhr ließ dann der Kommandant bitten. Eine Stunde später tauchte er nach etlichen Cognacs wieder auf, nachdem er mit dem *Alten* einen intensiveren Plausch geführt hatte.

Willi freute sich jetzt auf das Mittagessen. Falsch gedacht. Der *ESAK* und der *KASAK,* (*e*vangelische und katholische Sündenabwehrkanone) die beiden Bordpfarrer lauerten bereits. Sie beglückwünschten ihn, übergaben jeweils eine Flasche Portwein und ein Buch mit tieferem Sinn zum Thema Beten. Auch hier vertiefte sich das Gespräch.

Eine Stunde später schaffte er es noch knapp zum Essen, ebendies ging ihm über alles. Gelassen sah er auf den „Laufzettel", demnach wollte das Küchenpersonal um 14:30 Uhr ein Kaffeekränzchen auf seiner Kammer ausrichten. „Da bleibt mir ja eine Stunde Pause", lächelte er zufrieden. Wieder falsch gedacht. Wir fuhren zu dieser Zeit in Richtung östliches Mittelmeer und durchliefen soeben erneut eine Zeitzone. Die Bordzeit wurde um eine Stunde vorgestellt.

88

Damit hatte der wackere Willi nicht gerechnet, also gab es direkt Kaffee. Die geladenen Gäste trudelten ein und ließen sich um die bärenstarke Torte nieder, welche herrlich präsentiert in Form eines Schuhs aus Buttercreme verziert war. Die Kaffeeplauderei befand sich im vollen Gange.

Plötzlich ein Anruf: „Der Bordschuhmacher auf die Brücke!" Dann passierte etwas Einmaliges. Die *SLA* verkündete: „An alle Stellen, wir schießen jetzt einen Salut zu Ehren unseres Schuhmachers Willi T., der am heutigen Tag sein 25 jähriges Dienstjubiläum begeht." Es folgten drei Schuss Ehrensalut aus Geschütz Eins. Der Schuster war nun bestimmt perplex. Ansonsten standen Salutschüsse nur den höchsten Dienstgraden und Würdenträgern zu. Zum Andenken wurden ihm die drei Kartuschen ausgehändigt.

Als zweite Überraschung erhielt er von dem Antriebsoffizier zur Ehrung die „Heizer Rose". Eine aus Messing geschmiedete Rose, die nur sehr selten verliehen wurde. Schon lag der nächste Termin an, Einladung in die *PUO-Messe*. Nach Geschenken und Umtrunk drängte die Zeit weiter. In der *U-Messe*, der er angehörte, musste er um 16:00 Uhr anwesend sein und das von ihm spendierte Fass anstechen. Nach etlichen Gläschen Bier, zog er sich auf seine Kammer zurück und schlief ein.

Um zwanzig Uhr war großer Empfang mit dreißig Gästen, Sekt und kaltem Buffet in der *U-Messe*. Während Willi träumte, richteten die Kameraden alles her. Der Kommandant und der *IO* (erster Offizier) waren geladen. Das Fest verlief zuerst, wegen der beiden, ich nenne sie mal respektvoll Chefs, etwas steif. Nachdem sie die festliche Stätte ver-

lassen hatten, kam Stimmung auf und die Sektkorken knall-
ten immer flotter. Ab ein Uhr verblieb der harte Kern unter
sich. Die Feier dauerte bis morgens zum Wecken. Sechzig
Flaschen Sekt blieben auf dem Schlachtfeld zurück. Übrigens: Der Jubilar verschwand tapfer erst zum Morgengrau-
en, verständlich, denn so ein Jubiläum hat man schließlich
nicht jeden Tag.

Die Ouzo-Polka

Das unvergessene Piräus, nie hätte ich es
mit der Reeperbahn in Verbindung gebracht.

Die ausladende „Schuster-Feierei" war natürlich für die
Besatzung eine willkommene Abwechslung. Trotzdem freu-
ten wir uns zufolge der vierzehn täglichen Seefahrt auf den
nächsten Landgang. Die Route verlief südlich von Kreta, um
dann nördlich in die herrliche Inselwelt von Griechenland
mit ungefähr dreitausend Inseln einzutauchen. In Höhe der
Kykladen-Inseln durchfuhr die Deutschland das azurblaue
Wasser der Vulkaninsel Santorin. Dies ist eines der Orte, wo
die versunkene Stadt Atlantis vermutet wird. An *Backbord*
und *Steuerbord* erkannte ich oberhalb der weiß marmorier-
ten Steilküste die vielen eng anliegenden weißen Häuser.

Am Nachmittag gingen wir in einer Bucht mit glasklarem
Meereswasser vor Anker, da wir dem Zeitplan Stunden
voraus waren. Wir konnten in dem wohl fünfzehn Meter tiefen Wasser am Grund die Felsen sehen. Aufgrund der für
uns Nordeuropäer ungewöhnlichen Hitze ließ man das *Fallreep* herunter. Der Kommandant erteilte der Mannschaft

90

zwei Stunden Badeerlaubnis. Hierzu wurden an Oberdeck bewaffnete Kameraden postiert, um eventuell nahende Haie abzuwehren. Mein Bewegungsdrang war nach der langen Fahrt groß, so blieb ich die zwei Stunden im erfrischenden Bad.

Tags darauf liefen wir in Piräus ein. Ich hatte mich einer Stadtbesichtigung angeschlossen. Mit dem Bus fuhren wir in "*Erster Geige* weiß" nach Athen, auch um die Akropolis zu besichtigen. Die altertümliche Anlage betrat ich mit Respekt, aber der Durst in jener Hitze wurde unerträglich. Nirgendwo ein Bier in Aussicht. Als interessant und erwähnenswert empfand ich, dass ich vor Ort zwei Reisebusse aus der Deutschen Demokratischen Republik erblickte. Mir war klar, dass der Normalbürger aus der DDR nicht in die westliche Welt einreisen durfte. Also schloss ich daraus, das mussten unbedingt Privilegierte sein. „Un een Bierchen gebt es her ooch nich", hörte ich eine sächsische Stimme. Nun, gut, ob bevorzugte mit Sonderstellung oder nicht, sie kämpften mit den gleichen Problemen.

Allerdings drängten nun mehrere Reiseleiter ihre Gruppe von den Marineleuten ab. Deren Busse fuhren kurz nach unserer Ankunft wieder ab, um den Kontakt zu den westdeutschen Soldaten zu vermeiden. Am frühen Nachmittag war die Tortur der Rundfahrt vorbei und ich plante endlich den Durst und Hunger in einer nahegelegenen Taverne zu stillen. Mein Verlangen auf Bier interessierte hier Niemanden und konnte daher nicht erfüllt werden. Notgedrungen bestellte ich eine Literflasche Imiglykos, die mir zu diesem Zeitpunkt noch völlig unbekannt war. Zum Ouzo brachte die freundliche Bedienung zusätzlich ein Glas kaltes Tafelwasser. Das hatte ich gar nicht angefordert und wollte es zurückgeben. Mit einer energisch abwehrenden Geste ließ sie den Verdatterten mit dem Nichtprozentigen zurück.

Vorsichtig um mich blickend, bemerkte ich, dass die anderen Gäste das Wasser nach dem Ouzo zu sich nahmen. „Komische Sitte", grübelte ich, „dann geht doch der schöne Geschmack von dem noblen Getränk flöten. Folglich kein Wunder, dass das antike Griechenland den Bach runterging."

Die Griechen ließen nicht das Geringste umkommen. Sogar die Weinblätter aßen sie mit, die ich mir fälschlicherweise ebenfalls bestellt hatte. Nachdem ich gesättigt war, lehnte ich mich zurück und beobachtete die Umgebung. Erst jetzt registrierte ich, wie bärenstark es hier war. Ich hatte voll ins Schwarze getroffen. Hier in der Taverne gab es alle Klischees, die man mit Griechenland verband. Klassisch zurechtgemachte Säulen und nochmals Säulen. Viele Bögen vor den eingelassenen rustikalen Sitzgruppen.

Und?

Sirtaki!

Eine auf der Bühne sitzende griechische Folklore-Band spielte auf. Die Gäste wurden mit fortschreitendem Abend immer lustiger. Mit der weißen Uniform blieb ich den Einheimischen nicht verborgen und bekam netten Kontakt.

„So schwer kann Sirtaki doch nicht sein", stellte ich beobachtend nach fortgeschrittener Stunde fest. Ich habe keinen Einblick mehr, nach dem wievielten Imiglykos, und den nicht gezählten Ouzos, ich mit der Vortanzgruppe, die in roter Weste, weißem Hemd und schwarzer Hose auftraten, auf der Schaubühne stand. Ich hatte die Arme über die Schultern der Tanznachbarn gelegt und tanzte mit ihnen leidenschaftlich Sirtaki, zumindest glaubte ich, den zu tanzen.

Gehörig brachte ich unsere Reihe ins Schwanken und beinahe wären wir zu Boden gegangen.

Man möge mir meinen Zustand verzeihen. Dieser halbsüße
Wein, und dazu der Ouzo, waren auch für den jungen Seemann gemischt getrunken ungewöhnlich und zugleich ver-
nichtend für den Genießer. Ich erlebte ein ausgelassenes
griechisches Fest mit größter Gastfreundschaft. Zwei Sirta-
ki-Tänzer lieferten mich weit nach Mitternacht an Bord des
Schiffes ab.

Aufgrund der Erfahrung am nächsten Morgen möchte ich für
die griechische Trinkkultur einen Verbesserungsvorschlag
anbringen. Man sollte kein kühles Wasser zum Ouzo reichen, sondern dem Gast auf dem Heimweg eine *Pütz* voll
hiervon mitgeben. Der Nachdurst am darauffolgenden Tag
war nämlich sehr beträchtlich, um das Wort grausam zu ver-

meiden. Und was den Kopf anbetrifft, muss ich schweigen. Für diesen Zustand hatte die Welt noch nicht das Geringste an Worte erfunden.

Allerdings stand am heutigen Tag der zweite Landgang auf dem Plan. In Zivil planten wir, Piräus unsicher zu machen und das wollte ich tapfer durchstehen. Ausgerechnet mit den zwei Sprit-Eulen (Das Sprichwort: „Eulen nach Athen tragen" stammte wahrscheinlich aus jenem Tag) Dackel und Porky zog ich an Land. Aber ich hatte mir Vorteile von den beiden Welterfahrenen, aus meiner damaligen Sicht, erhofft. Scheinbar ziellos entfernten wir uns vom Hafen, immer an der Küste entlang. Ein leichter Knall, – ich war auf irgendwas getreten.

„Ääh, was ist das denn?", brüllte ich erregt voller Abscheu. Ich war auf einen etwa drei Zentimeter großen, braunen Käfer gelatscht. Porky öffnete mir die Augen:

„Tommi, das ist eine Kakerlake."
„Eine Kakerlake, ...so riesig?",
stellte ich erstaunt fest, während sich der vermeintliche Käfer wieder aufpumpte und das Weite suchte.
„Hier im Süden haben die Kakerlaken optimale Bedingungen und werden deshalb gigantischer", belehrte Dackel klug dreinschauend.

„Ach du Schiet, das wimmelt hier ja von diesen ekeligen Viechern", bemerkte ich erschaudernd, „wo soll man hier noch hintreten?"

„Da schau, die kriechen durch den Gullydeckel", mischte sich Porky erneut ein. Er hatte recht, mit der immer wärmer werdenden Morgensonne krochen sie aus der Kanalisation. Vom berauschenden Vortag hatte sich mein Körper längst nicht erholt. So wurde mir speiübel und so gab mir das widerliche Erlebnis den Rest, folglich übergab ich mich. Neugierige Passanten blieben stehen und beobachteten uns wissbegierig. Mir war es völlig gleichgültig, zumal ich merkte, dass es mir wesentlich besser ging. Ich bekam obendrein Durst. An einem Kiosk ließ ich mir ausnahmsweise eine Cola kommen. Saure Gurken gelten, gerade nach einem Gelage am folgenden Morgen, als sehr bekömmlich und empfehlenswert. Hier gab es allerdings nur eingelegte Peperoni. Während ich die Cola trank, entdeckte ich, wie sich ein paar Einheimische die Spezialität bestellten.

Voller Begierde tat ich es ihnen gleich. Genau dies hätte ich lieber nicht tun sollen. Kaum zerkaut, schoss mir eine brutale Schärfe in den Mund, wie ich sie zuvor noch nie verspürte. Ich machte mich zum Gespött in der Runde. Hier wollte ich nicht bleiben und zog die Kameraden hinter mir her. Zurück blieben breit grinsende Eingeborene.

Weiter die Küste entlang, zogen wir an einem belebten Strand vorbei, und ich ließ es mir nicht nehmen, in das kühle Nass zu springen. Nach der kurzen Erfrischung trocknete ich den nassen Körper in der heißen Sonne, bevor wir weiterzogen. Da lag sie, unsere nächste Station, die „Hamburg Bar". Klang doch gut, ein Stückchen Heimat. Drinnen war es rappelvoll. Drei Mädels, die ihre besten Tage bereits erlebt hatten, machten den erwartungsvollen Seemännern Platz und setzten sich anschließend unaufgefordert schwups auf ihren Schoß. Ich bekam die Schwerste von den Dreien ab, dafür sprach sie wenigstens Deutsch. Der Wirt stammte tatsächlich aus Hamburg. Sein Hamburger Slang war unverwechselbar.

Zufolge etlichen Bacardi Colas kam man sich etwas näher. Die Damen tranken ihren Champagner und bestellten sich dann ohne Aufforderung immer munterer nach. Der Alkohol fand in meiner Person ein bereitwilliges Opfer. Im Handumdrehen wurde ich *dun.* Porky und Dackel wurde es zu dumm, sie wollten hier raus. Mir gefiel es, und so blieb ich bei der füligen Animierdame mit dem großzügigen Ausschnitt. Ich amüsierte mich weiter mit ihr, während die anderen Ladys weiterhin ihre Puffbrause orderten. Der Uhrzeiger weilte bereits jenseits von Mitternacht, die Kameraden waren geschätzt bereits vor einer Stunde fortgegangen. Jetzt plante ich meine Matrosenseele ebenfalls auf den Weg zum Hafen zu schicken. Nun passierte es, der Wirt aus Hamburg hatte sich in der Zwischenzeit ablösen lassen, und der neue griechische Wirt präsentierte die Rechnung von 850,00 DM!

Mit aufgerissenen Augen erstarrte ich im Stillgestanden.

So viel Geld hatte ich nicht bei mir. Auch beabsichtigte ich nicht, so eine hohe Summe zu bezahlen. Angeblich hatte ich alle Damen freigehalten. Sie blieben nun allerdings verschwunden und ich konnte mich sprachlich nicht verständigen. Deshalb legte ich das Geld, es waren circa 250,00 DM auf dem Tresen, denn mehr hatte ich nicht.

Mein Gegenüber zeigte keinerlei Reaktion. Nun holte ich den Soldatenausweis aus der Hosentasche und begann mit dem Kauderwelsch: **„German Trainingsship, Telefonnäsching".** Mit Verwunderung und einem großen Fragezeichen schaute mich der Zapfer an. Ich wiederholte mein Anliegen.

Nichts geschah. Also mussten härtere Maßnahmen ergriffen werden. Ich griff in dem von mir angesammelten, internationalen Wortschatz und hangelte das italienische Wort „**Poli-zia**" raus. Gleich noch mal trompetete ich den Begriff „**Poli-zia**", doch nun viel energischer und lauter, dabei wedelte ich mit dem Ausweis. Das zeigte Wirkung, der Wirt strich mit der Hand sehr verärgert, aber raffgierig das angebotene Geld vom Tresen. Anschließend nahm er mir auch noch das Kleingeld aus dem Portemonnaie.

Nun erwartete ich eine Tracht Prügel und klärte vorsichts-halber mein Gegenüber auf, indem ich ihm schnell mitteilte:

„German Trainingsship, Fivehandert Soldiers."

Er schien zu verstehen, dass rachsüchtige Soldaten das Bumslokal verwüsten könnten. Zwei kräftige Kerle packten den vermeintlichen „Zechpreller" und bugsierten die eher klägliche Gestalt ohne das nötige Taktgefühl durch die Tür des Lokals.

Wenn heute jemand behauptet, die Reeperbahn ist nur eine Meile lang, würde es mir nur ein müdes Lächeln kosten. In diesem Moment fällt mir dann immer der Ableger der Ree-perbahn, nämlich die Hamburg Bar in Piräus ein. Denn ich weiß genau, bis dorthin reichte der Sankt-Pauli-Nepp. Um eine neue Lebenserfahrung reicher legte ich meinen alkoho-lisierten Körper in die *Koje* und schlief tief ein. Für die nächsten zwei Tage folgte Wache im Hafen von Piräus. Lale Andersen begleitete mich in Gedanken mit dem Lied: „Ein Schiff wird kommen", so wurde die Hafenwache zwar nicht romantisch, aber erträglicher bei der Hitze.

Am Bosporus

Beeindruckend und wundervoll gelegen..

Ihr Söhne vom Bosporus habt mir

allerdings schwer zu schaffen gemacht.

Türkei, Istanbul am Bosporus vom 04.07. bis zum 08.07.

Da ich momentan bei den Seemannslieder-Interpreten bin, beginne ich diesen Absatz mit Freddys Worten: „Und wieder auf hoher See."

Das ägäische Meer bekam die Deutschland ein weiteres Mal zu sehen. Drei Seetage lagen vor uns bis zum nächsten Auslandshafen. Die Sonne brannte heiß auf die Besatzung nieder. Sonnenbaden wurde auf der achterlichen Schanz für die Mannschaften während der Freizeit erlaubt, was wir dankbar nutzten. Andere Zwischendecks dienten den höheren Dienstgraden, abermals blieben auch jene streng zwischen Offizieren und Unteroffizieren geteilt. Niemals hätte ich mir gestattet, solche Decks zu betreten.

Während ebendieser Zeit erlitt der Bordchor eine kalte Dusche. Die Aktion erwähnte ich bereits ausführlicher im Abschnitt: Marinechor. Nicht verschweigen möchte ich an dieser Stelle, dass insgesamt vier Besatzungsmitglieder wegen Krankheit und Verletzungen in Piräus und Istanbul ins Bundeswehrkrankenhaus Hamburg ausgeflogen wurden.

Die Reise ging mit nordöstlichen Kurs durch die Ägäis in Richtung Dardanellen. Die landschaftlich schöne, aber teilweise enge Schifffahrtsstraße, führte direkt ins Marmarameer, welches wir durchquerten und dann Istanbul am Bosporus ansteuerten. Schon in den Dardanellen bemerkte ich einen Hauch von Orient.

Die Dardanellen sind etwa 65 Kilometer lang und zwischen 1,3 und 6 Kilometer breit, dabei durchschnittlich 50 Meter tief. Während meiner Arbeit an Oberdeck konnte ich zahlreiche Dörfer entdecken. Europa lag an *Backbord*seite auf der Hinfahrt und an der *Steuerbord*seite Asien. Viele Festungen erinnerten an nicht immer friedliche Zeiten. Es war sengende Hitze, als wir den Bosporus erreichten. Erneut sahen wir an den jeweiligen Seiten altertümliche, beeindruckende Verteidigungsanlagen. Überhaupt war der Bosporus an jedem Ufer dicht bebaut. Hier ragten Minarette und Moscheen besonders hervor.

Vor der langen Hängebrücke, die Europa und Asien miteinander verband, gingen wir vor Reede. Sie war zwei Jahre zuvor, also 1973 fertiggestellt worden. Die ersten beiden Tage ließ ich mich zur Hafenwache einteilen, schon wieder war Open Ship angesagt. Unsere weiße Lady erstrahlte nach einem gründlichen Arbeitseinsatz wie gewöhnlich in Hochglanz, und die Lichterkette über Top leuchtete im Dunkeln oberhalb des Bosporus.

In den zwei Tagen Wache hatte ich von den Gefährten der Freiwache bereits zu hören bekommen: „Tommi, hier musst du gewaltig handeln, wenn du nicht über den Tisch gezogen werden willst." Gewappnet durch die Erfahrungen der Kameraden, fuhr ich mit der *Pinasse* am Montag, den 07.07.1975 an Land und machte mich auf zum überdachten großen Basar. Ich wusste nun aus den Erzählungen der an Land gegangenen, dass die Händler mir ihre Waren um mindestens fünfzig Prozent mehr als den üblichen Preis feilbieten würden. Folglich war der Käufer gezwungen, den Betrag, um die Hälfte herunterzuhandeln. Für einen ungeübten Europäer schien dies praktisch ausgeschlossen zu sein.

Mein Kaufinteresse bestand aus einer Lederjacke, etwas Kleines aus purem Gold und einer Meerschaumpfeife. Zuerst wollte ich den Trubel bloß beobachten, das erwies sich als unmöglich. Die Verkäufer erkannten sofort ihre potenziellen Opfer, obwohl ich mich in Zivil befand. Alle paar Meter wurde ich mit einer x-beliebigen Sprache zu gepflastert, orteten sie die Nationalität, hatte ich verspielt. Dem ständigen Drängen der Händler konnte man nicht entkommen.

„Günstige Lederjacken! Mein junger Freund, ich mache dir einen speziellen Preis! Komm in meinen bescheidenen Laden! Suchst du nach deinem verlorenen, inneren Frieden?" Der Zaudernde ließ sich in den Shop zerren. „Hier, schaue nur, allerbeste Qualität." Er zeigte mir mehrere Jacken. „Fühle nur das Leder, ist sehr weich und gut verarbeitet, schau, mit doppelter Naht." Seinem geschulten Blick konnte ich mich nicht entziehen. Er bemerkte sofort mein Begehren, obwohl ich es zu verbergen suchte.

Keine Ahnung, in welchem Verhältnis der Kurs der türkischen Lira zur Deutschen Mark damals stand. Um nicht alles unnötig zu verkomplizieren, nenne ich den ungefähr umgerechneten Preis in Deutscher Mark.

„Was soll die Jacke denn kosten?", fragte ich beiläufig.

„Ich habe in meinem Laden nur feste Preise, mein guter Freund", behauptete er. „Gastfreundschaft ist ein hohes Gut, an dem du teilhaben sollst. Komm, setze dich zum Tee", er wies zu einem niedrigen Tisch, mit ebenso winzigen Hockern.

Mein „Freund" machte eine Geste und eine Frau bediente uns darauf hin überfreundlich. Der Tee wurde in kleinen Gläsern serviert. Ich nippte nach der Aufforderung meines Gesprächspartners daran und dachte sogleich:

„Mein lieber Freund wärst du doch bloß nicht so gastfreundlich, auf deinen Tee mag ich wirklich verzichten." Pfui, war der süß, und ich lächelte ihn dabei höflich an.

„Nun, wie viel benötigst du für das gute Stück?", wollte ich nachdrücklich wissen.
„Mein Freund, du gefällst mir, darum mache ich sie dir günstiger, gebe mir hundertzwanzig Mark und du hast eine

Jacke fürs ganze Leben und ich wünsche dir, hundert Jahre alt zu werden."

„Oh!", tat ich entsetzt und beabsichtigte aufstehen, „Bedauerlicherweise kann ich mir die Jacke nicht leisten".
Sanft drückte er meinen Körper wieder auf den Hocker.
„Wie viel kannst du denn zahlen?"
Ich druckste kurz: „Fünfzig Mark."
Mit großen Augen schaute mich mein neuer Freund an und fixierte sein Opfer, dazu lachte er und erzählte: „Ich bin ein armer Händler und muss neun Kinder ernähren, gebe mir hundert Mark."

Nach einem Weilchen einigten wir uns auf achtzig Mark. Nun gut, ich hatte die Summe von sechzig Mark (also die Hälfte) anvisiert, erreichte die fünfzig Prozent leider nicht. Der Sportsgeist wurde in mir geweckt und so fragte ich den türkischen Freund: „Wenn ich zwei Jacken bei dir kaufe, machst du mir dann einen anderen Preis?"

Das seinige Gesicht erhellte sich. Ich musste noch einen süßen Tee trinken. Diesem Mann, der sein Leben lang gewohnt war, seine Existenz mit dem Handel zu bestreiten, konnte ich beim besten Willen nicht gewachsen sein. Er drehte mir weiterhin zwei weitere Jacken an.

Zweihundert Mark ärmer, verließ ich, den dritten Tee dankend ablehnend den Laden. Der Mund klebte mir von dem versüßten Gebräu und der Hitze zusammen, als ich an Bord kam. Jetzt besaß ich drei Lederjacken, zwei Meerschaumpfeifen, einen golden aussehenden Kruzifix und etlichen Touristenschrott. Ich empfand eine enorme Enttäuschung

102

tief in mir. Nun gut, in Deutschland wäre der Preis erheblich höher gewesen, tröstete ich meine verletzte Seele.

Am nächsten Tag begab ich mich mit ein paar Kameraden auf Entdeckungsreise. Aus der Sicht eines Nordeuropäers war die orientalische Lebensweise befremdend. Kulinarisch kosteten wir von den Märkten neugierig von allen wohlschmeckend aussehenden, türkischen Köstlichkeiten, die ich nicht zu benennen wusste und anschließend besichtigten wir die blaue Moschee – sehr beeindruckend.

Bier war nicht aufzutreiben, selbst in den größeren internationalen Hotels wurden wir nicht fündig. Zu Fuß überquerten wir die damals einzige Hängebrücke „Brücke der Märtyrer des 15. Juli", um auf diese Weise Asien betreten zu können. Die geschätzten fünfunddreißig Grad im Schatten hatten trotz der weißen Sommeruniform ihren Tribut gezollt. Ausgelaugt und durstig an Bord zurück, nahm die weiße Lady die Durstigen wieder unter Deck auf, wo wir eine eiskalte Hopfenkaltschale nach dem anderen zischten.

Anker auf, hieß es am Mittwoch den 09.07.1975. Die Silhouette von Istanbul zog an uns vorüber. Die Hängebrücke unterfuhren wir in Richtung Schwarzes Meer. Dreißig Kilometer ist der Bosporus lang, und als Höchstgeschwindigkeit sind hier zehn Knoten vorgeschrieben. Wir durchfuhren das Goldene Horn und erreichten das Schwarze Meer. Hier wurde der Marine durch den Kalten Krieg eine Grenze gesetzt.

Die sowjetische Schwarzmeerflotte beobachtete das weiße *Schulschiff* bereits. Natürlich haben wir das von ihr beanspruchte Terrain nicht verletzt, sondern wollten mit unserer Anwesenheit nur provozieren. Wir drehten nach ein paar

Stunden bei und glitten retour durch den Bosporus ins Marmarameer. Ließen darauf die Dardanellen hinter dem Schiff zurück und später Griechenland an *Steuerbord* vorüberziehen. Das künftige Ziel Ägypten lag noch neun Seefahrtstage entfernt.

Ägypten

> *Sicher eine Reise wert,*
> *jedoch möchte ich es auf diese Art nicht nochmals erleben.*

Ägypten, Alexandria 17.07. bis zum 21.07.

Zweifelsohne war das *Schulschiff* erheblich repräsentativ und in makellosem Zustand, trotzdem gingen wir vor Alexandria, damals eine Zwei Millionen-Metropole und zweitgrößte Stadt von Ägypten, auf *Reede*. Wir takelten unsere Lady auf, als wenn wir sie zur Gala führen wollten. Wieder wurde Farbe gewaschen oder neu *gepönt*. Die Außenhaut hatte an verschiedenen Stellen leicht gelitten, vor allem im Ankerbereich wurde mit Farbanstrich ausgebessert. Mit perfekter Optik und der bereits traditionellen Lichterkette über Top geschmückt, liefen wir den Hafen an.

Wir bekamen einen Hafenplatz vor einem sowjetischen Dreimaster zugewiesen. Nun wurde mir klar, warum vorher so viel Aufwand betrieben wurde. Der Westen sollte neben dem Osten glänzen. Auch die Sowjets waren fleißig gewesen und standen ihrem Gegner in Nichts nach. Ein Kontakt zu ihnen blieb der Mannschaft generell, aufgrund des Kalten Krieges verboten, entsprechend erfolgte eine Vergatterung.

Schnell stellten wir fest, dass dies sowieso unmöglich war, da die Gegenseite es noch strenger handhabte. Ihr Landgang wurde ausschließlich in Gruppen von vier Mannschaftsdienstgraden und mindestens einem Unteroffizier organisiert. Sie zogen an unserem geschniegelten *Schulschiff* im Gleichschritt und *erster Geige* vorbei. Sie taten mir leid, selbst in der knappen Freizeit der Freiheit beraubt.

Mein allererster Eindruck beim Einlaufen in den Hafen galt allerdings der überfüllten Pier mit den durcheinander schreienden, fliegenden Händlern. Sie boten aufdringlich x-beliebige Waren an. Das sowjetische Nachbarschiff hatte bereits die Schiffsanlegestelle im Bereich des Seglers mit mehreren bewaffneten Wachposten abgesperrt, deshalb entstand vor der Deutschland eine enorme Menschenansammlung. Die ausgebrachte *Gangway* fand dort keinen ordentlichen Platz. Die zahlreichen Menschen behinderten die Arbeiten, die besagte auszubringen. Das beherzte Eingreifen der ansässigen Polizei ließ unser Manöver darauf folgend zu.

In der äußersten Ecke der Mole bemerkte ich einen älteren Mann, der zwei minderjährig aussehende Mädchen wie Handelsware feilbot. Obwohl sie seine Töchter sein könnten, wollte er sie gegen Bargeld den Wölfen zum Fraß vorwerfen. Kurze Zeit später führten hiesige Ordnungshüter ihn ab. Selbst wenn ich als inzwischen gestandener Seemann schon viel gesehen hatte, sollte mir diese Szene als besonders menschenverachtend in Erinnerung bleiben. Es zog mir den Magen zusammen. Mir war übel, nach dem Aufklaren an Oberdeck ging ich ins Schiffsinnere, um mir einen Bacardi-Cola zu mixen.

Am darauffolgenden Tag beabsichtigte ich in Zivil, Alexandria zu erkunden. Es war bereits erkennbar, dass ich ärmliche Verhältnisse vorfinden würde. Ägypten befand sich zu jener Zeit im Waffenstillstand mit Israel, was offenkundig nach dem Krieg die Armut erklärte. Während ich in Linie zum Stadtkern schlenderte, sah ich eine Menge schwarz-orangene Taxen. Als durchaus übliches Beförderungsmittel und etwas antiquiert, entdeckte ich Pferde- und Eselskutschen. Bettler kauerten am Fahrbahnrand und verhielten sich aufdringlich, sobald sie einen erblickten.

Aus geringer Entfernung beobachtete ich einen Mann, dessen Beine amputiert waren. So saß er mit dem Oberkörper auf einem selbst gezimmerten Rollbrett am Straßenrand. Nachdem der Verkehr stockte, setzte er das Gefährt mithilfe seiner Hände in Richtung der Hauptstraße in Bewegung, um sich dahinter an einem Auto festzuhalten. Beide nahmen Fahrt auf, es sah für mich befremdlich sowohl auch gefährlich aus. Der Orientale schien jedoch alles unter Kontrolle zu haben. Er wechselte auf der zweispurigen Straße bei voller Fahrt zur linken Fahrbahn, gerade als ein Linienbus an ihm vorüber fuhr. Geschickt hängte er sich hinten ein und entschwand aus dem Blickfeld.

So etwas hatte ich noch nicht gesehen. Irgendwie verspürte ich eine gewisse Hochachtung für den Burschen. Empfand die Art und Weise der Fortbewegung allerdings sehr leichtsinnig. Auf dem Verkehrsweg folgten berittene Kamele. Aufgrund der Vielzahl an vierbeinigen Verkehrsteilnehmern war der Asphalt stark mit tierischen Kot verschmutzt. Unangenehme Gerüche stiegen in die europäische Nase. Innerhalb kurzer Zeit ortete ich einen weiteren Grund, warum es so unerträglich stank. Die Ägypter realisierten die verschiedenartigen Möglichkeiten, die ihnen Türen und Fenster boten und benutzten diese als Müllschlucker. So entstand auf den Bürgersteigen ein an Vielseitigkeit kaum zu überbietendes Gestankszenario. Von wegen orientalische Düfte.

Als Seemann stellte ich mich schnell auf die Situation ein, und fing an den üblen Gestank zu unterscheiden. Nachdem ich um die nächste Ecke bog, roch ich bereits den vor mir befindlichen Fleischerladen. Frisch geschlachtete, halbierte Hammel hingen tropfend draußen vor dem Laden und rundeten das für meine Augen befremdliche und abstoßende Straßenbild ab. Links daneben stand ein zerlumpter Verkäufer, der seine halb getrockneten Rosinen in der Sonne direkt auf dem nackten Gehweg nachtrocknen ließ. Er bot sie den vorüberziehenden Passanten als kulinarische Delikatesse feil.

Natürlich suchte er den fremdländisch aussehenden jungen Mann als potenzielles Opfer aus und das war in dem Fall ich. Der Anblick der im Dreck liegenden, unfertigen, vergorenen Weintrauben, mitsamt bluttropfender Hammel im Hintergrund, deren Rinnsal in Richtung dieser orientalischen „Genüsse" floss, bereitete mir absolut kein Wohlbehagen. Mit höflichen Gesten lehnte ich dankbar ab. Leider kommt man damit oftmals nicht weit und muss lernen, hier im Orient die gute Kinderstube zu vergessen. Hat dich ein Händler erst mal eingefangen, lässt er so leicht nicht mehr los. Es war anscheinend ein armer Händler, der vom nahen Umkreis außerhalb der Stadt kam. Er bemühte sich redlich und führte gestenreich eine Rosine zu seinem Mund und hielt sie dann mir hin. Ich bekam das Würgen und drehte mich unhöflich ab, um flink die Ferne zu suchen, indem er mir noch lange nachrief. Ich kam an kleinen Kindern vorbei,

107

die im Schmutz mit einer jungen Ziege spielten. Alte Männer, die vor den halbverfallenen Behausungen ihre Wasserpfeife rauchten. Vermummte, frauenhafte Gestalten, die geschäftig ihren Tätigkeiten nachgingen.

Beim Fotografieren war Vorsicht in dem Land geboten. Aus religiösen Gründen traten die meisten weiblichen Personen komplett in Schwarz gehüllt auf. Auf einer Brücke kam mir auf der anderen Seite ein Orientale mit Turban und sieben gänzlich verhüllten Frauen im schwarzen Tschador entgegen. Dies war aus europäischer Sicht ein perfektes Fotomotiv aus dem Morgenland für zu Hause. Ich riskierte es und hielt die Kamera möglichst unauffällig auf das erhaschte Motiv. Der „Turban" sah die unhöfliche, verbotene Tat und regte sich sofort auf, drohend kam er auf mich zu. Erst als er erkannte, dass ich von meinem Vorhaben keinen Gebrauch machte, ließ er wieder von mir ab.

Weiter weg vom Hafen kam ich endlich in eine bessere Gegend. Im Strandbereich erspähte ich etliche Bars und stellte fix fest, dass ebendiese nicht den abendländischen Standards genügten, was mich gewiss auch überrascht hätte. Ich besuchte eine, die dem einer europäischen Bahnhofskneipe mit hohen Wänden entsprach. An der Decke kreiste ein quietschender stattlicher Ventilator, wie im Film Casablanca, um die Hitze erträglicher zu machen. Umschauend, entdeckte ich ein paar Berber an den Tischen. Sie vertrieben die Zeit mit Backgammon, unterdessen schmauchten sie genüsslich an ihren Wasserpfeifen.

Momentan beschreibe ich den Landgang in Ich-Form, allerdings sind wir in der Regel stets mit mehreren Kameraden losgezogen. In dem geschilderten Fall war ich wie so oft mit

Dackel und Porky vor Ort. Wir setzten uns mit höflicher Gestik zu zwei Berbern, die voller Entzücken an ihrem starken, sehr süßen, orientalischen Tee schlürften. Wir hatten Glück und bekamen in dieser Kaschemme auch roten Wein. Porky bestellte uns dazu ein Backgammon-Brett, welches wir zuvor an Bord manchen Abend übten.

Zuerst vertieften sich meine Begleiter in das Spiel. Zuschauen ist langweilig, deshalb beschloss ich, mir eine Shisha mit drei Schläuchen an den Tisch bringen zu lassen. Die Überwindung empfand ich nach etlichen Weingläsern nicht mehr so groß, um das Mundstück der Pfeife an den Mund zu führen. Sofort bemerkte ich, dass der leicht süßliche, milde Rauch vorzüglich schmeckte und erquicklich überraschte. Die beiden Kameraden beobachteten die Szene. Von Neugierde getrieben taten sie es mir gleich. Sie beurteilten es ebenfalls als eine angenehme Erfahrung.

Wieder auf der Straße trennten sich unsere Wege. Ich schlenderte ziellos durch das Stadtinnere, die Gassen verengten sich zunehmend, während dabei dem Betrachter das Elend immer zahlreicher entgegenschlug. Ein vielleicht zwölfjähriger Knirps quatschte mich an. Er witterte Beute bei dem fremdländischen Mann aus dem Abendland. „Bakschisch", rief, nein brüllte er und hielt mir die offene dreckige Hand entgegen. Er verlieh diesem Wort, was so viel bedeutet, wie Gabe oder Geschenk, nochmals Nachdruck, in dem er es mehrmals wiederholte. „Bakschisch", dann schaute er erwartungsvoll mit seinen dunklen Augen. Ich lächelte und fand mich in mildtätiger Stimmung, indem ich in die Tasche griff, wo ich noch ein klein wenig Klimpergeld vermutete. In meiner Sprache: „Hier nehme", gab ich ihm einige Piaster.

Gleichzeitig schossen auf einmal aus allen Ecken und Winkeln Kinder laut schreiend hervor und verlangten ebenfalls: „Bakschisch, Bakschisch!"

Das Gesicht des zuvor Beschenkten erhellte sich, und erfreut im fast perfekten Deutsch: „Du kommst aus Alemania, ich kenne Alemania." „So?", fragte ich erstaunt und ungläubig, nun sah ich mir den in Lumpen gehüllten Jungen etwas näher an.

„Schnell, wir sollten hier weg", schätzte der ärmliche Freund die Lage ein und blickte zu den bettelnden Kindern, „die müssen wir loswerden." Wir rannten eine Weile, bis ich Notiz nahm, dass wir abermals alleine durch die dunklen Gassen liefen.

„Mein Name ist Said, ich lebte mit meinen Eltern sechs Jahre in Cologne und besuchte dort drei Jahre die Schule", erklärte er mir freudig.

„Cologne, Cologne, der Ort sagt mir nichts", erwiderte ich.

„Entschuldigung" bemerkte er, „ich bin schon zu lange hier und benutzte das französische Wort. Ich meinte Köln."

„Ja, mit Köln kann ich etwas anfangen, war aber nie dort", bestätigte ich.

„Bitte, ich möchte dich zu meinem zu Hause einladen. Die Familie wird dich herzlichst aufnehmen und bewirten", behauptete Said. Skeptisch schaute ich ihn mit einem Fragezeichen an: „Woher willst du das denn wissen."

„Doch, doch, heute gibt es unser Nationalgericht Couscous, an dem Tag haben wir reichlich übrig", pries Said an.

Neugierig war ich zwar, etwas mehr über Land und Leute zu erfahren, äußerte dann jedoch nachdenklich auf die Uhr schauend: „Es ist bereits drei Uhr. Deine Eltern haben längst gegessen."

„Nein, wenn wir ein bisschen schneller gehen, sind wir pünktlich da", sagte er und zerrte mich an der Hand nehmend mit sich fort. Irgendwie vertraute ich dem Jungen, trotzdem fragte ich: „Wie lange dauert es?" Er behauptete:

„Wir sind fast da." Abermals bog er um eine Ecke. Die Gassen erschienen immer dreckiger und erbärmlicher. Unrat so weit das Auge reichte, der Gestank wurde unerträglich, überall roch es nach Verwesung, am Rande lag ein mit Schmeißfliegen bedeckter Schafskopf. Ich empfand keinen Hunger mehr, und nachdem wir zwanzig Minuten unterwegs waren, wurde mir diese Angelegenheit unheimlich. Als er wieder um den nächsten Knick biegen wollte, riss ich mich endgültig unsanft von der kleinen Hand los. Mit den Worten: „Leider läuft mir die Zeit davon, als Soldat muss ich pünktlich an Bord sein", erfolgte unser Abschied.

„Aber, bitte bleib, wir sind doch gleich da, noch fünf Minuten, höchstens Sieben", stammelte er verzweifelt.

Die Entscheidung stand fest, ich verließ ihn. Überlegungen zogen durch meinen Kopf. Vielleicht erlebte ich ja wirklich einen netten Abend mit neuen Freunden, hier in der Fremde. Ich entschloss mich dann für das Naheliegende, und zwar für den zweiten Gedanken. Aufgrund der herrschenden Armut musste ich dringend vermuten, dass man mich hinter einer weiteren Ecke niederschlagen und ausrauben würde. Immerhin hatte ich wie gewöhnlich die teure Spiegelreflexkamera und die Super 8 Kamera für jedermann sichtbar dabei.
Schleunigst, fast rennend, versuchte ich diesem Dschungel von winkligen und engen Gassen, zu entgehen. Die Natur hatte meine Person mit einem guten Orientierungssinn ausgestattet und so kam ich schnell aus dem Labyrinth. Schließlich wurde mir klar, der verdammte kleine Junge hatte mich

111

tatsächlich im Kreis geführt. So blieb ich vor einer hundsgemeinen Geschichte bewahrt.

Zur Pier zurückkehrend, sah ich zu meinem Erstaunen schon aus der Ferne einen Basar, mit vielen Ständen und Händlern. Alles unnützes Zeug, jedoch Dinge, die der Nordeuropäer gerne als Mitbringsel mit nach Hause nahm. Unterwegs hatte ich bereits einige aufdringliche Verkäufer abgeschüttelt, weil ich die Andenken nicht durch den Tag schleppen wollte. Hier schien es sinnvoll. Kameraden standen angelehnt oben an der Reling und lästerten: „Tommi, greif nur zu, faire Preise."

Ich kam näher und wurde sofort von mehreren Händlern, im traditionellen, meist weißen Gewand der Dschallabija, umringt. Ein gewaltiger Knoblauchgeruch stieg mir in die Nase. Bei Allah, was habe ich bloß verbrochen, dies war ja eine böse Falle. Ich schielte hilfesuchend an das Oberdeck der weißen Lady, erntete aber nur ein freches Grinsen, während all die Turbanbetuchten auf mich einredeten und bedrängten.

Unser Wachunteroffizier vom Dienst kam mir zu Hilfe und verschaffte sich Respekt. Ich dankte ihm und schaute, ob ich noch eine Kostbarkeit entdecken würde. Die Händler respektierten nun eine gewisse Distanz, redeten trotzdem ununterbrochen. Als ich Richtung *Stelling* schritt, war ich um etliche Dinge reicher. Drei kupferne Wandteller, zwei verschiedene lütte Büsten der Nofretete, eine Wasserpfeife, ein Teeservice mit den Motiven „Pyramide und Kamel", in Messing verewigt. Ein kleiner klappbarer Tisch, schöne Holzarbeit, Motivthema: „Trampeltier mit der Sphinx" als Intarsienarbeit in der Tischplatte eingelassen. Um alles tragen zu können, kaufte ich mir außerplanmäßig eine geräumige Reisetasche aus Kamelfell. Tat zusätzlich einigen Mode-

112

schmuck mit dem Motiv des ägyptischen Skarabäuskäfers dazu. Ich fürchte, ich hatte den halben Basar leergekauft.

Jetzt behütet der Dachboden, in meinem Haus die raren, seltenen Kostbarkeiten. Das dünne Glas des Services hielt der Überfahrt nach Kiel nicht stand und zerbrach schon vor der Heimkehr. Wieder hatte ich etwas gelernt.

Aus Verärgerung wegen des übermäßigen Kaufverhaltens blieb ich an diesem Abend nicht nüchtern. Nachdem morgendlichen *Backen und Banken* stieg ich verkatert in die weiße Ausgehuniform. Heute war ein weiterer Höhepunkt geplant. Eine Tagesfahrt mit dem Bus, über Kairo in die Wüste, zur Sphinx und der Cheopspyramide. Früh am Morgen, gegen fünf Uhr, zeigte das Thermometer bereits 24 Grad Celsius. Für die Teilnehmer der Busfahrt fiel das alltägliche *Reinschiff* aus. Die aufdringlichen Händler abdrängend, bestieg ich mit meinen Kameraden bepackt, mit Foto- und Super 8 Kamera, den Bus. Bevor die *SLA* „Besatzung klarmachen zum *Reinschiff*" brüllte, saßen wir schon längst erwartungsvoll auf den Sitzen.

Wir ließen den Stadtrand von Alexandria hinter uns und durchquerten kleine Dörfer. Die Häuser bestanden aus Lehm, überall Dreck und Unrat. Armut und Elend schlugen mir abermals entgegen. Nahe dem Nil sah ich zahlreiche Bewässerungsbrunnen. Angekettete Stiere, die im Kreis um den Brunnen liefen, trieben die Pumpen an. Nach vier Stunden Fahrt fuhren wir über den Nil und erreichten Kairo. Die Hitze im Bus wurde unerträglich, selbst der Fahrtwind, der durch die geöffneten Fenster zog, verschaffte uns nicht die gewünschte Linderung. Hektisches Hupen und stockende Fahrzeuge schienen in Kairo an der Tagesordnung. Gegenwärtig gab es in dem fast stehenden Verkehr keinerlei frischen Wind mehr. Folglich konnte vom Schwitzen nicht die Rede sein, denn ich taute wie ein Schneemann dahin.

Ansonsten gewann ich in Kairo keine sonderlichen Eindrücke. Ursprünglich waren drei Stunden Zwischenstopp in Kairo geplant, mit dem Besuch des Basars Chan-el-Chalili, dem größten Markt Afrikas. Jedoch wegen den chaotischen Verkehrsverhältnissen verloren wir zuviel Zeit und der Aufenthalt schmolz auf eine Stunde zusammen. Eine Stunde allerdings reichte nicht für eine fremde Stadt, noch dazu dieser Größe. Ohne Reisebegleitung trauten wir uns kaum vom Bus weg, da man damit rechnen musste, ihn nicht wieder zu finden.

Weiter ging die Fahrt durch die endlos scheinende Wüste, die Zeit schien still zustehen, die Tour und der Durst wollten nicht enden. Endlich fuhren wir zu einem Hotel, nahe der Pyramide, hier würde es kaltes Bier geben, versprach der hiesige Busfahrer im gebrochenen Deutsch. Ein Gedanke hatte sich in mir wie eine Fata Morgana eingebrannt. Ich saß in einem Swimmingpool, gefüllt mit kühlem Schaumbier, und ich trank ihn zur Neige aus.

Unfreundlicherweise besaß das Ferienhotel weder ein Planschbecken, geschweige denn auch bloß ein geringes kleines Bier. Sie boten höflich lächelnd süßen heißen Tee an und die Tortur sollte sich fortan nicht ändern. Die Pyramide lag in Sichtweite von ungefähr vier Kilometer des Hotelbetriebes entfernt.

Der Bus parkte hier vor Ort, dorthin gab es keine Fahrmöglichkeit. Für uns bedeutete es, entweder laufen oder ein Wüstenschiff namens Kamel zu mieten. Leider waren sie schnell vergriffen und so blieb mir nur das Erstere. Nachdem ich bereits durch die Hälfte der Strecke meinen durstigen

Körper geschleppt hatte, ergatterte ich doch eines der kostbaren Wesen. So brauchte ich die restlichen zwei Kilometer nicht „auf allen Vieren" kriechen. Das Wort Bakschisch konnte ich nicht mehr hören, wurde aber von den oft wechselnden Kameltreibern immer wieder belästigt. Ahmed hieß einer von ihnen. Für Bakschisch wollte er den Seemann in Uniform fotografieren, so entstand dieses Foto.

Nun freute ich mich auf die Besichtigung, es sollte in das kühle Innere der Pyramide gehen. Dummerweise war vor dem Zugang noch eine beachtliche Menschenschlange. Einlass gab es stets nur für kleinere Gruppen. Ich beschloss, den Verlauf zu nutzen, um mir die Sphinx anzuschauen. Zu jener Stunde lag sie allerdings entgegengesetzt der Sonne, also im dunklen Schatten der Grabstätte. Für ein Fotomotiv demnach völlig ungeeignet. Inzwischen stand ich in der Glut der prallen Wüstensonne, bereits dreißig Minuten in der Warteschlange.

Vor dem Eingang der Pyramide wunderte mich, dass meine Kameraden klitschnass geschwitzt wieder aus dem altertümlichen Bauwerk herauskamen. Auf Nachfragen reagierten sie nur mit einem Lächeln und meinten: „Dies muss man gesehen haben."

Skeptisch und beunruhigt blieb ich stehen, hatte ja schon zu viel Zeit mit dem Anstehen in der Schlange investiert. Obwohl der Durst weiter plagte, wartete ich geduldig in der stechenden Gluthitze, bis ich endlich eingelassen wurde. Die krasse Dunkelheit schlug mir sogleich entgegen, nachdem ich eintrat. Gewöhnte mich jedoch schnell daran, auch an die stickige Luft. Immerhin erschien es kühler als draußen, dafür sehr beengend, kein Rundblick. Wir konnten nur hintereinandergehen und mussten in dem engen Gang entsprechend aufpassen, damit wir uns nicht an den Köpfen verletzten. Ich ging direkt hinter dem Pyramidenführer, ein freundlicher, lustiger Kerl namens Aabid, wie er uns zu verstehen gab. Er fragte nach unserer Nationalität und ich antwortete: „Germany, Alemania."

„Aah, Alemania, East oder West Alemania?", fragte er scheinbar interessiert.
Ich wiederum: „West Alemania." Er drehte sich um, die Augen leuchteten vor Freude, jetzt gab er seine Deutschkenntnisse preis. „Hans, Hans", strahlte er.
Ich staunte nicht schlecht, sollte Herr Hans Albers vor mir hier gewesen sein? Der musste ihn ja mächtig beeindruckt haben. Während Aabid immer noch „Hans" rufend eine Art hölzerne Leiter bestieg, kletterten die Bordkameraden und ich hinterher. Die Luftfeuchtigkeit wurde, je höher wir emporklommen, bestialisch. Jeder zusätzliche Schritt nach

oben wurde zur Qual. Meine Kameraden und ich schwitzten enorm im Inneren der über 4000 Jahre antiken Gemäuer. Nur der Aabid, der weiterhin unaufhörlich Herrn Albers mit Vornamen rief, schien die Tortur in keiner Weise etwas auszumachen, so zelebrierte er dies als Spaziergang.

Plötzlich rief er: „Stopp, Stopp", er machte nun Zeichen zur Kehrtwende. Stumme Enttäuschung schlug ihm entgegen. Mit den Worten: „Hans, Hans", hatte er seine Gläubiger bis hier hoch gelockt. Der Wüstensohn hat uns bestimmt ganz gewaltig aufs Glatteis geführt!? Das durfte doch nicht wahr sein, das war alles? Nur der besagte dunkle enge Gang? Ärgerlich stiegen wir die annähernd sechzig Meter wieder hinunter. Wohl die meisten von uns verfluchten die alten Pharaonen. Unser „Hans" rufender Führer, kraxelte freudig hinter uns her.

Ich war viel zu kaputt und durstig, um noch irgendetwas zu fühlen. Zumal das nächste kühle Bier im fünf Busstunden entfernten *Ziegendeck* hoffentlich auf mich wartete. Ich hatte die Schnauze gestrichen voll von Ägypten, der sogenannten einstigen Hochkultur und dieser Pyramide, welche zu den sieben Weltwundern zählte. Ich zumindest hatte ein blaues Wunder erlebt, war zutiefst enttäuscht. Während der stundenlangen Rückfahrt im vollgepferchten Bus, durch die glühend heiße Wüste, sah ich in der Ferne, vor der untergehenden Sonne, Nomaden die ihr Nachtlager aufbauten. Ein anderer Stamm saß bereits am Lagerfeuer, um sich am heiß geliebten Tee zu stärken.

Ich, der Seemann war das Laufen nicht mehr gewohnt. Alle Knochen in mir taten weh. Das ständige Schwitzen hatte den Körper in eine ausgetrocknete Mumie verwandelt. Es bedurfte wohl Tausend und eine Flasche Bier, um diesen wieder in den Normalzustand zurückzuversetzen.

Trotzdem lächelte ich, aus dem Busfenster hinaussehend, voller Selbstironie vor mich hin. Nicht weil man um meinen Verstand fürchten musste, sondern ich sah gedanklich, wie ich zu Hause von dem Pyramidenbesuch in den höchsten Tönen lobend erzählte. Ich hatte immerhin nun das einzige der noch existierenden sieben Weltwunder aus der antiken Zeit gesehen. Ein Wunder, dies überlebt zu haben, trotz der Störung der Totenruhe des Pharao Cheops.

Ins Deck zurück, regenerierte ich mich mit eisgekühlten seemännischen Spezialgetränken, um für den nächsten Tag wachfähig zu werden. Üblich war es, dass wir uns aus dem jeweiligen Land kulinarische Spezialitäten für die Bordküche anliefern ließen. So kamen auch diesmal mehrere Eselskarren, voll beladen mit Melonen, an Bord. Damit bekamen wir den Fluch des Pharao auf die Deutschland. Gleich nach dem Auslaufen gaben die *Smutjes* die leckeren Früchte aus, und wir merkten sofort, dass sie es in sich hatten. Zweidrittel der Mannschaft erkrankte an Dünnpfiff. Wir haben sie samt den Kernen den Haien überlassen.

Die Rückreise

Erst auf hoher See wurde mir klar, dass es zurückging.
Wehmütig blickte ich zurück, freute mich aber beiläufig auf die Heimat.

Rückfahrt nach *Schlicktown* vom 22.07. bis zum 07.08.
Siebzehn Seetage lagen vor der Besatzung. Der Fluch des Pharao verließ unser Schiff nicht. Trotz Rattenbleche, die

wir vorsorglich in bestimmten Ländern an den *Festmacherleinen* anbrachten, befanden sich vereinzelte Exemplare dieser unwillkommenen Gäste, als blinde Passagiere an Bord.

Hier wurden wir allerdings schnell Herr der Lage. Aber warum tauchten plötzlich ein paar Tage später auf hoher See in den Schlafdecks Scharen von Kakerlaken auf? Hier bedurfte es dringender Detektivarbeit. Einige Recherchen danach entdeckten wir, dass die Tierchen aus den einzelnen Stauräumen in den Decks herauskrochen. Hier wo wir all die kostbaren Souvenirs, unter anderem aus Ägypten einlagerten. Wir schnitten die orientalischen Sitzkissen und ähnliche gepolsterte Utensilien auf, welche Füllmaterial enthielten und stellten fest, dass hierfür überwiegend Kamelmist verwendet worden war. Hier tummelten sich die kleinen gerade geschlüpften Kakerlaken in ihren Nestern.

Angewidert und voller Ekel schmissen wir alles über die Reling, und die Sanitäter desinfizierten sämtliche Winkel in den Schlafdecks. Verwundert war ich die ganze Zeit, warum ich den Geruch von den Kamelen, selbst auf See, nicht mehr losgeworden bin.
Zwei Tage nach dem Auslaufen aus dem Hafen von Alexandria, also am vierundzwanzigsten Juli, feierte ich ungefähr vor Kreta auf hoher See meinen einundzwanzigsten Geburtstag. Wer weiß weshalb, aber hieran fehlt mir jegliche Erinnerung. Demnach ging es hoch her und der Bacardi floss in Strömen. Die Bordroutine hatte uns inzwischen eingeholt und Ägypten blieb vergessen. Wiederholt spielte die Obrigkeit die Rollen wie Kuttermanöver und weitere für die Mannschaft durch.

Ein paar Worte zu der kargen, knapp bemessenen Freizeit. Jeder Donnerstag war und ist zu allen Zeiten in der gesamten Seefahrt der *Seemannssonntag*. Zu jenem Anlass wurde speziell auf der Deutschland die Kaffeeflagge, bestickt mit einer Kaffeekanne, gehisst. Danach rief die Brücke den *Seemannssonntag* um sechzehn Uhr aus. Es gab jetzt außerhalb der üblichen Essensausgabe zusätzlich Kaffee und Kuchen, ansonsten wurde die normale Routine beibehalten.

Als willkommene Abwechslung nahmen wir, angesichts der immer noch extremen Hitze auch gerne die Möglichkeit wahr und gönnten uns auf dem Achterdeck ein Sonnenbad. Des Öfteren gab es die Durchsage: „Auf der *Schanz* besteht die Chance auf Steaks." Beim dortigen Eintreffen sog die Nase bereits den leckeren Duft vom frisch Gegrillten ein.

Die *Smuts* stellten für den genannten Zweck einen Holzkohlegrill auf und brutzelten fleißig der untergehenden Sonne entgegen. Auf diese Weise kam obendrein etwas Kreuzfahrtromantik auf. Aber nicht lange, kaum hatte der Seemann alle Sorgen beiseitegelegt, ertönte garantiert unüberhörbar ein schriller Ton mit folgender Durchsage: **„Ruderversager, Ruderversager. Auf Manöverstation, auf Manöverstation."**
Das soeben ergatterte heiße Steak konnte Jan Maat damit komplett vergessen.

Wir fuhren in westlicher Marschroute, im Fahrwasser folgten uns übermütig ein paar Tümmler. Kreta ließen wir wie gesagt an Steuerbordseite vorüberziehen. Verfolgten weiter die Strecke, um zwischen Malta und Sizilien durchzustoßen. Mit dem anschließenden Ziel, die Südspitze von Sardinien anzupeilen. Zunächst ging es schnurstracks in Richtung

Alboran-Meer, dem westlichen Mittelmeer, um danach die Straße von Gibraltar zu erreichen.

„Schade, tschüss, Mittelmeer, in deinem milden Klima hatte ich mich wahrhaftig wohlgefühlt."

Der Nordatlantische Ozean hatte die Deutschland wieder. Um diesmal einen direkten Kurs in die entfernte Keltische See zu finden, trug die weiße Lady ihre Besatzung hinaus auf den offenen Atlantik. Weit ab ging es von der portugiesischen Küste auf einen geraden Nordkurs. Dieses Mal verschonte uns Neptun und wir überquerten die Biskaya bei langer, seichter Dünung.

Ähnlich wie auf der 45. Auslandsausbildungsreise marschierten wir auch jetzt zwischen Irland und Großbritannien hindurch. Ich hatte an Oberdeck irgendwelche seemännischen Arbeiten zu verrichten. Die See zeigte sich ruhig und kristallklar, nur ein leises tuckern der Diesel war zu hören. Eng fuhr das *Schulschiff* majestätisch, mit etwa sechs bis acht Knoten über Grund an den bizarren, felsigen schottischen Inseln vorbei. Die überwältigende Landschaft löste in mir Respekt aus. Über die *Reling* schauend bemerkte ich, dass ich im klaren Gewässer in der Tiefe den steinigen Meeresboden sah. Selbst kleinere Fische erkannte ich. Zurück blieb ein fantastisches, unvergessenes Erlebnis.

Gegen Abend begrüßten wir das Europäische Nordmeer. Die See war weiterhin sanft und in der Dunkelheit bot sich ein seltenes Schauspiel. Zuvor hatte ich davon noch nie gehört und wurde total überrascht. Zur nächtlichen Wache betrat ich das Oberdeck und staunte nicht schlecht, wie hell die Nacht vor mir dalag. Ein Blick auf die See deckte das Geheimnis auf. Fluoreszierendes Wasser, anscheinend hervorgerufen von Meeresorganismen, erleuchtete es. Dieses Phänomen nennt man folgerichtig Meeresleuchten. Letztendlich war ich extrem beeindruckt. Nur ungern trennte ich mich von meinem Wachposten „Mann über Bord" auf der achterlichen *Schanz*. Bei Tagesanbruch verschwand das Rätsel.

Am Kompass lag jetzt bereits der Kurs Wilhelmshaven an und wir erreichten das *Arsenal* am 07.08.1975 ohne besondere Vorkommnisse. Vor Ort wurden dringende Reparaturen durchgeführt, die sich nicht mehr aufschieben ließen. Die Fachleute tauschten Verschleißteile aus, und sämtliches, was auf See notdürftig zusammengeflickt worden war, setzten sie wieder in den originalen Zustand.

Unterwegs, zu allem Überfluss, ereignete sich schon am Anfang der Reise im Mittelmeer, dass die Kühllast ausfiel. Wir konnten aufgrund dessen soviel Fleisch essen, bis die Steaks aus den Ohren heraushingen. Aus dem Grund erfolgte nach kurzer Dauer, das Unvermeidliche. Mit schweren Herzen überließen wir Rinder- und Schweinehälften, den Haien. Eine riesige Menge Proviant, welcher für circa fünfhundert Mann und für drei Monate reichen sollte. Für die Aktion postierten sich mit dem Schnellfeuergewehr ein paar Kameraden, um eventuelle Gefahren von der Besatzung abzuwenden.

Am 11.08. liefen wir aus dem *Arsenal* zur Probefahrt für vier Tage aus. In ebendieser Zeit wurde unter anderem die Lady *entmagnetisiert*. Zufolge der Prozedur kehrten wir danach in *Schlicktown* für weitere vier Tage zurück, um am 19.08. endlich zum letzten Stück des Törns über Skagerrak aufzubrechen. Dachte ich zumindest, allerdings ohne die

Admiralität. Diese wollte die letzten Seemeilen nutzen, dass die Besatzung auch in der Seeversorgung und in Verbandsübungen fit gemacht werden sollte. Hierzu liefen mit uns in Richtung Skagerrak mehrere Zerstörer und ein Troßschiff aus.
Dort fuhren wir mit dem Versorger A1411 ein Highline-Manöver. Es wurde Kraftstoff an der nördlichen Spitze von Dänemark übergeben.

Zu dieser Zeit konnte niemand wissen, dass die A1411 in einem halben Jahr mein nächstes Bordkommando werden würde.

Wie zu erwarten war, blieb die Nordsee und überhaupt die Fahrt zu jener Jahreszeit ruhig. Auch ließen die Offiziere die Mannschaften nach diesem Manöver vollends in Ruhe. Schließlich verlangte die Obrigkeit der Crew in dem zurückblickenden Vierteljahr viel ab, während sie die Befehle bereitwillig befolgten. An dieser Stelle möchte ich nicht unerwähnt lassen, dass unter den Bedingungen nicht alles reibungslos verlief. Ein Kamerad aus unserem seemännischen Abschnitt drehte durch. Vermutlich aufgrund der Enge auf dem Schiff, gepaart mit Heimweh und dem Druck, dem wir ebenfalls ausgesetzt waren. Soweit ich mitbekam, bedrohte er Vorgesetzte mit der Waffe. Nachdem er überwältigt wurde, sperrte man ihn in den bordinternen Knast. Hier mussten wir nun zusätzlich bewaffnet Wache schieben.
In Wilhelmshaven wurde er von den Feldjägern abgeholt. Ich habe nie wieder etwas von ihm gehört.

Zu Erfreulichem zurückkehrend, stand ich erwartungsvoll auf der Brücke und freute mich auf das Einlaufen in Kiel. Abermals drängelten sich die Angehörigen auf der Tirpitzmole, die Militärkapelle gab abermals ihr Bestes. Viele Freudentränen flossen, während ich nach dem Anlegemanöver unter Deck ging und mein Einlaufbier genoss. Es waren wohl eher zwei. Wir ließen die Reise nochmals Revue passieren und erzählten von dem Erlebten.

Fazit: 86 Tage Reisedauer, davon 24 Hafentage. In dieser Zeit legten wir 15339,9 *Seemeilen* zurück.

Danach packte ich den Seesack mit all dem Krempel, den ich in den Häfen erstanden hatte. Merkte allerdings schnell, dass das Volumen des Seesacks dafür niemals ausreichen würde. Ein paar Tage später bekam ich vierzehn Tage Urlaub bewilligt. Nach einem Vierteljahr endlich nach Hause mit interessanten Geschichten im Gepäck.
Zurückkehrend bereitete ich mich auf den Maatenlehrgang vor und verließ mit Widerwillen am 30.09.1975 unsere weiße Lady, die mir ein perfektes Zuhause gewesen war.

III. Kapitel

Maatenlehrgang

 *Widerwillig kehrte ich auf die verhasste Insel zurück, mit dem Versprechen, anschließend auf der Deutschland weiter fahren zu können. Es kam jedoch anders.*

Kameraden überredeten mich, Silvester 1974, das *Schulschiff* zu verlassen, um an der Unteroffiziersausbildung teilzunehmen. Angetrunken leistete ich unwiderruflich die Unterschrift. Es gab kein Zurück mehr. Auf die vielen Auslandsreisen der Deutschland verzichten zu müssen, zog ich schweren Herzens Richtung Borkum. Hier erfolgte der dreimonatliche *Fachlehrgang Eins* (F1). Anschließend dann für ein weiteres Vierteljahr der MUS-Lehrgang (Marineunteroffizierschule). Bestand ich beide Fortbildungen, besaß die Marine einen neuen Unteroffizier.

Der Oktober 1975 zeigte sich schlecht gelaunt zu meiner Ankunft im Marinestützpunkt Borkum. Erinnerungen erwachten erneut. Vor fünfzehn Monaten absolvierte ich hier die Grundausbildung. Deshalb lebte ich mich wieder flott ein. Das seemännische Grundwissen sollte aufgefrischt und erweitert werden. Der *V-Boots*schein (Bootsführerschein) stand ebenfalls auf dem Plan.

Motiviert sog ich den Unterricht auf. So etwa vierzehn Tage nach der Anreise teilte man uns in zwei Hörsäle „Boot" und „Schiff" auf. Ich meldete mich zum Hörsaal Schiff. Gleichzeitig wurden wir belehrt, dass man uns auf U-Boot-Tauglichkeit prüfen würde. Zwei Tage später ging es bereits per SAR (Search and Rescue) Hubschrauber nach Kiel Kronshagen ins Bundeswehrkrankenhaus. In der Druckkammer sollten wir auf „Herz und Nieren" geprüft werden.

Jedoch kam für mich ein U-Boot überhaupt nicht in Betracht, um dort die Welt unter dem Meeresspiegel zu erleben. Auf keinen Fall. Es kam nur ein Schiff in Frage. Gemäß der Fachrichtung wollte ich als *Seeziege* weiterhin an Oberdeck den Dienst verrichten. Außerdem war der Aktionsradius eines Schiffes uneingeschränkt. Für U-Boote, Minensucher oder Schnellboote blieb ihr Radius hingegen begrenzt. Für den Seemann bedeutete dies: Kleine Seefahrt (Küstenbereich/ Ostsee/ Nordsee) und keine Häfen weltweit realisierbar. Zu jener Zeit gab es allerdings einen hohen Bedarf an U-Boot Personal. In der Bremer Werft ging die neue U-Boot-Klasse 206 zu Wasser und dafür benötigte die Bundesmarine natürlich Dienstpersonal.

Die Aktion, sich in der Druckkammer durchrasseln zu lassen, misslang kläglich. Die Ärzte befanden meine Wenigkeit für U-Boot-tauglich. Entsprechend den Befunden teilten uns die Vorgesetzten erneut den beiden Hörsälen Boot und Schiff zu.
Nein, nicht mit mir, total undenkbar, dachte ich. Vorsichtshalber leitete ich den Karriereknick bei der Marine ein und stellte ein Versetzungsgesuch, um die Maaten-Laufbahn zu beenden. Ich wollte nicht am weiteren MUS-Lehrgang teilnehmen. Gleichzeitig beschloss ich, mich bei dem Lehrgang

durchfallen zu lassen. Zur Erklärung für diese Maßnahmen: Auf U-Booten kamen nur Unteroffiziere in Frage. Mannschaftsdienstgrade blieben chancenlos. Ich machte das Beste aus der Situation und paukte nur noch, alles Fachmännische für die Seefahrt. Denn ebendieses könnte ich bei der „Christlichen" gut verwenden, auch natürlich, um überhaupt den ersehnten Matrosenbrief zu erhalten. Die Praxis des V-Bootführerscheins bestand ich mit einer bravourösen Leistung, da ich bereits die praktischen Kenntnisse auf der Deutschland erworben hatte.

Hin und wieder fuhr ich an den wachfreien Wochenenden nach Hause. Aufgrund der U-Boot-Vorkommnisse war ich nicht mehr sehr angehalten, der Pünktlichste zu sein. Erst zum Wecken um sechs Uhr war meine Anwesenheit in der Kaserne erforderlich. Deshalb ließ ich mich sonntags dazu verleiten nicht den Zug um vierzehn Uhr zu nehmen, der mich sicher auf die letzte Fähre nach Borkum brachte. Nein, ich nahm öfters den Zug gegen neunzehn Uhr und kam dann noch rechtzeitig in Emden an, bevor der Sportflugzeughafen schloss.

Es geschah kurz vor zweiundzwanzig Uhr, als ich in Emden auf dem Flughafen eintraf. Ich setzte den Seesack ab und ging zur Anmeldung. Der Mann hinter dem Schreibtisch beobachtete den späten Ankömmling missmutig. Er hatte sich bereits auf den wohlverdienten Feierabend eingestellt. „Moin, moin", grüßte ich überschwänglich, „ich brauche einen Flug nach Borkum". Er sah mich entgeistert an und gab mir das Gefühl, als ob ich mein Anliegen in einem Fischgeschäft gestellt hätte.
„Jetzt?", entgegnete er.

„Wenn möglich?", erwiderte ich etwas kleinlaut. Er schaute zu dem Seesack und stellte bestimmend fest:

„Das geht nicht, Seemann, wir haben im Watt Nebel!"

„Ja, und?", starrte ich ihn auffordernd an.

„Keiner unserer Piloten würde zurzeit diesen Flug wagen."

Lange schaute ich ihn verdutzt an, als ob ich seine Aussage nicht verstand. Das hatte ich nicht erwartet. Nun gab es nur noch die Alternative, mit dem Taxi in ein Hotel zu juckeln, um morgens die erste Fähre gegen acht Uhr zu nehmen. Allerdings kam ich dann viel zu spät. Zudem würden die entstandenen Kosten (Taxi, Hotel und Fährschiff) in etwa dem des Flugpreises entsprechen. Weiterhin kämen die unausweichlichen disziplinarischen Maßnahmen dazu. Ich entschloss mich, nicht locker zu lassen, und sprach den Mann, der bereits seine Aktentasche unter den Arm genommen hatte, nochmals an:

„Sind noch Flieger hier?"

Er wies mit dem Zeigefinger auf eine Tür und verschwand.

„Aufenthaltsraum für Piloten" stand auf dem Schild.

„Moin, moin", grüßte ich wieder überschwänglich, nachdem ich eintrat. Ein paar Anwesende drehten sich fragend um, während sich andere weiter unterhielten.

„Ich suche jemanden, der nach Borkum fliegt", ließ ich laut vernehmen. Ein Gebrummel entstand, als sie sich von mir abwendeten.

„Das ist Selbstmord", entgegnete ein Älterer. Baff und planlos stand ich da mit dem Seesack.

„Habt ihr noch einen Kaffee übrig?", stellte ich die Frage an die im Aufbruch befindlichen Anwesenden. Ein junger Pilot,

128

kaum älter als ich, winkte mich an seinen Tisch. „Bring dir eine Tasse mit, die stehen dort alle in der Ecke".
Ich setzte mich mit der Kaffeetasse zu ihm. Anschließend goss ich mir mit der auf dem Tisch stehenden Thermoskanne den Pott bis zum Rand voll und blieb einsilbig.
„Gleich sind die Kollegen verschwunden. Habe weiterhin etwas Geduld. Ich möchte dir einen Vorschlag machen", flüsterte mein Gastgeber. Voller Ungeduld wartete ich, bis wir allein waren. „Ich will es versuchen! Ich schaffe dich rüber, zum normalen Flugpreis. Aber wenn wir Borkum nicht finden, bleibt der Preis wegen des Spritverbrauchs trotzdem bestehen.

Bist du einverstanden?"
Und wie ich einverstanden war.

Nach dem Motto: „Alles oder Nichts". Hastig trank ich den Rest Kaffee aus der Tasse und antwortete kurz und freudig:

„Startklar!"

Durch die Nacht eilten zwei einsame Gestalten, einer mit Aktentasche und der andere mit Seesack bepackt, zum Rollfeld. Der Seesack fand zwischen zwei weiteren Sitzen, achtern vom Pilotensitz seinen Platz. Ich setzte mich vorne in die Cessna 172 neben Oke, so hieß der ostfriesische Pilot.
Im Dunkeln rollten wir auf die Landebahn. Hier auf dem Festland war die Sicht leicht diesig. So schlimm kann das doch wohl nicht werden, dachte ich, änderte jedoch sofort meine Meinung, als wir im Flug förmlich gegen eine Nebelwand prallten, die sich direkt über dem trocken gelaufenen Watt aufgebaut hatte. Wir tauchten in eine unwirkliche Welt ein. Der Propeller des einmotorischen Leichtflugzeuges

129

schraubte sich durch den Nebel und wirbelte die Suppe hinter sich her.

„Normalerweise fliege ich hauptsächlich auf Sichtweite", gab Oke mir zu verstehen, „heute geht dies natürlich nicht." Ich schwieg, die Angelegenheit schien mir suspekt. Oke deutete aus dem Schweigen, dass ich Zweifel haben müsste. Dementsprechend begann er mir sein Vorhaben zu erklären: „Folgendes überlegte ich mir, der grobe Kurs nach Borkum liegt auf Nordwest, also halte ich die Maschine zwischen 310 bis 320 Grad auf Kurs. Wir werden uns im Tiefflug in einer Höhe von siebzig Metern mit einem geringen Tempo von 60 Knoten durch die Luft schrauben. Siebzig Meter deswegen, sodass wir mit dem sechzig Meter hohen Borkumer Leuchtturm nicht kollidieren können. Die gedrosselte Geschwindigkeit ist wegen der Sicht unerlässlich, auch deshalb, damit wir möglichst irgendwelche seemännischen Leuchtfeuer erkennen. Immerhin hat der Turm auf Borkum eine Leuchtkraft von ungefähr 25 Seemeilen. Unter normalen Umständen dauert der Flug höchstens zwanzig Minuten. Übrigens sind wir nicht mit vollem Tank gestartet. Mit anderen Worten, unsere Zeit hier oben ist begrenzt. Nun halte mit Ausschau."

Er hatte sein Ziel erreicht. Meine Zweifel verschwanden. Alles ganz logisch. Nun kapierte ich, warum der Pilot als Flugkapitän bezeichnet wird. Genauso wie bei uns Seeleuten, die Piloten fliegen ebenfalls nach Kompass und messen die Geschwindigkeit in Knoten. Allerdings haben sie eine Dimension mehr zu beachten. Hier an Bord der Cessna ist es wie im U-Boot. Höhe und Tiefe werden zusätzlich vom Höhenmesser abgelesen. Einziger Unterschied: Im U-Boot heißt dieses Gerät Tiefenmesser.

Es wurde ruhig im Cockpit. Wir konzentrierten uns auf die milchige Brühe, die unter uns lag. Absolut nichts zu erkennen, außer dicker Nebel. Seit dem Start verstrichen inzwischen geschätzt fünfzehn Minuten. Als ich im Schein der Instrumentenbeleuchtung ein breites Grinsen in Oke`s Gesicht bemerkte.

„Ein kleines, aber eher unwahrscheinliches Risiko haben wir noch", begann er.

„Und welches?", unterbrach ich ihn voller Ungeduld, als ob ich deswegen schneller die Antwort erfahren würde. „Rein theoretisch, könnten wir mit einem anderen Flieger zusammenstoßen", er schaute mich dabei erwartungsvoll an. Die gesamte Situation ließ in mir ein mulmiges Gefühl entstehen, die sich mit der besagten zusätzlichen Aussage sowieso nicht mehr toppen ließ. Erst später fiel mir ein, dass er sich per Funkkontakt vergewissert hatte, dass keinerlei Flugverkehr über der Insel herrschte. Also konzentrierten wir uns erneut auf das, was unter uns lag. Nirgends Wasser, kein leuchtendes Seezeichen, geschweige denn der Leuchtturm. Absolut gar nix.

Langsam drängte sich der Verdacht auf, dass Oke`s Plan Kokolores war. Aufgrund meines seemännischen Denkens wurde mir plötzlich bewusst, dass wir die Fahrrinne der Fähre im Tiefflug suchen müssten. Die könnte uns auf diese Art nach Borkum lotsen.

„So tief darf ich nicht fliegen", belehrte Oke, „es würde mir die Lizenz kosten."

Na gut, wieder etwas dazugelernt, dachte ich. „Jedoch im Notfall?", ließ ich immer noch nicht locker.

„Im Notfall ist vieles möglich, solange niemand gefährdet wird", klärte er auf, „wir haben aber keine Notsituation."

„Nee, bisher nicht", dann wechselte ich das Thema: „Was sagt die Zeit?"

„Wir müssen den nächsten Schritt einleiten. Wir hätten nach meinen Berechnungen vor fünf Minuten landen müssen. Ich drücke die Maschine vorsichtig runter. Mal schauen, was wir dort finden", entschied Oke.

Er meinte: 'Vorsichtig'. Für mich schien dies ein Sturzflug zu sein. Plötzlich starrte ich auf die wohl fünf bis zehn Meter entfernte Wasseroberfläche der ruhigen Nordsee.

„Um Gotteswillen zieh die Mühle hoch - schnell", rief ich ängstlich, denn von der Flugeigenschaft der Cessna hatte ich nicht die geringste Ahnung.

132

Souverän meisterte er die vermeintliche Gefahr, während ich mich schon vor dem Himmelstor bei der *Kleiderausgabe* sah. Unbeirrt beschloss er: „Wir fliegen jetzt um einen Kilometer versetzt fünf Minuten zurück." Ich hatte keinerlei Einwände und konzentrierte mich kleinlaut auf „Posten Ausguck". Außer Nebel nahm ich keine Sicht wahr. Dort, wo Oke Borkum vermutete, flog er kreisförmig über das Gebiet.

Es verging eine Dreiviertelstunde. Oke`s Fluchen wurde intensiver in jeglicher Form der Vielzahl und Lautstärke. Dann seine Erkenntnis: „Tut mir leid für dich, der Saft geht zur Neige und reicht noch ungefähr bis zum Festland. Ich habe wirklich alles versucht."
Dies bestätigte ich ihm gerne. Bedauerlicherweise war jede Mühe vergebens gewesen. Wir hätten auf den älteren Piloten hören sollen, ging mir durch den Kopf.

Plötzlich zeigte Oke erneut Kampfgeist: „Na gut, wenn du einverstanden bist, riskieren wir ein letztes Flugmanöver."
Wenn ich einverstanden bin, wiederholte ich die Frage in Gedanken und schaute ihn an. „Wir gehen von 70 auf 30 Meter runter, mehr als gegen den Turm prallen, kann uns nicht passieren." Er grinste. „Für den Fall, dass die Lizenz auf dem Spiel steht, musst du mir als Zeuge zur Verfügung stehen. Es ist also ab sofort ein Notfall. Wir behaupten vor Gericht, dass wir aufgrund von Spritmangel dazu gezwungen wurden, tiefer zu fliegen, um rettende Sicht zu erhalten."

Wieder für meinen Geschmack viel zu steil, ging es Richtung Nordsee. In dreißig Meter Höhe über dem Wasser sahen wir immer noch auf die Nebelwand. Innerlich gab ich dem Schicksal nach und passte auf, das wir den Leuchtturm nicht streiften. Plötzlich fing Oke an zu triumphieren: „Da schau!"

Mit seinem Zeigefinger wies er nach *Backbord*seite aus dem Fenster. Tatsächlich, die Nebeldecke riss dort auf und gewährte einen Blick auf festen Boden.

„Jetzt erst mal orientieren und erneut höher gehen - aber auf Sicht bleiben." Oke summte dabei das bekannte Lied von Hans Albers „Flieger, grüß mir die Sonne".

Ich war erleichtert, als wir die Strandpromenade anflogen.

„So, nun ist alles nur noch ein Klacks."

Aus dem Flugfunk hörten wir nach Okes Meldung, die zur Landung zwingend notwendig war, eine Stimme sagen: „Oke, da bist du ja endlich. Wir machten uns schon dumme Gedanken. Sämtliche Feuer brennen, die Bahn ist frei."

Oke hatte recht behalten, alles nur ein Klacks. Ich war froh, erneut beständigen Boden unter den Füßen zu spüren. Wasser hat zwar keine Balken, aber sicherer fühlte ich mich in dem Element. Oke übernachtete vor Ort am Flughafen. Der Flug hatte auch an seinen Kräften gezehrt. Solche kleinen Abenteuer verbinden sicherlich. Wir wollten irgendwann einen Trinken gehen. Durchgeführt haben wir es nie. Oke sah ich nicht wieder. Auf die vereinbarte Summe legte ich etwas Geld oben drauf, dafür wurde ich von jemandem gegen ein Uhr nachts zur Kaserne gefahren. In der *Koje* wachte ich schweißgebadet auf, die Hände im Laken verkrallt. So wiederholte ich noch mehrmals im Traum die Sturzflüge, bis mein Körper und meine Psyche das Erlebnis verarbeitet hatten.

Fortan wurden die abendlichen Streifzüge durch das winterliche Borkum ausgiebiger. Die meisten Lokale, die ich vom Sommer her kannte, blieben verschlossen, dienten sie doch ausschließlich dem Vergnügen der Touristen. Zu dieser Saison gab es sie jedoch nicht.

Zwei heimelige Kneipen taten es mir an, hier trafen sich die Inselbewohner, um sich am Grog zu erwärmen. Obwohl ich der friesischen Sprache nicht mächtig war, bekam ich gemäßigten Kontakt, und sie akzeptierten den Fremden vom Festland halbwegs. Auf die Weise gab es manch eine gemütliche Abendzeit, welche in dem öden Verlauf guttat. Dadurch entstand hier eine Art Zuhause, in der ich mich in der adventlichen Jahreszeit wohlfühlte. Die Verbundenheit zum Meer teilte ich gerne mit den freundlichen Einheimischen.

Am Ende der vierteljährigen Fortbildung entsprachen die Zensuren eben so gerade den eines angehenden Unteroffiziers. Immerhin hatte ich den ersten Schritt hierzu bestanden. Das Versetzungsgesuch hatte Gehör gefunden, also brach ich die Weiterbildung zum Maaten ab, denn dafür müsste ich anschließend den dreimonatigen *MUS-Lehrgang* bestehen. Zum Jahresende bekam ich deshalb ein neues Bordkommando.

Zum Glück ein Schiff! Aufgrund der Erinnerungen vom *Schulschiff* waren die Erwartungen falsch. Ich machte mir zu dem künftigen Kommando ein völlig Unzutreffendes, der Realität entgegengesetztes Bild. Übrigens, was ich in den nächsten zweieinhalb Jahren erleben würde, veranlasste mich, das Buch zu schreiben.

Danke, mein *Troßschiff* Lüneburg.

Schnürbein

Schnürbein, der Allgegenwärtige.
Überall erkannte ich ihn sofort.

An Oberdeck beobachteten wir Seeleute gerne den Himmel und den Horizont. Bereits im Mittelmeer, auf dem *Schulschiff Deutschland*, bemerkten wir die Möwe. Sowie wir sie erspähten, wussten wir, dass das Festland nicht mehr weit sein konnte. Wir nannten die Seemöwe Schnürbein und behaupteten immer steif und fest, sobald wir irgendeine erblickten, es wäre die getreue Möwe Schnürbein. Überall, wo wir auftauchten, verweilte der gefiederte Kamerad längst vor Ort.

Das zweite Bordkommando, *Troßschiff* Lüneburg, ein Versorger vom 1. Minensuchgeschwader, war das Gegenteil vom *Schulschiff*. Es gehörte aus meiner Sicht zur Gattung „Wohnschiff". Es gab einen Schwachpunkt, das störanfällige Getriebe blieb der Lüneburg als Manko treu. So verbrachten wir viel Zeit im Hafen oder in der Werft. Die langweilige Bordroutine am Liegeplatz spornte uns zu mancherlei Schabernack an, um dem Frust zu entgehen.

Stationiert war die Lüneburg in Flensburg Mürwik, an der betonierten Versorgungspier. Hier standen auf der gegenüberliegenden Seite alte, mit Rotstein errichtete Kasernengebäude.

Möwengebiet.

Oben auf der Dachrinne saßen dutzendweise geflügelte, gierige Exemplare der genannten Vogelart und beobachteten die Flensburger Förde, damit ihnen kein leckerer Happen entging. Die Gier der Vögel ist unermesslich, beschränkt sich bei den gefiederten Freunden jedoch nur auf ihr Futter. Hingegen bei den Menschen endet die Raffgier nicht beim Essen. Sie ist deutlich ausgeprägter und kann bei dieser Spezies erhebliche wirtschaftliche Schäden hervorrufen.

Unsere Wahrnehmungen und das darauffolgende Handeln entsprachen durchaus dem Zeitgeist jener Epoche, die gerade den Aufschwung der Massentierhaltung durch die neu entwickelte Technik erlebte. Eine Sensibilisierung des Tierwohls fand erst viel später statt. Deshalb bitte ich den Leser um Verständnis für die nachfolgenden Zeilen.

Im Verlauf der Wache *Posten Pier* hatte ich eine Idee, um die Zeit totzuschlagen. Ich ließ mir von einem Kameraden Brot bringen und fütterte die Vögel heimlich auf dem Kasernengelände mit kleinen Brotbröckchen. Sofort musste ich aufhören, da die Mole augenblicklich von kreischenden Möwen übersät war. Dem *UVD* kam dies spanisch vor, und er musterte mich mit fragenden Blicken, während ich nur mit den Schultern zuckte.

Nach dem Wachdienst besorgte ich mir Tabasco und tränkte die Brotstückchen darin. Ich brauchte die Stücke bloß in die Luft werfen und die begeisterten „Pier-Anwohner" erhaschten sie im Fluge. Kreischend stürzten sie sich anschließend in die Fluten, damit ihr plötzlicher Durst, der durch die Schärfe entstand, wieder gestillt werden konnte. Das Unheil nahm seinen weiteren Lauf: Manch einem Bordkameraden erschien meine Schandtat nachahmenswert. Mit beflügelter Fantasie kreierten sie immer neue Brotbeilagen, zum Beispiel mit Spüli. Auch Wilhelm Buschs Geschichte von Witwe Bolte musste herhalten. Einige Kameraden inspirierte die Passage mit den ausgelegten, zusammengeknüpften Fäden. Zum Glück funktionierte der Versuch nicht. Die schnellste Möwe schnappte sich den größten Brothappen und flog mit dem kompletten Bündel davon, um es dann im Hafenbecken zu versenken. Wahrscheinlich bemerkte sie, dass der Brocken präpariert war. Von der Aktion erfuhr ich erst Tage später und distanziere mich aufs Schärfste!

Als Hinweis sei an dieser Stelle gesagt, dass uns nicht bekannt wurde, dass eines der Tiere zu schaden kam.

Als Wiedergutmachung opferte ich aus der Monatsflasche (Lemon Hart 78 %) einen kleinen Schluck, die Flasche hatte ich für eine Bowle aufgespart. Der Erfolg gab mir recht. Nach kurzer Zeit ruhten meine „gefiederten Außenbordkameraden" zufrieden und selig in „Reih und Glied" auf der Dachrinne. Schaukelnd und schläfrig versuchten sie, die Balance zu halten. Bei manch einem knickte hin und wieder ein Beinchen weg.

Mit schlechtem Gewissen verfolgte ich, wie zwei von ihnen, die zu viel genascht hatten, es wesentlich miserabler erging. Sie klappten sturzbetrunken von der Rinne. Im Fluge fingen sie sich zum Glück, um dann nicht unbedingt perfekt zu landen. Der darauffolgende Morgen muss für sie erschreckend gewesen sein. Sie saßen garantiert mit Kopfweh regungslos auf ihrem Platz. Vereinzelt machte der ein oder andere einen wackeligen Kurzflug über dem Hafenbecken. Ausgiebig löschten sie dort ihren Brand.

Anmerkung: Natürlich ist mir bewusst, dass der Alkohol der Wiedergutmachung keinesfalls gerecht wurde, sondern ein weiteres Unrecht darstellte. Wie bereits erwähnt entsprach der damalige Zeitgeist keineswegs dem Heutigen. Die Epoche prägte unsere Denkweise und erzog uns zum damaligen Bewusstsein.

Rache erfolgte Jahre später. An der Küste bestellte ich mir ein mit Bismarckhering belegtes Brötchen. Nach meinem ersten Bissen ließ ich mir den saftigen Inhalt richtig herzerfrischend schmecken. Nichts ahnend und guter Dinge führte ich das Rundstück genüsslich wieder zum Mund, um zum zweiten Mal hineinzubeißen. Plötzlich und unerwartet schnappte sich Schnürbein im Vorbeiflug das gesamte Fischbrötchen. Vor Schreck hatte ich es losgelassen. Im Leben trifft man sich immer zweimal, dies wusste auch Schnürbein.

Troßschiff Lüneburg A 1411

Technische Daten

Schiffstyp: Troßschiff/ Kleiner Versorger

Kiellegung: 08.07.1964 / Stapellauf: 03.05.1965

Indienststellung: 31.01.1966 / Dienstzeit: 1966-2017

Seemeilen insgesamt: 574.871.2

Maße (Länge/Breite/Tiefgang): 104,18m/ 13,22 m/ 4,29 m

Verdrängung: 3770 Tonnen

Geschwindigkeit: 17 Knoten/ Fahrstrecke bei 14 Knoten ungefähr 3200 Seemeilen

Antrieb: Zwei Maybach-Dieselmotoren/ Leistung je 2060 KW (2800 PS)

E-Anlage: Vier Dieselgeneratoren je 405 KW

Bewaffnung: Vorn und achtern je ein 40 mm Breda-Zwillingsgeschütz

Besatzung: 68 Mann –im Bedarfsfall Aufstockung auf 105 Mann

Aufgaben: Versorgung auf hoher See/ Zuladung: 1.100 t Versorgungsgüter verschiedenster Art im einzelnen.

760 cbm Kraftstoff /130 cbm Frischwasser/ 200 t Munition und 100 t sonstige Versorgungsartikel

Deutschland Außerdienststellung: 02.06.1994

Verbleib: 27.06.97 - Übergabe an die kolumbianische Marine / Neuer Name: ARC CARTEGENA DE INDIAS161

Kolumbien Außerdienststellung 20.12.2017

Verbleib: Sommer 2019 im Karibischen Meer torpediert und versenkt.

IV. Kapitel

Neues Bordkommando

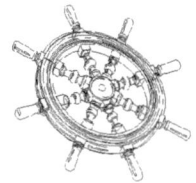

Troßschiff, sagte mir gar nichts.
Mal sehen, was ich da ergattert hatte.

Es war der **5. Januar 1976,** als ich mit dem Seesack von Borkum nach Flensburg in Marsch gesetzt wurde. Zum zwei ten Mal kehrte ich der Nordseeinsel den Rücken, dort wo ich insgesamt sechs Monate verbrachte. Als die Fähre Fahrt aufnahm, blickte ich nicht mehr zurück. Das Bedürfnis schien, sehr tief in mir, zu schlafen.

Die Schinderei der Grundausbildung beim Formaldienst und die des Fachlehrgangs 1, sowie der Knick in meiner unbedeutenden Marinelaufbahn, zu dem ich genötigt wurde, aufgrund der U-Boot-Frage, ließen mich die Insel hassen. Ich wusste genau, dass dieses Eiland überhaupt keine Schuld traf, die ich ihr aufzulasten versuchte. Nie wieder wollte ich sie betreten, tat es später nach über dreißig Jahren allerdings doch und ich sah diesmal alles aus einem ganz anderen Blickwinkel.

Den abgebrochenen Maatenlehrgang hinter mir lassend, fuhr ich teils mit der Dampflok, dann mit dem D-Zug zu dem zugeteilten Bordkommando, dem *Troßschiff* Lüneburg. Sie lag im Hafen von Flensburg Mürwik. Die gesamte Bundeswehr schien heute auf den Beinen zu sein. Quartalsweise bekamen viele der Angehörigen ein neues Kommando. Ein Blick in die Waggons zeigte mir, dass sie hauptsächlich mit uniformierten Soldaten belegt waren. Hier im Norden erblickte ich überwiegend Marineangehörige. Nachdem ich in Oldenburg umgestiegen war, versuchte ich, eine Mütze voll Schlaf zu erhaschen. Bei dem Rummel erschien es schier unmöglich. Ein kräftiger Matrose gesellte sich in Hamburg zu mir ins Abteil. Ich beachtete ihn nicht weiter und döste langsam ein.

Als unsere Bahn zur Rendsburger Kehrschleife kam, wachte ich auf. Diese Schleife aus einer Stahlkonstruktion lässt die Züge in einer Wende von dreihundertsechzig Grad fahren. Auf einer Distanz von viereinhalb Kilometern schraubt sich die Lokomotive auf eine Höhe von fünfundvierzig Meter, um daraufhin den Nord-Ostsee-Kanal zu überqueren. Ich bemerkte, dass die Bahn leerer geworden war. Der stämmige Mariner weilte immer noch mit mir im Abteil. Als Verwendungsabzeichen trug er den Anker für den seemännischen Dienst, genau wie ich. Er hatte mich bereits länger beobachtet. Jetzt rückte er sich zurecht und fing an, herumzudrucksen. Begierig sah ich zu ihm hinüber.

„Na?", forderte ich ihn freundlichst auf.
„Herr Obergefreiter UA", begann er.
Man muss dazu sagen, dass ich meinen waagerechten Unteroffiziersanwärter-Balken bisher nicht entfernt hatte.
„Ich habe da mal eine Frage", sprach er weiter.
„Jaah?", erwiderte ich erwartungsvoll.

142

„Sie sind doch bestimmt..?"

„Halt!", unterbrach ich, „Wir beide gehören dem Mann-schaftsdienstgrad an und sind in etwa gleichaltrig, deshalb sollten wir unnötiges siezen vermeiden. Also was liegt an?"

Der Matrose wiederholte nun seinen Satz: „Sie sind doch --- (Pause), du bist doch bestimmt schon zur See gefahren."

„Richtig, dafür bekam ich das bronzene *Seefahrerabzeichen*. Es sagt aus, dass ich mindestens ein Jahr zur See fuhr", dabei deutete ich mit dem Finger auf die rechte Brusthälfte. Mein Gesprächspartner schien beeindruckt und lehnte sich, ohne weiter zu fragen, zurück. Ich schaute wieder vom Abteil durch das Fenster und stellte fest, dass es draußen dunkel wurde und zu schneien anfing.

Es war der erste Schnee in diesem Winterhalbjahr, den ich sah. Nachdenkend wurde mir klar: So weit nördlich zu Lande war ich bisher noch nie gewesen. Mich nochmals dem Matrosen zuwendend: „Wir scheinen denselben Weg zu haben, wie heißt du eigentlich?"

„Rainer", antwortete er kurz und knapp, wie es sich für einen Soldaten gehörte.

„Und dein Bordkommando?", fragte ich ebenfalls knapp.

„Ich bin zum *Troßschiff* Lüneburg abkommandiert worden", fuhr er fort.

Ich lächelte ihm entgegen: „Welch ein Zufall, ich auch, übrigens ist mein Name Tomas."

Es folgten nun seinerseits viele Fragen, die ich ihm geduldig beantwortete.

Zum Schluss erklärte ich ihm: „Heute Abend müssen wir etliche Kisten Bier ausgeben, sobald wir uns an Bord gemeldet haben. Das wird sich nicht vermeiden lassen, wenn wir

143

nicht zum Opfer ihrer derben Spielchen werden wollen. Halte dich nur an mich, ich bugsiere uns schon da durch."

In Flensburg verpassten wir den Ausstieg und fuhren eine Bahnstation zu weit, bis zur dänischen Grenze. Zum Glück konnten wir die eine Station mit dem Zug zurückfahren. Die Lok rangierte, danach stand sie in entgegengesetzter Position, abermals koppelten die Bahnarbeiter die Waggons.

Nach rascher Fahrt bestiegen wir ein Taxi und kutschierten in Richtung Mürwik. Als Dienstältester meldete ich uns beim *UVD* zum neuen Bordkommando. Im Seemannsdeck hatte man uns längst sehnsuchtsvoll erwartet. Als wir uns vorstellten, sah ich in einer Ecke die gestapelten Kartons mit dem Einstandsbier. Das kann ja heiter und teuer werden, schoss mir durch den Kopf. Die meisten von ihnen schienen Sprit-Eulen zu sein. Aus diesem Grund stellte ich direkt die Frage: „Dient der Stapel Bierkartons nur als Deko oder darf ich den ersten Kasten auf die *Back* stellen?"

Rainer tat es mir gleich und platzierte einen Zweiten dazu. Die Meute sah vorerst zufriedengestellt aus. Kurze Zeit später prüften und tasteten sie den unerfahrenen Matrosen und mich weiter ab, während sie dabei tranken und grölten. Die schlechtesten *Kojen* (*Böcke*) blieben für uns übrig. Na ja, für ein Vierteljahr wird es gehen, dachte ich, dann ist ja der nächste Wechsel fällig. Manch einer versuchte seine Späße. Vor allem Rainer stellte ein potenzielles Opfer dar. Doch reagierte ich stets flink und nahm ihn entsprechend in Schutz.
Klar, dass mein Verhalten bei den neuen Kameraden nicht gut ankam. Ziemlich geschwind begriffen sie, dass wir

144

immer wieder kistenweise Bier nachlegten. Dies besänftigte sie. Die Situation entspannte sich allmählich, folglich stauten wir die zugewiesenen Spinde notdürftig ein, um für den Morgen die Arbeitskleidung parat zu haben. Die feuchtfröhliche „Sumpfrunde" ging bis nach Mitternacht, bevor endgültig im Mannschaftsdeck „Ruhe im Schiff" einkehrte. Nur im Heizerdeck tobten sie, so wie ich erfuhr, traditionsgemäß bis zum frühen Morgen.

Der routinemäßige Borddienst im Hafen schien nicht viel anders, als auf der Deutschland, nur erheblich lockerer. Es bedurfte deshalb keiner großen Anpassung und so lebte ich mich rasch ein. Auch Rainer kam hervorragend zurecht. Die meisten Kameraden waren in Ordnung, der *Decksälteste* und *Wachplan-Aufsteller*, ein ruhiger, ausgeglichener Vertreter, beherrschte gelassen die ihm zugesagte Aufgabe. Die beiden Obermaate pflegten einen ausgezeichneten Umgang mit der Mannschaft, und wenn wir ihnen nicht auf die Füße traten, ließen sie uns in Frieden. Außer dem Kommandanten gab es noch vier weitere Offiziere, welche ich hier kurz aufführen möchte: Schiffsversorgungsoffizier (*SVO*), Navigationsoffizier (*NO*), Schiffstechnischer Offizier (*STO*) und den Fernmeldeoffizier (*FMO*).

Erinnerungen: Endlich hatte ich zum wiederholten Male „Schiffsplanken" unter den Füssen. Wie hatte ich das leise Tuckern der Dieselmotoren im Verlauf der Seefahrt vermisst. Das seichte Wiegen der Wellen auf See, jene meine Matrosenseele beim Einschlafen in der schmalen *Koje* einlullen ließen. Längst hatte ich gemerkt, dass ich auf Borkum wieder zur Landratte geworden war. Zum Beispiel waren in der Kaserne die *Böcke* etwas breiter gewesen, als die Schiffs-*kojen.* So hatte ich mich daran gewöhnt, dass ich mich im Schlafe ganz normal umdrehen konnte. Das war an Bord nicht realisierbar. Wohl für jedes unerfahrene Besatzungs-mitglied blieb die in etwa 60 bis 70 cm knappe *Koje* sehr gewöhnungsbedürftig. Das Herumdrehen gelang nur inner-halb der eigenen Körperachse, und war in den ersten Näch-ten ohne Übung nicht möglich. Notgedrungen wachte der neue *Gast* dabei immer auf. Hinzu kamen die vielen Neben-geräusche und Aromen, die auf sämtlichen Schiffen bei der Enge noch heute üblich sind.

An einem kalten, nassen Tag kam ich durchgefroren vom Oberdeck in den wohligen warmen mittleren Gang. Bereits beim Eintreten durch das *Schott* nahm ich den herrlichen Duft von frisch aufgegossenem Kaffee wahr. Gleichzeitig erschnupperte ich einen leichten Hauch von Dieselgeruch. Irgendwo stieg er aus einem *Schott* des Maschinenraums zum Mittelgang empor. Komischerweise empfand ich das Gemisch nicht als störend, denn der Geruch gehörte einfach zum Bordleben dazu. Später hatte ich die Ausdünstungen an Land kurioserweise in unterschiedlichsten Situationen sogar vermisst.
Wie immer kamen blecherne Geräusche des Alugeschirrs aus der Kombüse. Hungrig schaute ich durch das *Schott* der Mannschaftsmesse. Es war knapp vor *Backen und Banken.* Die großen Alukannen warteten gefüllt mit heißem Bohnen-kaffee, die der *Backschafter* zuvor bereits auf die *Backen* verteilt hatte. Mit Freude goss ich mir die mitgebrachte Tasse voll und trank ihn mit höchstem Genuss und führte auf

diese Weise meinem Körper wieder Wärme zu. Ich genoss die einsame Stille die um mich, trotz der Bordenge, für kurze Zeit eingetreten war, bevor die *SLA* zum *Backen und Banken* aufrief.

Die *Schotten* der Unterkunftsdecks öffneten sich. Die Geräuschkulisse und das Gedränge im 120 cm schmalen Mittelgang blieben nun unvermeidbar. Spätestens am circa 60 cm beengten *Schott*, der den mittleren Gang unterbrach, entstand hier unweigerlich eine hungrige Menschenschlange. Derjenige, welcher nun entgegengesetzt durch das *Schott* wollte, hatte verloren. Wer jetzt gegen das ungesättigte Wolfsrudel anzulaufen begehrte, nur um sich eventuell seine Tasse zu holen, musste sich einige Minuten gedulden. Danach konnte er sich in der langen Schlange einreihen, die sich vor der Mannschaftsmesse aufstaute.

Der Mittelgang wies versetzt auf beiden Seiten, dort wo es möglich war, einen hölzernen abgerundeten Handlauf auf, der durch weitere, teils leichtere *Schotten* unterbrochen wurde. Für die Einrichtung des Handlaufs war der Seemann gerade bei Seegang dankbar, denn der mittlere Gang verfügte nirgends über eine glatte Seitenwand. Jemand, der in dieser Situation meinte, dass eine Hand nicht dem Schiff gehörte, zog sich sofort an den vielen Hebeln und an den hervorstehenden Vorrichtungen, die teilweise farblich abgesetzt waren, Blessuren zu. Die Wände besaßen zum Beispiel, so weit das Auge reicht, Verschläge in denen sich *Leckbalken* für die Schiffssicherung griffbereit befanden. Überall sah der Betrachter gestrichene weiße, isolierte Rohre oder Kabelstränge. Die meiste Technik verlief allerdings oberhalb des Ganges an der Decke. Hier durchzogen Lüftungs-

147

schächte und weitere Versorgungsschächte den gesamten Mittelgang. Vereinzelte Kabel liefen parallel zu den Schächten und verzweigten sich irgendwann nach *Back-* beziehungsweise *Steuerbord.*

Es ist immer schwer, alltägliche Dinge zu beschreiben, die einem selbstverständlich erscheinen und deshalb kaum wahrgenommen werden. Sie geben einen keinen Grund darüber nachzudenken. Solche sind einfach da, bleiben achtlos wie beim Inbegriff: Türschloss. Teste mal diese geniale, ja sogar praktische Erfindung, in Worte zu fassen. Also Bedeutung, Aussehen, Handhabung und die Vorzüge. In Ordnung, genauso ging es mir auch. - Langes Grübeln. Jedoch, aufgrund seiner Wichtigkeit versuche ich hier mal, ein *Schott* nebst dessen Bedienung und Vorteile allgemein zu erklären.

Das *Schott* oder in der Vielzahl werden sie *Schotten* genannt, haben die Funktion wie bei einer Sicherheitstür zu Lande, die zum Beispiel für den Brandschutz dient. Die Form von einem *Schott* ist o-förmig und hat ein Einstiegsmaß von rund 150 cm Höhe, sowie in etwa 60 cm Breite. Der untere Rand der Einstiegsluke beginnt in einer ungefähren Höhe von 30 cm über dem Boden. Das *Schott* besteht aus schwerem, harten Metall und ist am Rahmen mit einer Gummierung umsäumt. Die Schließvorrichtung funktioniert mit mehreren Hebeln, die ringsum angebracht sind und mit einem circa 30 cm Durchmesser großen Greifrad in der Mitte verbunden sind. Durch drehen des Rades werden die Riegel gleichzeitig nach außen bewegt und verriegeln so die *Schott*luke hermetisch. Aus Sicherheitsgründen gab es überall an Bord solche *Schotten,* um sie bei Wassereinbruch, Brand und Gaslecks

148

luftdicht verschließen zu können. Sie sollen sogar radioaktive Strahlung abhalten.

Der Seemann nennt die an Bord befindlichen Treppen, Niedergänge. Diese waren durchaus schmal und steil, allerdings mit zwei Handläufen versehen. Obwohl er eher einer stählernen Leiter glich, kehrte man den Stufen den Rücken zu, um dann dort herunterzusteigen. Nur derjenige der den Niedergang herauf musste, drehte sich selbstverständlich dem Aufstieg zu.
Hatte der Mariner es überaus eilig und wollte über einen Niedergang ins untere Deck, schwang er die Beine auf die Handläufe. Er ließ sich mittels der Führung seiner Hände flott in die Tiefe gleiten. Die Geschwindigkeit konnte er mit dem Händedruck regulieren.
In der Praxis wandte er es vor allem bei den Manövern an, wo Schnelligkeit besonders gefragt war.

Zur Schiffschronik: *(Die Erläuterungen zur Schiffschronik befinden sich im Glossar am Endes des Buches).*

Am **13. Januar** wurde die Lüneburg für 48 Stunden nach Olpenitz verlegt. Bei diesem kurzen Seemanöver fuhr ich als *Posten Maschinentelegraf* auf der Brücke. Hier bot sich ein perfekter Ausblick auf die reizvolle winterliche Landschaft der Flensburger Förde. Kaum hatten wir ihre Kurven abgefahren und die Geltinger Bucht an *Steuerbord*seite passiert, lag vor uns die Schleimündung mit dem Olpenitzer Hafen an der *Backbord*seite. Der geringe Aufenthalt lud abends in die Soldatenkantine ein. Die Rückfahrt am kommenden Tag ver-

149

lief ohne nennenswerte Vorkommnisse. Eben in Mürwik angekommen, ging es zwölf Tage später abermals nach Olpenitz, diesmal zur *Stichversorgung* des 2. Schnellbootgeschwaders. Mit dem Taxi zockelten wir von der Anlegestelle nach Kappeln und entdeckten hier den „Ollen Kotten", ein gemütliches Gasthaus. Hier war man als Marinesoldat gerne gesehen. Am **29. Januar** vormittags legten wir an unserer „Heimatpier" wieder an. Die Lüneburg feierte zehnjähriges Jubiläum, dies wurde als willkommene Abwechslung genutzt, um ein Bordfest zu organisieren. Hierzu wurde der Bereitstellungsraum hergerichtet. Am **31. Januar** trafen morgens die geladenen Gäste aus der Patenstadt Lüneburg ein. Gegen Abend begann für die Besatzung ein berauschendes Fest mit leckerem kaltem Büfett.

Mit der Seemeilen fressenden „Deutschland" war die zehn Jahre alte „Lady Lüneburg" natürlich nicht zu vergleichen, denn am **3. Februar** ging es abermals zum nächstgelegenen Hafen Olpenitz zur Versorgung. Genauer gesagt, das 5. Minensuchgeschwader wartete dort bereits auf uns. Bei der Gelegenheit schloss sich das 2. Schnellbootgeschwader ebenfalls mit an. Am dritten Tag kehrten wir nach Flensburg zurück. Nun konnte ich auf dem neuen Bordkommando über den Daumen gepeilt zweihundert Meilen im ersten Monat verbuchen.

Um mein frisches „Zuhause" nicht abzuwerten, möchte ich an dieser Stelle erklärend hinzufügen, welche Aufgaben das Schiff zu bewältigen hatte. Um Schiffen oder Booten einen größeren Aktionsradius zu ermöglichen, ohne einen Hafen anzusteuern, setzte die Marine Versorgungsschiffe ein, um ihnen fehlende Güter während der Fahrt auf See zu übergeben. Vergleichbar war das *Troßschiff* Lüneburg mit einem schwimmenden Warenlager, welches auf den Bedarf der Flotte ausgerichtet war. Etwa zehntausend Versorgungsgüter, von Toilettenpapier bis zur Elektronenröhre, lagerten bei uns an Bord. Zweihundertfünfzig Kubikmeter Kühllastenraum standen für die Frischverpflegung zur Verfügung. Daneben waren ständig siebenhundertsechzig Kubikmeter Dieselkraftstoff, einhundertdreißig Kubikmeter Frischwasser, und zweihundert Tonnen verschiedene Munition in den Lagerräumen und Tanks gebunkert. Die Lüneburg war auf See in der Lage, täglich zwanzig Kubikmeter Frischwasser zu produzieren. Ihre „Kunden" umfasste das 1. und 5. Minensuchgeschwader.

Sie konnte auf See während der Fahrt gleichzeitig zwei bis drei Schiffe versorgen. Hierfür besaß sie zwei Lademasten und unterschiedliche Seeversorgungsgeschirre, zum Beispiel: Manila- und Draht-Hochleinen-, sowie Spanntrossengeschirre. Eine Heckversorgungseinrichtung ermöglichte zusätzlich eine Heck- Bugübergabe. Für den Einsatz in nuklearen Gebieten verfügte die Lüneburg für den schiffsinneren Bereich über ein Überdrucksystem, welches die Strahlung hindern sollte, dort einzudringen. Nach einer Durchfahrt des verseuchten Gebietes wusch die Außenberieselungsanlage die Bestrahlung fort. Eine unter Wasser ausfahrbare Trimmungsanlage sorgte bei rauer See für eine ruhigere Fahrt über Wasser, was gerade bei einer Seeversorgung von großem Nutzen war.

Schlammi

Ein breites Grinsen folgte auf seine Erkundigung:
„Steht das Schlammi noch?"
„Ja", antwortete ich auf die Frage des älteren Seemanns.

Neugierde stieg in mir auf, nachdem meine Gefährten in den unglaublichsten Facetten von dem Tanzlokal „Queen Mary" berichteten, die von allen „Schlammi" genannt wurde. „Muss man wohl gesehen haben", dachte ich und schloss mich einigen Kameraden an.
„Wo ist denn diese Disco?", fragte ich, als wir die Fernmeldeschule durchquerten.
„Du stehst direkt davor", triumphierte Micha im vergnügten Eifeldeutsch.
Über die Ausmaße erstaunte ich, allerdings hatte die äußere Bausubstanz stark gelitten, sie stammte noch aus der Kaiserzeit oder kurz danach. „Hotel Sternwarte" prangerte am Giebel, in dicken altdeutschen, verblassten Lettern.

„Nicht übel", glaubte ich, „seit Admiral Dönitz scheint hier alles unverändert. Ob er auch die paar Schritte von der Marineschule zum Schlammi gegangen war, um sich zu vergnügen? Kein schlechter Gedanke, wenn ich nachweisen könnte, dass wir beide aus demselben Zapfhahn gesoffen hatten." Gleich darauf distanzierte ich mich von den abwegigen Vorstellungen und wurde gleichzeitig abrupt aus ebendiesen gerissen. Wir überquerten soeben die vierspurige Straße und standen dann vor der Tür. Die in die Jahre gekommene stämmige „Queen Mary" (Wir nannten sie genauso, wie die Disco hieß.) Ob sie nun die Pächterin, Chefin oder eine Angestellte des Etablissement war, weiß ich nicht mehr zu beantworten. Jedenfalls nahm sie sich die Ehre und empfing die Mariner mit überschwänglichen Worten: „Meine Herren, seien Sie willkommen und treten Sie näher in unser gemütliches Reich."

Wir folgten ihr durch schäbige abgetretene Flure, die mit staubigem, rotem Samt behangen waren, und stiegen über eine hölzerne, knarrende Treppe in den ersten Stock. Auch dort dominierte ein schmuddeliges Weinrot die Räumlichkeiten. Ich musste bei dem Anblick unwillkürlich an ein Bordell denken. Die Gesamtheit zeugte von schlechtem Geschmack, und es gab nichts, was das Ambiente hätte aufwerten können. Wer weiß, was in den alten Gemäuern alles stattgefunden hatte. Sie wies auf einen Tisch und wir setzten uns.

„Sind Sie neu hier in Flensburg?", begann sie das Gespräch. Unterschiedliche Aussagen kamen aus unserer Ecke.

„Na meine Herren, jetzt werde ich ihre Bestellung ...", sie stockte und es erfolgte ein erneuter Satz: „Nein, vorher möchte ich ihnen meine beiden Nichten vorstellen. Sie sollen dann ihre Wünsche entgegennehmen."

Gesagt getan, die „Queen" voran, nahm nochmals Kurs zu uns auf, mit zwei Mädels im Kielwasser, bei denen das Wort lieblich keineswegs so recht passte. Die zwei schienen mit uns im gleichen Alter zu sein. Sie gaben mir Rätsel auf. Es gelang mir einfach nicht, zu bestimmen, wer von den beiden die Faszinierendere war. Der Abend wurde feuchtfröhlich. Frau Tante „Queen Mary" gesellte sich hin und wieder an unsrigen Tisch, um in ihrer übertriebenen Höflichkeit mit uns in Kontakt zu bleiben. Ich denke, sie wollte ihre heiratsfähigen Nichten, egal mit wem, auch wenn es „bloß" ein Marinesoldat war, „an den Mann" bringen.

Nach etlichen Bieren glaubte ich, einen Hauch von Schönheit bei einer der beiden Prinzessinnen zu entdecken. Die Realität trat in dem Augenblick ein, nachdem ich mir den Schaum aus den Augen wischte. Ja, den Schlammi muss man erlebt haben, höre ich heute noch, wann immer das Thema in einer bierseligen Runde nochmals auflebt.

<u>Zur Schiffschronik:</u> **16. Februar**: Weitere vier Seetage lagen vor uns. Auf dem Programm standen Geschwaderübung und Torpedoschießen mit dem 2. Schnellbootgeschwader. Draußen war die Ostsee recht kabbelig, trotz allem gelang das Vorhaben. Zum ersten Mal hörte ich auf der Lüneburg meine

154

Lieblingsdurchsage aus der *SLA*: **„Di-i-eh Zolllast hat geöffnet!"** Klasse, endlich nach fünf Monaten wieder eine Monatsflasche.

Auf dem *Troßschiff* gab es während der Seefahrt nur zwei Wachabschnitte, diese beinhalteten *Back-* und *Steuerbord-* wache. Mit anderen Worten: Auf See bekam ich ab sofort weniger Schlaf, da ich im Vier-Stunden-Rhythmus Wache schieben durfte. Auf der Deutschland dagegen, bekam ich acht Stunden Freiwache und dann vier Stunden Wache. Jedoch gemessen an den bescheidenen Seetagen der Lüneburg, konnte die Mannschaft es gut aushalten, trotzdem hatten die vier Tage wegen dem Schlafentzug geschlaucht.

Zurück in Mürwik ließen wir in der Kasernenkantine ordentlich Dampf mit „Rum-Punkt" ab. Rum-Punkt war ein Marine-Spezialgetränk. Ein Glas Rum und oben drauf ein Punkt (kleiner Schuss) Cola. Der nächtliche Kantinenschluss kam aus unserer Sicht viel zu früh und beeindruckte nicht sonderlich. Erst die herbeigeholten, bewaffneten Feldjäger wussten zu überzeugen. Ein Kantinenverbot krönte daraufhin die ausgelassene Feier. Nicht schon genug, am nächsten Tag wurde von den Bootsleuten ein neuer *Pantrygast* „ausgeguckt" und deren Wahl fiel auf mich. Entgeistert schaute ich den *Schmadding* an, der mir die Hiobsbotschaft überbrachte.

Meine Gegenargumente blieben ohne den gewünschten Erfolg. Sollte ich jetzt etwa die letzten zweieinhalb Jahre die „Obrigkeit" an Bord bedienen? Hierfür hatte ich mich **nicht** vier Jahre freiwillig zur Marine gemeldet, um hier den Büttel zu machen. Nein, dies stand nicht auf meiner Wunschliste, dann doch lieber täglich die Bordtoiletten schrubben. Ein Schlachtplan musste her. Entsprechend reiflicher Überlegung stand er fest. Ich wühlte in dem Seesack nach schmutziger Wäsche und zog mir ein verschwitztes, schmuddeliges *Takelpäckchen* über, genau passend für den Plan. Zufolge einer kurzen Einweisung konnte der Spaß beginnen. Ich hatte bereits das Eintopfgericht aus der Kombüse geholt. In der Messe auf der *Back* lagen die Teller sowie die Bestecke. Die habe ich jedoch falsch angeordnet oder sie blieben unvollständig, dafür hatte der Nebenmann doppelt so viele Löffel erhalten. In der Mitte der *Back* platzierte ich die übervolle Suppenschüssel Eintopf. Vorsichtig versenkte ich darin die Suppenkelle, sogleich war die Schüssel randvoll. Ein unausweichliches Malheur stand mutwillig bevor.

Zugegebenermaßen wollte keiner der Eintreffenden auf irgendeiner Weise die Kelle berühren. Sie einigten sich darauf, dass ich diesen Zustand beheben sollte. Schnurstracks griff ich mir den Behälter, um ihn in der drei Meter entfernten Pantry entsprechend zu *lenzen*. Dabei entstand auf der *Back* ein winziger *Bach* und so verschwand ich mit dem arg tropfenden Behältnis in der *Pantry*. Direkt wurde ich von entsetzten Gesichtern „zusammengepfiffen". Gleichgültig nahm ich einen sauberen Feudel, ursprünglich als Bodenfeudel gedacht und wischte kurzerhand damit die *Back* halbwegs lustlos ab. Ein paar Putzstreifen Suppe blieben zurück.

Danach widmete ich mich mit dem gleichen Lappen den etlichen kleinen Eintopfpfützen auf dem Fußboden. Ich spürte die entgeisterten, neugierigen Blicke der sprachlosen Gesellschaft in meinem Nacken. Die Schüssel hatte indes genug Flüssigkeit verloren, so brauchte sie nicht zusätzlich *gelenzt* werden, allerdings war ihr Inhalt inzwischen auch deutlich kälter geworden. Mit strengem Gesichtsausdruck wurde ich weiter beobachtet, mit welchem Wischlappen ich

156

den Rand der Eintopfschüssel säuberte. Aufgrund dieser Aktion war das Problem gelöst und man erkannte, dass ich kein geborener *Pantrygast* sein konnte. Es wurde sofort eine neue Besetzung abkommandiert, die durchaus für manch einen Kameraden reizvoll erschien. Immerhin war es ein ruhiger Posten und man nahm an der allgemeinen Wache und Arbeitsroutine nicht mehr teil.

Am 25. Februar steuerte die Lüneburg zum längst bekannten Hafen Olpenitz und übergab eine Palette Toilettenpapier an das 5. Minensuchgeschwader. Ich fragte mich, was das sollte. Das hätte ich schneller und billiger für den Bundeshaushalt hinbekommen. Mit anderen Worten: Nur die Taxigebühr, Hin- und Rückfahrt. So wäre ich mit einem vollgefüllten Klopapier-Taxi nach Olpenitz gedüst. Als einfacher Soldat stand mir zu jener Zeit das Mitdenken allerdings nicht zu. Spätabends schmiegte sich das *Troßschiff* wieder an ihre zugewiesene Heimatpier in Flensburg Mürwik.

2. März: Unser Schiff bekam abermals Sehnsucht nach Olpenitz, also fuhren wir erneut dorthin. Als Vorwand steht in der mir vorliegenden Chronik: *Stichversorgung* des 2. Schnellbootgeschwaders. Meine Kameraden und ich traten stets flexibel und erfinderisch auf. So nahm der besagte Haufen den Aufenthalt zum Anlass, um direkt zum Dienstschluss den „Ollen Kotten" in Kappeln zu besuchen, damit wir dort nicht in Vergessenheit gerieten. Es wurde zum wiederholten Male ein feuchtfröhlicher, deftiger Abend. Warum, weiß ich nicht genau, jedenfalls befand sich ein sturzbetrunkener Seemann mitten in der Nacht zu Fuß und alleine auf dem Rückweg. Ja, ich schwankte von Kappeln an Ellenberg vorbei und folgte der zweieinhalb Kilometer langen Ostseestraße. Durch die getorkelte Schlangenlinie dauerte der Weg

157

jedoch ewig und drei Tage. In Olpenitz wusste ich nicht mehr den Standort unserer Lady. Ich orientierte mich an Größe und Umriss der umliegenden Schiffe. Zum Glück lag kein gleich aussehendes Schwesterschiff der Lüneburg im Hafen.

So fand ich meine „Matrosenunterkunft" schließlich doch noch und machte es mir im *Bock* recht muckelig. *Ratzte* durch bis zum seligen *Locken* der Bootsmannsmaatenpfeife. Diese verkündete zuerst leise, dann immer lauter werdende kurze, lockende Pfeiftöne über die *SLA*. Der *UVD* hatte es gut gemeint und gab einen Lockspruch zum Besten: „Eine Hand am Sack, die andere am Socken; Soldat bleib liegen, das war erst das Locken!" Fünf Minuten später geschah wie alle Tage das tatsächliche Wecken. Jetzt erfolgte ein wesentlich intensiverer lang gezogener Pfiff und endete mit dem durchdringenden Ausruf: „Reise, Reise, (Rise, Rise) aufstehen". Danach passierte wie gewöhnlich ein derber Weckspruch, der zumindest in der damaligen Männerwelt gut ankam. Hier ein entschärftes Beispiel: Auf jedem Schiff, das dampft und segelt, ist einer, der die Waschfrau „kennt".

Auf diese Weise regte sich die Fantasie und die zuvor Schlaftrunkenden stiegen putzmunter aus den *Kojen*.

Der Borddienst tagsüber blieb ohne nennenswerte Vorkommnisse. Am Abend beschlossen wir, abermals nach Kappeln zu fahren, eben weil der Vorabend so schön war. Diesmal passte ich allerdings auf, um das letzte Taxi zu erwischen. Am darauffolgenden Morgen präsentierten wir in der Flensburger Förde zum wiederholten Male die Flagge. Wir steuerten den Heimathafen an.

158

Am **15. März** war die Lüneburg seeklar. Die Besatzung lief zu einer *ConvoyEx* Geschwaderübung in die Mecklenburger Bucht aus. Mit einem Partnerschiff wurden Seemanöver vor den Hoheitsgewässern der DDR geprobt. Wie zu erwarten war, ließen die Gegner das nächtliche *Highline-Manöver* nicht zu. Immer wieder tauchten aus dem Dunkel der Nacht als Fischerboote getarnte Wasserfahrzeuge auf, die in erster Linie dafür Sorge trugen, das Manöver zu stören. Die Provokation erwies sich als gelungen. Die Volksmarine stieg voll daraufhin ein.

Es bahnte sich ein gefährliches Katz-und-Maus-Spiel an. Auf dem Radar konnten wir verfolgen, wie die Fischkutter versuchten, mit uns auf Kollisionskurs zu gehen. Ungeachtet der Funksprüche und Zurufe über die laute Sprechanlage erfolgten keinerlei Reaktionen. Das Nebelhorn tutete ununterbrochen. Trotz Fernglas sah ich keine Crew in den spärlich beleuchteten Booten. Es gelang uns nicht fortwährend, ihnen auszuweichen. So blieb uns nichts anderes übrig, als eine Nottrennung einzuleiten. Ein „Fischerboot" welches nur ein kümmerliches Topplicht gesetzt hatte, wollte direkt zwischen den Schiffen hindurch fahren. Dabei flossen etliche hundert Liter Kraftstoff in die Ostsee.

Kurz darauf, wir fuhren noch gedrosselte Geschwindigkeit, als wir einen etwas größeren Entgegenkommer am nachtdunkelen Horizont ausmachten. Er befand sich mit uns auf Kollisionskurs. Der Kommandant hielt den Kurs bei bummeliger Fahrt bei und korrigierte leicht nach *Steuerbord*. Zugleich ließ er sämtliche Schnellfeuergewehre an die Besatzung ausgegeben. Ein DDR-Minensuchboot glitt langsam mit nur zehn Metern Abstand durch die nächtliche Ostsee an uns vorüber. Ebenfalls mit angeschlagenen Gewehren

159

schauten die gegnerischen Marinesoldaten angespannt in „Reih und Glied" zu uns herüber. Mit aufmerksamen bedrohlichen Blicken kontrollierten wir jegliche ihrer Bewegungen. Mein Blut gefror in den Adern. Jede Einzelheit verfolgte ich von der mir zugeteilten Manöverstation „Posten Schanz" und stand bei der Situation etwas im Hintergrund. Unbeobachtet konnte ich mir allerdings nicht verkneifen, trotz des Kalten Krieges einmal flink hinüberzuwinken. Tatsächlich wagte ein, auch abseits stehender Seemann, auf die gleiche Weise den Gruß zu erwidern. Wir verstießen soeben beide gegen sämtliche militärischen Regeln.

Ich denke, an ebendieser Stelle muss ich das nicht nachvollziehbare Verhalten kurz erklären. Die meisten meiner Verwandten lebten zu jener Zeit in der DDR. Außerdem dienten zwei Vettern jetzt gleichfalls bei der gegnerischen Volksmarine. Nicht auszudenken, falls der Befehl kam, zu schießen. In dem Glauben, einem Cousin zugewunken zu haben, gab ich mich zufrieden.

Übrigens: Wer will schon von einem Mannschaftsdienstgrad wissen, was er von solcher Provokation hielt. Ich sage es trotzdem: „Wir blieben der Aggressor und trugen die Verantwortung. Zum Glück behielten wir allesamt die Nerven".

Vier Tage später navigierten wir endlich in Richtung Heimat. Nach Beendigung des Anlegemanövers im Flensburger Marinestützpunkt, klarten wir auf und steuerten die Queen Mary an. Neugierig, ob die Nichten wenigstens ein bisschen Anmutiger geworden waren. Am **31. März** lag, wie üblich, ein Quartalswechsel einzelner Besatzungsmitglieder an. Der *Decksälteste* hatte seine Jahre bei der Marine abgedient. Daraufhin fiel den Deckbewohnern nichts Besseres ein, als ausgerechnet, meine Person zum Ältesten, zu wählen. Vermutlich weil ich schon wie Methusalem aussah. Gleichzeitig wechselte ich die *Koje* und erhielt die unterste direkt über dem Boden. In einem separaten Gang wo gegenüber nur noch die Spinde platziert standen. Den *Bock* behielt ich bis zum Schluss der Borddienstzeit.

Weihnachtsbaum im April

Muss mir hierzu etwas einfallen? Glaube nicht.
Auf alle Fälle geht es mal wieder nach hinten los.

Ein menschliches Bedürfnis, den Druck kaum aushaltend, packte mich. Mit edlem Schaumbier hatten wir die Kiemen angefeuchtet. Rainer und ich befanden uns auf dem Rückzug vom „*Gefechtsviertel*" Flensburg. Gerade eben durchquerten wir die Unterführung. Wir hielten uns bereits in der Linkskurve, die zum Hafendamm führte auf, als ich endlich ein geeignetes Plätzchen in Form eines Grabens erspähte. Dieser schien ideal für das dringende Vorhaben zu sein.
„Rainer, ich muss mal für kleine Kapitäne", gab ich ihm zu verstehen.

Trotz der Dunkelheit ließen die spärlich beleuchteten Laternen eine schummrige Helligkeit zu. Plötzlich, da lag sie! In halb aufgetautem Schneekleid erkannte ich sofort ihre Schönheit und Perfektion. So viel Ästhetik, Glanz und Harmonie konnte speziell nur eine Tanne ausstrahlen. Begeisterung überwältigte mich und mein Kamerad sollte ebenfalls daran teilhaben dürfen.

161

„Rainer, schau her", sprach ich gönnerisch im geheimnisvollen Ton.

„Was ist denn?", erwiderte gleichgültig Rainer, der inzwischen fünfzig Schritte vorauslief. Immerhin blieb er lauernd stehen und kam im Schneckentempo desinteressiert zurück.

„Da ist sie!", versicherte ich ungeduldig.

„Wer ist was?", fragte er gereizt.

„Na, die absolut höchste Vollendung.", versuchte ich, ihn neugierig zu machen.

Allmählich folgte er gelangweilt den Aufruf und wollte wissen:

„Wo?"

Ich deutete mit dem Finger in die Richtung, wo das Wunderwerk der Natur sein Dasein fristete.

„Ich sehe nichts," stellte er fest, „nur die olle Tanne."

„Nur die olle Tanne?!", wiederholte ich enttäuscht.

„Siehst du denn nicht, wie perfekt sie sich vor uns präsentiert? Warte, ich stelle sie aufrecht."

Schwups, war ich in dem trockenen Graben verschwunden und ließ sie im rechten Schein erstrahlen. Sofort bemerkte ich den Irrtum und stieg mit ihr schnell wieder aus der noch nassen, schlammigen Rinne.

Etwas umständlich den Tannenbaum haltend, kippte ich das Wasser aus dem linken Schuh. Um endlich Ruhe zu haben, stimmte mein Kamerad zu.

„Ja, kann sein", kam es gequält aus ihm heraus.

„Mensch, Rainer, du musst dir das edle Teil bei uns im Deck vorstellen. Welch einen holden Glanz würde sie verbreiten", versuchte ich ihn, weiter zu überzeugen.

Sein nachdenkliches Gesicht hellte sich auf und ein hämisches Grinsen machte sich dort breit.
„Tommy, ja, du hast recht, das machen wir", sagte er. „Den Baum nehmen wir mit an Bord."
Schmunzelnd zogen wir in der kalten Nacht den endlos langen Hafendamm in Richtung Hafen.

Aus dem Dunkel tauchte ein entgegenkommendes Taxi auf. Der Fahrer fuhr langsamer und drehte die Scheibe runter.
„Wollt Ihr mit?"
„Ja gerne", entgegneten wir freudig. Das Fahrzeug wendete und bremste.
„Was ist los, warum steigt Ihr nicht ein?"
„Wir haben noch einen Tannenbaum für den Kofferraum."
Er stieg aus und erblickte den Schatz, mit dem ich Händchen hielt.
„Das ist nicht Euer Ernst, was beabsichtigt Ihr denn damit?", wertete er ungläubig ab.
„Wir wollen an Bord Weihnachten feiern", klärte Rainer auf.

Während der Taximann den Kofferraum öffnete, fragte er noch: „Nadelt der Baum?"
„Nö, glaub nicht", brachte ich nachdenklich zum Ausdruck und schaute mir die Tanne genauer an. Oh je, sie fing an, sich zu entkleiden. Nun wusste ich, wir hatten verloren. Die Rücklichter des Taxis im Nacken folgten wir weiter dem Ziel.
Der „Lüneburg" immer näher rückend, erkannten wir, in welchem erbärmlichen Zustand der geliebte Tannenbaum durch den nicht fachmännischen Transport war. Vorher war sie tadellos und jetzt zur Hälfte nadellos.
Die *Gangway* erklimmend, einer der *Heiopeis* an der Spitze und der andere sie am Fuße fassend, zogen wir hintereinan-

der mit dem „Prunkstück" an Bord. Den *UVD* passierend, bemerkte er zu spät, dass die Tanne ihre besten Zeiten hinter sich hatte und überall ihr Kleidchen fallen ließ.

Im Rausche der genossenen Biere bedachten wir manches nicht. Die „nur noch leicht bekleideten Dame" bugsierten wir im Schiff durch die engen *Schotten*. Im gesamten Mittelgang hinterließ sie einen graugrünen Teppich. Als wir das Deck erreichten, war sie endgültig splitternackt.

„Reise, Reise, aufstehen, es weihnachtet sehr", weckten wir unsere Mitbewohner. Zur Geisterstunde wollte allerdings niemand geweckt werden. Alle glotzten uns mit strafenden Blicken verständlicherweise an. Den Baum brachte ich in der Zwischenzeit hängend auf der *Back* zum Stehen. Im märchenhaften Ton ersann ich: „Hört nur, ich habe das Christkind gesehen und es trug einen gar schweren, golde-

nen Sack. Der war mit edlen Hopfengetränken gefüllt." Die meisten der Kameraden drehten sich zurück in den Schlaf. Einige ließen sich jedoch locken und wurden hellhörig.

Ich fuhr fort: „Weil Rainer und ich so durstig schauten und nicht garstig waren, hat uns das liebe Christkind für das Deck einen Kasten Bier spendiert. Dies hatte ich so überzeugend aufgesagt, dass sich tatsächlich manche Schlaftrunkende um den Hopfentee gesellten, der inzwischen auf der *Back* stand. Auch Rainer blieb in der Zwischenzeit nicht müßig. Er dekorierte den abgetakelten Tannenbaum mit einer Girlande, die aus verdrehtem Toilettenpapier bestand. Wir halfen ihm mit Sämtlichem, was wir fanden, Bieröffner, Kronkorken und so weiter. In pompösem Gewand erstrahlte der Weihnachtsbaum. Die Stimmung konnten wir durch den weihnachtlichen Gesang nicht heben und konzentrierten uns lieber auf das „christkindliche, barmherzige Geschenk". Danach war uns allen wohlgetan, und wir schliefen friedlich ein.
Noch vor dem Frühstück durften Rainer und ich den gesamten Mittelgang von den Nadeln des Baumes mit dem Besen entfernen. Übrig blieben nur die erstaunten Gesichter der Kameraden, als sie im Schiff überall die verteilten Tannennadeln wiederfanden. Schnell ging an Bord die Weihnachtsfreude in Schadenfreude über.
Nach der Geschichte feierte ich nie wieder im April mit einer Secondhand-Tanne Weihnachten.

Zur Schiffschronik: Am **8. April** und am **27. April** erfolgte *Einzelausbildung*, näher bezeichnet: Gefechtsdienst und Fahrübungen im Seebetrieb. Na ja, wir Mannschaften nannten es einfach *Rollenschwof*. Den Lesern werde ich mit den

Aktionen nicht langweilen, da ich den Schwof ausführlich im zweiten Kapitel unter „*Schulschiff Deutschland*‘ beschrieb. Auf diesem Dampfer war es demnach auch nicht besser. Ebenso auf der TS-Lüneburg durchspielte die Obrigkeit routinemäßig auf See sämtliche Manöver. **29. April**: In der Chronik steht folgendes: Auslaufen aus Flensburg zur *Stichversorgung* des 5. Minensuchgeschwaders, Marsch durch den Großen Belt ins Kattegat und in den Sund.

Nun zu meiner Beschreibung: Das klare, sonnige Wetter zeigte sich im Übermut und färbte auf die Besatzung ab. Die Kameraden standen gut gelaunt an Oberdeck auf ihren Ablegestationen. Ich wurde in jenen Tagen als *Gefechtsrudergänger* erprobt und verweilte auf der Brücke. Die Flensburger Silhouette in unserem Rücken fuhren wir *Revierfahrt* durch die Flensburger Förde. An *Steuerbord* die Geltinger Bucht zurücklassend, passierten wir die Ostsee mit Kurs Südost haltend. In Höhe Langeland wechselten wir die Richtung auf Nordost und steuerten auf den Großen Belt zu. Im sanften Bett der Ostsee ging es mit zehn Knoten in das Kattegat. Der weitere Verlauf richtete sich jetzt nach Osten. Während nun das Schiff die größte Ostseeinsel, nämlich die dänische Insel Seeland umfuhr. Nach geraumer Zeit gab es südlichen Kurswechsel. Wir waren in den Sund eingedrungen und als Ziel lag die Hauptstadt von Dänemark an.

Kopenhagen

Ein recht kurzer Text. Ich wurde beraubt.
Beraubt meiner Erinnerungen durch das Carlsberger Bier.

Am 30. April liefen wir bei sonnigem Wetter in den Hafen von Kopenhagen ein. Den ersten Hafentag hatte ich mich freiwillig zur Wache verdammt, genauer gesagt, ich ließ mich einteilen. Am darauffolgenden Tag zog ich mit mehreren Kameraden Richtung Zentrum Kopenhagen. Wir gingen zügig an der Uferpromenade „Langelinie" entlang. Ohne zu ahnen, dass hier seit 63 Jahren die kleine Meerjungfrau (sie wurde dort 1913 aufgestellt), das Wahrzeichen von Kopenhagen, auf mich wartete. Plötzlich erblickte ich die 125 cm große, bronzene Figur auf einem Stein sitzend am Wasserrand vor mir.

Nachdem wir die Innenstadt erreichten, schlenderten wir durch den Tivoli-Park. Der weltberühmte Vergnügungs- und Erholungspark wurde 1843 eröffnet und bot dem Besucher eine mit Blumenbeeten und Springbrunnen geschmückte Anlage. Fahrgastgeschäfte und Konzerte rundeten das Gesamtbild ab. Der Ausflug hatte uns aufgrund der weiten Wege ermattet. Auf dem Rückweg tranken wir zur Stärkung in jeder Kneipe, an der wir vorüberzogen, ein Bier. Kopenhagen hatte uns fürstlich gut aufgenommen, gerne bliebe ich länger. Diese positive Zeit ging in jenen Tagen schnell vorüber. Die Wachstunden hingegen ließen den Uhren einen zähen Lauf gewähren. Mit den Erlebnissen von Kopenhagen in Gedanken verließen wir bei seichtem Niederschlag die dänische Hauptstadt.

Seenotrettung

Es war nicht immer nur „Spiel", ein Training für die Mannschaft.
Wir stellten uns oft der übermächtigen Naturgewalt.

Draußen auf dem offenen Wasser briste es rasch auf und gehäuft bündelte sich der Wind zum leichten Sturm. Kräftiger Regen setzte ein und die See wurde zunehmend rauer. Im Kattegat türmten sich die Wellen bis zu acht Meter auf. Ich stand auf Seewache, als wir den Kurs wechselten und auf den Großen Belt zuhielten. Bei dem Sauwetter durfte ich im Freien in der *Außennock* Posten Ausguck stehen. Nicht viel zu sehen bei der trüben Suppe, erkannte ich sofort. Trotzdem versuchte ich, den Horizont abzusuchen, der mir wegen des hohen Seegangs immer wieder aus dem Sichtfeld des Fernglases entwich.

Doch was war das? Voraus schien an *Steuerbord*seite wohl etwas Größeres zu dümpeln. Aufgrund der Entfernung von circa einer *Seemeile* sah ich allerdings nur einen kleinen Punkt an der Kimmung, der dann erneut entschwand. Kurz spähte ich weiter und entschloss mich, der Brücke meine Beobachtung zu melden. Als die Brückenmeldung stattfand, wurde dieses Objekt von etlichen Augenpaaren beobachtet. Auf dem Radar konnten wir es nicht ausmachen. „Kommandant auf die Brücke", meldete der wachhabende Offizier mittels der *SLA*.

Leichter Kurswechsel nach *Steuerbord* erfolgte auf Anordnung des Kapitäns, nachdem er über die Situation aufgeklärt worden war. Langsam vergrößerte sich der Fleck, und ein schlimmes Bild der Zerstörung bot sich dem Betrachter. Ein hölzerner Segler, knapp zehn Meter lang, wurde in der aufgewühlten See, wie ein Spielball zwischen den Wellen hin und her geschleudert. Der Mast war abgebrochen und in den Fluten verschwunden.

Die Crew schien nicht mehr an Bord zu sein. Um der Seemannspflicht und Sitte nachzukommen, musste dieses Hindernis für die Seefahrt geborgen und in den nächsten Hafen abgeschleppt werden. Unser Kutter wurde trotz des hohen Seegangs ausgesetzt. Durch die Motorengeräusche des herannahenden Kutters, tauchte plötzlich ein Besatzungsmitglied des Küstenseglers an Oberdeck auf. Er begann wild zu gestikulieren, während die See über die Bordwand des Segelbootes immer wieder bedrohlich herüberschwappte. So gut es ging, legte sich das Beiboot längsseits und einer der Sanitäter, der vorsorglich zur Kutterbesatzung eingeteilt worden war, leistete Erste Hilfe. Er beschrieb Folgendes:

Vier Mann bildeten auf dem Segler die Besatzung. Im Deckinneren gab es ein fürchterliches Durcheinander. Möbel aus der Verankerung gerissen, alle nicht festen Utensilien rollten oder rutschten im Erbrochenen hin und her. Mittendrin die seekranke dänische Segelcrew. So dümpelten sie nunmehr über zwei Tage auf das Nordmeer zu.

Dort gab es kaum noch Schifffahrtslinien, und die Chance gerettet zu werden, schwand deshalb stündlich, je weiter sie nördlich trieben. Ich denke, die Armen hatten mit dem Leben bereits abgeschlossen. Die vier Männer wurden von uns im *San-Bereich* entsprechend versorgt. Den Rest von ihrem Segelboot nahmen wir achtern auf den Haken und übergaben die Besatzung und das Boot der über Funk herbeigerufenen Küstenwache.

Zur Schiffschronik: Am **5. Mai** tauchten die ersten heimatlichen Landmarkierungen auf. Der Marinestützpunkt kam in reichbarer Nähe.

Der schwerste Decksälteste

*Die Langeweile
ließ uns manchen Schabernack treiben.*

Die zwei größten Einheiten der Mannschaften bildeten das Maschinenpersonal und der seemännische Dienst. Zu allem Überfluss, als wenn es an Bord nicht schon schwer genug war, bestand unter den beiden Gruppen eine Rivalität. So hatte ich mich als seemännischer *Elfer* korrekt ins Heizerdeck zu melden. Trotzdem war es nichts Außergewöhnliches, dass dem Decksfremden eine leere Bierflasche entgegenflog. Andersherum: Meldete sich ein Heizer ins Elferdeck, erfolgte oft die gleiche Prozedur. So blieben die Besuche zwischen den Decks aus und es konnten sich dadurch nie Freundschaften bilden. Erst als ich länger auf dem Troßschiff diente und als *Altgefahrener* angesehen war, galt diese Regel nicht mehr.

Ohne Anmeldung ging ich durch das Schott und setzte mich zu den *Altgefahrenen*, nachdem ein frischgebackener Heizer mir auf Anweisung des *Decksältesten* Platz machen musste. Es muckte keiner herum und Aggressionen schlugen mir nicht weiter entgegen.

Die jämmerliche Eintönigkeit an Bord verursachte stets die tägliche, triste Langeweile. Weiß der *Klabautermann*, wie die folgende Geschichte entstanden war. Ich kann es mir nur so vorstellen, dass sich mindestens ein Heizer und ein *Elfer* darüber stritten, wer den besseren *Decksältesten* hatte. Nun wurden sämtliche Vorzüge der jeweiligen Personen miteinander abgeglichen.

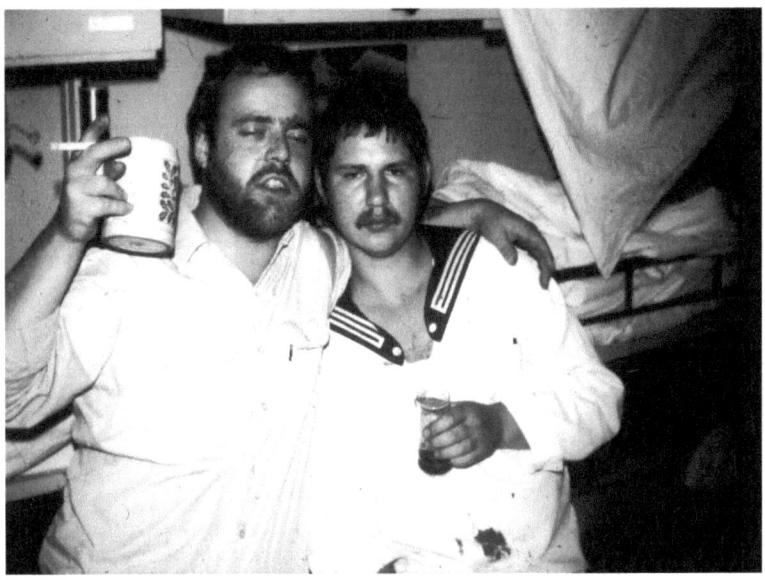

Heizer Hermann und ich bei einem kompetenten Gespräch.

Zur Erinnerung: Vor diesem Spektakel wählten die *Seeziegen* meine Wenigkeit zum seemännischen *Decksältesten*. Leider kenne ich nicht den Anlass und mit welchen Argumenten die Streithammel meine Person toppen wollten, um den Anderen auszustechen. Es schien zwischen den Streithähnen ein Unentschieden zu geben. Nun fiel dem Seemann ein, dass ich auf alle Fälle wesentlich schwerer war als der Heizer-*Decksälteste*. Das hätte er mal lieber unterlassen sollen, denn Hermann, so hieß er, war ein Hüne, mit einer mächtigen Erscheinung gesegnet, gleich einer niedersächsischen Eiche.

Kurzum, es wurde aus dem bordinternen Sanitätsbereich eine Personenwaage besorgt. Der inzwischen entstandene Pulk zog zu Hermann, der sich dem Druck der Mehrheit beugte und sich notgedrungen wiegen ließ. Neunzig Kilo brachte er auf die Waage. Dann standen sie völlig unerwartet im Seemannsdeck mit dem Wiegeeisen in der Hand.

„Was wollt ihr? Mich wiegen? Ihr seid wohl nicht bei Trost?", reagierte ich überrascht und verwundert.

Auch die Wette um eine Kiste Bier überzeugte in keiner Weise, zumal ich nun erfuhr, worum es ging. Heinz aus Dithmarschen saß mir gegenüber und druckste herum.

„Nein Heinz, der Kasten ist verloren", meinte ich leise, „ich wiege niemals Neunzig, da fehlen ein oder zwei Kilo." Trotzdem gab er nicht locker und forderte mich voller Zuversicht mit den Worten auf: „Ich mach das schon." Ungläubig folgte ich ihm zur Waage und stellte mich darauf, sofort kamen alle dichter heran, um zu sehen, was passierte. Der mechanische Zeiger baumelte hin und her und wollte sich unterhalb der Neunzig einen Platz suchen.

„Das war`s", dachte ich, bis ich plötzlich im Schulterbereich einen sanften Druck verspürte. Dadurch wurde die Nadel unruhig und fing an leicht höher zu pendeln. Zwischen meinen beiden Füssen hatte sich währenddessen ein weiterer Fuß von rückwärts unauffällig auf die Waage gedrängt und übte vorsichtig zusätzlichen Druck aus. Kaum zu glauben, der Zeiger pendelte sich bei einundneunzig Kilo ein. Keiner der Anwesenden hatte das Schummeln bemerkt, so wurde das Ergebnis auch von dem wettenden Heizer akzeptiert.

172

Heinz hatte sich wacker hinter mich gestellt und mit krimineller Manipulation die Waage beeinflusst.

Um damals an einen Kasten Bier zu kommen, lebten wir oft in der Grauzone, ohne dabei allerdings ein schlechtes Gewissen zu verspüren. Im Heizerdeck war es an dem Abend leise, während es im Seemannsdeck fröhlich und lustig zuging. Das alles geschah, als ich ungefähr ein Dreivierteljahr an Bord war. Hermann hätte ich danach nie wieder schlagen können. Wegen seiner zunehmenden Fülle wurde es unmöglich, so viel zusätzlichen Druck entsprechend dieser Methode aufzubringen.

Blue Harrier

Erwartet keine nähere Beschreibung des Manövers,
Marineliteratur gibt es zur Genüge.
Ich berichte hauptsächlich vom Bordleben.

15. Mai: Das Manöver „Blue Harrier" mit den Minensuchbooten sollte in der Deutschen Bucht stattfinden. Unser Schiff wurde in Marsch gesetzt und zuerst nach *Schlicktown* (Wilhelmshaven) verlegt. Mit Kurs Kiel-Holtenau ließ die Lüneburg sich brav in den Nord-Ostsee-Kanal einschleusen. Immer aufs Neue faszinierte mich der Kanal. Hier trafen Land und Wasser auf engstem Raum aufeinander. Gerade querte von *Backbord*seite ein Güterzug die Kanalbrücke, welche wir zur selben Zeit durchfuhren.

„Na, Herr Obergefreiter, angenommen, dass dies kein Glück bedeutet, wann sonst?!", sprach mich der Kapitän von seinen

173

Kommandantenstuhl an. Er bemerkte, dass ich ihn fragend musterte.

„Na, rede ich in Rätseln?", und erklärend schnackte er weiter: „Ist selbstverständlich wohl klar, dass es eine Fügung vom Schicksal ist, wenn Schiff und Zug sich kreuzen".

Das leuchtete mir ein, das musste wirklich Glück bedeuten. „Und der Zug kam von links", kurzes Überlegen, dann fuhr der Käpten fort: „Oder muss er doch von rechts kommen?" Die Frage hatte er an alle Anwesenden auf der Brücke gestellt.

„Weiß das jemand?", verlieh er den Worten Nachdruck. Die Getreuen blieben ihm die Antwort schuldig. So ging er grummelnd zum Bullauge und schaute hindurch, während er sich bedächtig den Nacken kratzte. Mir fiel, außer dem Aberglauben mit der schwarzen Katze von links, auch nichts dazu ein. Wahrscheinlich hatte er es verwechselt. Die Überfahrt verlief ohne nennenswerte Vorkommnisse. Am Abend erreichten wir Wilhelmshaven und machten den Dampfer am letzten Ende der Außenmole fest. Das *Gefechtsviertel* in *Schlicktown* war damals wesentlich ausgeprägter als heute.

Wir hielten uns einfach an den Obermaaten Gerd. Er kannte sich aufgrund eines früheren Bordkommandos, welches er auf dem Minensuchboot Perseus absolvierte, bestens hier aus. Rasch merkten wir, dass er der Richtige für diesen Job als „Szeneführer" war.

Endlos erwies sich von der Außenmole der Gang zum Stadtkern, wo sich die einschlägigen Marinekneipen befanden. Der Rückmarsch bedeutete für die meisten von uns eiserne Willenskraft, je nachdem wie der Zustand des Einzelnen

174

war. Auf dem circa vier Kilometer langen Damm, der zur Außenmole führte, haben wir so manchen Kameraden wecken müssen, der dort am Rande des Jadebusens nächtigte.

Zur Schiffschronik: Am **19. Mai** liefen wir für fünf Tage zum Manöver in die Deutsche Bucht aus. Am Nachmittag gingen wir bei Helgoland vor Anker und lagen zufällig mitten in einem Makrelenschwarm. Nicht ganz zufällig! Der Kapitän nutzte das Echolot zweckentfremdet zur Aufstöberung der *Außenbordkameraden.* Daraufhin erfolgte eine außergewöhnliche *SLA*-Durchsage: „Freiwache mit Angel auf die *Schanz!*"

Der Kommandant hatte diese Ansage höchstpersönlich ausgeführt. Ich war erstaunt, wie viele Angeln herbeigeschafft wurden. Erwartungsgemäß war das Glück auf unserer Seite und so zogen wir hunderte Makrelen aus dem Teich. Die *Schanz* wimmelte nur so vor *Außenbord-Kameraden.* Leider machten die wenigsten sich die Mühe, die Fische abzustechen. Neben mir stand einer aus der Mannschaft und die Hände steckten tief vergraben in der Hosentasche, dem drückte ich meine Angelrute auffordernd in die Pfoten.

Unser Hauptbootsmann, der *E-Meister,* begann damit, die Tiere zu töten und auszunehmen. Ich gesellte mich unaufgefordert zu ihm und tat es ihm gleich. Auch ich wollte nicht, dass sie unnötig litten. Während die *Smuts* den Räucherofen aktivierten, kamen wir fast gar nicht mit der notwendigen Tätigkeit hinterher. Die letzte Angel lag längst im Trockenen, als wir mit Hilfe weiterer Seeleute eine Stunde später die Makrelen fertig zubereitet hatten. An diesem Abend haben die Fische kaum Salz gesehen. Wir salzten sie kurz, nachdem sie sich im angetrockneten Zustand befanden und übergaben die Viecher direkt dem Rauch. Trotz allem schmeckte es vorzüglich und das Bier rundete den Geschmack ab. Auf dem Speiseplan stand nun des Öfteren Makrelenfilet.

In den nächsten Seetagen fuhren wir mit dem 7. Minensuchgeschwader, sowie mit niederländischen und dänischen Minensuchern etliche Übungen. Nachts ging die Lüneburg vor Anker und die Boote legten sich im sogenannten Päckchen um das Mutterschiff.

Die winkende Pütz

Frischer Fisch, warm aus dem Räucherofen,
war stets eine willkommene Delikatesse.
Wir danken dafür dem Kapitän.

An Bord war es sicherlich kein Geheimnis, dass unser „Alter" als Fischgourmet galt, deshalb dürfte folgende beschriebene Szene auch niemanden verwundern, der ihn kannte.
Die Herbstsonne schien auf den „Blanken Hans" hernieder und ließ ihn bei einer sanften Dünung glitzernd erscheinen. Wir durchquerten soeben die Nordsee vor Helgoland. Zur gleichen Zeit arbeitete ich an Oberdeck achtern auf der *Schanz* und *pönte* die *Reling*. Hier genoss ich die Stille. Nur das leise Tuckern der beiden Dieselmotoren durchbrach diese und erzeugte ein leichtes Vibrieren auf dem Achterdeck.

Plötzlich stand der Kapitän mit einem Megafon neben mir und unterbrach die Ruhe mit dem seltsamen Befehl, den ich

176

zu jener Phase nicht nachvollziehen konnte: „Herr Oberge-
freiter, besorgen Sie geschwind eine *Pütz!*"
Dabei blickte er mit zusammengekniffenen Augen nervös
über die *Reling* zum Horizont und tat so, als gäbe es etwas
zu erspähen. Ein bisschen verdattert schaute ich zu ihm
herüber.
„Eine *Pütz?*", hinterfragte ich.
„Unverzüglich, es eilt!", entgegnete er hastig.
Innerhalb einer Minute brachte ich ihm die heiß ersehnte
Pütz.
„Winken Sie nun mit ihr, fortwährend auf und nieder oder
besser noch schwenken Sie waagerecht von *Backbord* nach
Steuerbord, dort zum Fischkutter hinüber. Absolut egal,
bewegen Sie nur die *Pütz*", befahl er endgültig.

Völlig verwundert reagierte ich. Bemerkte jedoch sogleich
den Sinn des Befehls. Wir näherten uns einen Hochseekutter. Der Kapitän nahm inzwischen per Megafon Kontakt zu
ihm auf.

„Hier spricht der Kommandant vom *Troßschiff* Lüneburg.
Haben Sie bereits einen vortrefflichen Fang erzielt? Haben
Sie Interesse an einem Verkauf?" Schiff und Kutter kamen
sich in der Zwischenzeit näher, sodass man sich durch lautes
Brüllen verständigen konnte.

„Kommt nicht seitwärts, denk an meine Schleppnetze",
folgte ängstlich die Antwort vom Berufsfischer.
„Habe hauptsächlich Makrelen an Bord, wie viel braucht
ihr?", reagierte er auf die Frage vom Kapitän.
Schnell einigten sie sich. Die Mannschaft ließ auf Befehl hin
einen der bordeigenen Segelkutter zu Wasser. *Pullend*
erreichten sie den Hochseekutter und gingen längsseits, um
die Makrelen gegen die vereinbarte Summe entgegenzuneh-
men.
Wie ich später erfuhr, ist die winkende oder schwenkende
Pütz eine ältere Tradition zwischen den Seefahrern und der

Fischkutter-Besatzung und dient symbolisch dazu, dass derjenige Fische begehrt. Leider müssen die Hochseefischer Angst um ihre Schleppnetze haben und lehnen deshalb bisweilen ab, mit dem Wissen, dass ihnen dadurch ein gutes Geschäft entgangen ist. Wie bekannt sein dürfte, geben sie ihren Fang üblicherweise an einen Großhändler ab, der letztlich den Kaufpreis bestimmt. Auf See hingegen liefern sie direkt an den Verbraucher und erzielen so einen besseren Gewinn. Was unsere Angelegenheit betrifft, bekamen wir am darauffolgenden Tag unwiderruflich abermals eine leckere Mahlzeit.

Zur Schiffschronik: Am **24. Mai** liefen wir wie geplant erneut in *Schlicktown* ein.

Jägerschnaps-Schießübung

An dieser Stelle bleibt mir selbst die Spucke weg und verweise nur auf das Buch: „König Alkohol" von Jack London.

Die Bordroutine verlief wie gewohnt eintönig und langweilig. Dagegen der Landgang erwies sich ratzfatz zum wiederholten Male als willkommenes Vergnügen, denn wir kannten noch längst nicht alle einschlägigen Marinekneipen.

Während des Aufenthalts am Jadebusen bekam unser Dampfer eine Einladung vom Schwesterschiff „Glücksburg", um am Übungsschießen teilzunehmen. Die seemännische Nummer Eins stellte die Crew für die Schießübung zusammen. In dem Fall hatte der *Schmadding* ausnahmsweise voll ins Schwarze getroffen. Er wählte die trinkfreudigsten Spezies aus, prächtiger konnte es nicht sein.

Die Reise sollte über das öffentliche Schienennetz erfolgen, und uns auf diese Weise Kurs Olpenitz bei Kappeln in Schleswig-Holstein bringen. „Lange Reise", dachte ich, „und viele Stunden unterwegs! Gut, dass ich im Spind eine Flasche Jägerschnaps gebunkert habe."

In Zivil setzte die Obrigkeit eine Woche später die Erwartungsvollen in Marsch. Die Dampflok nahm mit ihren typischen Geräuschen langsam Fahrt auf. Kurz nach der Abfahrt gingen die Unteroffiziere mit uns noch mal den heutigen Tagesablauf durch. Gelangweilt lüpfte ich indessen die edle Buddel aus der Marinetasche hervor. Von meinen Kameraden wurde die nette Geste für hochanständig befunden. Die *Uffze* trugen wegen ihrem höheren Dienstgrad die Verantwortung für uns *Gasten*, allerdings ebenfalls nicht älter und letztlich nicht völlig abgeneigt. Erst zierten sie sich, willigten schließlich ein, und kurzum reichten wir die Schnapsflasche immer im Kreis. Weit vor Oldenburg bemerkten wir gering schätzend die Neige in der Flasche. Für sechs Durstige schien sie nicht ausreichend zu sein. Eine sonderliche Herausforderung war sie demnach nicht, stellten wir fest.

ODER? Nein, es gab doch diese Herausforderung. Während ich die leere Flasche noch in Händen hielt, um ihr den letzten Tropfen abzuringen, entdeckte ich auf dem Etikett folgendes Gedicht:

Das ist des Jägers Ehrenschild,
dass er beschützt, und hegt sein Wild,
weidmännisch jagt, wie sich's gehört,
den Schöpfer im Geschöpfe ehrt.

Wir versuchten, das Sprüchlein auswendig zu lernen. Hierbei bekamen wir bereits die ersten, leichten Probleme. Der Alkohol forderte schon jetzt seinen Tribut.

179

Die zweite Buddel besorgten wir uns in Oldenburg, wo wir in die modernere Technik umstiegen. Von nun an sollte allerdings jeder das Verslein aufsagen, bevor er einen Schluck nehmen durfte. Klappte es nicht, erlaubten wir denjenigen, ihn nochmals zu lesen. Danach musste er natürlich den köstlichen Likör weiterreichen, ohne davon zu kosten.

Meine durch den Marinechor geschulten Stimmbänder schmetterten unaufgefordert durch den gesamten Waggon. Es stimmte der ein oder andere von uns mit ein. Es erwies sich jedoch als fehl am Platz. Ein wohl unmusikalischer Lehrer, der mit der Schulklasse unterwegs war, forderte uns auf, das Gegröle zu unterlassen. Widerwillig folgten wir seiner Aufforderung.

Blöderweise verlor ich noch zwei Trinkrunden, weil der Spruch abermals Schnitzer aufwies. Die Feuchtigkeit dieser Glasflasche war unwiderruflich verdunstet, als wir im Hauptbahnhof Bremen einliefen.

Um das schöne Trinkspiel fortzusetzen, musste dringend eine Weitere besorgt werden. Hier in der Hansestadt war ich zu Hause und wusste, wo es im Bahnhof einen Kiosk gab. Wieder zurück, erklomm ich knapp den Zug und bestand auf den ersten Schluck. Allmählich klebte mir innerlich alles zusammen, und durch die Süße des Kräuterlikörs wurde der Durst immer schlimmer.

Während der Fahrt bis Hamburg Altona begann langsam die Müdigkeit in mir aufzusteigen. Die dritte Flasche war durch ihren **leeren Zustand unbrauchbar** geworden. Genau das Gegenteil hatte der Inhalt der Buddel mit meiner Person erreicht, denn mich machte der **volle Zustand unbrauchbar**.

In Altona kauften wir die Vierte, diese Erinnerung hatte ich noch. In Kiel wurde ich geweckt. Dort nahmen wir eine stär-

180

kende Mahlzeit ein. Die Stärkung kam zu spät. Ich ließ mir das Ganze nochmals „durch den Kopf gehen" (Fische gefüttert). Danach ging es mir auch nicht besser. In dem Zug nach Kappeln ratzte ich direkt ein.

Die Kameraden stiegen aus und bemerkten in letzter Sekunde, dass ich im Zug selig schlief. Abrupt wurde ich aus dem Schlaf gerissen. Gerd riss mich kurzerhand am Arm aus dem Waggon.

Die Tasche fuhr vergessen weiter, mit Uniform und obendrein sämtliche Ausweispapiere. Anschließend fand ich mich auf den Gleisen wieder und trommelte mit den Händen im Liegen dem abfahrenden Zug hinterher. Im Rausch rief ich: „Ohne Papiere weiß ich nicht mehr, wer ich bin. Woher soll denn jemand anderes es wissen? Keiner lässt mich somit in den Marinehafen, juchhe, Marine ade!"

Ja, ich fing an, den Abschied zu halluzinieren.

Besoffene sagen stets die Wahrheit. Die zivile Wache in Olpenitz ließ mich, wie zu erwarten war, ohne den Truppenausweis, nicht auf das Militärgelände. Es folgten zeitraubende Telefonate, bevor ich schließlich eintreten durfte. Stinkbesoffen torkelten die geladenen Gäste zum *Troßschiff Glücksburg* und gerieten gleich in Ungnade. Beim *WO* versuchte Obermaat Gerd eine vernünftige Meldung schwankend hinzubekommen. Klar, dass der *WO* dem Kommandanten mitteilen musste, in welchem erbärmlichen Zustand wir uns befanden.

Früh am nächsten Morgen liefen wir zum Schießgebiet aus. Als Richtschütze saß ich in verwaschener Jeansjacke und Jeanshose im 40 mm Flakgeschütz, Bofors Doppellafette. Kaum auszuhalten, die Kopfschmerzen und der Nachdurst vom klebrigen Jägerschnaps. Das extrem laute Schießen war schon für nicht Verkaterte eine unbarmherzige Tortur. Entsprechend ging es mir jetzt wesentlich miserabeler. Der Gehörschutz versagte mir seinen Dienst und schien bloß eine Alibifunktion zu haben. Jedes mal, wenn ich meldete: **„Ziel aufgefasst"** und daraufhin der Befehl **„Feuer frei"** erfolgte, bekam ich eine Blockade in den Fingern. Mit reiner Willenskraft überwand ich mich, erduldete den Lärm und den extremen Rückschlag, welcher durch die gesamte Flak beim Schuss entstand.

Kurze Erklärung zum Seezielübungsschießen: Ein Schlepper zieht im gebührenden Abstand das eigentliche Seeziel, in dem Fall ein ausrangiertes altes kleines Schiff oder Boot, hinter sich her. Die Glücksburg fuhr das Ziel aus verschiedenen Richtungen und Entfernungen an. Die Reichweite der Bofors-Geschütze betrug damals Pi mal Daumen zehn Kilometer.

Als wir damit beschäftigt waren, das Ziel ins Visier zu bekommen, griffen unerwartet Jagdflugzeuge an. Die Flieger kamen direkt aus der Sonne und deshalb für uns nicht sichtbar. Auf die Weise flogen sie länger unentdeckt, wogegen wir, die Zielauffasser an Bord von dem Sonnenschein geblendet blieben.

Trotz des fortbestehenden jämmerlichen Zustandes bekam unser Gefechtsstand von den Geschützen das meiste Lob. Hierzu wurden die Signalflaggen: *„Bravo Zulu"* gesetzt und bedeutet so viel wie „gut gemacht". Die Flaggen setzten die Signäler für uns leicht erkennbar im Turm über der Brücke. So gelang es mir bei den vorbeifliegenden Jägern, einen Glücksstreffer auf das in einem Kilometer zum Flugzeug befindliche Flugziel zu landen. Ich erzielte ihn mit dem ent-

182

sprechenden Vorhalt. Der Jägerschnaps hatte meinen Jagdtrieb verschärft. Ebendies stimmt natürlich nicht. Die Kenntnisse und Erfahrungen als Richtschütze erwarb ich bereits auf dem *Schulschiff* Deutschland. Dort wurde für die Offiziersanwärter immer wieder das Schießen trainiert.

Uns selbst lobend muss ich hier erwähnen: An Bord der Glücksburg waren wir tatsächlich die beste Geschütz-Crew.

„So was kann nicht verkehrt sein", dachte ich. „Wir haben auf die Weise durch die hervorragenden Schießleistungen einiges in Ordnung gebracht."

Kurz nach Aufbruch aus dem Schießgebiet wurde an Oberdeck aufgeklart. Die unzähligen am Boden liegenden leeren Messinghülsen der Übungsgeschosse sammelten wir ein, danach begaben wir uns in die uns zugewiesenen Decks. Inzwischen bemerkten wir, dass der Stammbesatzung der Glücksburg eingeschärft worden war, uns zu meiden, soweit die Bordenge es überhaupt zuließ. Die Meisten von ihnen befolgten die Anordnung nicht. Die Neugierde schien größer als der Gehorsam und so entstanden viele Fragen. Die Geläufigste: „Warum fahre ich in Zivil mit?"

Meine Antwort lautete stets: „Ich komme vom Marine*arsenal* als Zivilangestellter und soll die Gängigkeit der Geschütztürme überprüfen."

Plötzlich ertönte aus der *SLA* die Durchsage: **„Die Zollast hat geöffnet! Die Besatzung klar machen zu-u-ur Monatsflaschen-Ausgabe."**

Es erfolgte eine kurze Pause und ich wollte schon freudigst aufspringen. Dann trat die *SLA* mir allerdings feindselig gegenüber: **„Dies gilt nicht für die Besatzung der Lüneburg!"**

„Super, wir gaben buchstäblich alles beim Schießen, um unseren Fehltritt auszubügeln", durchfuhr ein Gedanke in dem Moment in mir.

Im Hafen Olpenitz grölte später die *SLA*: „Der Mann vom *Arsenal* zur Wache!" Hatte doch irgendein *Heiopei* nicht kapiert, dass ich von der Lüneburg war. Dort eingetrudelt, konnte ich glücklicherweise die verloren gegangene Reisetasche wieder in Empfang nehmen.

Umziehen kam für mich nicht in Frage, ich verbrachte den Rest des Tages weiterhin in Zivil. Am darauffolgenden Morgen reisten wir nach dem Frühstück ab, ohne an der Musterung teilnehmen zu dürfen. Hier wurde garantiert die Schießübung nochmals durchgesprochen. Zu gerne hätte ich gelauscht. Im Kopfkino stellte ich mir die Rede des Kommandanten der Glücksburg vor, und es drangen folgende Wortfetzen an mein gedankliches Ohr: "Klasse Soldaten, gute Schießkunst, aber total versoffen!"

In Wilhelmshaven rückten wir kleinlaut und lammfromm an Bord des Mutterschiffes. Dass wir absolut nüchtern auftraten, versteht sich von selbst.

Unsere Sorge blieb die zu erwartende Strafe. Vor allem die beiden Unteroffiziere Horst und Gerd verletzten natürlich ihre Aufsichtspflicht und mussten mit dem Schlimmsten rechnen.

Welche Strafaktion es gab, weiß ich nicht mehr. Schmerzvoll war sie mit Sicherheit nicht, sonst wäre die Erinnerung an sie nicht verblasst. Ich gehe davon aus, dass wir uns zur Wochenendwache wiedersahen. An dieser Stelle möchte ich Horst und Gerd danken, die durch ihr vorbildliches Verhalten gegenüber den Mannschaften die schöne Geschichte entstehen ließen.

Jägerschnaps oder Ähnliches rührte ich zwei Jahrzehnte nicht wieder an. Der Ausspruch des Namens erzeugte bereits Ekel in mir. Für die nachfolgenden riesigen Alternativen bedurfte es keiner Fantasie.

Prägend blieben der Geschmack und der Spruch:

Das ist des Jägers Ehre ...

Den hatte ich noch viele Jahre im Gedächtnis. Das damit einhergehende Trinkspiel verblieb seitdem unbespielt und ist aufgrund meiner Erfahrung nicht zu empfehlen.

Zur Schiffschronik: **10. Juni**: Das dreiwöchige Gastspiel in Wilhelmshaven neigte sich dem Ende. Manch ein Gastwirt bedauerte es zutiefst. Traurig sah er dabei auf das von uns unterschriebene Foto der Lüneburg, welches wir an der Wand in seiner Kneipe hinterlassen hatten. Manch eine zurückgelassene weinende Braut schaute jetzt verzweifelt herab auf ihren Bauch.

Nein, entschieden nein, Tomas, diese Behauptung geht nun wirklich zu weit.

Jene Dinge sagte man zwar damals einem Marinesoldaten nach, doch entspricht es nicht unbedingt der Wahrheit und ist somit erstunken und erlogen.

Diesig zeigte sich der frühe Morgen beim Auslaufen. Die kurze Strecke aus dem Jadebusen und das Queren der Außenelbe verliefen ohne nennenswerte Vorkommnisse. Als willkommen empfanden wir den leichten Nieselregen, der nach den letzten Tagen der sonnigen Wärme derzeit seicht herniederrieselte. Unvorhergesehen musste unser Schiff eine Verzögerung in Kauf nehmen. Etliche Stunden lagen wir draußen vor der Schleuse des Nord-Ostsee-Kanals in Höhe Brunsbüttel auf Reede. Die Durchfahrt war noch nicht wegen einem verspäteten Entgegenkommer mit größerer Verdrängung passierbar.

Für täglich doppelte Essensrationen hatte Rainer ein Gesuch gestellt. Ich glaubte nicht an eine Bewilligung. Heute kam die Bestätigung für sein regelmäßiges Doppelfutter, es verblüffte mich und deshalb fing ich an, ihn zu necken: „Der *Smut* wird dir von diesem Augenblick an mehr Mehl an die Suppe geben, damit du satt wirst. Jetzt glaube man ja nicht, dass du die zweifache Menge Fleisch bekommen wirst." Hier erkennt der aufmerksame Leser den puren Neid, der in mir aufgestiegen war. „Außerdem wird der Kapitän von dir verlangen, dass du ab sofort doppelt so viel arbeiten musst", setzte ich noch einen drauf.

Die Einschleusung erfolgte. Der Nieselregen ging in einen dauerhaften Regen über. Im Verlauf der Durchfahrt blieb die Sonne verhangen und ein trostloses diesiges Schauspiel bot sich der Besatzung im Kanal. Auf der Ostsee erblickten wir schließlich die letzten Strahlen der untergehenden Sonne. Nachts nach vierundzwanzig Uhr, am **11. Juni** liefen wir in Flensburg ein.

Es folgte anschließend ewige langweilige Hafenroutine. Dann kam der Sommer doch hervor. Es explodierten die Temperaturen. Die Arbeitsmaßnahmen erduldeten wir bei 27 Grad Hitze. Klimaanlagen besaßen die Wohndecks nicht, deshalb kühlten wir mit Seewasserschläuchen das Oberdeck, um darunter ein halbwegs kühles Klima zu erzeugen. „Ideales Wetter zum Außenhaut *pönen*", strahlte der *Schmadding*. Ehe wir uns versahen, standen wir auf den *Pontons* zwischen Pier und Schiff und *pönten* auf der Schattenseite die Lüneburg, von der Wasserlinie aufwärts. Die Rollen befestigten wir an Besenstielen und konnten auf die Weise von unten nach oben eine Höhe von schätzungsweise drei Meter fünfzig knapp erreichen. Zusätzlich wurden von oberhalb *Bootsmannsstühle* außen an der *Reling* herabgelassen, um von dort den übrig gebliebenen Rest zu *pönen*. Hier bedarf es keiner außergewöhnlichen Fantasie, um sich vorzustellen, dass wir uns hin und wieder ins nicht gerade saubere Wasser des Hafenbeckens plumpsen ließen, um die Arbeit bei der Affenhitze zu unterbrechen.

Ebenfalls zu jener Zeit befreiten wir die Aufbauten vom Meeressalz, das sich im Verlauf der Seefahrten auf den Farben angesetzt hatte. Beim Farbewaschen spritzten wir uns bei der Gelegenheit gegeneinander mit den Schläuchen auch das Salz vom Körper, jedenfalls gaben wir dies mit ernster Miene vor. Dabei flogen bei einigen Kameraden Moos und Muscheln (Behauptung vom Urheber) ab, welche sich während der öden Hafenroutine angesetzt hatten.

In meiner Funktion als Decksältester hatte ich ein „Fass-Bier-Gesuch" bei dem Kommandanten eingereicht und genehmigt bekommen. Daraufhin bauten wir an Oberdeck Biertische und Bänke auf und ließen den Grill nicht unbenutzt. Leider verdunsteten in glühender Hitze die dreißig Liter Bier viel zu rasch. Trotzdem schienen Alle zufrieden, vor allem nachdem wir sämtliche Biervorräte aus den Decks hervorholten und das Besagte ebenfalls der Verdunstung aussetzten.

Am **30. Juni** meldete sich kurz vor Mittag Manni von der Gorch Fock, strafversetzt als neuer *Elfer* an Bord. Sein Ruf war ihm vorausgeeilt und wir stuften ihn deshalb als Querulant ein. Ich sah den Decksfrieden in Gefahr. Jedoch erwies sich Manni als guter Kamerad. Schnell schoss er sich auf unsere Wellenlänge ein. Für die Decksgemeinschaft empfanden wir ihn stets als Bereicherung.

Direkt nach meinen drei Wochen Urlaub verließen wir am **2. August**, nach sieben Wochen, den Flensburger Hafen, um an der *Stichversorgung* des 1. Minensuchgeschwaders teilzunehmen. Der Kurs ging über Skagen in die Deutsche Bucht. Irgendwo vor Helgoland versuchten wir ein Rendezvous mit Fräulein Makrele zu bekommen, sie lehnte ab. Nur vereinzelt zogen wir sie aus dem *Bach* und bekamen auf diese Weise trotzdem den Räucherofen fast gefüllt.

Am **12. August** lief das *Troßschiff* zehn Seetage später in Borkum ein. Freiwillig übernahm ich den ersten Wachtag, zu frisch waren die Erinnerungen an die Insel. Am darauffolgenden Tag wurde ich trotz allem überredet, dem berüchtigten Touristen- und Soldatentanzschuppen, dem Seestern einen Besuch abzustatten. Der Durst durch die zehn salzigen Seetage machte mich willenlos, und so ließ ich es ohne größere Überredungskunst zu. Ich erlebte den „vollen Erfolg" und ertappte mich anschließend auf den nächtlichen Bahngleisen der Inselbahn, alleine und als Letzter an Bord zurückkehrend. Am **14. August** verließ die Lüneburg den kleinen Inselhafen, der daraufhin in unserem Fahrwasser noch winziger wurde.

Chronologisch nochmals zurückgreifend blieb folgendes Ereignis bislang unerwähnt, aber es ist dennoch wichtig. Bevor wir Borkum erreichten, wurde während der Fahrt an

Skagen vorbei die übliche zollfreie Monatsflasche an die Besatzung ausgegeben. Wir kauften diesmal auf Absprache den gleichen Rum. Der preiswerte Rum „Lemon Hart" war wegen seiner ergiebigen 78 % Alkohol bei uns sehr beliebt. Micha besorgte beim *Smut* einen großen 10-Liter-Blecheimer, der zuvor für die Aufbewahrung von Kaffee gedient hatte. In dem Behältnis setzten wir eine reichhaltige Bowle mit dem Hochprozentigen an, passten dabei peinlichst auf, dass der Alkoholgehalt nicht unnötig reduziert wurde. Auf Früchte, die wir in der Kombüse ergatterten, verzichteten wir allerdings nicht. Nun galt es, den gewonnenen Schatz zu hüten, damit er nicht in falsche Hände geriet. Auch machte der Seegang uns Sorge.

Der Kurs ging in westlicher Richtung an den niederländischen Inseln vorbei. Die graue Dame erwies sich auf diesem Weg recht störrig. Sie stampfte und türmte ihr Vorschiff auf und nieder. Die Bowle fing an, überzuschwappen. Hier war nun unsererseits Reaktion erforderlich, wir tranken einen erheblichen Teil. Auf der Suche nach einem passenden Platz schien die *Vorpiek* im stampfenden Vorschiff am besten geeignet, da sie nur dem seemännischen Personal zugänglich war. Dort hängten wir den Pott kurzerhand auf und der unruhige Seegang rührte die prächtige „Suppe" um, die für unser Seelenheil gedacht war. Inzwischen hatte die Brücke mich über die *SLA* ausgerufen. In meiner Eigenschaft als *Gefechtsrudergänger"* wurde ich oben gebraucht.

Zum besseren Verständnis bedarf es hier einer zusätzlichen Erklärung: Über der *Vorpiek* gab es eine kleine Einstiegsluke. Wir weihten vorsichtshalber beide Obermaate ein, damit sie die geheime und verbotene Bowle nicht verrieten. Ausgerechnet Gerd bezeichnete sich als vorzüglicher Bowlenkenner und erhob den Anspruch, als Vorkoster tätig zu werden.

Die graue Lady stampfte weiter wie ein störrischer Gaul durch die aufgebrachte See. Gicht und Wellen peitschten unterdessen über das Vorschiff. Trotz der hohen *Dünung* ließ Gerd es sich bewusst nicht nehmen, die von der Brücke aus einsehbare Luke zur *Vorpiek* zu benutzen. Allerdings ungefährlich und auf trockene Weise gab es die Möglichkeit, durch das Hauptschott Zugang zu finden. Seine von Gott gegebene Natur gab ihm eine ausgeprägte Portion Schadenfreude mit auf den Weg. Nur die erwähnte Charakterschwäche veranlasste ihn dazu, mich hier oben auf der Kommandobrücke zu ärgern. Lachend winkte er mir dabei zu.

„Was kaspert der Obermaat da unten herum?“, wollte unser Kapitän wissen. „Galt es ihnen, Herr Obergefreiter?“, sprach er mich an. Ich zuckte mit den Schultern und hoffte auf die mächtigere Welle, welche alle paar Minuten über das Vorschiff rollte. Der selbst ernannte Mundschenk war klug genug die Woge abzupassen, und blieb deshalb leider knochentrocken. Die Zeit verging.

„Vorkosten kann doch nicht so lange dauern“, ging mir nervös durch den Kopf. Endlich öffnete sich die Luke und ein unbeholfener Obermaat erklomm das Tageslicht. Sichtlich angeschlagen durch Alkohol und Seegang versuchte er, auf dem stampfenden Vorschiff das Gleichgewicht zu finden. Dem Käpt'n fiel ebendieses nicht weiter auf. Nur meine Stimmung hatte gelitten.

Es war der **16. August:** Das *Troßschiff* lief unterdessen auf den niederländischen Hafen Vlissingen zu.

1. Folge: Vlissingen

Interessant und unvergessen,
das „Nadelöhr" zum Hafen.

Kurz vor der Flussmündung Westerschelde nahmen wir nach Vorschrift einen Lotsen an Bord. Er erweckte den Eindruck, ein ruhiger, gemütlicher Kerl zu sein, jedenfalls strahlte es die Persönlichkeit aus. Die Hektik auf der Brücke verschwand durch seine Erscheinung. Nun fixierte er mich, den befindlichen Mann am Ruder und stellte ihn auf die Probe, indem er mehrfach leichte Kursänderungen anordnete. Es klappte zwischen uns. Wohl eine halbe Stunde später standen wir vor dem Vlissinger Hafen. Als Mannschaftsdienstgrad erfuhr ich stets nur, was ich unbedingt wissen musste, um zu funktionieren. Zum Mitdenken schien ich als einfacher Marinesoldat nicht geeignet. An der Stelle möchte ich eine Sache erwähnen, die mir schon lange auf dem Herzen liegt.

Ich kann hier natürlich nur von mir selber reden. Lustlosigkeit und Frust baute sich in mir ständig auf, falls die befohlenen Tätigkeiten für mich keinen Sinn ergaben. Gegenüber den Vorgesetzten zeigte ich deshalb Verärgerung und Unzufriedenheit. Ich verfiel daraufhin in eine gewisse Gleichgültigkeit und erfüllte nur mäßig die Befehle. Dies wäre nicht passiert, wenn man mich hier und da über den Zweck und Nutzen der vermeintlich sinnlosen Arbeiten aufgeklärt hätte. Motiviert gewänne die Marine auf die Weise einen besseren Soldaten. Na gut, denken brauchte ich in meiner Besoldungsklasse nicht, die Heuer bekam ich auch so.

Der Lotse staunte, dass ich nicht vorbereitet worden war. Es ging nicht in den Haupthafen, sondern an der *Backbord*seite tauchte ein kleinerer Hafen auf. Hier musste eingeschleust werden. Von Weitem erkannte ich die schmale Schleuse.

„Alles ohne Schlepper", dachte ich nervös. „Hätte ich bloß das Abtrinken des randvollen 10 Liter Blecheimers anderen überlassen." Beschwichtigend stellte ich gedanklich fest: „Bin ja kein Hellseher, wird schon schiefgehen, außerdem fühle ich mich fit."

Langsam fuhr die Lüneburg auf den engen, künstlichen Wasserweg zu. Infolge der leichten Fahrt über Grund versetzte der seichte Wind den Versorger nur minimal. Der Hafenlotse korrigierte den Kurs um ein Grad. In Gedanken stimmte ich ihm zu. Nach meiner Einschätzung lagen wir absolut richtig. Die Diesel verstummten und unser Koloss glitt auf das Nadelöhr zu.

„Jetzt übernimmt der Rudergänger den Schleusenkurs nach Gefühl!", bestimmte der Lotse laut und deutlich in deutscher Sprache mit holländischem Akzent. Es war ein Befehl, der nur höchst selten ausgesprochen wurde. Vor mir hatte ich eine Landmarkierung ausfindig gemacht, die genau der Fahrtrichtung entsprach. Etwas Schweiß trat mir auf die Stirn. Sanft streichelte ich das Ruder. Das Schiff hielt ich *sutje* mittig, so flutschten wir in den Schleusenkanal ohne Vaseline. Eine andere Möglichkeit gab es sowieso nicht. Dies bestätigte der beidseitige Blick zu den *Außennocks*. Von der Brücke aus sah ich an *Backbord-* und *Steuerbord*seite nicht die Spur von Wasser, nur die steinige Befestigung der Schleusenanlage. Nachdem der Dampfer im Schleusenbecken vertaut war, bekam ich eine kurze Pause. Jene nutzte

ich, um mich nochmals zu vergewissern, wie eng das Becken war. Ich schaute jeweils von den beiden *Nocks* unmittelbar senkrecht runter. Selbst jetzt konnte ich kein nasses Element erblicken. Das breitere Oberdeck ragte über den Schleusenrand hinaus. Anschließend erfolgte das Ausschleusen. Wir legten uns gleich dahinter an die zugewiesene Pier. Endlich wieder durchatmen, nach der getanen Maßarbeit. Bevor der Lotse sich verabschiedete, wurde ich von ihm gelobt: „Besser hätte ich es auch nicht gekonnt."
Bemerkt hatte ich schon, dass er beim Einschleusen direkt hinter mir stand.

Die enthaupteten symbolischen Werte

Entgegen aller Wahrscheinlichkeit kam der Knalleffekt.

Gerade wollte ich mein Einlaufbier genießen, da kam die unerwartete Durchsage: „Obergefreiter Dürigen zum Kommandanten auf die Kammer."

In der Regel bedeutet dies nie etwas Gutes. Aber zumindest heute war ich mir keiner Schuld bewusst. Vielleicht hatte er auf der Brücke die fruchtige Fahne gerochen, die ich mit Minzbonbons zu vertuschen suchte? Das *Schott* der Kommandanten Kammer stand bereits offen, als ich eintraf.
„Obergefreiter Dürigen meldet sich wie befohlen zum Kommandanten auf die Kammer.", machte ich Meldung.

„Rühren", lautete der Befehl, dann fuhr er weiter ernst fort:
„Für die heutigen geleisteten Dienste als Rudergänger überreiche ich ihnen anerkennend eine symbolische Belohnung

193

in Form von zwei Flaschen Bier." Er überreichte dem verblüfften Gegenüber die zwei „Pokale". Im Stillen dachte ich: „Eine Beförderung zum Hauptgefreiten hätte es auch getan." Trotzdem freute ich mich über ebendiese unerwartete, nette Geste.

„Herr Obergefreiter Dürigen, stillgestanden! Abtreten!"

Kurzes Zögern meinerseits.

„Ist noch was, Herr Obergefreiter?"

„Darf ich den symbolischen Wert jetzt während der Dienstzeit verkosten?"

Er bejahte zögernd die Frage und meinte in seiner scherzhaften Art: „Aber nicht alles auf einmal."

Grinsend und stolz schlich ich mit der „hopfigen" Anerkennung nach unten ins Wohndeck der seemännischen Mannschaft. Meine Kameraden schauten ungläubig, als ich das
Erlebte schilderte. Genüsslich griff ich den metallischen
Bieröffner, der neben dem Kühlschrank von der Decke hing
und tat das, wofür er bestimmt war. Der erste symbolische
Wert war enthauptet und der stellte sich als fachmännisch
gekühlt heraus. Ich bekam Lust zu feiern. Ein Unteroffizier
versuchte, mich zur Arbeitsroutine einzuteilen. Ich lehnte ab.

Daraufhin kam unser *Schmadding*.
„Herr Obergefreiter, was ist los mit Ihnen?"
„Herr Hauptbootsmann", begann ich, „der Kapitän gab mir
zur Anerkennung zwei Flaschen Bier die ich, während der
Dienstzeit trinken darf."
„Dann machen Sie mal hin und melden sich danach auf der
Schanz beim Obermaaten", war die Entscheidung.
„Ebendies würde ich gerne tun", entgegnete ich zustim-
mend, „leider lautet der ausdrückliche Befehl des Kapitäns,
dass es mir nicht gestattet ist alles auf einmal hinunterzustür-
zen. Es fällt mir jedoch schwer, das Bier nur langsam und
schluckweise zu verkösten."

Ungläubig schaute mich die seemännische Nummer Eins an,
brummelte sich was in seinen roten Bart und verschwand
wieder. Alleingelassen im Deck wurde ich nicht mehr kontrolliert. Guinness–rekordverdächtig ging ich in den Klub
der „Langsamtrinker" über. Die Regeln in dem Klub
beherrschte ich als Neuling dagegen nicht und stellte deshalb
eigene Klubregeln auf. Manch ein stiller Beobachter wird
sich gewundert haben, dass trinken im Schneckentempo
extrem *dun* machte, zumindest traf es auf dem trinkfreudigen *Gasten* zu.

Der Trick war folgender: Unter der *Back* stand die gewöhnliche Biersorte, die der Mannschaft zugänglich war, während ich oben das königliche Gebräu vom Kapitän platzierte. Das am Boden stehende Bier trank ich und setzte das obere der Verdunstung aus. Jedoch rächt sich alles irgendwann. Nach Dienstschluss gab es Landgang, den ich aufgrund meines Zustandes nicht anzutreten brauchte. So hätte der Wachoffizier mich in der Uniform mit Sicherheit nicht vom Schiff gelassen.

2. Folge: Exotisches Vlissingen?

Eine Klabautermann- Floskel-

Alternativ besuchte ich die Bowle mit den an Bord gebliebenen Durstigen. Mit Schrecken mussten wir feststellen, dass der metallische Rand des Kaffee-Eimers durch das hochprozentige Getränk oxidiert und zerfressen war. Trotzdem probierten wir und die Flüssigkeit brannte noch immer mächtig im Rachen, hatte allerdings jetzt einen blechernen Beigeschmack. Nach längerer Überlegung und Diskussion, entschlossen wir uns schweren Herzens, schon der Gesundheit zuliebe, den verdorbenen Inhalt dem Hafenbecken von Vlissingen zu übergeben. Nach dieser Zeit munkelt man, dass dort im Hafen exotische Palmen, wie Ananas und dergleichen am Ufer gewachsen sind. Ich denke, hier hat jemand Seemannsgarn gesponnen.

Zur Schiffschronik: **16. August**: Auslaufen Vlissingen. Die Lüneburg trat den Heimweg über die niederländische und

196

deutsche Küste in Richtung Brunsbüttel an. Ohne nennens-
werte Ereignisse passierten wir bei guter Witterung den
Nord-Ostsee-Kanal. Schließlich auf der Ostsee peilten wir
den Kurs Fehmarnsund an. Zum ersten Mal fuhr ich als
Gefechtsrudergänger unter der Fehmarnsundbrücke durch.
Am Freitag, dem **20. August,** ankerten wir bei sonnigem
Wetter vor Burg/ Fehmarn zur Durchführung eines „Wo-
chenendes bei der Marine".

Brennender Strandkorb auf Fehmarn

Wahrheit, sie steht nicht immer in der Zeitung.

Angenehme einundzwanzig Grad zeigte das Thermometer.
Für die am nächsten Morgen zu erwartenden schaulustigen
Gäste brachten wir die Lady auf Vordermann und ließen sie
in vollem Glanz erstrahlen. Um das Publikum an Bord bringen zu können, setzte die Besatzung beide Kutter aus. Für
den jetzigen Samstag wurde ich der Kutterbesatzung zugeteilt. Mit regem Interesse wurde das Angebot, die Lüneburg
zu besichtigen, von zahlreichen Urlaubern wahrgenommen.

Überall an Oberdeck standen Angehörige der Wachmannschaft zur Verfügung, um den interessierten Besuchern Aus-
kunft zu geben. Manch einer öffnete das *Schott* zu unserem
Wohndeck. Wollten wir nicht weiterhin belästigt und
beglotzt werden, mussten wir dem einen Riegel vorschieben.

Wir einigten uns darauf, dass für die Damen der Eintritt in
Ordnung war, aber nicht für die Herren. Wir grübelten deshalb, was zu tun wäre, um das Problem zu lösen. Kurzer-

hand schrieben wir in Großbuchstaben in der schönsten Schrift auf einem DIN A4-Zettel: „DAMEN WC" und befestigten ihn von außen ans *Schott*. Leider schlug die Aktion fehl. Die jungen Mädels blieben fast aus. Jedoch die älteren Frauen, mit den schwächeren Blasen, verirrten sich zu uns und verblüfft erstarrten sie im *Schott*eingang. Wir verwiesen sie mit der Anmerkung „da hat sich wohl jemand einen Scherz erlaubt" weiter zu der hierfür vorgesehenen Einrichtung.

Um achtzehn Uhr war für den ersten Tag der Spuk vorbei. Zum Glück konnte ich am darauffolgenden Tag dem Spektakel „Open Ship" durch Landgang entgehen. Für die Touristen mussten wir zu diesem Anlass die Uniform präsentieren. Mit ein paar Kameraden der Freiwache, darunter mein Freund Micha, ging es direkt morgens nach dem *Picken* an Land. Das herrliche Wetter lud uns ein, am Strand zu verweilen, bis wir uns entschlossen, etwas gegen den Durst zu unternehmen. Hierzu fanden wir eine „Tränke", die uns geeignet schien. So verbrachten wir den Tag und achteten darauf, dass wir um zwanzig Uhr noch zu einer Veranstaltung der Kurverwaltung einbestellt waren. Die kostenlosen Speisen und Getränke kamen uns dabei sehr gelegen, vor allem die kühlen Drinks.

Die prominente norddeutsche Sängerin Hildegund Carena wollte uns mit Seemannsliedern erquicken. Als wir den Saal betraten, war das Event schon vollauf im Gange. Der Tanzsaal gerammelt voll. Überwiegend Feriengäste und eine geringere Anzahl der geladenen Besatzungsmitglieder von der Lüneburg, hauptsächlich präsentierte sich hier die obere Garnitur.

Die Diva der Shantys trat wie wir mit „*Wäsche achtern*" auf und besaß tatsächlich die Kunst, die Räumlichkeiten in Wallung zu versetzen. Es wurde gehottet, man gab alles, was die Uniformen und der zivile Zwirn hergaben. Die Kameraden und ich fanden indessen einen perfekten Platz am Ausschank und schlugen zu. Hildegund hatte sich zwischendurch in den Pausen unter die Besucher gemischt und tanzte gerade mit einem Offizier. Kaum war ihr Schwof beendet, wurde sie von unseren stämmigen Bootsleuten umringt und zum Tanz herumgereicht. Zur nächsten Unterbrechung wollte ich mit ihr eine kesse Sohle aufs Parkett legen. Nun gut, „Gundi" war wohl annähernd dreißig Jahre älter als ich, trotzdem machte sie immer noch eine gute Figur. Jedoch wurmte mich, dass es in ihren Liedern hauptsächlich um Matrosen und nicht um Bootsmänner ging. Bisher hatte sie schließlich mit keinem geringen Mannschaftsdienstgrad getanzt.

Gesagt, getan, die Gäste klatschten Applaus und jubelten, die „oberen Besatzungsgäste der Lüneburg" setzten sich zu ihr klatschend langsam in Bewegung. Schnell drängelte ich vom Tresen zu ihr herüber. An vorderster Front rempelte ich mit einem dicklichen Bootsmann zusammen, überwand das Hindernis entschuldigend und stand vor meinem Ziel, der Diva von der Waterkant. Erst jetzt bemerkte ich, dass sie ungeachtet des Alters eine gewisse Attraktivität auf mich ausübte.

„Frau Carena, würden Sie mir, einem einfachen Matrosen, die Ehre geben?" Trotz des Rummels verstand sie und lächelte. Ich führte ihre Hand, an den dumm dreinschauenden *Portepee Unteroffizieren* vorbei und begann mit ihr zu schwofen. Als wenn sie es ahnte, klang aus ihrer mobilen Disco eines ihrer Lieder: „Der Schweinetango". Na ja, das

199

passte wohl ganz leidlich zu der Tanzkunst, die ich an den Tag legte. Frech bedankte ich mich am Schluss des „Tangos" mit einem kleinen Abschiedskuss auf ihrer Wange. Während ich zum Tresen zurückkehrte, ertappte ich mich unerwartet mit meinen Gedanken in Toulon wieder. Hier erlebte ich einst eine ähnliche Situation mit einer wirklich hübschen Französin.

Um dreiundzwanzig Uhr löste sich das Fest nach ihrem Auftritt, welches der Seefahrt gewidmet war, allmählich auf. Abermals war den Landratten vorgegaukelt worden, wie romantisch das Matrosenleben ist. Wir standen noch eine Weile mit ein paar trinkfesten Touristen an der Theke, die gerne Bier gegen Seemannsgarn tauschten. Die Zeit war vergessen und damit auch der letzte nächtliche Kutter, der um vierundzwanzig Uhr von der Insel abgelegt hatte. Blankes Entsetzen trat uns plötzlich ins Gesicht, als uns klar wurde, dass die Lüneburg früh um acht Uhr den Anker einholen würde. In gehetzter Eile düsten wir zurück, zwei Stunden verspätet verweilten wir darauf an der verlassenen Anlegestelle am Strand.

Lautstark gestikulierend durchbrachen wir die stille Nachtruhe. Nichts geschah, keine Reaktion erfolgte auf das unüberhörbare Rufen und Grölen. Was jetzt?
Währenddessen wurde unser *Ari* (Artillerist) besonders nervös und hektisch. Er predigte: „Nun müssen wir auf unsere Kosten mit dem Zug nach Flensburg zurückfahren."
Ich versuchte, ihn zu beruhigen, und wies im fernen Dunkel mit meinem Finger in die Richtung, wo der Kutter noch zu Wasser lag.

„Die werden uns keineswegs zurücklassen, die holen uns morgen früh",mutmaßte ich.

„Eine Wochenendwache wird allerdings sicher sein." Inzwischen brach jemand von uns einen Strandkorb auf, in dem ich direkt einschlief. Ein scharfer, beißender Rauch weckte mich plötzlich. Der Korb neben mir stand in lodernden Flammen, während *Ari* davor wild fuchtelnd gestikulierte.

Das markertönende Schreien nahm auch die Wache an Bord wahr. Sofort erkannten wir hektische Unruhe. Scheinwerfer strahlten kurz danach zu uns herüber. Daraufhin wurde die Crew, die zur Kutterbesatzung gehörte, geweckt und kletterte verschlafen am Fallreep außenbords hinunter in den

Kutter. Die waren garantiert nicht froh über ihren nächtlichen Einsatz. *Ari* tanzte den Tanz seines Lebens. Mit einem Feuerlöscher löschte die Kutterbesatzung den Brandherd. Unter vorwurfsvollen Blicken und Verfluchungen nahm uns die Kuttercrew auf. An Einzelheiten kann ich mich nicht mehr erinnern, aus dem Grund verweise ich auf das Fehmarnsche Tageblatt, wo das Ereignis detailliert nach dem 20. August erschien und nachzulesen ist. Hier wurde allerdings nur erwähnt, dass die Besatzung des *Troßschiff* Lüneburg das Feuer eines in Brand geratenen Strandkorbes löschte und so weiteren Schaden verhinderte.

Zur Schiffschronik: Wie geplant, holten wir morgens am **23. August** um acht Uhr den Anker auf und kehrten, teilweise mit dickem Schädel, zurück nach Mürwik an die Versorgungspier. Über zwei Jahre hatte ich inzwischen Erfahrungen bei der Marine gesammelt und lag deshalb mit meiner Vermutung völlig richtig. Die Wochenendwache gehörte den nächtlichen Brandstiftern. Diese Strafe schmerzte besonders, da ich erst am 23. September wieder die Möglichkeit hatte, das Elternhaus zu besuchen, vorausgesetzt, es kam nicht nochmals etwas dazwischen.

31. August: Die Lüneburg wurde nach Olpenitz verlegt. Am **1. September** lautete der Befehl: Auslaufen zur *Stichversorgung* des 5. Minensuchgeschwaders, Marsch rund um Skagen. Kaum umfuhren wir die Halbinsel Holnis in der Flensburger Förde, fiel mir auf, dass ein Monatswechsel stattgefunden hatte. Sehnsüchtig, wie ein kleines Kind auf Weihnachten wartete ich auf den Ausruf der *SLA*: „Die-e-e Zollast hat ge-öff-net!"

Denn auch ich kippte die letzte Monatsflasche, die wir in eine Lemon Hart-Bowle verzauberten, in Vlissingen über Bord. Auf der Höhe Langeland fuhren wir Kurs auf Großer Belt, da kam die zu erwartende Durchsage. Es klang fast so gut wie: „Obergefreiter Dürigen, klar machen zur Abmusterung!" Wir lernten dazu und setzten nicht mehr im feudalen Stil Bowlen an. Aber in meiner *Muck* experimentierte ich weiter und stellte fest, dass die Früchte bereits eine halbe Stunde später durchaus Geschmack angesetzt hatten. Erst nachdem diese zu Ende gingen, ließ ich sie unberührt und genoss das leicht fruchtige Nass.

Die Minensucher nahmen uns, ihr Mutterschiff, in die Mitte. Die Überfahrt an Skagen vorbei verlief frei von besonderen Vorkommnisse. Mit idealen neun *Knoten* Marschgeschwindigkeit peilten wir nach dem Passieren von Skagen einen Kurs in Richtung niederländisches Festland an. Anschließend lief das Geschwader parallel zur Küste mit südwestlicher Marschrichtung, um den belgischen Hafen Oostende anzusteuern.

3. September: Die See wurde kurz vor dem Ziel kabbelig. Für unsere eiserne Lady war es aufgrund ihrer Verdrängung von 3146 BRT jedoch ein Klacks. Die kleineren Minensucher hingegen kämpften mächtig mit den Wellen. Trotzdem erreichten wir ohne weitere Schwierigkeiten die schützende Anlegestelle.

Sturm in Oostende

Neptun spielte uns übel mit.

Auch der Klabautermann setzte uns zu.

Zu jedem Auslandshafen gehörte für die Besatzung prinzipiell eine Unterweisung. Zum Beispiel: Verhaltens- und Benimmregeln, sowie der Hinweis auf die Sehenswürdigkeiten. Zudem wurde auch über die Orte gesprochen, die wir nicht aufsuchen sollten. Letzteres wurde von uns grundsätzlich entgegengesetzt angewendet. Zum Thema Anreiz der Sünde und des Verbotenen verwies die Bibel schon lange bei den ersten Menschen auf ihre Schwächen. Warum sollten wir etwas Besseres sein. Der *Schmadding*, der zu der Zeit mindestens zwanzig Jahre die See befuhr, übernahm dieses Mal die Einweisung für die Mannschaft. Er erzählte, wie oft er bereits in Oostende im Hafen gelegen hatte. Dabei glänzten seine Augen auf, als er uns facettenreich die Touristenattraktionen und das Leben in der alten Hafenstadt beschrieb.

Eine Hand strich währenddessen abwärts über das markant vorstehende Kinn, welches er durch den roten Bart zu verstecken suchte. Jene Gestik wendete er stets beim Nachdenken an. In dem Fall wurden wohl Erinnerungen wach, die ihn verlegen stimmten. Heimlich stießen wir uns in der Reihe stehend an und grinsten. Wer weiß, was der olle Seebär so alles auf dem Kerbholz hatte.

Nach Dienstschluss ging es mit einigen Kameraden an Land. Wir beschlossen, zuerst die verbotene Zone aufzusuchen. Aufgrund meiner früheren Erfahrungen lotste ich die kleine Gruppe in Richtung Kirchturm, der in der Ferne über dem Städtchen hinaus ragte. Mit dieser Methode hatte ich immer

Glück. Wo die Kirche stand, befand sich im Allgemeinen das horizontale Gewerbe mit den einschlägigen Spelunken.

So gelang es mir außerdem diesmal, das Gefechtsviertel direkt aufzuspüren. Wir schlenderten in Uniform durch die Straßen und begutachteten bei kühlem Bier die Kaschemmen. Hier begegneten wir auch den stämmigen *Schmadding* wieder. Da wir den Vorgesetzten tagtäglich um uns hatten, schlichen wir vorerst weiter, um nicht in sein Visier zu geraten. Uns fiel am Fenster eine ältere Frau ohne Gebiss auf, die uns in ihrer Sprache beschimpfte. Beim näheren Betrachten bemerkten wir die Ähnlichkeit mit unserer seemännischen Nr. 1, zumindest stellten wir übereinstimmend fest, dass diese Alte das gleiche markante Kinn aufwies.

Angeduselt beschloss ich, den *Schmadding* damit auf die Schippe zu nehmen. Unterwegs trafen wir ihn noch in der Kneipe sitzend. Ich erzählte ihm von einer hübschen Frau, die ihn aus früherer Zeit her kennen würde und ihn deshalb gerne wiedersehen möchte.

Nachdenklich fuhr seine Hand mehrmals durch den Bart. „Na gut, wo wohnt sie denn?", fragte er etwas unentschlossen. „Zwei Straßen von hier entfernt", erwiderte ich erwartungsvoll auf die Reaktion.

„Na dann kommt mal mit", war die endgültige Entscheidung.
Blöd, ich wollte ihn nur auf dem Arm nehmen und glaubte nicht, dass er wirklich mit uns dorthin gehen würde. So drohten wir, gemeinsam direkt in die Falle zu laufen. Als wir um die Ecke bogen und die zahnlose Frau uns wieder erkannte, schimpfte sie aus dem Fenster des ersten Stockes

sofort auf uns los. Der Decksmeister glotzte verdattert und irritiert zu ihr empor und drehte sich fragend zu uns um: „Was hat das zu bedeuten und wo ist die hübsche Dame, die mich zu sehen wünscht?"

Ein Schweigen durchzog die Runde. Ich fasste mir ein Herz und begann erklärend: „Herr Hauptbootsmann, wüssten Sie vorher, dass diese Frau hässlich ist, wären Sie nie mitgekommen. Wir wissen aber nicht, warum sie so erregt ist und uns beschimpft, nachdem sie uns in der Uniform erblickt hatte. Deshalb wollten wir jemanden fragen, der ein paar Brocken belgisch versteht. Ihre Rede bei der morgigen Einweisung, hatte uns sehr beeindruckt und wir glaubten, sie könnten uns mit ihren Erfahrungen weiterhelfen."

Ich erwischte seinen schwachen Punkt und kitzelte damit den väterlichen Instinkt wach.
„Nein, da kann ich euch nicht helfen und ich dachte schon, ihr wolltet mir einen Streich spielen."

Nun zeigte er sich in Spendierlaune und lud seine „Zicklein" (so nannte er uns *Seeziegen*) auf ein Bier in der Kneipe ein, wo er zuvor eingekehrt war. Dort verbrachten wir den restlichen Abend.

Am darauffolgenden Tag war ich mit Hugo (Rainer) verabredet. In Antwerpen lebten seine Tante und Onkel. Sie luden ihn und einen weiteren Kameraden zu sich nach Hause ein. Morgens um acht Uhr holten uns beide wie besprochen mit dem Auto ab. Eineinhalb Stunden fuhren wir zur hundertzwanzig Kilometer entfernten Hafenstadt Antwerpen. Nach Rotterdam der zweitgrößte europäische Hafen. Wir machten uns zunächst alleine auf den Weg, um für drei Stunden die

206

Stadt zu besichtigen, danach beabsichtigten wir die Verwandten wieder zu treffen.

Die Erkundungstour erlebten wir bei herrlichstem Sonnenschein. Der imposante, geschichtsträchtige Baustil in der Altstadt zeugte aus einer wohlhabenden Epoche, welcher offensichtlich dem florierenden Handel der Großstadt zu verdanken war. Der „Grote Markt", unter anderem mit dem Rathaus, bildete den Höhepunkt und überwältigte jeden Betrachter. Zu meinem Erstaunen sah ich allerorts hübsch gewachsene Mädels. Ich konnte mir absolut nicht erklären, wie der Kunstmaler Rubens, der hier vor vierhundert Jahren gewirkt hatte, an die üppig proportionierten Malmodelle, geraten war. Möglicherweise war er zu mittellos und leistete sich nur die dicken Modelle, die sonst keiner wollte. Nein, natürlich war es nicht so, denn zu jener Zeit war füllig das Schönheitsideal, und dünn blieben nur die Armen.

In der Stadt fühlte ich mich zu Hause, empfand die Pissoirs allerdings als ziemlich gewöhnungsbedürftig. Die Dinger standen im Stadtkern überall herum. Während der Bedürftige seinem Geschäft nachging, bestand die Möglichkeit, den Vorübergehenden beim Flanieren zu zuschauen oder sie zu begrüßen. Von hinten war dieser einfache Bretterverschlag gut einsehbar und überstieg im vorderen Bereich die Brusthöhe eines erwachsenen Menschen nicht.

Bevor es zurück an Bord ging, machten wir wie abgesprochen, den Höflichkeitsbesuch und bekamen ein außergewöhnlich tolles Essen. Rainers Tante gab sich unglaublich viel Mühe. Zufrieden saßen wir später abends im Deck bei etlichen Bieren und ließen den zweiten Landgang in Belgien Revue passieren.

Am darauffolgenden Tag war ich zur Hafenwache eingeteilt. Es fing an zu regnen und hielt den gesamten Tag an, dabei frischte der Wind zunehmend auf. Durch das Schietwetter verlief die Wache nicht sehr angenehm und die Zeit wollte, wie sooft nicht vergehen. Der folgende Morgen war unser Auslauftag. Jedoch blockierte die Wetterlage das Vorhaben.

Die Minensucher lagen teils noch immer im Päckchen mit dem Versorger vertäut. Nach Absprache starteten zuerst zwei Boote, um einen Versuch zum Auslaufen zu wagen. Die anderen beobachteten unterdessen das Manöver. Die Armen schafften nicht einmal, den schützenden Hafen zu verlassen. Das kühne Unterfangen schien unmöglich. Sie eierten hin und her in dem aufgewühlten „Teich". Sie verschwanden mit dem Bug in der darauffolgenden sich auftürmenden Welle, während achtern die Schiffsschrauben wie Ventilatoren in der Luft drehten.

So lagen wir weiterhin verschnürt im Päckchen und lauerten auf besseres Wetter. Landgang wurde nicht bewilligt, die Lüneburg blieb ab sofort im seeklaren Zustand.

Nun hatte die Admiralität dem Geschwader einen Militär-seelsorger für die Reise zugeteilt. Zu dem Ereignis stand ich auf Wache „*Posten Pier*". Zu der besagten Zeit steuerte der Pfarrer leicht angesäuselt von den Minensuchern, die vor uns teilweise an ihrer Anlegestelle lagen, auf das *Troßschiff* zu. Horst, der seemännische Obermaat, ging zur selben Stunde mit mir Hafenwache als *UVD*.

Sichtlich nervös kam er mir hektisch entgegen: „Du warst doch auf der Deutschland, dort gab es bestimmt auch Militärpfarrer. Sag mal, bekamen die eine *Seite*?"
Ich zuckte mit den Achseln, „Weiß nicht mehr."

Horst überlegte kurz und stellte klar: „Bevor man mir wegen Unterlassung einen reinwürgt, bekommt der eine."
Horst begab sich unbeirrt auf seine Position und hielt die Maatenpfeife in Höhe Mund bereit. Der Petri Jünger war inzwischen bis zu der *Stelling* vorgerückt und begriff, was ihm bevorstand. Mit abwehrender Gestik der Hand versuchte er, dezent die unvermeidliche *Seite* noch abzuwenden. Nach dem Motto: „Sachte, sachte, lass es lieber."

Jedoch bemerkte der voll entschlossene Obermaat diese Geste nicht und blähte sich, Luft holend, zur Seite auf. Beschämt mit leicht gerötetem Gesicht, ob vom Alkohol oder nicht, betrat unser *KSAK* den Übergang zum Schiff. Eine schrille *Seite* pfiff ihm um die Ohren.

Trotzdem hatte er es genossen und ging am Ende der Zeremonie auf den nach Atem schnappenden zu. Während er in dem schwarzen, weiten Gewand wühlte, meinte er: „Gut gemacht", und hielt ihm Zwanzig Mark entgegen. Horst zögerte, doch wegen der mehrmaligen Aufforderung des Pfaffen nahm er den „Seitenobolus" verlegen an.
Nun wussten wir, ein Pfarrer wird zwar besoldet wie ein Oberleutnant und auch entsprechend gegrüßt, aber die militärischen Ehren bleiben ihm verwehrt.

Nachdem der Geistliche die Bühne verlassen hatte, erlaubte ich mir die scherzende Bemerkung: „Herr Obermaat, auf der vierstündigen Wache könnten wir auf die Art bestimmt Hundert Mark einnehmen und ich stelle hier noch einen Teller für Münzen hin." Wir lachten und wandten uns wieder den tristen routinemäßigen Wachdienst zu.

Zur Schiffschronik: Erst sieben Tage später, **am 13. September**, flaute die See ab und wir liefen endlich aus. Der Kurs wurde nach Westnordwest ausgerichtet. Wir überquerten auf diese Weise mit den Booten den englischen Kanal. Die Themsemündung lag vor uns. Das Ziel war die englische Hafenstadt Chatham. Dafür fuhren wir einen kurzen Törn auf der Außenthemse. Daraufhin gelangten wir an *Backbord-*

210

seite in den Fluss Medway, der zuerst einer Förde mit Inseln glich. Das Wetter blieb jedoch weiterhin unbeständig und regnerisch.

Am 16. September erreichte das Geschwader Chatham.

Trostloses Chatham

Jeder erlebt das königliche Weltreich anders.
Die meisten erfahren wohl positive Eindrücke.

Ursprünglich war der Hafen von Chatham ein traditionsreicher Marinestützpunkt. Für Admiral Nelson wurde hier im Jahre 1765 das Kampfschiff HMS Victory gebaut, welches bis heute als Museumsschiff existiert. Die Spuren von Charles Dickens kreuzte ich ebenfalls an dem Ort. Er lebte hier bis zu seinem vierten Lebensjahr, von 1817 bis 1821. Chatham stellte sich ansonsten als trauriges Pflaster heraus.

1970 wurde der Marinestützpunkt aufgelöst und verwaist lagen wir nun mit den Minensuchern an der sonst schiffleeren Pier. Der alleinige Pluspunkt war die relative Nähe zur an die fünfzig Kilometer entfernten britischen Hauptstadt London. Ausgiebig nutzten wir die einzige Busverbindung dorthin. Für uns bestand in Großbritannien Uniformzwang.

Dieser Befehl konnte im Nachhinein als Fehler bewertet werden. Der Zweite Weltkrieg war von der älteren Bevölkerung nach 31 Jahren noch nicht vergessen. Hass schlug uns des Öfteren entgegen. Wir wurden auf übelste Weise beschimpft und die Uniformen bespuckt. Während die anderen europäischen Länder den Deutschen die Gräueltaten des Zweiten Weltkrieges längst verziehen haben, schienen hier die Bürger nicht verdrängen zu wollen. In ungefähr zehn Mann starken Gruppen fuhren wir deshalb mit dem Bus am 17.09. bei fast sonnigem Wetter nach London.

Neben Paris wohl die beeindruckendste westeuropäische Stadt, die ich bis dahin aufgesucht hatte. Mit einem Stadtplan bewaffnet versuchten wir, sämtliche touristische Ziele abzuklappern. Beim Verlassen des Busses war es 8:30 Uhr. Die Seelords ließen vor der 244 Meter langen Tower Bridge ihre Fotoapparate heiß klicken. Im Tower von London besichtigten wir ehrfurchtsvoll die britischen Kronjuwelen. Von der Carnaby Street gelangten wir über die Regent Street zu Madame Tussauds. Hier empfing uns die königliche Familie, wenn auch nur als Wachsfiguren dargestellt. Wieder auf der Straße setzten wir die Stadttour in der knapp bemessenen Zeit fort und im Schritttempo ging es durch den Hyde Park zum Buckingham Palace. Es war inzwischen 11:00 Uhr durch und die Wachablösung war in vollen Gange. Wir ergatterten trotzdem einen guten Platz. Schnell löste sich die Menschenansammlung nach dem Spektakel auf.

Kurze Verschnaufpause mit einem schalen, englischen Bier. Nun stand Westminster Abbey auf dem Zettel. Angesichts der wunden Füße verzichteten wir auf die Besichtigung.

Dafür verschossen wir lieber viel zu viele Fotos von dem imposanten Gebäude. Untypischerweise setzte sich die Sonne endgültig am Himmel durch, so blieb uns der Londoner Regen erspart. Nachdem wir einen Taxistand der Londoner Taxi Company erspähten, bestiegen wir zwei von den antiquarisch aussehenden schwarzen Dingern und ließen uns zum Piccadilly Circus kutschieren. Die zweite Droschke kam erst fünf Minuten später und entsprechend bestätigte es das Taxameter mit einer höheren Gebühr.

Wir belagerten den Brunnen in der Mitte und relaxten dort bei gewöhnungsbedürftigen Bier und dem fluffigen, laschen Pausenbrot, welches von der Bevölkerung „Sandwich" genannt wurde.
„Wenn wir schon mal hier sind", stellte ich fest, „sollten wir auch nach dem Stadtteil Soho schauen, wo Jack the Ripper sein Unwesen trieb."

Gesagt, getan, wir durchstreiften die engen dunklen Gassen des Viertels und glaubten, dass er jeden Moment um die Ecke kommen könnte. Zumindest wussten wir, dass die Londoner Polizei nie diesen Frauenmörder in Gewahrsam nahm. So schlossen wir daraus, dass er uns wohl ausgewichen war, da er sowieso nicht die geringste Chance gehabt hätte. Spät am Abend gegen 21 Uhr bestiegen wir unbeschadet aber alkoholisiert den letzten Bus nach Chatham. Unterwegs fing es an, zu regnen. Die Abendzeit schien gelaufen. Dreiviertelstunde Fahrt, so was macht durstig.

So dankten wir Neptun, der uns eine Rettungsinsel in Form einer alten Hafenkaschemme zuschmiss. Als wir die heruntergekommene Hütte betraten, ging ein Raunen durch die gegenwärtige Menschenansammlung der übelsten Sorte. Hier saßen vom Alkohol gebeutelte, kräftige Gesellen, die das Beste in ihrem Leben längst überstanden hatten. Der „Herr über den Zapfhahn" zögerte. Eine heftige Diskussion entstand zwischen den Einheimischen und dem Wirt. Er muss echte Argumente vorgebracht haben, denn endlich bekamen wir doch das schale *Kujampel*, welches im britischen Weltreich „Ale" genannt wird. Auf Ex tranken wir es gering schätzend aus und bestellten gleich etliche Pints nach.

Dies gefiel dem Wirt der Spelunke. Misstrauisch beobachteten uns hingegen die vor Ort Befindlichen fortwährend. Die Stimmung der Stammgäste wurde zunehmend aggressiver. Eine ungepflegte, fast zahnlose ältere Frau, fixierte mich schon länger mit ihrem Tunnelblick und fing an zu keifen. Sie wetterte in ihrer Weltsprache irgendetwas von Hitler, mehr verstand ich nicht. Ich versuchte, sie verbal und mit Gestik zu beruhigen. Erreichte allerdings das Gegenteil, sie sprang auf uns Deutsche zu und reagierte mit Handgreiflichkeiten. Nachdem ich mir einen entfernteren Platz gesucht hatte, um halbwegs aus ihrem Blickfeld zu gelangen, stierte sie mich wieder an und schimpfte weiter. Auch unter den männlichen Anwesenden brodelte es daraufhin.

Bereits eine Stunde vor der Sperrstunde, die im gesamten britischen Empire gepflegt wurde und wird, verließen wir die feindselige Stätte, um zusätzlichen Ärger zu vermeiden. Mit Sicherheit hätten wir sonst diesen Schuppen in Klump gehauen. Jedoch wurde uns klar, die Bundesrepublik Deutschland zu repräsentieren, geht anders und eine disziplinarische Strafe blieb uns dadurch erspart. Zum Glück hatte ich den letzten Tag vor dem Auslaufen Hafenwache und blieb im Hoheitsgebiet von Germany. Hier gab es ein vernünftiges Essen und dazu würziges Bier aus dem Erfinderland (allerdings wurde das erste hopfenähnliche Getränk vermutlich im alten Ägypten ausgeschenkt). Das Weltreich mit den kulinarischen Abgründen und den unfreundlichen Menschen konnte mir von nun an gestohlen bleiben.

<u>Zur Schiffschronik</u>: **20. September**: Bei Dauerregen verließen wir den ungastlichen Ort, wo wir nicht willkommen waren. Auf der Rückfahrt querten wir wieder am Rande den Ärmelkanal in Richtung Südost und steuerten auf die belgische Küste zu. Die Lüneburg folgte danach der an *Steuerbord* liegenden niederländischen Seeküste bei östlicher Fahrt.

Unruhe kehrte in den Wohndecks ein. Blinde hochansteckende Passagiere hatten sich eingeschleust. Die Sackratten kamen auf alle Fälle schon mal nicht von mir, es sei denn, dass ich von der Plörre, dem „Ale", infiziert wurde. Eifrig betrat der Sanitätsmeister die Bühne mit einem historischen großen, medizinischem Gerät aus Weißmetall. Selbst zu Kaiserzeiten muss sich dieselbe Spritze bereits bewährt haben. „So, dann stellt euch mal der Reihe nach auf und lasst die Hosen runter", meinte der Äskulapjünger. Manche Kameraden zögerten, deshalb drohte der *Sani*: Ich soll wohl den *Schmadding* holen?"

Davor hatten sogar die Unentschlossenen Respekt. Mit bedeutsamer Gestik belud er seine vorsintflutliche Kanone und zog langsam den Kolben durch. Mein Nachbar war als Erster dran. Der Sanitätsmeister zielte auf den ganzen Stolz des Matrosen und stieß den Kolben mit einem Schlag zurück. Ich besaß jetzt keinen Nebenmann mehr und wich entsetzt zur Seite. Er war in einer weißen Staubwolke verschwunden. „So dies war der Erste, die Filzläuse kommen nicht wieder", beendete er den hilfreichen Akt. Jeder vom Mannschaftsdeck musste anschließend durch die Nebelwolken-Prozedur. Um die medizinische Angelegenheit abzurunden, pumpte er daraufhin die Kojen mit dem Wunderpulver voll. Der Sani war im Element, selten genug befand er sich in einer so großmächtigen Position.

„Nun bekommt ihr ebenfalls eine Ladung in die Spinde", sprach die Koryphäe der Nebelspritze, „ schließt sie auf, damit ich sie schneller ablaufen kann. Gezielt schoss er im Sekundentakt im Vorübergehen jeweils eine sanfte Wolke in die zum größten Teil mit ziviler Bekleidung und zivilem Gut bestückten Spinde. Meine Pfeifensammlung konnte ich zum Glück in Sicherheit bringen. Die persönliche Tasse nicht. Sie wurde mit eingepudert, trotz ausgiebiger Reinigung schmeckte der Kaffee anschließend mehrere Tage säuerlich. Zum Aktionsende machte der Sackrattenbefreier ein zufriedenes Gesicht. Wie ein Westernheld nach einer überstandenen Schießerei blies er den Rauch aus der Mündung der historischen Spritze, dies ließ sein billiger Humor noch gerade zu. Mit wichtiger Miene verkündete er eindrucksvoll: "Es ist geschafft, sucht euch nächstes Mal die richtigen Mädels aus, oder soll ich nach jedem Hafen die Prozedur vollziehen?"

Wir waren uns einig, nein, – wir wollten es nicht nochmals erleben. Überall stank es nach dem Zeug, sogar meine Zunge war kurz darauf weiterhin belegt. Die Fälligkeit eines Bieres konnte jetzt keiner von der Hand weisen und so traten mir auch keinerlei Gegenargumente entgegen.

Es zog ein leichter Nebel in den Mittelgang, als der Sanitätsmeister durch das *Schott* des Wohndecks entschwinden wollte: „Halt, Herr Bootsmann, Sie haben die hydraulische Sacklausspritze vergessen", rief ich ihm hinterher.

Brunsbüttel war in weiter Ferne, als das englische Wetter von uns ließ, die Sonne tauchte zu guter Letzt erneut auf. Der Rückmarsch mit den Booten durch den Nord-Ostsee-Kanal verlief ohne besondere Vorkommnisse. Am frühen Morgen, Donnerstag den **23. September,** liefen wir in Flensburg ein. Endlich, zwei Monate später, ging es nun am Wochenende zurück in die Heimat. Aufgrund der Seereise kränkelte die graue Lady. Das Getriebedifferenzial schwächelte und musste dringend instand gesetzt werden.

Deshalb liefen wir am Montag, dem **27. September**, aus und wurden nach Kiel ins Marinearsenal verlegt. Die alte Stammbesatzung nutzte indessen wie immer das breit gefächerte Kieler Angebot und frönte ausgiebig der Trinkkultur. Nun war es durchaus möglich, dass sich bei manchen, sonst so braven Kameraden Aggression aufgebaut hatte. Gerade nach einer längeren Seefahrt in Verbindung mit Schlafentzug trat dieses Phänomen auf. An Land versuchte sich derjenige dann entsprechend abzureagieren. Hier nehme ich folgendes Beispiel: In Kiel in der Diskothek „Crazy Alm" trug es sich in etwa so zu:

Ein Gast betritt mit seiner Partnerin das Tanzlokal und kommt die Treppe herunter. Der Marinesoldat sieht die beiden und ruft dem männlichen Begleiter schon von Weitem zu, und zwar so laut, dass die meisten im Saal es trotz der Musik hören mussten: „Hallo, was schleppst du denn für ein dickes Trampeltier hinter dir her?"

Erbost reagiert der Angesprochene: „Wie redest du von meiner Frau?"

Der Mariner erwidert erstaunt: „Waas? Mit dem fetten Trampel bist du auch noch verheiratet?" Ich denke, der weitere Werdegang bedarf keiner Schilderung und dürfte klar sein. Natürlich entstand eine Schlägerei. Anwesende Freunde des Beleidigten und Marineleute eilten herbei und leidenschaftlich haute jeder auf den Nächstbesten ein, bis die Feldjäger oder die Polizei eintrafen. Bis dahin hatte die Einrichtung der Lokalität bereits heftig gelitten.

Der Soldat S. Trank

Die Natur ist sehr vielfältig und komplex.
Ebenso facettenreich gestaltete sie den Menschen.
In unserem nachfolgenden Fall zum Nachteil.

Zum **1. Oktober** übernahmen wir die neuen Kameraden, die sich aus Borkum zu uns an Bord gesellten. Einer stach dabei besonders hervor. Er war irgendwie anders geartet und entsprach nicht der gewöhnlichen Norm. Er gab sich den Künstlernamen S. Trank und eckte nach allen Regeln der Kunst in der Gemeinschaft an. Mit dem antisozialen Verhalten und seiner narzisstischen Persönlichkeitsstörung war er schon fast als Psychopath zu bezeichnen.

Ausgerechnet er wollte uns in der Kunst von Literatur und Malerei unterweisen. Keine Ahnung, wie der Matrose durch die Grundausbildung gekommen war. Körperhygiene kannte er nicht. Zum Waschen musste er gedrängt werden, und die Unterhose trug er, bis sie aus seiner Sicht nach einer Woche schmutzig war. Dann wendete er sie kurzerhand und trug sie weitere sieben Tage. Als *Decksältester* durfte ich nun wegen

218

ihm in Aktion treten. Aufgrund seiner untragbaren Allüren wurde unser gesamtes Mannschaftsdeck immer häufiger mit Gemeinschaftsstrafen belegt. Er ließ sich absolut nicht eingliedern.

Entsprechende Meldungen an meine Vorgesetzten wurden mit der Begründung: „Sie sind der *Decksälteste* und haben im Deck für Ruhe und Ordnung zu sorgen", abgeschmettert. Präziser gesagt, wir sollten uns gegenseitig selber „erziehen", so wie es bereits in der Grundausbildung praktiziert worden war. Zum Beispiel: Wenn ein Rekrut die *Koje* nicht korrekt nach militärischer Vorschrift „gebaut" hatte, wurde stets die komplette Stube bestraft. Mit anderen Worten: Der Soldat war nicht nur für sich verantwortlich, sondern musste ebenfalls für die Kameraden mit gerade stehen, sie kontrollieren und notfalls behilflich sein. Die Gruppenbestrafung sollte den Gemeinschaftsgeist fördern und es klappte letztlich genauso.

Nur beim Matrosen S. Trank funktionierte die Methode, die aus der alten Zeit der Wehrmacht hervorging, überhaupt nicht.

Zu unserem Zeitabschnitt war es üblich, dass innerhalb der Marine in einem solchen Fall dem Querulanten der sogenannte „Heilige Geist" verabreicht wurde. Auch die Tradition stammte noch aus jenen Tagen und diente zumindest bei uns an Bord als allerletzte Maßnahme der Selbsterziehung. In weiteren Einheiten der Bundeswehr soll sie allerdings häufig für andersartige Begebenheiten zweckentfremdet worden sein. Meine Mitbewohner bedrängten mich, dass es keinerlei Möglichkeiten mehr gab. Es stank erbärmlich aus seiner *Koje* und mir wurde klar, dass auf Dauer die Gesundheit gefährdet war.

Ein paar kräftige Arme packten den versifften Matrosen und schleppten ihn in den Sanitärbereich. Alle Bewohner folgten, kaum jemand wusste genau, was passieren würde. Nur wenige waren eingeweiht. An der Stelle möchte ich nochmals Folgendes betonen: „Wir hatten abgesprochen, dass die Prozedur wirklich nur der Erziehung dienen sollte und nicht in Rache ausarten durfte. Der Überrumpelte leistete kaum Widerstand und freiwillig entledigte er sich der stinkenden Klamotten. Die eiskalte Seewasserdusche lief längst mit vollem Druck, als wir ihn zwangen, sich darunter zu stellten. Für S. Trank gab es kein Entkommen. Leider blieben auch wir Zupackenden durch die Rangelei nicht trocken.

Endlich -, dachte der Gepeinigte und freute sich bereits, als die Dusche abgedreht wurde, doch begann schon die nächste Tortur. Dazu opferte ich meine gesamte schwarze Schuhcreme, die S. Trank anschließend auf seinem nackten Körper wiederfand. Trank wehrte sich heftig. Inzwischen hatte sich die aufputschende Aggression auf beide Seiten der Parteien gesteigert und ich musste aufpassen, dass mir die Situation nicht aus den Händen glitt.

Bis auf drei altgefahrene Kameraden schickte ich den Rest zurück ins Seemannsdeck, mit der Empfehlung ein Bier auf meine Kosten zu trinken. Widerwillig folgten sie dem Aufruf.

Da stand nun kläglich und hilflos der Rabenschwarze. Ich schmiss ihm eine Kernseife zu. Zum ersten Mal sahen wir, wie er sich unter der warmen Brause anfing zu waschen und sogar zu schrubben. Es muss noch Wochen gedauert haben, bevor die Schuhwichse verschwand. Genauso stellten wir es uns vor und das Ergebnis war selbstverständlich beabsichtigt. Damit erreichten wir, dass er danach täglich zum Duschen ging.

Mir ist natürlich völlig klar, dass der „Heilige Geist" heute längst nicht mehr zeitgemäß ist, und wollte diese unschöne Szene verschweigen. Besann mich allerdings wieder, da durch das Weglassen unsere Lebenssituation an Bord verfälscht worden wäre.

Irgendwann kam er mit einer Geige vom Landurlaub zurück. Na gut, er spielte, was die Darmsaiten der Fiedel hergaben, – nicht schön, jedoch dafür laut. Wir erteiltem ihm Fiedelverbot im Deck. Er versuchte mit uns, über Bertolt Brecht zu diskutieren, und zitierte ihn eifrig. Zudem holte er gerne die Maler des Impressionismus und des Expressionismus hervor, die uns gleichwohl auch nicht wirklich interessierten.

Dann folgte der Tag, als er seinen größten Wunsch äußerte, eine Tonsur geschnitten zu bekommen, und zwar so, wie ein Mönch sie trug. Der Bitte kamen wir im Tausch gegen zwei Kisten Bier begierig nach. Obermaat Gerd stellte sein figaroisches Talent bereitwillig zur Verfügung. Geschickt schwang er die Rasierklinge, bis auf einen kleinen, gering blutigen Schnitt. Stolz präsentierte nach dieser Leistung der „Tonsuren–Frischling" das rasierte Kunstwerk, und manch ein gottesfürchtiger Klosterbruder wäre vor Neid bei dem Anblick erblasst. Während wir gemeinsam mit Gerd die erstandene Ballerbrühe verköstigten, lobten wir immer wieder im übertriebenen Maße seine hervorragend geleistete Arbeit.
Kurze Zeit später überspannte S. Trank den Bogen. Mit einem überschwänglichen Hofknicks und gezücktem *Schiffchen* und der neuen Tonsur präsentierend, begrüßte er tief verbeugend an Oberdeck im Vorübergehen den Decksmeister mit den Worten: „ S. Trank wünscht seiner Durchlaucht

Hauptbootsmann *Schmadding* einen wunderschönen guten Tag."

„Jetzt reicht´s mir", hörte ich ihn brüllen, „der Kerl muss weg."

Endlich reagierte er, fast ein halbes Jahr hatte es gedauert. Die vielen Meldungen von mir wollte er ja nicht wahrhaben. Seine wütende Entscheidung fruchtete daraufhin bei der Obrigkeit und der Psycho-Trank wurde zur vierzehntägigen Beobachtung in eine Anstalt nach Hamburg überwiesen. Zur verstrichenen Zeit tauchte er nochmals kurz an Bord auf und holte die persönlichen Sachen ab. Der weitere Verlauf seiner peinlichen Marine Karriere entschwand somit aus meinem Blickfeld.

Zur Schiffschronik: Am **13. Oktober** wurde die Lüneburg von der Besatzung in den seeklaren Zustand versetzt, und wir liefen in Richtung Bornholm zur *Stichversorgung* des 5. Minensuchgeschwader aus. Mit grober Fahrtrichtung zur südlichen Spitze Dänemarks, an Lolland vorbei, danach umrundete der Versorger die Insel, mit folgendem Kurs auf Trelleborg, der Südspitze Schwedens zu. Dort gingen wir im Schutz der Küste, mit den Minensuchern im Päckchen, vor Anker. Für die anstehende Zeit hatten wir mit allerlei Seemanövern zu tun. Es folgten auch einige Spielchen, die im Kalten Krieg angesagt waren, deshalb drangen wir in die Gewässer bis unterhalb von Danzig vor. Stets unter der Beobachtung des Ostblocks. Fünf Tage später kehrten wir nach Flensburg zurück.

Am **1. November** wurde eine fünftägige *Einzelausbildung* gefahren, das heißt: Gefechtsdienst und Fahrübungen im Seebetrieb. Für die Mannschaften bedeutete die Aktion nichts Besseres als Drill, immerhin sprang dabei abermals eine Monatsflasche raus. **6. November**, verlegen nach Kiel zur Seeklarbesichtigung. In Kiel gab es für viele von uns die Möglichkeit, an die alten Verbindungen erneut anzuknüpfen, die wir vor rund vierzig Tagen in der Hafenstadt gefunden hatten. Die meisten von uns suchten die bekannten vertrauten Kneipen auf, um daraufhin das Gesicht mit dem Tunnelblick zu verzieren.

Alternativ bot sich im Marinehafen die Kantine an. Um diesen Blick erreichen zu können, war es im Gegensatz zum Landgang hier nicht so teuer. Ein weiterer Vorteil war die Nähe der *Koje*, die man im Nebel des Tunnels dennoch sehr gut zu Fuß finden konnte. Leider passiert es immer wieder, dass wir mit anderen Schiffsbesatzungen erst verbal und dann körperlich aneinandergerieten. So geschah es diesmal in Kiel. Jemand vom Zerstörer Fletcher 2 beleidigte die Lüneburg. Ein gröberes Vergehen gab es uns gegenüber nicht. Eine Riesenklopperei bot sich dem Betrachter und der musste auch noch aufpassen, dass er nicht mit in das Getümmel hineingezogen wurde. Das routinierte Kantinenpersonal reagierte schnell und die herbeieilenden Feldjäger sorgten für Ernüchterung. Sie erteilten Kantinenverbot und die Angelegenheit wurde offiziell an unserem Kapitän weitergereicht. Einige Tage später verließen wir den Marinestützpunkt Kiel/Mürwik, mit dem Ziel, den Heimathafen Flensburg erneut anzulaufen. Das darauffolgende Wochenende bekam ich aufgrund der „Ehrverteidigung" in der Kieler Kantine eine Wochenendwache reingedrückt. Wieder mal fühlte ich meinen Gerechtigkeitssinn mit Füssen getreten.

Kokosleine mit Obermaat

Wie so oft hatte das Klabautermännlein seine Finger im Spiel.

Am Montag, dem **15. November 1976**, hieß es, laut der vorliegenden Chronik: Auslaufen zur Stichversorgung des 1. Minensuchgeschwaders. Marsch durch den Großen Belt ins Kattegat. Stichversorgung heißt: Unter anderem Versorgung mit Treibstoff oder Stückgut, in dem Fall vor Anker. Zusätzlich befand sich ein relativ seltenes Manöver auf dem Plan. Unser *Troßschiff* sollte den Tender Saar abschleppen, hierzu übergaben wir während der Fahrt auf See eine Kokos-Schleppleine. Wegen ihrer Elastizität und der guten

Schwimmeigenschaft wurden zu ebendiesem Zweck hauptsächlich Schlepptrossen aus Kokos verwendet.

Der Obermaat Horst, seine Wiege stand im Ruhrpott, bekam für dieses Seemanöver die Aufsicht achtern auf der *Schanz*. Mit dem Wissen im Hinterkopf, dass die vierjährige Dienstzeit fast vorüber war, sah er gelassen dem Abschleppmanöver entgegen. Souverän hatte er sämtliche bisherige Aufgaben perfekt gemeistert. Kurzum, er war mit allen Wassern gewaschen.

Das Manöver begann: Tender Saar setzte sich in unser Fahrwasser und nahm die Geschwindigkeit raus und ließ sich daraufhin treiben, auch die Lüneburg verringerte das Tempo, um sodann mit langsamer Fahrt zurück sich vor dem Bug der Saar zusetzen. Ich versuchte, als *Gefechtsrudergänger*, unseren *Zossen* im Kurs zu halten. Auf die Weise näherten wir uns langsam auf ungefähr fünfzig Meter Distanz. Nun galt schnelles Handeln, da ohne Tempo ein Schiff nicht manövrierfähig ist. Um in der Strömung nicht in Querlage zu geraten, gab es jetzt nur die Möglichkeit, je nach Lage die *Backbord*- oder *Steuerbord*schraube zuzuschalten.

In der Zwischenzeit übergaben wir dem Tender die Kokosleine und belegten danach den *Steuerbord*-Zwillingspoller mit der Schlepptrosse. Horst überwachte jeden Vorgang, gab Befehle, meist durch eingespielte Handzeichen und überprüfte gewissenhaft die Arbeit der Seemannschaft. Flott war das Achterschiff wieder aufgeklart und er meldete zur Brücke:

„Klar zum Schleppen!"

Über Funk bestätigte die Saar, dass er ebenfalls klar war. Gemächlich nahmen wir Fahrt auf. Der Obermaat hatte nach Vorschrift die *Schanz* räumen lassen, um die Mannschaft vor einem eventuellen Reißen der *Trosse* zu schützen. Die Schlepptrosse spannte sich langsam. Ein gewaltiger Ruck ging durch das gesamte Schiff. Tatsächlich war die Kokosleine für die vielen Bruttoregistertonnen nicht ausgelegt gewesen. Sie riss pfeifend ohne den geringsten Widerstand, um danach in das aufgewühlte Schraubenwasser zu platschen.

Unser Kommandant verfolgte das verkorkste Seemanöver von der *Außennock*. Zu allem Überfluss ließ er jetzt wutentbrannt und voller hektischer Ungeduld, wegen des misslungenen Manövers, sofort Tempo aufnehmen. Beherzt griffen inzwischen auf dem achterlichen Oberdeck die bereitstehenden Männer nach der gebrochenen Abschlepptrosse. Sie versuchten die besagte Leine, mit vereinten Kräften zum *Spill* zu ziehen, um ihn damit zu belegen und um diese anschließend einzufieren beziehungsweise bergen zu können. Ungeachtet des äußersten Kraftaufwandes erreichte die Crew nicht ihr Ziel. Bei der bestehenden Schnelligkeit übte die *Trosse* im Fahrwasser einen entgegengesetzten Sog aus.

So misslang die Aktion, sie mit der Körperkraft wieder einzuholen. Zwei, drei Meter befanden sich unter enormer Kraftanstrengung bereits an Deck. Mehr konnte man der Urgewalt des Meeres und durch die Geschwindigkeit des Schiffes nicht abringen. Die paar Meter Tauwerk reichten bei weitem nicht aus, um das *Spill* belegen zu können. Selbst wenn die Crew es bis zum *Spill* geschafft hätte, bestand die Gefahr, dass die Finger beim Belegen trotz Handschuhe abgequetscht worden wären. Ein E*infieren* mit dem *Spill* blieb so unmöglich. Horst war der Mannschaft längst zu

Hilfe gesprungen, langsam glitt das Seil den Verzweifelten aus den Händen.

Unser Dampfer hatte inzwischen während des Arbeitsvorgangs gehörige Schnelligkeit aufgenommen und sie steigerte sich weiterhin. Infolgedessen meldete der Unteroffizier den Missstand über Funk zur Kommandobrücke.

Der Kapitän reagierte auf die Meldung ärgerlich, ließ jedoch die Fahrt etwas herausnehmen. Ungeduldig wartete er nun auf die Meldung von Horst. Nichts geschah, denn die Lüneburg glitt immer noch zu schnell durchs Wasser. Nun wurde der Alte fünsch und brauste zur *Schanz* hinunter: „Wird das da unten noch mal was?"
Horst platzte in dieser angespannten Situation nun der Kragen und in dem feinsten Ruhrpott-Dialekt entgegnet er zurückschreiend: „Kommen Sie doch runter, wenn Sie es besser können", und ergänzend mit abflauender Wut erinnerte er sich an sein seemännisches Fachwissen und betonte abermals: „Wir machen einfach zu viel Fahrt, wir bekommen das Seil nicht über das *Spill!*"

Auf der Brücke tobte der Kommandant und sich zu den Anwesenden wendend: „Haben Sie es gehört, was der freche Obermaat gerade zu mir sagte?" Kurzes Überlegen seinerseits, dann die Entscheidung zum wachhabenden Offizier:

„Er soll sich nachher, so wie wir vor Anker gegangen sind, bei mir auf der Kammer melden".

Danach ließ der Kapitän einsichtig die Maschinen stoppen und das verkorkste Abschleppmanöver konnte auf die Weise beendet werden.

Horst brauchte vorm *Alten* nicht anzutreten, wahrscheinlich sah er den Fehler ein. Denn schließlich hätte er sich vergewissern müssen, ob die gebrochene Schlepp*trosse* zurück an Bord war. Unser Unteroffizier blieb nach diesem Manöver weiterhin ausgeglichen und beliebt bis zu seinem letzten Tag. Nie hatte ich ihn allerdings zuvor so aus der Rolle fahren sehen.

Zur Schiffschronik: Am **19. November** fuhren wir wieder durch das heimische Gefilde, der Flensburger Förde. Die tief stehende Herbstsonne glitt sanft mit ihren goldgelben Strahlen über die Landschaft. Das seemännische Personal befand sich auf den Manöverstationen, und zwar achtern auf der *Schanz* und an Oberdeck auf der *Back* des Vorschiffs. Wir klarierten die achtfach quadratgeflochtenen *Festmacherleinen*, indem wir sie der Länge nach in Trompetenform auf und ab legten. Das große fest einge*spleißte* Auge der *Trosse* lag parat vor der Mitschiffsklüse der Lüneburg. Es wartete darauf, auf der *Back* als Vorleine und auf der *Schanz* als Achterleine durchgezogen zu werden. Von *Back* und *Schanz* aus gesehen, mehr zur Mitte des Oberdecks an der Schiffsanlegeseite, lagen bereits brav der Länge nach aufgeschossen, die beiden Vor- und Achter*springs*. Damit die Wurfleinen sich während des Wurfes nicht verhedderten, kontrollierten wir sie nochmals. Nun hingen sie erneut aufgeschossen an der *Reling*.

Als Gewicht diente zu jener Zeit noch die gute alte *Affenfaust*, welche heute bei der deutschen Marine wegen der erheblichen Unfallgefahr verboten wurde. Der geflochtene Knoten hieß so, weil er die Ausmaße einer *Affenfaust* auf-

228

wies. Bald entdeckten wir in der Ferne am Horizont, dass dort bereits zwei Hafenschlepper auf uns lauerten. Auch die *Spille* überprüften wir zuvor auf Funktion, sodass das Anlegemanöver beginnen konnte. Wer keine Aufgabe hatte, stand abrufbereit in „Reih und Glied" auf der Station an Oberdeck.

Die Schlepper übernahmen mit ihrem Bootshaken zunächst die Vor- und Achterleine und benutzten diese als Schlepptrosse. So manövrierten sie uns ganz *sutje* durch die Hafeneinfahrt in Fahrtrichtung Versorgungspier, zum festen Liegeplatz. Auf der Pier befanden sich Schienen, um das *Troßschiff* gegebenenfalls mit massiven Gütern beladen zu können. Im Hafenbecken machten wir noch leichte Fahrt über Grund und lagen fast parallel zur Kaimauer. Der ablandige Wind versuchte die Lüneburg, von der Schiffsanlegestelle wegzudrücken. Das Festmacher Personal platzierte sich bereits neben den *Pollern* an Land, um die *Wurfleine* zu übernehmen. Deshalb kam momentan Bewegung auf dem Vorschiff und ein *Gast* wirbelte über seinem Kopf kreisförmig die schwere *Affenfaust* und schleuderte sie in Richtung Anlegestelle. Leider blieb der Erfolg aus und die Leine landete im *Bach*. Während der unglückliche Werfer sie an Bord zurückholte, glückte es einem anderen. Der Festmacher hielt sie inzwischen eisern in den Händen, die kurz zuvor von uns mit der Vorspring verbunden worden war.

Eifrig zogen nun zwei vom Festmacher Personal die *Trosse* zu sich herüber und belegten mit dem fest *verspleißten Auge* den *Poller* auf der Pier. Jetzt wurde es höchste Eisenbahn. Flink belegten wir lose mit ein paar Törns den *Zwillingspoller* an Oberdeck, und zwar so, dass die sich noch spannende *Trosse fieren* ließ. So bekamen wir nach und nach die restliche, leichte Fahrt aus dem Schiff. Gleichzeitig zog die Vorspring auf diese Weise, die fehgraue Lady näher sich an die Pier heran. Momentan hatten wir alle Hände voll zu tun. Mit Muskelkraft wurde die *Spring* eingeholt und die Lüneburg langsam in die vorgesehene Position zurückdirigiert. Lag sie entsprechend an den auserwählten Anlegeplatz, brauchte die Vorspringleine auf dem *Zwillingspoller* nur mit einem oder zwei zusätzlichen halben Schlägen gesichert werden.

Währenddessen blieben die anderen Seemänner auf ihren Anlegemanöverstellen nicht untätig. Sie schmissen eine weitere *Wurfleine* auf das Festland, welche für die Achter*spring* bestimmt war. Bei der Achter*spring* galt der gleiche Ablauf wie beim Vorgang mit der Vor*spring*. Die Schlepperbesatzungen übergaben daraufhin unsere Vor- und Achterleine, die zuvor als Schlepp*trossen* gedient hatten, mit dem Bootshaken zur Pier. Nur die entstandene Lose der Vor- und Achterleine wurden über die *Spille* eingeholt. Bei Bedarf zogen wir den Versorger auf die Weise entsprechend näher an die Kaimauer heran. Anschließend belegten wir mit den Festmacherleinen die Schiffspoller am Oberdeck und sicherten diese mit zwei Schlägen.

Die *Stelling* fand abermals ihren Platz. Darunter befestigten wir ein *Fallreep*. Es sollte verhindern, dass jemand in den *Bach* stürzen konnte. Zudem montierten wir nur in der Winterzeit die Rattenbleche an den *Trossen*. Gleichzeitig klarte die Seemannschaft das Oberdeck auf. Endlich war das seemännische Werk vollbracht und wir genossen unter Deck ein Einlaufbier, während die Heizer emsig sämtliche Versorgungsanschlüsse mit dem Land wieder herstellten.

Dithmarscher Teepunsch

Wissbegierig sogen wir alles auf,

was mit der maritimen Trinkkultur zu tun haben könnte.

Von allen Bewohnern im Seemannsdeck stach ein Zimmermann aus Dithmarschen vortrefflich hervor. Heinz war ein ruhiger Geselle. Äußerte er sich, hatte es stets Hand und Fuß. Auf seine Veranlassung hin sah man im *Elfer*deck die Kameraden mit Kaffee und Schlagsahne durch die Gegend rennen. Nee, er führte bei uns keine Kuchenschlachten ein, sondern wir lernten von ihm, wie Rum veredelt wurde. Pharisäer hieß das edle Göttergetränk, welches in seiner Heimat traditionell besonders in der kalten Jahreszeit hoch beliebt war. Wissbegierig hörten wir ihm zu, als er weitere Dithmarscher Trinkrituale an uns weitergab:

„Der Dithmarscher Teepunsch setzt einem die Krone auf.“
Gespannt lauschten wir mit leuchtenden Augen dem Redner:
„Du brauchst gar nicht viel, um diesen glühenden Friesentrunk herzustellen.“

Es folgte eine Künstlerpause.

„Nun rede schon“, wandte ich mich voller Ungeduld an unseren Druiden.

„Rum“, war die Antwort. „Rum ist die wichtigste Zutat“, dabei nahmen seine Gesichtszüge einen bedeutsamen Ausdruck an, so als ob er gerade die Relativitätstheorie entwickelt hatte. Sichtbar genoss er es, nun im Mittelpunkt zu stehen, dann fuhr er fort: „Dazu fügt man heißen Tee nach

Geschmack und Trinkstärke. Um die Note weiterhin zu verfeinern, rundet man mit Zucker und Zitrone ab."

Nervös war ich auf der Bank hin und her gerutscht, sprang schließlich auf: „Ist das alles, Heinz?"

Er bejahte und ich verschwand mit den Worten: „Das haben wir ja alles an Bord." In der Kombüse angekommen, bestellte ich eine große 3-Liter-Kanne Tee. Fassungslos schaute der *Smut*: „Was ist los mit euch Ziegen, trinkt ihr keinen Alkohol mehr?"

Ich erwiderte seine Frage nicht, sondern erkundigte mich stattdessen: „Hast du auch ein paar Zitronen?"
Ungläubig glotzte er mit weit geöffneten Augen: „Nun geht's aber los. Bist du übergeschnappt? Habt ihr Skorbut?"
Ich lächelte den aus Bayern stammenden *Smut* an: „Wenn du willst, komme zu uns rüber, dann wirst du es verstehen."
Mit einem Körbchen voller verschiedener Zitrusfrüchte in der einen Hand und in der anderen die stattliche Teekanne aus Edelstahl, verließ ich die Kombüse.

Im Deck angekommen holte ich meine gebunkerte Monatsflasche Rum mit den 78% und fragte einen Herumstehenden, ob er den Rest aus der Bordküche holen würde. Es fehle speziell Zucker und eine größere Schüssel mit einer Schöpfkelle. Bei diesen Zutaten ahnte der *Smut* etwas und kam neugierig mit. Ohne Aufforderung holten die Kameraden ihre *Muck* hervor und klapperten ungeduldig mit dem Geschirr.

Das „Dithmarscher Nationalgericht", war flott hergestellt. Zimt und Nelken fügten wir auf Anraten des *Smuts* und der

Zustimmung von Heinz, der sich darüber ärgerte, die Gewürze vergessen zu haben, dem Gebräu noch zu. Der Erste hielt bereits die Kelle in der Faust.

„Halt Moment mal, wir können den fürstlichen Teepunsch nicht so geistlos in uns rein schütten. Wo bleibt denn da die maritime Trinkkultur?", gab ich zu Bedenken. „Kennt jemand einen vernünftigen Trinkspruch?" „Prost!", sagte der mit der Kelle. „Das reicht doch." „Höchst geistreich", entgegnete ich etwas ärgerlich.

„Nein, für den außergewöhnlichen Punsch, bedarf es eines extravaganten Trinkspruches. Ok, ich merke, es hängt mal wieder alles an mir." Nach kurzer Überlegung: Mein Cousin Lutz, der ein paar Jahre zuvor bei der Volksmarine in der DDR seinen Dienst abgeleistet hatte, beeindruckte mit dem folgenden Spruch, - Silentium!"
Ich stellte mich in Pose und die Kameraden, die ich aufgrund der Geheimnistuerei neugierig gemacht hatte, schwiegen. Ich begann:

„Sauft, bis eure Nase glüht, wie ein feuriger Furunkel,
dass sie wie eine Blume blüht in diesem Dasein dunkel."

Stille war im sonst so quicklebendigen Seemannsdeck eingetreten, jeder lauschte, jedoch vergebens. Ich hatte alles vorgetragen. Ob das Stillschweigen sich auf den eindrucksvollen Text bezog oder ob es mein kreativerer Vortrag war, weiß ich nicht. Jedenfalls gab ich mit künstlerischem Talent in höchster Vollendung der Betonung der einzelnen Wörter den Trinkspruch wieder. Immerhin trat nach der Lebensgeister erweckenden Darbietung allmählich erneut Leben ins *Elfer*deck und wir trieben das, was wir gefühlt immer taten.

233

Mehr konnten wir beim besten Willen nicht aus einer Flasche Rum herausholen. Es wurde dank Heinz ein erfolggekröntes Beisammensein mit musikalischen Klängen von Hans Albers und seinen neuesten Ohrwürmern. Den Satz könnte der Leser falsch verstehen, deshalb möchte ich klarstellen, dass Heinz nicht für uns die Hans Albers-Lieder sang, sondern die Aussage bezieht sich auf den gelungenen Abend. Als der Trunk zur Neige ging, erbarmte sich jemand und füllte mit einer weiteren Monatsflasche auf. Wir waren inzwischen viel zu träge und zu faul, um die Kanne noch mit frischem Tee aufzufüllen. Wie gesagt eine erheiternde Abendzeremonie, die wir dann im Winterhalbjahr des Öfteren praktizierten.

Zur Schiffschronik: **29. November**: Die Chronik gibt zum Datum folgendes vor: Auslaufen zur *Stichversorgung* des 1. Minensuchgeschwaders in der Mecklenburger Bucht. Zehn Tage blieben wir auf See. Eisregen ließ das Schiff unter einer zentimeterdicken Eisdecke verschwinden. Voller Mühe versuchten wir, das Eis an Oberdeck zu entfernen. Willkommen waren danach die alkoholischen Heißgetränke, die wir von da ab kannten und die wir uns im Seemannsdeck einflößten. Nur eingeschränkt fuhren wir die geplanten Seemanöver. Das Oberdeck wurde für die Besatzung wegen der absoluten Glätte weitgehend gesperrt. Am **9. Dezember** kehrten wir mit wiederholtem Getriebeschaden in Schleichfahrt nach Flensburg zurück. Die extreme Witterung brachte weiterhin Schnee und kalten Wind hervor.

234

Wachhäuschen - Übergabe

Für diesen „Schelmenstreich" stand sogar
das Klabautermännchen stramm und salutierte.

Das Schicksal führte Rainer und mich zusammen. Einen guten Kameraden hatte ich gefunden. Gleichdenkend erklügelten wir manchen Schabernack, oder er kam ungewollt über uns. Der *Klabautermann* schien mit uns viele Späßchen zu treiben.

Rainer hieß an Bord eigentlich „ Hugo der Schneckerich" entsprechend einer Figur aus der Kinder-Fernsehserie „Zauberkarussell" aus den sechziger Jahren.

Als Wehrpflichtiger zeigte er sich lustlos und auffällig langsam, deshalb bedurfte es keiner Fantasie, dass sein gesamter Bewegungsablauf der einer angeschlagenen Schnecke glich. Die Maate brachte er stets an den Rand der Verzweiflung. Respekt vor hochrangigen Vorgesetzten konnte von ihm nicht erwartet werden.

Die *SLA*-Durchsage „*Backen und Banken*", wurde schnell zu seinem Schlachtruf und er mutierte sofort zum Gepard. In diesem Zustand lief er „*Wahrschau*" brüllend durch den Mittelgang (Nahe Essensausgabe). Vor ihm war niemand sicher, ohne Blessuren davon zu tragen. Hier bewies er absolute Stärke und Dominanz. Ihn während des Essens zu ärgern, ahndete er als groben Verstoß. Beim Versuch, ihm das Fleisch vom Teller zu stibitzen, entging meine Hand knapp der Gabel.

Es war im Winter 1976, der frostige Ostwind fegte herüber zum Hafen.

Nach Abmeldung beim *UVD* schlenderten Hugo und ich in Zivil über die *Gangway*. Der *Posten Pier* tat uns leid, vier Stunden musste er in der Kälte sein Dasein fristen. Aus unserer Sicht fehlte schon seit längerer Zeit ein Wachhäuschen, damit wir, die Wachgänger, Schutz vor Regen, Wind und Kälte hatten. Die meisten umliegenden Schiffe und Boote hatten diese „noblen Dinger" auf ihrer Pier stehen.

Das Kasernengelände passierend, taperten wir gezielt zu der gefühlt vier bis fünf Kilometer entfernten, nördlichsten Haxenbude Deutschlands.

Für Hugo war es glasklar, um einen gelungenen Abend zu verbringen, musste er sich vorher stärken. Ich widersprach nicht, es wäre auch sinnlos gewesen.

Danach bugsierten wir in die Gegend, die speziell für Marineleute und ihre Bedürfnisse ausgerichtet war. Angesichts dessen, dass wir uns im Kalten Krieg befanden, waren wir am fortgeschrittenen Abend „voll wie tausend Russen". Im Dunkeln kehrten wir torkelnd in umgekehrter Richtung zurück. Von der zivilen Wache ernteten wir, wegen des Zustands, neidische Blicke (Behauptung vom Schreiberling). Nach dieser Ernte zogen wir in Schlangenlinie Kurs Hafen, wo unser Mutterschiff zu Hause war.

Meinem Empfinden nach musste Sturm aufgekommen sein. Im feinen Nebel sah ich die verschwommenen beleuchteten Schiffe und Boote. Nicht übel schaukelten sie hin und her. Erstaunlicherweise fingen sie an, sich zu drehen, sobald ich stehen blieb. Ich staunte nicht schlecht, während ich versuchte den in der Kindheit erlernten Gang, nachzuahmen. Hugo riss mich am Ärmel zurück. Er lallte unbeholfen: „Du Tommy, ich gehe zur Pier runter, zu den Minensuchbooten, ich muss dort mal mit jemanden reden." Er tigerte los. Ich rief hinterher:

„Was willst du dort?"
Ich hörte kaum merklich noch die Wortfetzen:
Wachhäuschen stibitzen.

Mir schwante Übles, der Schwimmanleger war im Gegenzug zu den anderen keineswegs hell beleuchtet. Die Dunkelheit und der in der Flensburger Förde aufgestiegene Seenebel, versperrten die Sicht. Geduldig wartete ich. Nichts geschah, keine Kampfgeräusche, keine Schüsse, – gutes Zeichen!, ging mir durch die Birne. Es dauerte, und die Zeit wollte bei der Kälte nicht vergehen. Hatten sie Hugo eingebuchtet? Dann plötzlich aus der nächtlichen Ruhe seine Stimme:

„Tommy, so hilf mir doch mal", aus dem Dunkel tauchte langsam der Umriss einer schildkrötenähnlichen Gestalt auf. Ich ortete nur die Beine, sein Oberkörper samt Kopf war in einem erbeuteten Wachhäuschen verschwunden. Trotz Alkohol und extremem Gewicht fand ich es bemerkenswert, wie gekonnt er versuchte, die Hütte auf dem Rücken zu balancieren.

Beherzt griff ich zu und merkte, wie schwer das massive Holzhäuschen war. Ungefähr hundertfünfzig Meter weiter staunte der *Posten Pier* nicht schlecht, als er die beiden Schlawiner erkannte. Dankbar stellte er sich direkt hinein, nachdem wir es bezugsfertig platziert hatten. Auch der *UVD* war baff und wusste keineswegs so recht, wie er mit der Situation umgehen sollte. Zufrieden stiegen wir nach einem Schlummertrunk in die *Kojen.*

Am darauffolgenden Tag, 8:00 Uhr Musterung bei Frost: Mit Sonnenbrille, (dies war Bordgebrauch nach auswüchsigen Zechgelage) postierten wir uns in die hintere Reihe. Nichts geschah, unsere „gute Tat" blieb unerwähnt. Keine Dankesrede, kein Händeschütteln oder zumindest ein Schulterklopfen. Nur der ein oder andere Mannschaftsdienstgrad grinste blöde zu uns herüber.

Nach der Arbeitseinteilung kehrten wir vorerst ins Mannschaftsdeck zurück. Dort erfuhren wir, dass unser Korvettenkapitän mit den Minensuch-Kommandanten einen Kasten Bier als Pfand ausgehandelt hatte.

Die Schmach für das Minensuchboot war enorm. Ihre Wachhabenden waren mit Sicherheit in Erklärungsnot. Mit einem Maat, sechs *Gasten* und einer Kiste Gerstensaft, rückten sie etwa eine Stunde später an. Sichtlich schwer fiel ihnen, das

Wachhäuschen zum Transport in die Horizontale zu bringen. Das halbe Dutzend schaffte es nicht, das Häuschen zu tragen. Der Unteroffizier erfasste daraufhin beherzt die Spitze des Daches. So schritten sie langsam und kläglich in Richtung heimatliche Pier.

Auf der höher gelegenen *Schanz* stehend, begleiteten wir sie mit Pfiffen, Buhrufen und feixenden, schadenfrohen Bemerkungen, die dann von irgendeinem zufällig herumstehenden Vorgesetzten unterbunden wurden.

Hugo und mir wurde klar, Alkohol setzt ungeahnte Kräfte frei. Dass wir an der erbeuteten Kiste teilhaben durften, setzte unser logisches Denken voraus. Endlich kam die ersehnte Durchsage der *SLA*: „Obergefreiter Dürigen und Gefreiter S. zum Kommandanten auf die Kammer!"
Na also geht doch!

Hinauf in die Kammer des Löwen. Der Niedergang führte uns auf das Zwischendeck der Bootsleute. Hier stand noch vom Vorabend ein leichter Bierdunst im Gang. Befremdlich empfand ich es nicht. Sie stammten wie wir aus dem gleichen sozialen zivilen Milieu. Zwischen uns gab es allerdings einen Unterschied, die entsprechend längere Dienstzeit ließ ihr *Maßband* gewaltig anschwellen.

Im höheren Bereich der Offiziere war die Luft vom edlen Schaumwein geschwängert, zumindest glaubten wir, dies wahrzunehmen.

„Ob Champagner überhaupt *dunt*?", fragte ich mich beiläufig.

Unter den Schiffsoffizieren gab es Top-Leute. Ääh – (etwas nachdenklich), die Auswahl ist aus meiner Sicht der Rede kaum wert, scherzte ich weiter in Gedanken.

Ganz oben in Richtung Himmel, war das Domizil vom Kapitän. Über ihm herrschte nur noch Gott. Motiviert und stolz machte ich die Meldung. Danach ließ ich im Vorübergehen einen Blick in der Kammer umher schweifen. In einer Ecke der Kajüte sah ich nur einen geleerten Papierkorb, jedoch keinerlei leere Flaschen vom Vortag. Mir fiel ein: Stimmt, er ist ja Heimschläfer.

Irritiert verfolgte ich das wesentliche Geschehen. Mein Gerechtigkeitssinn wurde jetzt wie im Sturme eines Hurrikans total durcheinandergewirbelt. Seine Predigt war erste Sahne. Der Papst war ein Schaumschläger gegen unseren *Alten.* Im Befehlston schmetterte er den Text wie tötend auf uns miserablen *Gasten* hernieder. Prompt spürten wir, dass es ihm sichtlich schwerfiel, ernsthaft zu bleiben. Ein mehrmaliges Schmunzeln konnte er vor uns nicht verbergen. Es blieb bei einer Verwarnung. Der Käpt`n war also nur ein Mensch. Dies bemerkte ich vor allem daran, dass er uns vom erbeuteten Bier keine Flasche abgab.

Der Schelmenstreich erzielte unverhofft Wirkung. Häufig hatte ich vor der Aktion ein schriftliches „Wachhäuschen Gesuch" beim Kapitän gestellt. Als nicht gerechtfertigt stufte er es ein und lehnte es ab. Direkt nach diesem Arrangement erweichte jedoch sein Herz und er entwickelte eine Eigeninitiative. Fürsorglich orderte er aus dem Marinearsenal ein Wachhäuschen.

Die Überraschung gelang ihm perfekt. Ein Tieflader mit fest integriertem Kran erreichte die Pier vor der Lüneburg. Beladen mit einer mächtigen, in unserer Lieblingsfarbe fehgrau verzierten Hütte. Ihren Zweck errieten wir zu der Zeit nicht. Ein Wachhäuschen war es auf jeden Fall nicht, dann eher ein fertiges Einfamilienhaus. Der Käpt'n, der das Schauspiel vom B-Deck verfolgte, sprang dort aufgeregt und wild gestikulierend herum. Den *Arsenal*-Mitarbeiter beeindruckte sein Toben überhaupt nicht. Ungeachtet der Fehlbestellung verfügten wir unerwartet über eine geräumige Wachvilla in einer geschätzten Größe von drei mal drei Meter, unterteilt in zwei Räumlichkeiten.

Der Vorteil lag klar auf der Hand. Jetzt konnten wir beim Rauchen während der nächtlichen Wache vom *UVD* nicht erwischt werden. Aufgrund der Erkenntnis vernichtete ich künftig manch kühles Nass, welches bequem unter dem weiten Wachmantel zu schmuggeln möglich war. In jener Zeit hatte ich mir das Primen angewöhnt. Erst spuckte ich in den hinteren Raum der Bude. Den schwarzen Fleck erkannte ich sofort als Sauerei. Der Platz vor meinem Wachschott erschien mir hierfür geeigneter. So speite ich fortan in der Dunkelheit auf die leicht verschneite Pier. Zu spät bemerkte ich, dass dies nicht gut war. Der Kommandant kam mit der Morgendämmerung wieder an Bord. Um die dunkle Stelle zu verbergen, stellte ich mich zur Meldung mitten rein. Nachdem sie vollzogen war, musterte er seinen „braven" Soldaten, schaute anschließend zum Boden, darauf zu mir. Er schien es zu ahnen, ich fühlte mich ertappt.

„He, Obergefreiter Dürigen, was ist denn das für ein Dreck, in dem Sie stehen? Wenn Sie mit der Wache fertig sind, scheuern Sie hier alles gefälligst sauber."

Nach geraumer Zeit verschwand unser hart erkämpftes „Prunkstück". Von einem Seemanöver wiederkehrend gähnte die Anlegestelle vor Leere. Nur der schwarze Fleck erinnerte noch an meine „Prim-Aktivität". Den hatte ich bekanntlich vorher im zweiten Zimmer des Wachhäuschens hinterlassen.

Zur Schiffschronik: Am **22. Dezember** richtete die Besatzung an Bord für die geladenen Gäste unter anderem den amtierenden Bürgermeister aus der Patenstadt Lüneburg eine Weihnachtsfeier aus. Unerwartet und viel zu früh standen am Morgen gegen sieben Uhr die „Lüneburger" in der Dunkelheit vor dem Schiff. Flink bereitete die Kombüse ein deftiges Frühstück. Zur Musterung übergab die Lüneburger Abordnung der Crew einige Geschenke. Zur besseren Verständigung bekamen wir vier Funkgeräte, diese wurden allerdings nie benutzt, zumindest blieben sie vor dem Blickfeld des einfachen Matrosen verborgen. Wir Mannschaften erhielten einen Staubsauger mit Hundertfünfzehn Volt Stromspeisung, damit der Sauger zu dem Bordstromnetz passte. Soweit machten sich die lieben Besucher Gedanken. Leider gab es keine Teppiche an Bord, sondern einen mit Farbe bestrichenen Stahl-Fußboden. Saubere Schweißnähte durchzogen zudem den Boden. Jedenfalls sah es so in den Mannschaftsunterkünften aus. So verschwand letztlich auch das Gerät vor unseren Augen.

Die Bordbücherei konnte mit verschiedenen neueren Exemplaren aufgestockt werden. Die Bordmannschaft, speziell jene, die aus dem Norden stammte, freute sich über mitgebrachten Grünkohl und Bregenwurst. Die Freude trübte sich allerdings beim Verzehr sehr schnell. Der *Smut* beherrschte in allen Bereichen die Kochkunst. Sein einziges Manko, er kam wie bereits erwähnt aus Bayern und besaß vom Grünkohl nicht das nötige Verständnis. Derbe enttäuschte Rufe erfolgten von den norddeutschen Kameraden, nachdem sie probiert und das sonst so begehrte Essen von sich geschoben hatten. Heute möchte ich den Schiffskoch mit folgendem Vergleich in Schutz nehmen: Man stelle sich vor, ein Flensburger Koch soll in Bayern den eingefleischten bayerischen Gästen, Leberkäse zubereiten. Wahrscheinlich entstünde hier die gleiche Problematik.

Nun ist alles schon so lange her, wir waren jung und voller Bewegungsdrang. Würde mich jetzt jemand fragen, was die Mannschaft benötigte, wüsste ich immer noch die sofortige Antwort. Sportgeräte, Sportgeräte jeglicher Art wären ideal gewesen. Allerdings hoffe ich, dass dies heutzutage längst, zumindest auf größeren Schiffen, Standard geworden ist.

Hugo war zu dem Zeitraum des Öfteren in der Vorpiek zu finden. Geheimnisvolles Sägen und Hämmern drang durch das *Schott*. Endlich, zur Monatswende, sahen wir das fertige Ergebnis, er hatte aus alten Fischkisten einen Sarg gezimmert. Darauf stand: Hier ruhen meine 448 Tage. (So viel Tage betrug damals die Dauer der Wehrpflicht) Reserve hat Ruh! Wie im Django-Film wollte er die schwarzlackierte, geschätzte eineinhalb Meter Totenkiste hinter sich herziehen. „Ist es doch schon so weit?", hinterfragte ich. Der unausweichliche Abschied stand bevor.

„Du wirst in unserer Bordgemeinschaft eine gewaltige Lücke hinterlassen", dachte ich. Zu viel gemeinsam erlebt und ausgefressen. Auch der Obermaat Horst, der die Mannschaft mit ausgeglichener Art souverän durch hektische Manöver führte, verließ seine Crew. Würde ich beide jemals wiedersehen? Wohl eher nicht, trotzdem tauschten wir die Adressen aus.

Januar 1977

Vom 9.12.76 bis zum 14.02.1977 sollten wir im Hafen in eisiger Kälte festliegen. Um seeklar zu bleiben, waren wir gezwungen, im täglichen Einsatz Schnee zu räumen. Als am schlimmsten empfanden wir den Eisregen, das Oberdeck nahm auf diese Weise bizarre Formen an und beflügelte unsere Einbildungskraft. So entdeckten wir im Eis alltäglichen Gegenstände wieder. Völlig klar, in einer Ecke voraus erkannten wir eine Bierflasche aus Eis, von den vielen *Marlspieker*, die an der *Reling* überall herunterhingen, mal ganz abgesehen. Schade, dem natürlichen Schauspiel galt es nun entgegenzuwirken.

Mit Hammer und Meißel rückten wir gegen die naturgemäßen Kunstwerke vor, um Herr der Lage zu werden. Der Boden wurde mit Salz bearbeitet, denn selbst das Salzwasser aus dem Hafenbecken zeigte für den Zweck keinerlei Wirkung und fror sofort am eiskalten Oberdeck erneut fest.

Musterung der Fußpilze

Selbst banale Ereignisse erzeugten eine Belustigung,
die ungewollt von der Marine hervorgerufen wurde.

Zu der Zeit fiel der Admiralität ein, dass man sämtliche Besatzungsmitglieder des Geschwaders auf Fußpilz untersuchen müsste. Gesagt, getan, mit seinem wichtigsten

Gesichtsausdruck trat wieder der Sanitätsmeister auf den Plan und gab sich so, als hänge unser Leben davon ab.

Auf die Art wollte er lustig erscheinen, dies gelang ihm aber nicht wirklich. Mit Sicherheit war er kein schlechter Kerl, allerdings fehlte der nötige Respekt der Mannschaft ihm gegenüber völlig.

Der Sanitäter stand mit allerlei Utensilien im Koffer bei uns im *Elfer*deck, um zur „Fußpilzmusterung" zu schreiten.

„So, die ersten Zicklein (ich erinnere, wir wurden auch *Seeziegen* genannt) ziehen die Schuhe aus und setzen sich der

Reihe nach auf die Bank. Ausnahmsweise dürft ihr die Füße auf die *Back* legen", befahl er freundlichst. Dem geschulten Auge entging nix, die vorsintflutliche Lupe krönte die Prozedur. Ein aufsteigender Geruch der Käsemauken ließ sich

dabei keineswegs verleugnen. Hiervon unbeirrt notierte er gewissenhaft in die mitgebrachte medizinische Kladde zu sämtlichen *Gasten* den speziellen Befund. Alle bekamen mit der berühmten Pulverspritze die volle Ladung über die „Ziegenhufen", damit wir wieder gesunden sollten.

Das Drucksprühgerät bestand aus einer Luftpumpe, an der vorne eine Dose mit dem Pilzkiller-Puder angebracht war. Bei jedem Hub nebelte er nicht nur die nackten Quadratlatschen, sondern wie gewohnt den ganzen Matrosen ein. Die Spritze hatte bei der kaiserlichen Marine mit Gewissheit bereits gute Ergebnisse erzielt, so wurde bei uns jene Marinetradition fortgesetzt.
Das weiße nebelige Pulver erfüllte inzwischen das gesamte Deck und erinnerte an eine Mühle, in der kräftig gearbeitet und gemahlen wurde. Kurz vor Abschluss dieser Prozedur setzte sich Micha (die Frohnatur aus der Eifel) auf die Bank. Er entblößte die Hufen und knallte sie mit den Worten auf die *Back*: „Ich glaube, bei mir sind Hopfen und Malz verloren. An meinem Fuß sind bereits zwei Zehen abgegammelt."

Der Sanitätsmeister wich entsetzt zurück, um dann den Missstand in näheren Augenschein zu nehmen. Auf der *Back* lagen die Füße eines Marinesoldaten mit acht Zehen. Wobei der Große und der Nebenstehende völlig fehlten. Ratlos hinterfragte er in Gedanken sein fundiertes medizinisches Grundwissen, speziell in Richtung „Endstadium Fußpilz". Er kam zu keinem Ergebnis. Verwirrt schaute er den *Gasten* an.

„Und?", setzte der ihm anvertraute Patient einen drauf, in dem er durch einen Ruck versuchte, den ruinierten Fuß ihm entgegen zuschieben. Noch mehr Blässe war in dem ohnehin schon farblosen Gesicht aufgestiegen.

„Um Gottes willen, wie ist denn das passiert", fing er sich wieder. Micha erzählte von dem Unfall, der vor der Zeit der Marinemusterung geschehen war. Ralf, der direkt daneben stand, mischte sich mit der Bemerkung ein: „Heutzutage nehmen die bei der Marine ja wohl jeden."

„Das will ich nicht gehört haben", entgegnete forsch der Sanitätsbootsmann dem frechen Zwischenrufer. Vorsichtshalber bekam auch Micha eine volle nebelige Ladung, und damit erklärte unser „Wohltäter" das Deck für Fußpilz frei. Er rief danach einige Namen auf, die sich in den nächsten Tagen zur Nachkontrolle bei ihm melden sollten. Hiermit war sein medizinischer Auftrag mit Bravour erfüllt. Mit dem gewohnten Ruf „Achtung", (alle Anwesenden standen auf und schauten Richtung *Schott*), verabschiedeten wir den Begnadeten.

Micha der närrische Altgefahrene

Die längste Zeit bei der Marine verbrachte ich mit dir.
Mein Freund und Holipriem, ich danke dafür,
dass ich dich extrem auf die Schippe nehmen durfte.

Micha`s Bedürfnis war es immer, an den Wochenenden zu seiner Freundin nach Hause fahren zu können. Ja, wenn da mal nicht die Wochenendwachen gewesen wären. Ich hatte es gehasst, die ewigen undankbaren Debatten als *Wachplan-Aufsteller* mit ihm zu führen. Eines Tages kamen wir abermals auf das Thema.

„Ich mache mich unglaubwürdig gegenüber deinen Kameraden, falls ich dich bei den Wochenendwachen nicht berück-
sichtigen würde", argumentierte ich.

„Aber ich muss unbedingt an diesem Wochenende zu Rita",
war sein, für mich nicht überzeugendes Gegenargument.

„Warum musst du unbedingt in die Eifel, hat sie eventuell
einen Anderen gefunden?", fragte ich ihn ironisch mutma-
ßend, jedoch auch, um ihn anzustacheln. Allerdings lenkte
ich gleich wieder ein, um die Reaktion abzuschwächen:

„Lasse dich doch grundsätzlich von der Wache befreien."

Hellhörig, dennoch nicht überzeugt, kam die Antwort: „Wie
soll denn das gehen?"

Schulmeisterlich stellte ich mich in Position und tat so, als
wollte ich die zehn Gebote verkünden. Währenddessen
erschien es mir so, als wäre Micha kleiner, noch winziger
geworden.
„Um den Gleichgewichtssinn zu beherrschen, benötigen wir
Menschen die großen Zehen. Du verfügst aber nur über
einen. Erkläre dem Sanitätsmeister, dass es dir schwerfällt,
vier Stunden auf der Pier zu stehen, ohne dabei zu taumeln."

Die Augen leuchteten auf. Ich hatte Interesse geweckt.
„Wieso bin ich selber darauf nicht gekommen", zweifelte er
an seinem Verstand.
„Das weiß ich doch nicht", tat ich entrüstet. Gesagt, getan,
sofort war er verschwunden und das Unheil nahm seinen
Lauf.

Der Sanitätsbootsmann konnte hier nicht weiterhelfen. Im Mürwiker Militärgelände befand sich unter anderem für die schwimmende Einheit der *Sanitäts-Bereich.* Mehrere Termine wurden notwendig, Probe gehen und der ganze Zirkus. Letztlich schickten sie ihn zu einem betagten, zivilen Orthopädie-Schuhtechniker in die Stadt. Der hatte in den Dreißigerjahren das Handwerk erlernt. Mit dem fundierten Wissen aus jener antiken Epoche fertigte er noch immer in guter alter Handarbeitsmanier, Schuhe an.

Inzwischen verstrichen wohl sechs Wochen. Der sonst so mitteilsame Micha verhielt sich in der gesamten Zeit sehr bedeckt. Eines Tages kam er bedrückt mit einem stattlichen Karton unter seinem Arm in unser Mannschaftsdeck.
„Was ist los, Micha? Du siehst gar nicht gut aus. Ist irgendwas mit Rita?", fragte ich einfühlend.

„Kannst mich wieder zur Wache aufstellen", meinte er kleinlaut.
„Wieso, warum? Bist du geheilt oder haben sie dir zwei Gummizehe verpasst."
„Nein, viel schlimmer.", entgegnete er verzweifelt und hielt mir traurig die große Pappschachtel entgegen.
„Oh, ein Geschenk für mich?"

Fragend öffnete ich die wuchtige Schachtel, zugleich antwortete er: „Ja, kannst du gerne haben."

„Möwendreck und Piratenkot, was ist denn das?", so wie ich den Fluch ausstieß, beugten sich sämtliche Köpfe aus dem Deck über den Karton. Micha wurde noch kleiner, als das schadenfrohe Gelächter ausbrach.

„Hört auf, die waren sauteuer, unter sechshundert Mark sind die nicht zu kriegen."

„Die würde ich nicht mal für eine Flasche „Queens Club" (So hieß das Mineralwasser an Bord und galt als Ladenhüter) eintauschen", erklärte ich lachend. Zeitgleich holte ich das Schuhwerk hervor. Ach was sage ich da, Schuhwerk, nein, so konnte man es wohl nicht bezeichnen. Ich scheue mal keinen Vergleich und denke: Wir tragen Schuhe in der Größe eines Beibootes, meinetwegen auch eines Elbkahns, während Micha vom Staat Latschen in den Ausmaßen eines Schlachtschiffs erhalten hatte.

„Hab ich bisher nicht gesehen", staunte Ralf. Ich begann: „Wenn ich mich recht entsinne, hatte das Monster von Frankenstein auch solche klobigen Dinger an. Praktiziert der etwa noch? Hat er sie dir angefertigt? Ziehe sie doch mal an, vielleicht stehen sie dir sogar."

„Ja, probiere sie mal an", feixten alle voller Wonne.
Es war genau der Geschmack, Schabernack, den wir liebten. Jedoch war es nicht leicht, den Punkt zu finden, wann man aufhören musste, um den Bogen nicht zu überspannen. Trotzdem zogen wir uns gerne gegenseitig auf. Dem Leser mag es eventuell verwundern. Wir versüßten so auf die Weise den kargen Bordalltag. Der Zusammenhalt war dennoch perfekt und kein Außenstehender durfte die Spielchen mit uns treiben. Nur innerhalb der Gemeinschaft war es ohne Streit möglich.

Michas Debüt erfolgte direkt im Anschluss. Wir drohten ihm scherzhaft, es zu melden, falls er die vom Staat gesponserten „Wachklumpschuhe" nicht anziehen wollte. Schweren Herzens stampfte er danach schleichend durch den Mittelgang zur Wache. Feixend verfolgten wir unser armes Opfer. Mitleid erweckend stand er kurz darauf draußen auf der Pier, mit der geschulterten Braut. Irgendetwas fehlte noch und mir fiel es auch sofort ein. Ich weihte die Kameraden der Freiwache ein und besorgte mir einen Teller. Den stellte ich neben dem Wachhäuschen auf den Asphalt und legte den ersten Groschen hinein.

Schon aus Neugierde auf die Klumpschuhe kamen nach und nach die anderen *Gasten* aus den Mannschaftsdecks und füllten den Teller. Er versuchte ihn jedoch, jeweils wieder wegzuschieben. Dies war der Zeitpunkt, wo der Bogen überspannt war. Micha war stinksauer, sauer wie ein Rollmops.

Durch jene Reaktionen trug er allerdings stets selber zur Erheiterung bei. Micha war von kleiner, aber sehr kräftiger Statur und die Natur hatte ihn mit einer durchdringenden, kernigen Stimme ausgestattet.

Es war am Montagmorgen in unserem selbst ernannten *Altgefahrenen-Schapp*, kurz vorm Wecken. Ich schlief unten im *Bock*, Manni *ratzte* hingegen zwei *Kojen* über mir. Es war die übliche Zeit für Micha, immer wenn er aus dem Wochenende kam. Durch die unvermeidlichen Geräusche wachte ich auf und sah in sein rundes Gesicht. Schlaftrunken raunte ich Manni zu:

„Du sieh mal, vor mir steht ein Posaunenengel."
Er hörte nicht. Nun etwas Lauter: „Manni, ein Posaunenengel, wie von Raffael gemalt steht hier im *Schapp*, ich glaube, der will was."

251

Quatsch nicht rum, *ratze* weiter", erwiderte er verschlafen, drehte sich trotz allem neugierig um.

„Blödsinn, das ist bloß Micha", stellte er fest.
„Dann schaue mal genauer hin, Micha hat doch eine normale Kurzhaarfrisur wie wir, der aber nicht", beharrte ich.

„Du hast recht, der trägt Locken", stimmte Manni endlich ein.

„Rita hat mich überredet", entgegnete nun der Posaunenengel, „Minipli ist zur Zeit hochmodern", versuchte er zu überzeugen.
„Ich denke kaum, dass sich der Trend in der Flotte durchsetzen wird", konterte ich. „Stelle dir mal vor, die Besatzung würde ab sofort gelockt rumlaufen. Da könnten wir ja den

Dampfer gleich rosa *pönen*. Anschließend hüpfen wir im weißen Tüllkleidchen mit Exkragen übers Deck und klatschen uns dabei gegenseitig auf den Hintern."

„Tommi, jetzt übertreibst du.", und nachdenkend wandte er sich wieder uns zu: „Sieht es denn wirklich so schlimm aus?"
„Micha, du machst mit diesem unmännlichen Haarschnitt *Wehrkraftzersetzung*", stellte ich fest. Als Marinesoldat sollen wir den Feind abschrecken, mit anderen Worten, deine Frisur scheint mir dafür völlig ungeeignet".

Das frühmorgendliche *Locken* unterbrach die philosophische Diskussion. Micha verweilte noch am selben Tag mit seinen Spezialschuhen als *Posten-Pier* auf der Wache. „Oben hui und unten pfui", dachte ich sogleich, nachdem ich ihn erblickte.

In einer weiteren Geschichte wurde der Waffenspind am Freitagvormittag aufgebrochen und eine Pistole (Walther P1) entwendet. Allerdings wurde es für jeden beliebigen, der nur einen Funken an krimineller Energie besaß, äußert einfach gemacht. Der Spind war lediglich mit einem primitiven Vorhängeschloss gesichert. Immerhin stand er in der Nähe des Wachschapps, jedoch außerhalb des Blickwinkels vom Wachhabenden. So erkannte man den Diebstahl erst später. Der Kommandant erließ mit sofortiger Wirkung Wochenend- und Ausgangssperre. Niemand durfte von nun an den *Zossen* verlassen. Wer unbedingt an Land musste, kam um eine Körperkontrolle keineswegs herum. Direkt ordnete der Kapitän eine Extra–Musterung an. Die Besatzung schwor er ein, unverzüglich Meldung zu machen, wenn jemand über den Vorgang irgendetwas zu berichten wusste. Leider ergab sich keine Spur.

Aus diesem Grund wurde eine Suchmannschaft zusammengestellt. Mehrere Stunden durchsuchten sie jeden Winkel an Bord. Parallel stellten die Vorgesetzten die Mannschaftspinde auf den Kopf. Um 16 Uhr hatte sich absolut nix ergeben. Ich bemerkte, wie Micha bereits uneingeschränkt grübelte, so ganz schien er sich nicht schlüssig zu sein. Am Vormittag beobachtete er etwas, was unter anderen Umständen längst vergessen wäre, weil es ihm unwichtig erschien. Jetzt kam allerdings ein Verdacht auf, den er endlich dem Kommandanten mitteilte.

In unserem Heimathafen standen die Toiletten an Land, wohl dreißig Meter vom Schiff entfernt, im gegenüberliegenden Gebäude. Hier verweilte Micha zu dem entscheidenden Zeitpunkt, als jemand nebenan in der Kabine an dem Toilettenspülkasten hantierte. Aufgrund seines Hinweises wurde kurz entschlossen und unauffällig der Spülkasten kontrolliert. Die gestohlene Waffe lag dort tatsächlich wasserfest verpackt im Spülwasser. Der Fund wurde daraufhin sichergestellt und der Ort sofort verschwiegen bewacht. Um den Missetäter in Sicherheit zu wiegen, beschloss der Kapitän, die Wochenendsperre erneut aufzuheben. Diejenigen, die ins Wochenende in die Heimat fuhren, machten sich „landfein" und meldeten sich von Bord. Dies tat ebenfalls der Täter und verließ die Lüneburg, um zuerst gezielt die Toiletten anzusteuern. Hier war es ein leichtes Spiel, ihn zu überrumpeln, anschließend wurde er den Feldjägern übergeben. Niemand von uns hörte je wieder etwas von ihm. Ein Wehrpflichtiger aus dem Heizerdeck hatte die dummdreiste Tat begangen, aus welchem Grund auch immer. Jeder vernünftig denkende

Mensch musste sich indes abfingern, dass es kein Kavaliersdelikt sein konnte.

Der wackere Micha wurde am Ende von dem Ereignis zum Kommandanten auf die Kammer gerufen.

Freudestrahlend berichtete er uns, dass er drei Tage Sonderurlaub für die Aussage bekam, die er gleich umsetzen wollte. „Rita, ich komme!", rief er laut durchs Deck. An Bord war der schallende Ruf nicht zu überhören, nur der Liebsten, für die der Zuruf galt, klang er akustisch nicht an ihre Ohren.

Sie wohnte weit weg in einem kleinen Dörfchen in der idyllischen Eifel. Neugierige Kameraden haben oft versucht, den Ort ausfindig zu machen. Dies muss doch möglich sein, glaubten sie. Man brauchte bloß auf der Autobahn, den Kondensstreifen von Michas BMW nachjagen (fiese Behauptung vom Schreiberling). Allerdings standen die Verfolger kurze Zeit später mit kochendem Motor auf dem Standstreifen.

Zur Schiffschronik: Am 14. **Februar** liefen wir in Richtung Kieler Bucht zu einer *Stichversorgung* mit dem 1. Minensuchgeschwader aus und marschierten innerhalb von 48 Stunden mit einer Monatsflasche im Gepäck nach Flensburg retour. Die letzte Hälfte des Monats verbrachten wir mit Gammeldienst im Hafen. Die Kälte hielt uns fest im Griff.

Vom **1. bis zum 2. März** ging es abermals raus zur *Partnerausbildung* mit dem Schwesterschiff „A 1417 Offenburg". Wieder Monatsflaschenausgabe! Am **8. März** ging es für eine Woche zur *Stichversorgung* mit dem 5. Minensuchgeschwader hinaus in die mittlere Ostsee. Wir kehrten danach erneut zurück in den Heimathafen.

Am **19. März** erfolgte für drei Tage *Einzelausbildung,* was nichts anderes bedeutete als Gefechtsdienst und Fahrübungen im Seebetrieb.

Nach dieser „Auffrischung" wurde ich mit sechs weiteren Kameraden zum Munitionstransporter Westerwald zum **23. März** abkommandiert.

Der Grund: Die Mannschaft des Munitionstransporters *„Troßschiff* Westerwald" wurde aufgestockt. Für das bevorstehende NATO-Manöver „Stanavforlant" (Ständige Einsatzflotte der NATO gegenüber der Bedrohung des Warschauer Pakts) sollte sie besser gewappnet sein.

Troßschiff Westerwald A 1435

Technische Daten

Schiffstyp: Munitionstransporter

Kiellegung: 03.11.1965

Stapellauf: 25.02.1966

Indienststellung: 11.02.1967

Dienstzeit: 1967-2010 (43 Jahre)

Seemeilen insgesamt: 301.602

Maße (Länge/Breite/Tiefgang): 98,80 m/14,02 m/3,56 m

Verdrängung: 3460 Tonnen

Geschwindigkeit: 15 Knoten

Antrieb: Leistung 4120 kW (5600 PS) / Zwei Maybach-Viertakt-16 Zylinder- Dieselmotoren mit je 2060KW (2800 PS)

Zwei vierflügelige Escher-Wyss-Verstellpropeller mit je 2,60 m Durchmesser

E-Anlage: Zwei Dieselgeneratoren mit je 405 KW (550 PS) / Ein Dieselgenerator mit 224 KW (305 PS)

Ein Dieselgenerator mit 144 KW (195 PS)

Bewaffnung: Vier 40 mm Flak in Doppellafetten

Besatzung: militärisch 60 Personen/ ab 01.04.1992 zivil 31 Personen und ohne Bewaffnung

Aufgaben: Jegliche Versorgung für das Schnell- und Minensuchgeschwader

Außerdienststellung: 17.12.2010
Verbleib: Im Sommer 2017 wurde sie zum Verkauf über Vebeg angeboten. Der weitere Verlauf ist unklar.

257

Der Gast als Gast auf der Westerwald

*Dieses Wortspiel juckte in den Fingern
und ich konnte es nicht unterlassen.
Jedoch weit gefehlt, ich war kein Besucher
im Sinne der Gastfreundschaft.*

Wir meldeten uns früh am Morgen an Bord der seeklaren Westerwald. Zum Glück lag sie nur gefühlt hundert Meter von der Lüneburg entfernt, aufgrund der geringen Distanz blieb das Schleppen des Seesackes erträglich.

Kurz darauf befuhren wir schon die Flensburger Förde mit einem anschließenden Kurs auf Kiel Holtenau. Wieder einmal durchfuhr ich den Nord-Ostsee-Kanal. Nach Brunsbüttel ließen wir die deutsche Nordseeküste mit ihren Inseln an *Backbord*seite vorbeiziehen. Auf diese Weise brachten wir auch die holländische Küste fast hinter uns, bis wir den Zielhafen Den Helder erreichten. Die Überfahrt mit hohem Wellengang verlief kalt und rau und die Dunkelheit holte uns längst ein, als wir uns im Hafen vertäuten.

Die zwei Tage Liegezeit wussten wir zu nutzen, sobald wir Freiwache hatten. Die regnerische Wetterlage schien zwar nicht optimal, trotzdem erkundeten wir die Hafenstadt bei einem Bierchen. Am Tagesende ließen wir Den Helder beiseite und kümmerten uns nur noch um die Ballerbrause. Hier gesellte sich irgendwann der Genever dazu, den wir den Abend über schätzen lernten. Wissbegierig wie wir waren, studierten wir so nebenbei und ganz *sutje* die kulinarischen Genüsse des Landes verschwommen kennen. In meiner Erfahrungsschatzkiste im Hinterkopf stufte ich das herrliche „Göttergesöff" hinterher als berüchtigt ein.

Am nächsten Morgen, dem **25. März,** erfolgte die Vergatterung, ich versuchte in kläglichem Zustand, samt Brummschädel dem Geschehen zu folgen. Augenblicklich unterstanden wir zwölf Tage dem NATO-Kommando.

Direkt im Anschluss versetzte uns der führende Kommandeur in den Gefechtszustand. Das heißt, es traten Maßnahmen ein, um im Falle eines Angriffes diese sofort abwehren zu können. Die zugeteilten Schiffe und Boote der verschiedensten Nationen gehörten jetzt zum NATO-Verband. Wir zogen kampfbereit und voller Gottvertrauen hinaus aus dem Hafen von Den Helder in Richtung nördliche Nordsee. Hier formierte sich der Flottenverband. Die Fregatten nahmen die Versorger in ihre Mitte, während die Schnell- und Minensuchboote außerhalb der Formation patrouillierten. Weiter draußen gesellten sie sich zu uns, da die höherschlagenden Wellen den kleinen Wasserfahrzeugen zu schaffen machten.

Die begleitenden U-Boote begaben sich auf Tauchstation, um dem Seegang auszuweichen, und wurden erst wieder an unserem Ziel gesichtet. Das Seegebiet um Skagerrak erklärte der Kommandeur, der direkt der NATO (englische Bezeichnung: NORTH ATLANTIC TREATY ORGANIZATION) unterstellt war, zum Manövergebiet. Hier kreuzten wir daraufhin unermüdlich hin und her. Des Öfteren ankerten wir in der Dämmerung in einer norwegischen Bucht oder fuhren nachts durch die Finsternis. In den Tagen und Nächten dominierte der *Rollenschwof,* vom Schlaf konnten wir nur träumen.

Zur Stückgutübergabe ging die holländische Fregatte F 803 „Van Galen" (Indienststellung 1967) auf den Kurs der Westerwald und holte achterlich auf. Gefährlich krängten die beiden Kriegsschiffe in der aufgewühlten Nordsee und kamen sich ungewollt nahe. Trotzdem übergaben wir nach einer Korrektur der Distanz während der Fahrt Stückgut in Gitterpaletten. Dieses Manöver war bei dem Seegang kein leichtes Spiel, und am Ruder wurde ich enorm durch intensive Konzentration gefordert.

Zur Erklärung sei gesagt: Zwei parallel fahrende Schiffe mit ungenügender Entfernung zueinander, ziehen sich durch den entstehenden Sog unweigerlich an. Hier muss der Ruder*gast* entsprechend dem Sog das Steuerruder vorlegen. Bei Wellengang wird es noch schwieriger, den gleichen Zwischenraum zum Partnerschiff zu halten. Beim kleinsten Fehler des Rudergängers können die Leinen brechen, an denen, das Gut zum anderen Schiff herüber gefiert wird. Mit anderweitigen Worten: Das Stückgut landet bei zu geringer Distanz im *Bach* und bei einem zu großen Abstand kann die gespannte Hochleine reißen und zurückpeitschen.

Im schlimmsten Fall bedeutete dies für das Oberdeckpersonal, dass jemand tödlich verletzt oder verstümmelt werden könnte. So passierte es vor meiner Zeit bei der Marine an Bord eines Minensuchers. Dort brach die *Trosse* und riss dem *Schmadding* ein Bein weg.

In der Ferne fuhr die Emsland A 1440 (Betriebsstofftanker) ebenfalls ein *Highline-Manöver* mit der Fregatte 1091. Ich erkannte die Fregatte am bordeigenen Hubschrauber, welcher achterlich auf der *Schanz* verzurrt war. Im Geschwader besaß nur noch die „Van Galen", die zur „Speijk-Klasse" gehörte, einen Helikopter. Für die Emsland war Stanavforlant der letzte Einsatz, danach musterte die Bundesmarine sie aus.

260

Unendlich viele Bohrinseln zogen während der zahlreichen Gefechtsübungen an uns vorbei. Den genauen Tag weiß ich nicht mehr, es erfolgte relativ am Ende der Mission, als der NATO-Verbandin den winterlichen Topdalsfjord einzog.

Auf *Backbord*seite konnten wir trotz der Dämmerung eine reizvolle skandinavische Winterlandschaft bewundern. Kleine, überwiegend rot angestrichene Holzhäuser dazwischen. Sie schienen auf Felsen gebaut zu sein.

Langsam drangen die circa dreißig Schiffe und Boote in die Bucht und unterquerten die Varoddbrua-Brücke. Sie wurde 1956 erbaut und weist eine Gesamtlänge von 618 Meter auf. In dem Fjord gab es an verschiedenen Stellen stählerne Ankertonnen, an denen wir festmachten. Die norwegische Stadt Kristiansand stand im schummrigen Licht.

Für die Mannschaft unerwartet erhielt die Freiwache Landgang, zu der ich gehörte. Die umliegenden Schiffe hatten ihre Kutter und *Pinassen* bereits zu Wasser gelassen. Als Letzter tauchte unser Motorkutter in das eiskalte Nass ein. Ein reges Treiben der Beiboote begann, um die majestätische Ruhe des Fjords zu stören, mit dem Ziel eine Bootsanlegestelle anzufahren.

Behaglich eingepackt stieg ich mit Obermaat Gerd von der Lüneburg in den tuckernden Dieselkutter der Westerwald. Per Funk bekamen wir Anweisung, die Kameraden von den angrenzenden Booten mit zu übernehmen. Schon beim ersten U-Boot war der Kutter rappelvoll und die Zurückbleibenden vertrösteten wir und verwiesen auf die folgende Fuhre. Frostig ging die Fahrt übers feuchte Element zur Anlegestelle. Der dicke *Colani* gab sein Bestes, mich warm zu halten. Jedoch versagte die Tellermütze bei den Temperaturen kläglich.

An Land bemerkten wir schnell, dass wir uns nicht in der Nähe des Zentrums der Stadt aufhielten. Der Randbezirk von Kristiansand lebte anscheinend nur vom Fischfang. Aufgrund der Kälte und der Dunkelheit verzichteten wir auf eine Besichtigung des Ortes und hielten stattdessen Ausschau nach einem behaglichen Plätzchen. So hasteten wir durch die kristallklare Finsternis. Meine Phantasie wurde beflügelt, als ich im Mondschein den glitzernden Schnee sah. Er erinnerte an Diamanten, die irgendeiner verlorenen hatte.

In der Ferne erspähten wir kurz darauf ein hell erleuchtetes Gebäude, auf welches wir direkt zusteuerten. Je weiter wir herankamen, desto lauter hörten wir feierndes Gejodel. Voller Erwartung gingen Gerd und ich rascher. Massiver Tabakqualm durchdrang die eiskalte Nacht, als wir die Tür öffneten.

„Schott dicht", schrie sofort jemand auf Deutsch. Während auf sonstigen Sprachen wahrscheinlich das gleiche Begehren geäußert wurde. Augenblicklich verschlossen wir die Tür und verweilten dort. Ich, noch immer mit den Griff in der Hand. Uns fehlte die Orientierung. Durch den beißenden Qualm erkannten wir, dass die Kaschemme gerammelt voll war. Besetzt mit den Kameraden der gesamten NATO-Flotte, zumindest von deren Freiwache.

Wir beschlossen, nach einer anderen Kneipe Ausschau zu halten. Eine knappe Stunde irrten wir umher, bis uns klar wurde, dass es hier kein ähnliches „Paradies" gab. Also kehrten wir um.

„*Schott* dicht" rief einer, und wieder dröhnten uns ausländische Stimmen entgegen, als wir erneut eintraten. Musterhaft schienen sich hier alle Nationalitäten einig zu sein und frönten ihrem einschlägigen Treiben. Ein Soldat war vom Hocker gefallen und eingeschlafen. Den Sitz kaperten wir uns. Vorsichtig schob ich mit dem Fuß den Seligen sanft zur Seite.

Der Nebenmann sah auch nicht vorteilhafter aus, bereitwillig machte er etwas Platz und pennte weiter.

Der Wirt erzielte das Geschäft des Lebens, dementsprechend mussten wir uns gedulden, um überhaupt eine Getränkebestellung aufgeben zu können. *Plietsch* wie ein Marinesoldat nun mal ist, beschlossen wir, die Getränke fünffach zu ordern, um nicht zu verdursten. „Ti ganger øl og ti ganger sprit", bestellte ich nach zwanzig Minuten langen Wartens.

Verwundert staunte mich der abgekämpfte Mann an, schaute auf die bierschwimmende Tischplatte, dann in die Runde. Hier schlief allerdings jeder, nur einer krallte sich mit glasigen Augen und Tunnelblick an seinem „Øl" (Bier) fest. Zum besseren Verständnis zeigte ich ihm die zehn Finger und machte dazu eine bejahende Geste mit dem Kopf. Meine Bestellung lautete: zehnmal Bier und zehnmal Alkohol. Diese Bestellmethode hielten Gerd und ich den Abend die Treue. Zwischendurch gesellte sich noch ein durstender Holländer zu uns. Unterhalten war wegen der Lautstärke kaum denkbar, hier konnte man sich nur die „Kante geben".

Auf einem Kutter der Navy kam ich zu mir, man hatte uns eingesammelt. So fühlte sich also schanghait an. Hilflos ergab ich mich dem Schicksal. Zurück auf der Westerwald *ratzte* ich sofort weg. Mit eiskaltem Wasser holten mich die Kameraden aus dem komaähnlichen Schlaf und beteuerten, dass ein normales Wecken bei mir unmöglich gewesen sei. Mir blieb nichts anderes übrig, als es zu akzeptieren. Gnädig gingen die Offiziere bei der Musterung mit ihrer Besatzung um. Zu viele schlugen über die Stränge, so erfolgte nur eine allgemeinen Ermahnung.

Um Mitternacht zum **6. April** löste sich unser Verband in alle Himmelsrichtungen auf. Wir steuerten Kurs durch den Skagerrak, durchfuhren anschließend den Großen Belt, um letztendlich die Flensburger Förde zu durchqueren. Am nächsten Abend hatte der Heimathafen uns wieder. Nun war ein Einlaufbier erst mal Pflicht. Vor versammelter Mannschaft empfingen die „Gäste" der Lüneburg als Andenken für dieses Manöver vom Kapitän der Westerwald ein Foto vom „*Zossen*" (scherzhaft für Schiff). Außerdem fand ich darauf ein Sonderstempel mit der persönlichen Widmung vom Korvettenkapitän und Kommandanten. Während der Ansprache schweiften die Gedanken hinüber an Bord zur Lüneburg. Dort hatte es wie gehabt zur Zeit unserer Abwesenheit den Quartalswechsel der Besatzung gegeben. Mein Kamerad und Freund, Heinz aus Dithmarschen, begab sich inzwischen vom Dampfer und war im zivilen Leben erneut als Zimmermann tätig. Ich nahm mir vor, ihn zu besuchen.

Decksbrand

So hatte ich es mir nicht vorgestellt,
als man mir beim Kreiswehrersatzamt mitteilte.:
„Die Marine wird sie immer wieder
vor neuen Herausforderungen stellen."

Endlich gegen siebzehn Uhr, erschöpft und müde, schleppten wir uns die hundert Meter bis zum Mutterschiff. Der vierzehntägige Schlafentzug forderte jetzt den Tribut.
„Nur noch *ratzen*", ging mir durch den Sinn.
„Na gut, höchstens ein Bier, aber danach direkt schlafen", gab ich dem inneren Schweinehund nach.

Wie so oft im Leben kam alles anders.
„Da seid ihr ja wieder", brüllte es aus dem Wachhäuschen.

„Es ist seit eurer Abwesenheit einiges passiert."
„Wieso, was denn?", wollte der Obermaat wissen.
„Es hat im Schiff gebrannt", behauptete der Matrose.
„Das ist doch nichts Neues, das Essen schmeckt meistens angebrannt", lächelte Gerd ihm zu. Selbst in der Situation hatte er seinen Humor keineswegs verloren. Als ich hörte, dass das Seemannsdeck ebenfalls ausgebrannt war, schwante

mir Übles. Nix mit sofort ratzen, wurde mir klar. Nachdem Gerd uns an Bord zurückgemeldet hatte, schlug uns schon beim Durchqueren des Wach*schapps* ein durchdringender Brandgeruch entgegen.

Immerhin schienen die Kameraden den Brandherd schnell unter Kontrolle gebracht zu haben. Dies hatte ich mir schlimmer vorgestellt. Als ich das Deck betrat, war ich alleine mit dem intensiven, beißenden Geruch. Ich musterte meinen Spind. Er hatte zum Glück nichts abbekommen. Die darin befindlichen Gegenstände schienen in Ordnung, allerdings rochen sie „lecker" nach Geräuchertem.

Ich bekam nun eine *Koje* im Unteroffiziersdeck zugewiesen, wo ich auch meine Deckskameraden teilweise wiederfand. Ausgerechnet bei den Maaten. Tagsüber machten jene *Heiopeis* einem das Leben schwer und abends sollte ich künftig mit ihnen beim Bier sitzen und zuletzt mit denen zusammen schlafen. Es konnte nur für die bevorstehende Nacht eine Notlösung sein. Obwohl mir ein Spind zugeteilt wurde und mich der Decksälteste belehren und ermahnen wollte, stellte ich den Seesack in die nächstbeste Ecke. Haute den energielosen müden Körper in die angewiesene Schlaf*koje* und pofte schlicht weg. Durch energisch heftiges Schütteln der Decksbewohner erwachte ich am kommenden Morgen.

Bei der täglichen Musterung erfuhren wir, dass ein Kurzschluss den Brand ausgelöst hatte. Der Schaden war beträchtlich. Die Seetauglichkeit des Schiffes wurde zur Zeit überprüft. An der alltäglichen Bordroutine nahm ich nicht teil. Der Wachplan musste aufgestellt werden. Hierfür ließ ich mir eine Liste der Neuen geben und integrierte sie in den Plan. Als sogenannter Wäschelastfahrer gab ich zwischen-

266

durch gewünschte Kleidungsstücke gegen Tausch an die Besatzung ab. Hier lagerten auch die Hängematten, hiervon kaperte ich eine, anschließend zurrte ich sie über der *Back* im rauchigen *Elfer*deck, fest. Gar nicht mal so übel hier, bis auf den schwelenden Geruch. Jedenfalls habe ich jetzt mehr Platz, als der Kapitän in seiner Kammer. Während mir dies durch den Kopf ging, ratterten geräuschvoll die Lüftungen im Seemannsdeck unentwegt auf höchster Stufe.

Ich entfernte den Ruß von den *Kojen*, Spinden, der *Back* und den *Banken*. Es roch gleich erfrischend nach Domestos, allerdings kehrte der Brandgeruch bald wiederholt zurück. Egal, immer noch besser als bei den *Uffzen* zu *ratzen*, dachte ich. Etwa zehn Tage genoss ich mein zurückerobertes Domizil. Tagsüber duftete ich zwar wie ein frisch geräucherter Aal, dafür wurde ich zum Wecken oft vergessen und drehte mich gerne nochmals um. Auf die letzten Tage gesellten sich noch zwei weitere Kameraden zu mir und es wurde wiederum, wenn man es so sagen darf, fast heimelig.

Kurt (Kuddel) und Rolf hießen die an Bord gekommenen Neuen. Kuddel war gelernter Maler und gekonnt verwandelte er unser Deck wieder in ein Schmuckstück. Zur Krönung zauberte er Asterix und Obelix, für jeden sichtbar, an eine leer stehende Wand. Perfekt gelungen. Kuddels Auftreten war ausgesprochen bescheiden, aber alles, was er tat oder aussprach, hatte Hand und Fuß. Er erinnerte mich an Heinz aus Dithmarschen. Wir verstanden uns gut und freundeten uns schnell an, zumal er nicht weit von Bremen entfernt wohnte.

267

<u>Zur Schiffschronik:</u> Wegen des Brandes schlussfolgerte die Admiralität, dass wir für solche Unglücke besser geschult werden müssen. Am **25. April** hieß es dann: Verlegen nach Neustadt zur Schiffssicherungsausbildung.

Landsertrick

Das Kind brauchte einen Namen, Ich glaubte nicht wirklich, dass die Praktik vom alten Krieger stammte.

Hier in Neustadt wurden alle möglichen fiktiven Notfallsituationen wesentlich realistischer nachgespielt. Durch die *SLA* drang plötzlich unüberhörbar: Feuer im Schiff! Feuer im Schiff! Besatzung auf Manöverstation! Daraufhin entstand an Bord ein Gewusel, kreuz und quer sprangen stürmisch sämtliche Besatzungsmitglieder *wahrschauend* durch die Gänge der Lüneburg zu ihren eingeteilten Stationen. Ich hatte ausgerechnet den schlechtesten Ausgangspunkt, ich saß auf der Toilette.

Künstlicher Qualm zog durch das Toilettenhauptschott. Schnell beendete ich das Geschäft und rannte in Richtung Mannschaftsdeck, um meine Schwimmweste, den Stahlhelm und die ABC-Maske zu holen. Dies gelang mir nur schwer, da die Kameraden, die sich auf dem Weg zu ihren Manöverstationen befanden, mich zur Seite drängten. Als ich mit „Müh und Not" das Seemannsdeck erreichte, war ich dort inzwischen längst alleine. Laut der Bordordnung mussten wir die eben genannten Utensilien auf dem Kleiderspind lagern, also für jedermann zugänglich. Massiv drang der Rauch unterdessen auch in unser *Ziegendeck*. Ich fingerte mir die Teile blind herunter, legte die Weste an und setzte den Helm auf, aber die Maske war verschwunden. Mir blieb nichts anderes übrig, als jetzt sämtliche Spinde im Deck abzusuchen. Nix zu machen, stellte ich fest. Mir lief die Zeit weg.

Zu jener Epoche besaß jeder Soldat zu seiner Uniform respektable Stofftaschentücher. Davon nahm ich mir zwei saubere mit und tränkte sie unterwegs in dem Süßwasserbrunnen, der im Mittelgang stand. Der bereitet Salzwasser zu Süßwasser auf und hatte mir oft gute Dienste geleistet, um an manchem Morgen den hartnäckigen Nachdurst stillen zu können. Überall düsten in der Zwischenzeit „maskierte Gefährten" umher.

Wohl fünf Minuten zu spät kam ich „unmaskiert" zu meiner Manöverstation, die im achteren Bereich bei den Toiletten war. Hier hatte man inzwischen den Brandherd ausgemacht. Ich half einem Kameraden beim Wasserschlauch auslegen. Der Qualm biss mir gewaltig in den Riechkolben, also hielt ich mir das feuchte Tuch vor Nase und Mund, es stellte sich als hilfreich heraus.

„Wo ist denn Ihre ABC Maske", wollte der Bootsmann wissen, dem ich zugeteilt war.

„Ich kam als letzter ins Deck und stellte alles auf den Kopf, ich fand sie im Rauch nicht mehr", erklärte ich.

„Und nun?", fragte er, gespielt ratlos.

„Ich habe mir zwei Taschentücher nass gemacht und halte sie vor mein Gesicht."

269

„Und das hilft?", erkundigte er sich ungläubig, wohl wissend, dass es militärisch sowieso nicht einwandfrei sein könne.
„Aber natürlich, es ist doch ein alter Landsertrick", scherzte ich.

Er lächelte. Ich wusste, dass ich mit dem Scherz bei unserem Bootsmann, dem Feuerwerksmeister, punkten konnte.

„Morgen zeigen sie mir ihre Maske", betonte er dann noch. An der Übung nahm ich weiterhin teil, selbstverständlich ging dies nur einhändig. Jedoch für den künstlich hergestellten Dampf reichte jener Trick tatsächlich aus. Allerdings bezweifle ich, dass die Taschentuchmethode auch bei richtigem Feuerqualm funktionieren würde. Nachdem wir den symbolischen Brandherd mit einem viel zu großen Schlauch gelöscht hatten, klarten wir auf. Zur Erklärung: Für den Rauch verwendete die Obrigkeit einen sogenannten Qualm-Entwickler, den sie in der Dusche entfachten. Die extrem unter Wasser gesetzte Sanitäranlage im gesamten Bereich legten wir erneut trocken.

Nach der anstrengenden Woche mit der nervtötenden Schiffssicherungsrödelei liefen wir wieder in Flensburg ein. Bis zum **16. Mai** ließ uns die Schiffsführung in Ruhe. Der öden Hafenroutine schnell überdrüssig, floss deshalb abends so manches Bier durch die hohlen Köpfe.

Endlich erneut auf See, der Befehl lautete jetzt: Auslaufen zur *Stichversorgung* des 5. Minensuchgeschwaders. Marsch durch den Großen Belt ins Kattegat. Darauffolgend *Stichversorgung* mit dänischen Minensuchern.

Wir Mannschaften wurden abermals Tag und Nacht gefordert. Zu oft schilderte ich solche Situationen auf See und gehe deswegen nicht näher darauf ein. Auch unser „Dampfer" konnte nicht länger bei Laune gehalten werden, er schwächelte. War es der Brand in der Elektronik oder der bekannte Schwachpunkt im Getriebe gewesen, ich weiß es nicht zu sagen. Aber tapfer hielt die Dame durch.

Am Sonntag, den **22. Mai** kehrten wir abends nach Flensburg zurück. Wieder mal fühlte ich mich um ein Wochenende betrogen. Als Randbemerkung möchte ich an dieser Stelle Folgendes bemerken: Grundsätzlich gab es für die mehr geleisteten Stunden auf See keinen Ersatz. Stattdessen gab es eine Bordzulage, die sich zwar beim monatlichen Sold bemerkbar machte, jedoch im Verhältnis zu den abgedienten Überstunden eher gering ausfiel. Mit anderen Worten, die Mehrarbeit wurde pauschal finanziell abgegolten.

Rumflasche im Seesack

Über Missgeschicke brauche ich nicht nachzudenken,
die passieren stets den Anderen. Glaubte ich jedenfalls.

Ein längerer Zeitraum war inzwischen vergangen, endlich mal in die Heimat, mit der Deutschen Bundesbahn. Viel schmutzige Wäsche hatte sich im Verlauf angehäuft. Der Seesack platzte aus allen Nähten. Unsere „Buschtrommeln" funktionierten stets gut. So bekam ich rechtzeitig die Information, dass abermals der Zoll auf dem Bahnhofsgelände Kontrollen durchführte. Aufgrund meiner Erfahrungen mit dieser Behörde war mir klar, dass ich im Moment nicht mit dem Bus, sondern später mit dem Taxi fahren sollte. Stets

271

stürzte sich der Zoll auf den mächtigen Haufen Seelords, die aus den Bussen ausstiegen.

Plietsch wie ich war, legte ich vorsichtshalber die angesammelten drei unverzollten Monatsflaschen nicht oberhalb auf die besudelte Kleidung. Stattdessen schichtete ich sie vom Seesackboden hoch, bis zum unteren Drittel. Immer schön sorgfältig abwechselnd mit Flasche, dreckiger Bekleidung und den unverzollten Zigarettenstangen. Der Trick würde funktionieren. Beim besten Willen konnte ich mir nicht vorstellen, dass die „schwarze Gang", wie wir sie nannten, die schmutzige Wäsche, die garniert mit stinkigen Socken war, den Seesack bis auf den Grund kontrollieren wollte.

Wie bereits erwähnt, musste ich den Inhalt hineinpressen, um ihn oben mit den Bändseln verschnüren zu können. Ich versicherte mich noch, dass man von außen nix erfühlen konnte. Siegessicher und voller Zuversicht fuhr ich auf den letzten Drücker mit dem Taxi zum Bahnhof. Dort angekommen, schulterte ich den bleiernen Seesack, die Schulterriemen lösten durch ihr Gewicht Schmerzen aus.

Froh war ich, nachdem ich den erlösenden Bahnsteig erreichte. Zeitgleich beendeten die Zollbeamten ihre Aktion mit den Soldaten, die mit dem Bus gefahren waren und verließen bei meinem Eintreffen das Bahnhofsgelände. Erleichtert ließ ich mit dem Gedanken „Na bestens, hat doch gut geklappt.", die Schulterriemen an die Arme heruntergleiten. Jedoch durch die Schwere sauste viel zu hurtig der Seesack an mir herunter und in der Sekunde wurde klar, dies hätte ich nicht machen dürfen. Ich vernahm sofort das unvermeidliche, knirschende, knackende Geräusch.
Zumindest eine der Monatsflaschen trat die letzte Reise an.

Erstarrt stand ich auf dem überfüllten Bahnsteig. Zum Glück bemerkte keiner das Missgeschick. Allerdings drang jetzt langsam die braune Soße aus und verbreitete in der näheren Umgebung ein duftendes Eldorado von Aroma. So wie ich es liebte, beispielsweise wenn ich ein Glas Grog in der Hand hielt.

Schnell war ich als Übeltäter entlarvt. Ein Blick zur Bahnhofsuhr sagte mir, dass ich womöglich vier Minuten Frist hatte, bis der allerletzte heutige Zug einfuhr. Zusätzlich würde er geschätzte fünf Minuten Aufenthalt haben. Also knapp neun Minuten, genug Zeit, um den gesamten Inhalt des Seesackes auf dem Bahnsteig auszukippen. Damit die Zigarettenstangen nicht feucht werden konnten, war diese Aktion unbedingt notwendig. Sogleich erntete ich schadenfrohes Gelächter von den umherstehenden Kameraden. Ich entfernte grob die Splitter und den Rest der kaputten Flasche. Inzwischen war der Zug eingefahren. Erneut zwängte ich die Wäsche mit der begehrten, unverzollten Ware in den Sack. Mit dem letzten Pfiff des Zugschaffners sprang ich noch rechtzeitig auf das anfahrende eiserne Gefährt.

In den Gängen herrschte reger Betrieb. Nicht jeder hatte bisher einen Platz im Abteil gefunden. Langsam drängelnd, gelangte ich zum hintersten Waggon. „Mensch Seemann, du hast aber eine gewaltige Fahne", so was oder Ähnliches musste ich mir auf meiner Suche immer wieder anhören.

Endlich, ein Matrose in Uniform saß einsam in einem Zugabteil. „Hier scheint etwas frei zu sein?", sprach ich ihn beim Aufschieben der Tür an. Der Ahnungslose bejahte, während ich den Seesack mit den Füßen rein schob. Stemmte ihn zuerst auf den Sitz, um ihn anschließend mit der ganzen Kraft auf die Ablage zu stemmen. Mit verzerrtem Gesicht gelang es mir letztlich auch. Nach erfolgter Aktion setzte ich mich dem Anwesenden direkt gegenüber. Der war inzwischen unruhig geworden und rutschte auf seiner „Ersten Geige" hin und her.

„Was ist?", tat ich unwissend.

„Es riecht auf einmal so komisch", bemerkte der uniformierte Abteilgenosse auf Bayrisch. Ich fasste mir auf den Kopf. Ein Rumtropfen hatte zu mir gefunden. Sofort änderte ich die Sitzposition und verdeutlichte ihm die Misere.
Langsam stand er auf und fingerte nach der blauen Reisetasche.
„Was ist denn jetzt los?", wollte ich wohl zu unwirsch wissen.

„Unter den Umständen kann ich hier nicht bleiben", stellte der bayerische Kamerad unmissverständlich fest.
„Wegen der Rum-Duftnote?", fragte ich kleinlaut.

„Ja, wegen dem Gestank", erwiderte er ärgerlich und erklärte weiter: „Diese Uniform wird extrem nach Rum stinken, wenn ich zu Hause in Bayern angekommen bin. Meiner Familie möchte ich sie aber ohne Mief präsentieren."

Schlagkräftig, wie die Natur mich ausgestattet hatte, entgegnete ich ihm auf norddeutsch trocken: „Dann wüssten sie allerdings sofort, dass du in einer Rum-Stadt stationiert bist."
Ironisch fügte ich hinzu: „Übrigens verstehe ich überhaupt nicht, warum es euch aus Bayern an die Nordseeküste zieht. Die Mittelmeerküste ist doch für euch viel näher und da kann man höchstens nach Rotwein oder Ramazzotti riechen."
Ich war alleine. Es verging eine kurze Weile, als die Abteiltür wiederum aufgeschoben wurde. „Frei?", „Ja", blieb unsere knappe Verständigung. Er, ein angetrunkener Seemann erkennbar durch die blaue Marine-Reisetasche, rollte sich in die Ecke und machte es sich zum Schlafen gemütlich.

„Was riecht hier denn so lecker?", schaute er sich neugierig um, fand aber keine Quelle. „Bist du in Hamburg noch im Abteil?"
Ich bejahte.
„Schmeiße mich dort einfach raus", lallte er und war bereits weg, bevor ich mit „ja" reagieren konnte. Ein lautes Schnarchen erfolgte und durchdrang garantiert mehrere Zugabteile. Öfters wurde die Schiebetür aufgeschoben und gleich erneut zugemacht. Manch einer hielt sich daraufhin die Nase zu,

während ich mit dem Finger zu dem Schlafseligen deutete. Ansonsten verlief die Fahrt ruhig, ab Hamburg hatte ich das Abteil für mich alleine.

„Du bist ja betrunken", war die Feststellung meiner Mutter.

„Nein Muddern, diesmal nicht!", war die klare Aussage.

„Nur der Seesack hat gelitten und es tut mir leid, dass die Arbeit abermals an dir hängen bleibt. Hoffentlich bekommst du es wieder hin."

Was sollen die unzähligen jungen Marineleute nur ohne die vielen ungenannten Mütter machen, die sich an den Wochenenden über die Berge von Wäsche hermachen mussten. Kaum sind die Söhne mit dem frisch gewaschenen verschwunden, sorgt sie sich nochmals, mit der zurückgelassenen Ungewissheit: Geht es ihm auch wirklich gut? Auf diesem Wege und an der Stelle möchte ich sämtliche Mütter einmal ehren, die alle das Schicksal mit meiner Mutti teilen mussten.

Klarmachen zur Seite: Mit der Bootsmannsmaatenpfeife erfolgt jetzt ein tiefer Zwei-Sekunden-Triller mit einem kurzen Hochton, danach erfolgt das Abpfeifen.

Damals sah ich es im jugendlichen „Erwachsenenalter" als selbstverständlich an, dass die Mutter immer für mich da war.

Zur Schiffschronik: Zurück an Bord, wurden wir am **2. Juni** ins Marine*arsenal* nach Kiel verlegt.

Befehl verweigert, Schiff gerettet!

In diesem Fall findet der Spruch:
„Ausnahmen bestätigen die Regel", seine Anwendung.

Die Flensburger Förde hinter uns lassend, fuhren wir Kurs auf die Kieler Förde. Die Morgensonne prahlte bereits mit ihrer morgendlichen Kraft. Es war ruhige See und ein schöner Tag lag vor uns. An Steuerbordseite ergab sich eine wunderbare Aussicht auf das ferne Festland. Die Sonne streichelte sanft über die Landschaften und hüllte sie mit ihrem goldenen Glanz ein.

Kurz vor der Kieler Förde rief der Kommandant *Revierfahrt* aus. Als *Gefechtsrudergänger* zog ich auf Brückenwache. Schaute von nun an wieder abwechselnd auf den Kompass und das dreißig Zentimeter große, mittlere Bullauge, welches dem Rudergänger zur Verfügung stand. Überhaupt wies die Brücke an ihrer Front nur sieben gleich große Bullaugen auf. Direkt neben dem Steuerstand an *Backbord*seite platzierte sich der Maschinentelegraf, hingegen befanden sich auf der *Steuerbord*seite unter anderem Radar, Kartentisch und der Kommandantenstuhl. Auch die Rückwand des Kommandostandes war mit viel Technik ausgestattet, zum Beispiel Kommunikationsgerätschaften zum Maschinenraum und dergleichen.

An *Backbord*seite ließen wir nach der üblichen Ehrenerweisung Laboe hinter uns und steuerten den Marinehafen Kiel Wik an. Hier übernahmen wir einige hochdekorierte Offiziere, die sich zu uns auf die Kommandobrücke gesellten. Anschließend marschierten wir sofort in die Ostsee zurück. Ein Kapitänleutnant bekam das Kommando, während der hohe Besuch im Hintergrund auf Beobachtungsposten stand

277

und Kommandos befahl. Die Admiralität zog sämtliche Register, es wurde keine Übung ausgelassen.

Die Mannschaft wurde hierbei wieder nicht verschont. Der gesamte *Rollenschwof* wurde von A bis Z durchgezogen. Erst jetzt begriff ich langsam, was auf dem Dampfer vor sich ging. Der Schiffsoffizier wurde auf die Eignung zum Kapitän geprüft.

Er meisterte seine Aufgaben aus meiner Sicht recht ordentlich. Leider verpasste der *Klabautermann* ihm am Schluss der Prüfung einen Seesack randvoll Hektik. Beim Einlaufen in den Kieler Tirpitzhafen passierte es. Er sollte an *Steuerbord*seite festmachen lassen. Die Pier steuerten wir viel zu flott und steil an, zu spät bemerkte er den Fehler. Ich suchte irritiert Blickkontakt zu dem echten Käpt`n, der ebenfalls auf der Brücke, das Geschehen am Rande beobachtete. Er blickte wie erstarrt auf die bevorstehende Katastrophe.

„Arme Lüneburg", schoss es mir durch den Kopf, zeitgleich hörte ich den Befehl vom Offizier.

„Alle Maschinen volle Fahrt zurück. Ruder hart *Steuerbord*!" Die graue Madame schien sich wie ein stures Pferd aufzubäumen. Laut machten sich die Turbinen bemerkbar und ein mächtiges Vibrieren durchzog den *Zossen*. Träge langsam entfernte sich nach circa zwei schweißtreibenden zähen Minuten das Schiff wieder von der Kaimauer.

Anschließend stand sie majestätisch und ruhig mitten im Hafenbecken und entsprechend weit ab von der Anlegestelle. Um erneut an die Schiffsanlegestelle zu gelangen, gab der Schiffsoffizier unterdessen unnütze Weisungen, die mich an seinem Sachverstand zweifeln ließen. Extreme Ruderlagen ordnete er an, während die Dieselmotoren vor und zurückgeschaltet wurden. Unsere gequälte Lady reagierte stets mit ohrenbetäubenden Vibrationen, die durch das Schiffsinnere zogen. Die Motoren beanspruchte er bis aufs Äußerste.

Direkt danach verlor er die Kontrolle. Um die lieb gewonnene Dame nicht mit der Bugspitze in die Pier einrasten zu lassen, beschloss ich kurzerhand, das Ruder, entgegen dem Befehl, hart zur entgegengesetzten Seite zu legen. Auch um den bordfremden Kapitänleutnant heimlich zu helfen. Mein Kapitän bemerkte es. Ließ dies per Blickkontakt billigend zu, indem er langsam leicht den Kopf nach unten senkte und dabei kurz seine Augen schloss. Spät merkte der nervöse, wachhabende Offizier, was ich mir erlaubt hatte. Er brüllte mich wie ein Wahnsinniger an: „Herr Obergefreiter, das ist **Befehlsverweigerung!** Ich werde Sie zur Rechenschaft ziehen und verklagen!"

„Lassen Sie den Obergefreiten. Er hat alles richtig gemacht und uns und das Schiff vor großem Schaden bewahrt. Hoffentlich hat die Maschine sämtliche grenzwertigen Manöver gut überstanden", nahm der Käpt`n seinen Ruder*gasten* in Schutz. Dabei blickte er sich zu den Gästen um, um deren Zustimmung zu bekommen. Die hochdekorierten Marineangehörigen kamen zum selben Ergebnis. Daraufhin übernahm der Kapitän mit den Worten „Der Kommandant übernimmt das Kommando.", das Schiff.

Inzwischen überwanden die Motoren die Massenträgheit des Versorgungsschiffs und nahmen langsam Fahrt voraus auf. Ganz *sutje* schmiegte sich die Dame nach allen Regeln der Kunst, mit einer leichten Ruderlagenkorrektur, an die Pier.

Über das Verhalten der „Admiralität" (So benannte ich in diesem Buch meistens die Obrigkeit) habe ich mich dagegen sehr gewundert. Ich verstand nicht, warum sie nicht eingriffen, um einen größeren Schaden zu vermeiden. Wahrscheinlich besaß ich ein kompetenteres Gefühl für die gnädige Frau und konnte ihre Reaktion und Trägheit besser einschätzen, als die Leute vom Schreibtisch.

So hatte der ewige Obergefreite der Admiralität eine Entscheidung abgenommen.

<u>Zur Schiffschronik:</u> Im Kieler Marine*arsenal* beseitigte das Fachpersonal notdürftig die Brandschäden. Die Ursache für den Kurzschluss konnte jedoch nicht geortet werden. Am **16. Juni** traten wir die Rückkehr nach Flensburg an. In der folgenden Woche liefen wir erneut aus und ankerten vor Burg/ Fehmarn. Für die Touristen fand hier abermals ein „Wochenende bei der Marine" statt. Für uns Mannschaften bedeutete dies, die Lady auf Hochglanz polieren. Anschließend durften wir den hohen Besucherandrang mit beiden Kuttern von der Insel holen und unversehrt nochmals zurückzubringen.

Rainer (Hugo) wollte uns hier auf Fehmarn besuchen. Obwohl er im Zivilleben stand, hatte er uns nicht vergessen können.

Mit einem Schlauchboot ging er bei uns längsseits. Bewusst hatte ich mich heute zur Freiwache einteilen lassen. Ihm zu Ehren backten wir ein vernünftiges *Picken* auf. Die Biere als Nachtisch sprachen der Allgemeinheit zu. Die Zeit verging zu flink und die Zivillisten mussten wieder von Bord. Angetrunken überlegten wir, wie der späte Nachmittag zu gestalten war.

Eskimofete

Dieses Gesellschaftsspiel kann man nicht ergoogeln.

Was war denn das? Kein geringerer als Obermaat Gerd brachte uns das Spiel bei, selbiges ist ebenfalls unter dem Namen „Polarnacht" bekannt. Die Anzugsordnung zu der Aktion lautet wie folgt im oberen Körperbereich: Unterhemd, Bluse, Pullover, *Colani*, Parka. Unterhalb: Lange Unterhose, *Takelpäckchen*hose, zwei paar dicke Strümpfe und die Seestiefel drüber. Wir begannen mächtig zu Schwitzen und wurden durstiger denn je. Nun zur Spielregel: Es durfte jeder so viel trinken, wie er wollte. Dies fand ich schon mal gut, blieb aber skeptisch. Jetzt kam auch direkt der Haken: Derjenige, welcher zuerst das Mannschaftsdeck verlässt, um die inhalierten Getränke dem ewigen Kreislauf zuzuführen, hatte die Fete verloren und musste die gesamte Zeche bezahlen. Der Abend war gerettet und wir schwitzten uns halb tot, wogegen das Bier wie noch nie dröhnte. Nur eine schwache Blase sollte man bei dem Spielchen nicht haben.

Zur Schiffschronik: Am **27. Juni** ging es „Anker auf" und zurück in den Flensburger Hafen.
Am **30. Juni** erfolgte der übliche Quartalswechsel, ein Teil der Besatzung verließ uns und die Neuen gesellten sich an Bord.

Offizier „Rotlocke"

Gegensätze treffen aufeinander.

1. Ankunft

Es hatte sich längst herum gesprochen, wir erwarteten einen brandneuen Vorgesetzten. Am Tag seiner „Erscheinung" bekam ich auf Wachposten „Pier" einen ersten Eindruck von ihm. Mit einem Mädel auf der *Steuerbord*seite des Flitzers, dem Beifahrersitz, parkte er direkt vor dem Dampfer. Obwohl der *UVD* bereits die *Seite* pfiff, verlangte er mir eine unnötige Meldung ab, wohl um damit die Begleitung zu beeindrucken.

Er wirkte auf mich wie ein Obermufti, den man für einen Auftritt in einer Operette ausgestattet hatte, einen sogenannten „Operettenoffizier". Der rote ausgeprägte Ringelbart, ein königlicher Henriquatre, bestach durch seine Lächerlichkeit, toppte alles und signalisierte Eitelkeit. Die weißen Handschuhe trug er danach an Bord zu jeder Jahreszeit und legte sie nie ab.

Selbst an Land, bei dem blauen Discounter Nord, ertappte ich ihn dabei, wie er im untersten Regal mit den Dingern nach den günstigen Angeboten fingerte und sie auf diese Art und Weise entehrte. In Zivil tat ich so, als ob ich ihn nicht kenne. Er stammte aus der Südpfalz aus der Rheingegend. Ein *Seefahrerabzeichen* fehlte gänzlich auf seiner Brust. Daraus schloss ich, dass er frisch von der Dienstherrenschule kam. Wir bekamen schlussfolgernd einen unbedarften „Neuling-Vorgesetzten" an Bord. „Na, denn man tau" (nord-

282

deutsche Redewendung für „dann mal los"), dachte ich, „der wird uns noch das Leben schwer machen."

Tage später, kurz vor *Pfeifen und Lunten aus* (22 Uhr), wir hatten uns im Mannschaftsdeck mal wieder einen gewissen Pegel angezwitschert. „Die Internationale" drang viel zu schallend aus dem Kassettenrekorder. Ausgerechnet das Kampf- und Lieblingslied der Feinde, in dem Kalten Krieg. Zum Glück wurden wir *gewahrschaut*, dass der Vorgesetzte durch den Mittelgang schlich. Ich sprang zum Rekorder, der auf dem Kühlschrank stand. Gerade konnte ich die Kassette noch hastig entnehmen. Hinter dem Kühlgerät ließ ich sie in der Eile verschwinden. Zur gleichen Zeit öffnete er das *Schott.* „Achtung!", rief jemand von uns laut, und zwar so, wie es der militärische Brauch verlangte, sofern Vorgesetzte das Wohndeck betraten. „Ach, es ist Rotlocke", dachte ich und baute mich als *Decksältester* vor ihm auf, um meine Meldung zu machen: „Obergefreiter Dürigen meldet zwei Mann Landgang, der Rest in Feierlaune!" „Herr Obergefreiter, was habe ich draußen im Mittelgang gehört?", fragte Locke. „Oh, Herr Leutnant, das kann ich nicht wissen", stellte ich fest. „Ich vernahm ein bestimmtes Lied."

Er tat so, als ob die Internationale ein Schimpfwort war, und vermied es, dieses in den Mund zu nehmen. „Soo? Ach ja natürlich, wir singen feuchtfröhlich den ganzen Abend Shantys und Seemannslieder. Hat es ihnen gefallen?", erklärte ich frech, fragend. Er schaute mich ungläubig an und machte sich danach am Rekorder zu schaffen, fand aber nicht das „corpus delicti". Enttäuscht und sichtlich wütend, wandte er sich dem *Schott* zu, um sich daraufhin wieder umzudrehen: „Was ist das hier überhaupt für ein Saustall, sofort aufklaren! Haben sie mich verstanden Herr Obergefreiter Dürigen!?"

So reagierten immer unsere Dienstherren, wenn sie nicht weiterwussten. Das kannten wir schon. Jedenfalls sah ich ihn an dem Abend nicht mehr.

2. Männliche Attribute

Poseidon stand mir bei und ulkte.

Zur Seewache stellten wir *Elfer,* also der seemännische Dienst, unter anderem den Rudergänger. Meldete die *SLA* „*Revierfahrt*", zog der *Gefechtsrudergänger* auf Brückenwache. Stand ein schwieriges Seemanöver an oder entwickelten sich gefährliche Situationen, wurde die „*Revierfahrt*" ausgerufen.

Als *Gefechtsrudergänger* wurde ich an jenem Tag gefordert und nachts auch noch während meiner Freiwache geweckt, ohne eine Stunde geschlafen zu haben. Zur ersehnten Nachtruhe kam ich nicht, sondern zog anschließend zur turnusmäßigen Seewache auf, die sogenannte „*Hundewache 0:00-4:00 Uhr*" verlief ruhig. Der *UVD* hatte ein Nachsehen mit mir und ließ mich achtern auf der *Schanz* zwei Stunden von dem Vier-Stunden-Wachrhythmus, *Posten* „*Mann über Bord*" schieben.

Natürlich war die Wache für die eigene Sicherheit wichtig, doch keiner von uns nahm diese Angelegenheit besonders ernst. Weil ich nicht gepennt hatte und auf dem Posten nicht beansprucht wurde, dämmerte ich langsam weg. Zum Glück blieb ich unkontrolliert und kein Besatzungsmitglied ging außenbords, zumindest wurde niemand vermisst. Nach der Wachablösung döste ich in der *Koje* direkt weg, allerdings wurde ich kurz darauf um 5:00 Uhr erneut wachgerüttelt, da die *Revierfahrt* abermals ausgerufen wurde. Ohne die morgendliche Körperhygiene vornehmen zu können, sprang ich in die Uniform und war innerhalb von fünf Minuten auf der Brücke.

Wiederholt endete die *Revierfahrt* zu meiner eigentlichen Seewache. Es war inzwischen 8:00 Uhr morgens. So verblieb ich im Brückenstand, während die ausgeschlafene Wachmannschaft nach dem Frühstück aufzog. Die geschniegelte Rotlocke erschien jetzt auf der Brücke. Er orientierte sich zunächst auf der Seekarte und erblickte den *Gast* danach am Ruder: „Obergefreiter Dürigen, welcher Kurs liegt an?", fragte er.

Ich erwiderte die korrekte Marschroute. Er kam näher und kontrollierte die Angabe auf dem Kompass. Dabei bemerkte er meinen unmilitärischen Zustand. Lauernd schlich er langsam und stumm, aber ganz dicht, um mich und den Steuerstand. Ich ließ mich nicht beeindrucken, sondern schaute geradeaus auf die offene See und checkte den zuletzt befohlenen Kurs. Auf die gleiche Weise kehrte „Locke" in die Ausgangsposition zurück. Nun erfolgte die Frage im scharfen Befehlston:

„Obergefreiter Dürigen, haben Sie ein Bartgesuch gestellt?"
Ich: „Negativ, Herr Leutnant."

Kurze Pause entstand seinerseits, dann die Feststellung: „Sie sind unrasiert auf Wache gezogen."

Ich widersprach: „Nein, Herr Leutnant!"

Jetzt war er mit dem frisch vermittelten Dienstherrenlatein am Ende, diese sich widersprechende Sachlage stand wahrscheinlich nicht in dem Marinehandbuch. Er beschloss, einen weiteren Versuch zur Klärung der Situation zu wagen. Also kam er wieder auf Tuchfühlung, indes spürte ich den leicht erregten Atem in meinem Gesicht. Wie eine Katze ihre Beute umkreiste, glaubte er, mich in den Fängen zu haben.

Nun war es längst kein Geheimnis mehr an Bord, dass es zwischen uns erhebliche Differenzen gab und ich ihn liebte wie eine Schwiegermutter. Die Vorfreude schien groß. „Herr Obergefreiter, noch einmal, haben Sie ein Bartgesuch gestellt?"
„Nein, Herr Leutnant", erwiderte ich. Schaute dabei vom Kompass hoch, um ebenfalls sehr dicht auf seinen purpur roten Kinnbart zu schauen und fuhr dann fort: „Ich benötige keinen Bart, ich besitze genug andere männliche Attribute."

Bewusst ließ ich den Blick nicht von seiner Gesichtsbehaarung, bis er sich von mir endgültig abwendete. Hilflos suchte er die Unterstützung der anwesenden Unteroffiziere: „Haben Sie gehört, was der Obergefreite eben äußerte?"

Keine Antwort, nur ein unterdrücktes Grinsen ging durch die Brücke. Links neben mir konnte Kuddel, der „*Posten Maschinentelegraf*" stand, ein vernehmliches Lachen nicht unterdrücken. Rotlocke suchte wieder meine Nähe, diesmal allerdings in einem angemessenen Abstand und nun im deutlich erregten lauteren Ton:

„Wie meinten Sie das?"
„So wie ich es gesagt habe!", erwiderte ich ruhig.

Er zögerte und überlegte, dann die Entscheidung: „Die Sache wird für Sie noch ein Nachspiel haben, das versichere ich ihnen, Herr Obergefreiter."
Er grübelte und vertiefte sich in die unangenehme Lage, in die er durch meine Respektlosigkeit geraten war. Mein unra-

sierter Zustand war zur Nebensache geworden. Bis zum Mittag blieb ich ohne Rasur und ohne Frühstück auf Seewache. Selbstverständlich hätte ich ihm den Sachverhalt vernünftig erklärt, so gab er mir allerdings keine Chance und bugsierte sich selber in die Falle.

Nach seinem ungewollt lächerlichen Auftritt ließ Locke sich über die „Verwahrlosung" aufklären. Von dieser Angelegenheit hörte ich nie wieder was, erinnere mich aber trotzdem gerne daran.

3. Ohne Seefahrerabzeichen

Der Teufel ritt mich in die Misere.

Ausgerechnet Rotlocke hatte mich bei einem kleinen Dienstvergehen ertappt. Nun musste ich am Feierabend irgendeine Wand von den Schiffsaufbauten *pönen*. Die Strafarbeit wollte er danach selbstverständlich kontrollieren. Frecherweise gelang es mir, die Strafmaßnahme im Verlauf der Dienstzeit zu verrichten, die Kameraden halfen mir fix dabei. Die frühe Fertigstellung durfte natürlich nicht auffallen. Entsprechend wartete ich nach Dienstschluss. Zeit genug, um mir einen Schabernack auszudenken.

Ich grübelte. Wie konnte ich die Tatsache nutzen, dass ich in der Zwischenzeit dreieinhalb Jahre und er nicht mal fünf Monate Borderfahrung hatte? Zufolge sah ich viele Auslandshäfen und hatte zahlreiche Seemeilen bei Sturm und Wetter abgeritten. Mal ganz abgesehen, dass mir die Aufgaben an Bord inzwischen in Fleisch und Blut übergegangen

288

sind, ohne das ich darüber nachdenken musste. Ich beherrschte alles aus dem „Effeff". Aufgrund der jahrelangen Erfahrung in meinem Tätigkeitsbereich gehörte ich ohne Übertreibung, als Mannschaftsdienstgrad zu den Fähigsten. (Ich weiß, Eigenlob klingt immer scheußlich und falls ein damaliger Vorgesetzter diese Zeilen liest, wird er es wahrscheinlich anders sehen). Schließlich beschloss ich die „Routinen-Differenzen", mit meinem silbernen *Seefahrerabzeichen* zu unterstreichen. Die Auszeichnung erhält jeder, der pflichtbewusst zwei Jahre zur See fuhr und keinerlei Disziplinarstrafen erhielt. Übrigens wurde das Abzeichen bei Fehlverhalten aberkannt.

Um also die, des Obergefreiten, gegenüber dem jungen Vorgesetzten länger währende Borderfahrung demonstrieren zu können, steckte ich, das „Silbrige" an die Arbeitskleidung. Normalerweise gehörte es selbstverständlich nicht dorthin, sondern wurde nur zur Ausgeh- oder Wachuniform getragen. An dem mit Farbe bekleckerten *Takelpäckchen* hatte das „Blech" sowieso nix verloren.

Neugierig, wie er darauf reagieren würde, konnte ich die Zeit kaum abwarten. Später zur Meldung stellte ich mich extra mit überzogener Haltung vor ihm auf, um die Anstecknadel besser ins rechte Licht rücken zu können. „Obergefreiter Dürigen meldet sich zur Abnahme bereit. Wand *gepönt* und *aufgeklart*", verkündete ich kurz und knapp. Als er das silberne Militär-Sonderabzeichen an meinem *Takelpäckchen* entdeckte, reagierte er erst mit Verwirrung und eine Pause trat ein. Wie es zu erwarten war, erfolgte anschließend im belehrenden Tonfall: „Herr Obergefreiter, ist ihnen schon mal etwas von unserer Anzugsordnung zu Ohren gekommen?"

„Oh ja, es ist allerdings wirklich eine Weile her", erwiderte ich bereitwillig.

„Dann müssten Sie wissen, dass ein *Seefahrerabzeichen* nicht auf die Arbeitskleidung gehört.", belehrte er weiterhin.

„Stimmt", gab ich ihm zu seiner Überraschung recht und versuchte, wiederum einzulenken, da ich mich auf viel zu glattem Eis befand: „Entschuldigen Sie bitte dieses Versäumnis. Zu Demonstrationszwecken steckte ich es für einen Kameraden im Mannschaftsdeck an, damit er sehen konnte, wo und wie es angesteckt wird. Ich vergaß es schlicht, wieder abzunehmen," dadurch wäre ich aus dem Schneider gewesen. Jedoch mit vorgetäuschter Nichtahnung fragte ich unglücklicherweise, ohne nachzudenken weiter: „Allerdings bemerke ich, dass sie anscheinend vergessen haben, ihr *Seefahrerabzeichen* an ihre Wach-Uniform zu stecken".

Das Gespräch fand ohne Zeugen statt, eine zusätzliche Strafe ließ sich daraufhin trotz alledem nicht vermeiden.

4. Fünf Minuten Hauptgefreiter

Wohl kaum jemand erlebte diese geschilderte Begebenheit.

Zur Bundesmarine verpflichtete ich mich, wie dem Leser bekannt, für vier Jahre. Nach dem Schwur leistete ich den seemännischen Dienst ab. Danach wollte ich, zum Abschluss einer sechswöchigen Schulung, bei der zivilen Schifffahrt den Matrosenbrief erwerben.

Mein eigentliches, langfristiges Ziel war die Christliche Seefahrt!

290

Die unter deutscher Flagge fahrenden Schiffe flaggten die Reedereien in den Siebzigerjahren nach und nach aus. Wegen der höheren Kosten heuerten sie kaum noch deutsche Seeleute für die Handelsflotte an. Meine zukunftsorientierte Zielvorstellung zerschlug sich somit und vier Jahre ließ ich mich als Marinesoldat umsonst festnageln. Jene Sinnlosigkeit wurde mir in den letzten zwei Dienstjahren immer bewusster. Ich empfand die Tätigkeit fortan als Zeitverschwendung. Aus heutiger Sicht möchte ich ebendiese Zeitepoche nicht mehr missen. Nie hätte ich im Zivilleben solche Geschichten erleben dürfen. Die maritime Trinkkultur hätte traurigerweise ohne meine Person auskommen müssen. Als Matrose begann ich die Laufbahn bei der Marine.

Sechs Monate später wurde ich zum Gefreiten und bei einjähriger Vollendung der Dienstzeit zum Obergefreiten ernannt. Den Stand als OG erreichte ich bereits vor längerer Zeit. Der Dienstgrad war mit einer entsprechenden Besoldungsstufe verbunden, damals circa 30,00 DM pro Stufe. Es fehlte noch der „Hauptgefreite", weiteres konnte ich nicht in der Mannschaftslaufbahn erreichen.

Ein erneutes Jahr verflog, ohne dass es zur Beförderung kam. Hatte man mich vergessen? Ich fragte nach. Mein Gegenüber meinte lapidar: „Es ist bedauerlicherweise keine Planstelle frei."

„Wann ist denn eine frei?", wollte ich daraufhin wissen.

Dies könne er nicht beantworten, ergab die Antwort.
Die Prozedur wiederholte sich von derzeit an alle Vierteljahre mit der gleichen Begründung, bis ich es leid und verärgert war. Eine geraume Zeit verging abermals und ein Drei-

vierteljahr der Dienstzeit verstrich. Die ersehnte, höhere Besoldung hatte ich längst abgeschrieben. In drei Monaten lief meine Zeitspanne ab und die Gedanken schweiften bereits ins künftige Zivilleben hinüber.

Eines Morgens Ende März 1978 fand die tägliche Musterung statt, wegen der schlechten Witterung unter Deck im vorderen Bereitstellungsraum.
Die gesamte Freiwache trat wie gewohnt an, um die heutige Bordroutine durchzusprechen.
Danach ließ der *WO* verlauten: „Ausscheiden mit *Palaver*! Besatzung stillgestanden! Die Augen geradeaus! Es treten vor:"
Es wurde ein Haufen Matrosen aufgerufen und in den Stand eines Gefreiten gehoben. Daraufhin beförderte der Offizier einige Gefreite zum Obergefreiten. Nach deren Abhandlung ging es jetzt normalerweise bei den Maaten weiter. Negativ, diesmal wurde die Regel gebrochen, denn der Befehl lautete:

„Es tritt vor, Obergefreiter Dürigen!"

Ich nahm mehr Haltung in dem mit Farbe besudelten, dreckigen *Takelpäckchen* an und machte drei Schritte im alleinigen Gleichschritt nach vorne.

Mir gegenüber stand mein „Freund Rotlocke". Er bemühte sich, in einem besonders feierlichen Ton zu sprechen.

„Hiermit ernenne ich den Obergefreiten Dürigen zum Hauptgefreiten."

NEIN, mit diesen Worten hatte er mein Herz nicht erweichen können. Ergriffen war ich nicht, sondern wütend. Für

292

ein Vierteljahr sollte ich jetzt noch Hauptgefreiter sein? Auf einmal war eine Planstelle frei?! Hier sparte die Marine ganz klar auf meine Kosten. In Ordnung, das Verhalten war nicht immer tadellos, jedoch blieb ich ohne Disziplinarstrafen. Irgendwie fühlte ich mich sehr veralbert. Nachdem mir die Gedanken durch den Kopf schossen, erwiderte ich aus Prinzip: „Herr Oberleutnant, hiermit lehne ich die Ernennung zum Hauptgefreiten ab!"

Da stand „Locke" und er tat mir fast leid, denn er war abermals nicht Herr der Lage. Er starrte mich an, als sprach ich sein Todesurteil aus. Ich wartete indessen gespannt auf die Reaktion. Im Hintergrund hörte man ein leises Gelächter und Raunen durch die Reihen der Kameraden ziehen.

„Ruhe!", forderte Rotlocke und wandte sich unmilitärisch und ratsuchend zu den anwesenden Offizieren um. Dadurch unterbrach er, ohne nachzudenken, die Zeremonie, die so feierlich und ehrenvoll begonnen hatte. Nach einer Minute des Tuschelns unserer „Goldjungens" (ich behaupte: Sie besprachen, ob eine Ablehnung überhaupt möglich sei) drehte er sich erneut zu mir um. Ich stand weiterhin stramm in dem besudelten, schmuddeligen *Takelpäckchen*.

„Obergefreiter Dürigen, warum lehnen sie die Ernennung zum Hauptgefreiten ab?"
„Herr Oberleutnant, Hauptgefreiter Dürigen", stellte ich richtig.
„Was meinen sie damit?", fragte er verunsichert und entglitt ganz und gar der militärischen Fassung.

Ich belehrte ihn: „Herr Oberleutnant, sie ernannten mich zum Hauptgefreiten. Ich lehnte ab. Doch eine Antwort ihrer-

293

seits blieb aus. Demnach bin ich zu dem Zeitpunkt Hauptge-
freiter."
Hilfesuchend wandte er sich seinen Ratgebern ein weiteres
Mal zu. Daraufhin ging es wesentlich rascher. Mit scharfem
Befehlston forderte er kurz:

„Begründung!"

Völlig gefasst, laut deutlich sprechend, in dem freundlichsten Tonfall erwiderte ich: „Herr Oberleutnant, ich fühle bislang nicht die nötige Reife für diesen Dienstgrad in mir."

Immer noch verdattert und verbiestert sprach er nach knapper Pause der Verblüffung: „Hauptgefreiter Dürigen nehmen
sie Haltung an. Hiermit degradiere ich sie zum Obergefreiten, – Abtreten!"

Ich denke, es wurde vom Großteil der Anwesenden nicht
verstanden, warum ich so ein Verhalten an den Tag legte.
Immerhin hatte ich insgesamt 90,00 DM in der *Bilge* ver-
senkt.
Dennoch ging die Geschichte nicht korrekt aus. Für fünf
Minuten als Hauptgefreiter blieb mir die Bundesrepublik
Deutschland den höheren Sold bis heute schuldig. Für mich
gelang die Aktion (soldatischer Ungehorsam) ungewollt per-
fekt. Weil ich der Obrigkeit Rückgrat zeigte, stieg mein
Ansehen in den Mannschaften.

Ein Vierteljahr später wurde ich zur Entlassung zum Hauptgefreiten der Reserve ernannt. Der freiheitliche Drang in das
zivile Leben war um ein Vielfaches stärker, als dieser komplette Zirkus hier. Deshalb: *Es tangierte mich peripher!*
Heimat ich komme!

Auf ein rätselhaftes Ereignis, welches sich im eisigen Februar 1978 abspielte, möchte ich noch aufmerksam machen. Auf der Versorgungspier verfügten wir über einige Parkplätze, die um den Dreh einen Meter vor der Wasserkante gekennzeichnet ausgewiesen waren. Ob es „Rotlockes" grüner Hobel gewesen ist, kann ich nicht mehr bestätigen. Unverständlicherweise machte sich ein Personenkraftwagen infolge der Nacht in Richtung Hafenkante selbstständig und verschwand gänzlich von der Pier. Frontal musste das Gefährt dort unten aufgeschlagen sein und stand jetzt senkrecht an der Kaimauer gelehnt, um hier das Zeitliche zu segnen.

Als Glück stellte sich heraus, dass wir vor unserem Schiff *Pontons* ausgelegt hatten. Die Kosten der Bergung hielten sich deshalb in Grenzen. Das Autowrack wurde mithilfe der Hinterachse von dem Bordkran herausgezogen. Kriminaltechnisch konnten keine Spuren von Fremdeinwirkung nachgewiesen werden. Die Begebenheit erfuhr ich, nachdem ich aus dem Kurzurlaub zurückkehrte. Ob Besatzungsmitglieder oder Militärangehörige von außerhalb die Tat verübten, blieb ungeklärt. So blieb die merkwürdige Geschichte bis heute ein Rätsel.

Nicht chronologisch korrekt habe ich der Schiffschronik mit den vorigen Erzählungen etwas vorgegriffen. Rund zwölf Monate verblieben mir noch, bis ich unweigerlich von Neuem in das Zivilleben eintauchen durfte.

Zur Schiffschronik: Vom **27. Juni** bis zum **23. August** verharrten wir im Mürwiker Hafen zu Flensburg. Die Hafentage nutzte ich für den Jahresurlaub. Danach verlegten wir nach

Olpenitz, um die Lüneburg werftklar zu machen. Unnötiges Gut, welches für die zugewiesenen Schiffe und Boote vorgesehen war, wurde hier von Bord gebracht. Die Grundverpflegung für die kommenden Wochen wurde in die Proviant*last* verstaut. Die Lösch- und Stauarbeiten zehrten an den Kräften der Mannschaft. Abends erholten wir uns in den einschlägigen Kneipen in Kappeln. Ratzfatz wärmten wir die Freundschaften vom letzten Jahr wieder auf.

Am **2. September** dampften wir zum Marine-Munitionsdepot Laboe bei Kiel. Hier wurde unter anderem die Munition vom Versorger an eine Feldbahn übergeben, die das Gut zu den Munitionsbunkern transportierte.

Laboer Biergrog

„Not macht erfinderisch. "
Dieser Spruch findet hier seine Anwendung.

Folgendes aus jener Zeit bleibt ebenfalls erwähnenswert. An Bord wurde das Bier knapp. Wegen der Munitionsabgabe gab es für die Besatzung völlig nachvollziehbar keinen Alkohol mehr. Die allerletzte Flasche konnte ich schließlich retten. Alleine trinken kam für mich nicht in Frage. Die beiden *Altgefahrenen* Micha und Manni sollten an dem feuchten Nass teilhaben.

Eine Lösung musste her, und *dun* machen musste der Schluck möglichst auch. Unverzüglich wurde uns klar, wir behandeln den Hopfensaft wie Rum. Wir erfanden den Biergrog und waren überzeugt, der würde reinschmettern. Massiv rührten wir den Zucker in die aufschäumende Baller-

296

brühe und fütterten damit die Kaffeemaschine, die für die nötige Hitze sorgen sollte. Ein undefinierbarer Geruch durchzog das Deck. Das Durchlaufen des Kaffees ging normalerweise flottweg, aber diese zähe Flüssigkeit schien länger zu brauchen. Zum Schluss tropfte die sirupartige braune Masse nur noch aus dem Automat.

Mit der Kaffeetasse lauerten wir auf das Endergebnis. Endlich, mit einem Zollstock in der Tasse maßen wir die Bouillon gerecht aus. Das Zeug hatte kulinarisch gesehen keinerlei Wert, mit anderen Worten, es schmeckte widerlich. Selbst von einer Dröhnung konnte keine Rede sein. Manni versuchte zu tricksen, indem er einen Kopfstand machte. Er war der Meinung, die heiße Brühe würde ihm umso schneller in den Kopf steigen. Garnichts half, das Experiment war missglückt. Wir befanden uns in einer beschissenen Situation. Zu aller Grenzenlosigkeit war der Durchfluss der Maschine völlig zugeklebt. Eine Reinigung zeigte nicht den erwünschten Erfolg und deshalb schickten wir sie auf ihre letzte Reise.

Norderwerft – Hamburg

Gammeldienst auf der Werft könnten die nächsten Geschichten ebenfalls heißen.

1. Oben auf der Brücke

im Steuerstand überblickte ich vor mir den Nord-Ostsee-Kanal. An B*ackbord-* und *Steuerbord*seite erspähte ich Häuser, Menschen und Traktoren in der herbstlichen Landschaft, alles in scheinbarer Nähe. Wir ließen am 12. September

297

1977 die Flensburger Förde hinter uns und fuhren jetzt Kurs Brunsbüttel, mit Ziel Hamburg. Pflichtgemäß verweilten nach der Einschleusung in Kiel Holtenau zwei Zivilisten, ein Lotse und ein Kanalsteurer auf der Brücke.

Schiffe die 100/120 m lang, 17/19 m breit und 7 m Tiefgang aufwiesen, mussten zusätzlich zum Lotsen, ein Kanalsteurer mit an Bord nehmen. Die Lüneburg war 104,18 Meter lang. Die Breite betrug 13,22 Meter und der Tiefgang 4,29 Meter. Aufgrund ebendieser Schiffsmaße gebot uns die Pflicht, bei der Kanalpassage einen Kanalsteurer mitzuführen. Darüber hinaus galt das Versorgungsschiff zusätzlich als Gefahrgut-transporter, infolge der erheblichen Menge Munition im Laderaum. Jedoch löschten wir zuvor dieses Gut in Olpenitz.

Noch eine kurze Erklärung: Ein Lotse verfügt über das Kapitänspatent und berät die Schiffsführung beim Durch-queren des ihm bekannten Reviers. Der Kanalsteurer ist spe-ziell ausgebildet und besitzt ebenfalls das Patent oder fuhr zumindest davor als Nautischer Offizier. Er bedient auf Anweisung des Lotsen das Steuerruder.

Inzwischen bugsierte er uns in Holtenau aus der Schleuse. In Rüsterbergen, also ungefähr in der Mitte vom Kanal, verließ der Steurer uns. Hier fand wie gewohnt ein Wechsel statt. Aus Gründen, die ich nicht mehr nachvollziehen kann, kam kein ablösender Kollege, sondern es erfolgte eine besondere einmalige Begebenheit.

Rechtzeitig wurde ich auf die Brücke befohlen und über-nahm das Ruder von ihm. Prüfend kontrollierte der Lotse in der darauffolgenden Viertelstunde den ihm unbekannten Rudergänger. Durch Smalltalk erfuhr er von den Erfahrungen, die ich bereits erworben hatte und fasste halbwegs Vertrauen. Er bemerkte, dass ich das gewisse Gefühl für die „Lady" besaß. Daraufhin wollte er den Ruder*gast* möglichst nicht auswechseln lassen. Auf seine Befragung hin erklärte ich mich für die gesamte restliche Durchfahrt damit einverstanden. Es bedeutete allerdings auch über vier Stunden extremste Konzentration. Durch die vielen Seemanöver als *Gefechtsrudergänger,* die inzwischen hinter mir lagen, überhaupt nicht ungewöhnlich.

Gegen alle militärischen Regeln bekam ich kurze Zeit später auf Nachfragen des Lotsen die Erlaubnis zum Rauchen. Ein Aschenbecher wurde mir von einem Unteroffizier gebracht. Kaffee gab es zusätzlich obendrein. Die Vorgesetzten und Kameraden durften zusehen, wie es mir vortrefflich ging. Die Erfahrung und die Ruhe des Älteren taten mir besonders gut, und die sonst übliche Hektik auf der Brücke blieb dieses Mal aus. So konnte ich mich voll auf meinen Kurs konzentrieren, der teilweise auf Anweisung nach Sicht erfolgte. Dann hielt ich das Schiff stets in der Mitte des Kanals.

Planmäßig verlief in Brunsbüttel die Ausschleusung, der Lotse verließ uns. Beim Verlassen der Außenelbe erschlossen sich langsam in weiter Ferne die Elbufer. Schon steuerte ein Lotsenboot auf uns zu und ein Neuer gesellte sich zu uns, der zuvor das heruntergelassene *Fallreep* erklomm.

Die Norderwerft sollte für die künftigen Wochen das nächste Domizil werden. Nahe vor Hamburg erkannte ich winkende Menschen an *Backbord*seite am Ufer. Wedel ließ sich die Ehre nicht nehmen, uns mithilfe der Schiffsbegrüßungsanlage „Willkomm-Höft" zu begrüßen. Mit dem *Typhon* grüßten wir höflichst zurück.

Über Nacht gingen wir auf einen zugewiesenen Platz in der Süderelbe vor *Reede*. Durch den Elbschlick und die Strömung *schlierte* der Anker bereits kurze Zeit später und versetzte uns in Richtung Elbbrücken. Das Ausbringen von mehr Ankerkette brachte nicht den gewünschten Erfolg.

Beim Auslegen des zweiten Bugankers verbesserte sich die Lage ebenfalls nicht wesentlich. Zu allem Überfluss *schwoite* die Lüneburg zusätzlich im Wind. Erst nachdem auch der Heckanker ausgebracht worden war, beruhigte sich die Situation. Jedoch mussten wir nachts immerfort hoch.

Das *Schlieren* des Hakens ließ sich nicht komplett vermeiden, zumal die Elbe ein Gezeitenstrom ist und der Sog sich zu jeder Tide entgegengesetzt drehte. Ich erinnere mich noch an die Hektik, die der Kapitän in dieser Nacht verständlicherweise verbreitete. Da wir stetig unmerklich über Grund Fahrt machten, rückte die Elbbrücke langsam auf uns zu.

Wegen der Höhe der Schiffsaufbauten wäre ein erheblicher Schaden an Brücke und Schiff entstanden. Dank des harten nächtlichen Einsatzes verhinderten wir die Katastrophe.
Früh am Morgen erwarteten wir die Schlepper. Die *Wurfleinen* lagen parat, um ein *Wuling* der Leinen zu verhindern, *schossen* wir sie zuvor brav an Deck auf. Aus dem Morgennebel tauchten jetzt zwei Hafenschlepper auf, die das Vorder- und das Achterschiff anfuhren. Nachdem wir die *Wurfleinen* an die jeweiligen Schlepper übergeben hatten, verband die Schlepperbesatzung die *Wurfleine* mit ihrer zu überbringenden *Schlepptrosse*. Auf ein Zeichen der Schleppercrew zogen wir die *Trosse* per Muskelkraft zu uns an Bord. Mit dem fest *verspleißten Auge* befestigten wir den Schiffspoller an Oberdeck. Daraufhin schleppten die Crew

uns zum naheliegenden, bereits abgesenkten Schwimmdock.

Die Absenkung wird realisiert, indem man die Flutkammern des Docks, soweit flutet, bis die gewünschte Tiefe erreicht ist. Mit viel Gefühl und Maßarbeit bugsierten uns die Helfer in die Dockkammer hinein. Ob dies mithilfe der beiden Hafenschlepper geschah oder über eine Winde erfolgte, weiß ich infolge so langer Zeit nicht mehr genau. Ich denke aber, dass die Dockwinde uns hineinzog, während die Schlepper die Position achtern ausrichteten und festlegten. Um ein Umkippen zu vermeiden, wurde das Schiff mit Balken gestützt, danach wurde das Wasser wieder abgepumpt.

Hinter jedem abgeschlossenen seemännischen Manöver war es Brauch, ein Bier zu trinken, was wir stets artig befolgten. So genoss ich auch das Eindockbier. Andere Beispiele: Liefen wir einen Hafen an, gab es das Einlaufbier, beim Ankern gab es das Ankerbier und so weiter.
Nach dem Eindocken stand hauptsächlich Wache gehen auf dem Plan.
Für mich nicht fremd, bereits in der Nobiskrug-Werft in Rendsburg sammelte ich vor drei Jahren Erfahrungen.
Jetzt ging es an Bord drunter und drüber. An normalen Dienst war nicht mehr zu denken. Wie Ameisen flitzten die Werftarbeiter überall durch das Schiff. Wir bekamen daraufhin den Befehl, das „Hab und Gut" der Marine zu bewachen.
Unter dem Werftpersonal fielen mir zwei skurrile Typen auf, die vom Alkoholmissbrauch gezeichnet waren. Sie säuberten und *pönten* mit teerhaltiger Farbe den Anker-Kettenkasten, ohne Mundschutz und weitere Schutzmaßnahmen.
Zwecks Kontaktaufnahme spendierte ich beiden ein Bier, so erfuhr ich einiges „Insiderwissen" aus dem Trinkermilieu vom Kiez.

2. Meine Kameraden

Die Schattenseite von Hamburg ist wohl die Reeperbahn.
Jedoch fanden wir selbst auf der Reeperbahn eine Schattenseite.

im Schlepptau setzten wir zum Feierabend mit der Hafenbarkasse zur anderen Seite der Elbe über, wo „Die große Freiheit" auf uns lauerte. Das Ziel „Der goldene Handschuh", wo der Frauen-Serienmörder Fritz Honka bis Mitte 1975 sein Unwesen getrieben hatte. Dieses Milieu zog uns magisch an und stillte ratzfatz die bestehende Neugierde. Abschreckend abgründig, so stellten wir es uns nicht vor.

Hier tummelte sich das Treibgut der Gesellschaft! Gescheiterte Existenzen, alte, vom Suff gebeutelte Huren, die sich für wenig Geld oder Alkohol prostituierten. „Siff" und Dreck schienen hier ein zwingendes Muss zu sein. Wir tranken Bier aus den mit dem Hemdsärmel vorher abgewischten Flaschenöffnungen und beobachteten das ungewöhnliche Treiben distanziert und scheuten jeden körperlichen Kontakt.

Eine „abgetakelte Fregatte" sah in uns eine potenzielle Zielgruppe und entschied, sich für Bier und Schnaps auszuziehen. Flink bestellten wir ihr ein paar Schnäpse, um sie so an ihrem Vorhaben zu hindern.

Direkt gegenüber lag der „Elbschlosskeller", hier erlebten wir ähnliche abstoßende Szenen, die ich nicht annähernd beschreiben werde. Hier fand der Frauenmörder vor geraumer Zeit in gleicher Weise seine Opfer.
So schlimm hatten wir es uns nicht vorgestellt und beschlossen dort nicht mehr einzukehren. Alkoholisiert taten wir es danach trotz allem gelegentlich.

3. An Bord

Die Gier ist stärker als die Vorsicht.

schienen die Vorgesetzten mit der Werftsituation überfordert und ließen uns relativ frei gewähren.

„*Posten Dock*" Wache gehen wurde für uns darum zu einer lockeren Angelegenheit. Hier unten im Trockendock hallte jeder Schritt und die unangekündigte Kontrolle blieb dadurch nicht unbemerkt. Rauchen und Angeln waren also angesagt. Am meisten hielten wir uns an der Dock-Wasserkante auf. Hier ragten über uns die beiden vielleicht zwei Meter großen Schiffsschrauben der *Backbord*- und *Steuerbord*maschine aus dem Heck.

Zu jener Zeit fing mein Kamerad Micha am späten Abend tatsächlich einen kapitalen Aal. Allerdings schien er durch das verseuchte Wasser im Hafenbecken mehr tot als lebendig. Wir empfanden es als Tierquälerei ihn zurück ins giftige Nass zu setzen und bereiteten ihn deshalb „mund- und pfannengerecht" zu. Nach dem Verzehr kamen wir zu der Meinung, dass er vorzüglich gemundet hatte. Zwei Stunden später erbrachen wir uns und änderten diese Betrachtungsweise.

4. Der Fischmarkt Hamburg

Unvergesslich, unser einmaliger „Innenbordkamerad."

war das Ziel. An einem frühen Sonntagmorgen, schätzungsweise fünf Uhr ging es los. Feuchtkalt, wie üblich im Oktober, so vereinbarten wir, die Seele mit Grog zu erwärmen. „Kaffee Fick", ein heruntergekommenes Lokal, schien für ein solches Vorhaben das Richtige zu sein. Die versauten Lieder, die der Akkordeonspieler lauthals trällerte, trieb manchen von uns die Schamröte ins Gesicht.

Draußen, mitten unter den Marktschreiern mit ihren derben Sprüchen, bemerkten wir im bunten Treiben einen ausgemergelten, alkoholisierten Typ. Er trug ein Finkenwerder Fischerhemd und Elbsegler, hinter sich zog er einen auf ein Brett genagelten Fisch hinterher.

Nach etlichen Grogs kriegten wir Hunger und Kuddel beschloss aus diesem Anlass, ein lebendiges Karnickel zu kaufen. Er war nicht umzustimmen.
Im Trockendock angekommen, erachteten wir ihn als zu mickrig und stärkten uns anderweitig in der Kombüse.

304

Anschließend brachten wir dem neuen „Bordkameraden" eine kräftige Mahlzeit, bestehend aus Kohl und Salatresten, die wir in der Bordküche fanden. Als Nachtisch bekam er eine üppige Möhre. Seine Aufstallung erfolgte im Seemannsdeck auf einem von den Spinden.

Einige Tage später ergab es sich, dass der wohlbeleibte Hauptbootsmann uns im *Ziegendeck* aufsuchte. *Schmadding* wollte die Arbeitsverteilung mit uns durchsprechen.

„Möhre", wie wir inzwischen den Kameraden auf dem Kleiderspind nannten, fing an, durch raschelnde und kratzende Geräusche auf sich aufmerksam zu machen. So glaubte er, von uns Streicheleinheiten einzuheimsen, welches ihm auf die Weise meistens auch gelang. Irritiert starrte die „Seemännische Nummer Eins" in Richtung „Möhre". „Was ist denn hier los?", fragte er ratlos, sich an den *Decksältesten* wendend, „habt ihr etwa Ratten im Deck?"

„Nöh", antwortete ich kleinlaut, während er aufstand, um der Sache auf den Grund zu gehen.

„Gebt mir mal was her, wo ich mich daraufstellen kann."

Ich reichte ihm die lütte Trittleiter, die wir uns zuvor besorgten, um „Möhre" füttern und sein „Gehege" besser sauberhalten zu können. *Schmadding* kletterte direkt auf den bereitgestellten, wackeligen Tritt, um gleich wieder die beiden Stufen runter zu rauschen. Er hatte einen gewaltigen Schreck bekommen. Möhre musste ihm offenherzig ins Gesicht geblickt haben. Die „Seemännische Nummer Eins" stierte noch benommen vor sich hin, um schließlich gezielt die kleine Treppe muterfassend rauf zu krabbeln.

„Ach, was bist du denn für ein drolliges Kerlchen." Möhre hatte auf Anhieb sein Herz gewonnen. „Was machen bloß die Zicklein *(Seeziegen)* mit dir?" Er kam mit Kamerad Möhre runter. „Das ist doch wohl nicht euer Ernst", wandte er sich fragend an uns, „das Karnickel muss weg!", war daraufhin seine militärische Einschätzung. Mein klägliches Kontern  mit den Worten „Vor zwei Jahren lebte bei uns im Deck bekanntermaßen auch ein Bordhund namens Trossi" ließ er nicht gelten.

Möhre bekam ein artgerechtes Gehege vorübergehend in der *Vorpiek* zugewiesen. Ein Besatzungsmitglied erbarmte sich kurz darauf und nahm den immer noch spindeldürren Meister Lampe zu sich nach Hause.

5. Unser Bordfahrrad

Selten und deshalb erwähnenswert, wohl kaum jemand
war im Takelpäckchen auf der Sündenmeile.

war für die Besorgungs- und Botengänge gedacht, die im weitläufigen Hamburger Werftgelände per Fuß zu lange gedauert hätten.

An einem Morgen wurde ich zur Arbeitsdienstverteilung vergessen. So überlegte ich, wie dieser Tag zu gestalten wäre. Mit einem Vorwand erschlich ich das Fahrrad und radelte zum alten Elbtunnel, um auf der anderen Seite der Elbe den Kiez anzusteuern. Mit dem schmuddeligen *Schiffchen* als Kopfbedeckung und dem mit Farbe verschmierten *Takelpäckchen* brauchte ich nicht erst versuchen, in irgendeinem noblen Schuppen einzukehren. So drehte ich eine Ehrenrunde auf der Reeperbahn, um dann in einer Nebenstraße eine Seemannskneipe aufzusuchen, die ich bereits kannte.

Der Rum war hier außerdem auch viel billiger, deshalb bestellte ich mir gleich eine ganze Flasche. Untermalt mit den schönen Seemannsliedern von Hans Albers, die aus der Musikbox dröhnten, genoss ich den köstlich destillierten Zuckerrohr. Gleichzeitig s*chnackte* ich mit ein paar betagten Seebären über „Gott und die Welt". „Besser konnte man so einen Tag nicht ausfüllen", dachte ich.

Der Rückweg im Dunkeln war allerdings aufgrund des Zustandes eine Tortur. Ich fand den alten Elbtunnel nicht mehr, verfuhr mich mehrfach und war erst weit nach Mitternacht wieder an Bord zurück. Während das Fahrrad vermisst wurde, hatte man meine Abwesenheit nicht mal bemerkt.

6. Morgens

Treffend passt hier, „Glück im Unglück."

war ich noch schön blau und wollte mich vor dem Dienst drücken, diesmal gelang es nicht. Zum *Pönen* von Innenräumen wurde ich eingeteilt. Auf dem Weg zur *Farblast* steuerte unerwartet ein Flottillenadmiral mit Gegenkurs auf den alkoholisierten Obergefreiten zu. Ein Ausweichen war aufgrund der Enge und der chaotischen Arbeiten der Werft-Angehörigen an Oberdeck unmöglich. Also brachte ich meine klägliche Gestalt in die entsprechende Position, um ein „Männchen" mit angewinkeltem Arm zum Gruß zu erheben und dann aus voller Brust:

„Guten Morgen, Herr Flottillenadmiral!"

Oh, ich fürchtete, ich war viel zu überlaut, er hatte etwas gemerkt. Ich verdrückte mich schleunigst.

„Matrose!", brüllte er mir hinterher und sprach den Dienstgrad so aus, als ob es ein Schimpfwort sei. Bei dem Lärm durch Flexen und Schweißen, hier auf der Werft, tat ich so, als hörte ich es nicht. Wie vor den Kopf gestoßen, rief er jetzt zum *E-Meister*, der in der Nähe stand und die Lage beobachtet hatte: „Herr Hauptbootsmann, schauen sie", und zeigte wahrscheinlich mit seinem Finger hinter mir her: „Der Mann ist doch wohl stockbesoffen."

Ich vernahm noch, wie der *E-Meister* antwortete: **„Nein, der ist immer so!"**

„DANKE *E-Meister*, das vergesse ich Ihnen nie", war in dem Moment mein Gedanke.

Zur Schiffschronik: Am **30. September** fand wieder ein kleiner Besatzungswechsel statt.

Käpten Gerd

Wir empfingen nicht die Rotärsche mit Gesang und Knabbergebäck.

Wie überall im Berufsleben werden Neulinge zum Anfang gerne „auf die Schippe" genommen. In den verschiedenen Berufssparten geschieht es unterschiedlich, je schwerer die körperliche Arbeit, desto derber die Rituale. Für unsere *Rotärsche* hielten wir zum Beispiel ein *Bilgenschwein* an Bord.

Der *Smut* stellte zu ebendiesem Zweck eine *Pütz* mit Kombüsen-Abfällen parat. Jetzt sollte der unerfahrene Matrose mit der *Pütz* nach unten zur *Bilge* gehen und das *Bilgenschwein* füttern, allerdings gab es dieses Vieh überhaupt nicht. So wurde er mit irgendwelchen Begründungen im Maschinenraum von Bug bis achtern hin- und hergeschickt. Zum Schluss sagte man dem Frischling, dass es wahrscheinlich bereits geschlachtet worden sei.

Auch der Kompassschlüssel war eine beliebte Erfindung. Dem Bemitleidenswerten erzählte man, dass der zur Justierung des Kompasses diente. Hierfür musste der größte und schwerste Maulschlüssel vom Schiff herhalten. Der Neue wurde in den Maschinenraum geschickt, wo ein eingeweihter Ansprechpartner wartete. Anschließend schleppte der Unbedarfte den mehrere Kilo schweren und meist mit Öl verschmierten Schlüssel hinauf zur Brücke. Hier erfuhr er, dass der nur für den Magnetkompass bestimmt war. Jedoch

309

benötigte man den Spezialschlüssel für den Kreiselkompass, also wurde er wieder zum Maschinenraum hinuntergeschickt, um den Zweitschwersten zu empfangen. Dieses Mal war er allerdings zu groß. Das Spiel ließ sich mit entsprechender Phantasie beliebig wiederholen, sofern der Arme nicht vorher aufgab, falls er den Braten roch.

Quartalsweise herrschte innerhalb der Besatzung ein Kommen und Gehen. Die befreundeten, alten Kameraden waren gegangen. Jetzt galt es, die an Bord kommenden Milchbärte mit allerlei Schabernack zu erproben.

Der Obermaat ermahnte uns heute, egal was passierte, wir müssten ernst bleiben und sollten mitspielen. Meine Decksbewohner und ich warteten gespannt, was er sich einfallen lassen hat und erwarteten voller Freude den Abend. Nach Dienstschluss trafen die „Frischlinge" aus Borkum ein. Von den Gepflogenheiten auf dem Schiff wussten sie natürlich nicht viel.

Als *Decksältester* wies ich ihnen die *Kojen* und Spinde an. Mit dem Einräumen des Kleiderspindes und mit dem Bauen (Bett machen) der *Koje* hatten sie vorerst genug um die Ohren.

Es waren diesmal vier Matrosen, ein mittelgroßer und kräftiger, der andere mit spärlichem Vollbart, aber großer Statur. Die zwei Übrigen wirkten wie Milchbubis auf uns, beide klein und zierlich, einer gelockt, während der vierte einen schläfrigen Eindruck auf uns machte. Sie stellten die üblichen Fragen:
Wie ist das hier an Bord? Fahren wir bald auf See und wann geht es wohin? Wie ist der Kapitän? Ich ermahnte sie erst

310

einmal, ihre Aufgabe zu meistern, denn wir würden heute Abend noch hohen Besuch bekommen.

Es muss so gegen zwanzig Uhr gewesen sein, als sich plötzlich unser *Schott* öffnete. Herein marschierte Gerd, der Obermaat, jedoch eingekleidet in einer Messejacke mit drei Kolbenringen (Dienstgrad für Korvettenkapitän) auf den Schultern.

Der Lockige sprang sofort auf, wie er es in der Grundausbildung gelernt hatte, um dem vermeintlichen Vorgesetzten den militärischen Respekt zu erweisen.

„Achtung!", schrie er, was für jeden im Seemannsdeck bedeutet, Aufforderung zum Strammstehen mit Front zum Obermufti. Aufgrund der Beengtheit wurde zum Gruß auf das Handanlegen in den Mannschaftsdecks verzichtet. Nur bei einer Meldung wurde dieser soldatische Gebrauch ausgeübt. Die anderen drei Grünschnäbel folgten und versuchten, vor der *Back* zum Stehen zu kommen. Leider ließ die Enge es zwischen *Bank* und *Back* nicht wirklich zu.

Als Ältester ließ ich es mir nicht nehmen, eine Meldung zu machen. Ich baute mich vor ihm auf und begann: „Herr Kapitän, Obergefreiter Dürigen meldet das Deck vollzählig. Elf *Gasten* von der alten Stammbesatzung und vier Matrosen aus der Seemannschaftslehrgruppe Borkum."

„Na na, Herr Obergefreiter haben Sie die Neuen noch nicht ins Bordleben eingewiesen?", sich an die unbedarften Ankömmlinge wendend: „Nun macht Euch mal locker und setzt Euch wieder hin, wir sind hier doch nicht mehr in der *Grundi.*"

Respektvoll wurde dem Aufruf gefolgt. Sie wussten in der Sekunde nicht, wie sie sich verhalten sollten, und kuschten vollends. Der Große mit Vollbart schien der Wortführer von dem Quartett zu sein und fragte beherzt:

„Herr Kapitän, brauchen wir denn hier an Bord keine Meldung machen?"

„So, jetzt lasst mich mal zu Euch in die Mitte. Wir können auch im Sitzen alles in Ruhe bei einem Glas Bier besprechen", entgegnete Gerd und ließ somit die Frage des Bärtigen im Raum stehen. Er machte eben Anzeichen sich setzen zu wollen. Sofort sprangen die Ersten zwei, es waren die beiden Milchbubis, hoch, um aus der *Bank* hervorzukriechen. Leider stolperte dabei der hintere Schläfrige und verschwand fast unter der *Back*.

„Na, Herr Matrose wohl noch nicht seefest, was?", tat Gerd erstaunt und belehrend fügte er hinzu: „Wasser besitzt nun mal keinerlei Balken."

„Herr Obergefreiter", damit meinte Gerd wieder mich: „Das bin ich von Ihrem Deck überhaupt nicht gewohnt."
„Was meinen Sie, Herr Kapitän?", fragte ich ahnend, was jetzt kommen würde. „Haben Sie versäumt, Bier zu bunkern? Auf der *Back* steht nicht eine leere Flasche", gering schätzte er.

„Doch Herr Kapitän, Bier ist mehr als genug da, um die neuen Kameraden willkommen zu heißen", erwiderte ich.
Sich an die angekommenen *Gasten* wendend, tat Gerd verwundert: „Habt Ihr denn noch „Keinen" ausgegeben? Ihr bringt mir ja die gesamte Marinetradition durcheinander."

312

Jeder der Frischlinge versuchte daraufhin, als Erster eine Runde Krawallbrause zu bezahlen. Der „Käpt`n" verbesserte ihr Anliegen sogleich: „Auf Schiffen wird das Bier kistenweise getrunken, also wer bezahlt zuerst den Kasten?"

Das Wichtigste hatte Gerd geklärt: „So jetzt erzählt mal, woher kommt Ihr, hat Euch die Grundausbildung gefallen?", auf diese Frage stellte sich ein breites Grinsen in seinem Gesicht ein.

Vertrauensselig begannen sie nunmehr kreuz und quer zu reden. Gerd erklärte anschließend bestimmend: „So, alles schön und gut, aber die *Grundi* könnt ihr ab sofort vergessen, denn hier an Bord ist es wesentlich entspannter. Und übrigens, nach Dienstschluss duzen wir uns untereinander, schließlich sitzen wir zusammen in einem Boot, ich heiße Gerd."

Da saßen sie augenblicklich platt wie ´ne Flunder mit offenem Mund und unglaublich großen Augen.

Es war kurz vor Ruhe im Schiff und der *WO* machte alsbald die Ronde (Kontrollgang). Gerd musste mit der „Kluft" dringend verschwinden, insofern er nicht wegen Amtsanmaßung erwischt werden wollte.

Mit den Worten „Ich komme gleich wieder, die Kommandantenpflicht ruft!", war er im Nichts entschwunden. Kaum war er aus dem Deck, wurde es lauter zwischen den vier Ankömmlingen.

„Wenn mir das eben Erlebte jemand erzählen würde, könnte ich es niemals glauben", verkündete der Kräftige überschwänglich. Während der Lockige vorsichtig fragte: „Ist das Militärische wirklich nebensächlich?"

Da ich mich angesprochen fühlte, versuchte ich, sie erneut auf den Teppich zu holen: „Natürlich haben wir die Pflicht, sämtliche soldatische Zeremonien zu beherrschen. Wenden sie jedoch nicht innerhalb des Bordlebens an. Hier bleiben wir unter uns Seemännern, allerdings muss aufgrund der Enge eine bereitwillige Disziplin herrschen. Im Zivilleben gibt es ja ebenfalls Regeln und eine gewisse Ordnung."

Das leuchtete jedem ein. Der Kräftige meinte dann etwas ärgerlich: „Und ich bin als W 15 (Wehrpflichtiger/15 Monate) zur Marine gegangen, angenommen, das hätte ich vorher gewusst, wäre ich Zeitsoldat geworden."

„Aber das kann man doch augenblicklich nachholen, der Kapitän nimmt auch ein formloses Verpflichtungsschreiben entgegen. Dies hat den Vorteil, dass du gleich in den Genuss des höheren Soldes eines Zeitsoldaten kommst", klärte ich ihn auf. Ich konnte ihn tatsächlich überzeugen und setzte mich sofort mit einem Zettel neben ihn, um beim Formulieren zu helfen.

Ungefähr stand Folgendes anschließend auf dem Schriftstück:

An den Kommandanten vom Troßschiff Lüneburg

Der Matrose „Marlspieker" verpflichtet sich
vier Jahre der Bundesrepublik Deutschland
treu zu dienen!

314

Die Grundausbildung wird der Dienstzeit angerechnet und
entsprechend mit dem Sold eines Zeitsoldaten nachträglich
vergütet.

Mit patriotischem Gruß (schlug ich vor)
Matrose Marlspieker

Danach erklärte ich ihm, dass er morgen zur Musterung die
„Erste Geige" zur Vereidigung anziehen müsste. Unser Zeitsoldat „in spe" war Feuer und Flamme. Er merkte nicht, dass
ich zu weit gegangen war. Kaum war der freundliche Käpt`n
wieder anwesend, bekam er sogleich das Verpflichtungsschreiben in die Hand gedrückt.

„So ohne Weiteres geht das nicht", stellte er streng fest:
„Bist du denn fit genug?"
Fragend schaute Matrose *Marlspieker* den Kapitän an:
„Selbstverständlich, Herr Kapitän."

„Dann mach doch mal zehn Liegestützen", setzte Gerd noch
einen drauf. „Aber ich habe schon zu viel getrunken", entgegnete er zaghaft.
„Genau daran erkennt man die wahre Größe und Kraft eines
Matrosen", ermahnte Gerd.

Keuchend, mit „Ach und Krach", schaffte der Matrose
schließlich trotzdem seine Übungen.

Dank Gerd kamen wir auf diese Weise voll auf die Kosten.
Es wurde ein gelungener Abend und die unzähligen Fragen
der *Rotärsche* beantworteten wir mit entsprechender Phantasie.
Frage: Wann ist denn hier an Bord *Reinschiff?*

315

Antwort: Brauchen wir im Hafen nicht selber machen. Jeden Morgen kommt zu uns eine Putzfrau aus Laboe, manchmal nehmen wir sie auch mit auf See.

Frage: Wie funktioniert die Wacheinteilung?
Antwort: Wir haben zivile Wachen für das gesamte Kasernengelände, deshalb gehen wir im Hafen nicht.
Erwiderung: Aber vorm Schiff stand doch jemand von der Besatzung.
Antwort: Das hast du richtig gesehen. Als Versorgungsschiff bunkern wir genauso für die Minensucher das Bier. Die Werte gilt es zu bewachen, folglich müssen wir dann „Posten Bier" stehen.

An diesem Abend klarten wir erst gegen zwei Uhr nachts auf.
Übermüdet sprangen die Neuen morgens um sechs Uhr zum Wecken direkt motiviert aus den *Kojen*. Wir Alten drehten uns nochmals um und versuchten, eine weitere Mütze voll Schlaf zu erhaschen.

Trotzdem nützte es nix, das frühe Aufstehen war auch für uns nicht zu vermeiden. Mit Schrecken sah ich, wie Matrose *Marlspieker* bereits erwartungsvoll in der *Ersten Geige* da stand. Ich konnte ihn doch nicht gleich als Neuling mit der falschen Anzugordnung ins offene Messer laufen lassen. Ich erklärte ihm, dass die Vereidigungszeremonie später am Mittag stattfinden würde. Der Kapitän muss noch das richtige Formblatt ausfüllen, das hatte er bei seinem nächtlichen Zustand bestimmt bisher nicht getan. Dem Kräftigen leuchtete das zum Glück ein.
Die morgendliche Sonne meinte es gut mit uns und erwärmte die achterliche *Schanz,* auf der die alltägliche

Musterung bei trockenem Wetter stattfand. Die Besatzung befand sich schon relativ ausgerichtet auf ihren zugewiesenen Plätzen. „Käpt`n Gerd" mit Sonnenbrille getarnt erschien in Maaten-Uniform im letzten Augenblick, bevor der Kommandant die Bühne betrat. Klein geduckt schlich er an uns vorüber. Die verkaterten Borkumer Matrosen waren nach dem Aufzug des vermeintlichen Kapitäns direkt verunsichert und suchten zu mir Blickkontakt, dem ich auszuweichen verstand.

Der Kommandant begrüßte die Neuen und ging dann zur allgemeinen Routine über. Gerd stand in der zweiten Reihe und probierte, sich weiterhin so winzig wie möglich hinter den anderen Maaten zu verstecken. Dies gelang ihm allerdings nicht wirklich.

In der Realität angekommen, merkten die vier Kameraden schnell, dass es an Bord offensichtlich besser als in der Grundausbildung war. Jedoch ein Honigschlecken gab es hier ebenfalls nicht. Sie fügten sich dagegen später als brave Matrosen gut ein. Der Kräftige schien zufrieden, hatte er beinahe doch eine Dummheit begangen. Betrunken unterschreibt man eben grundsätzlich nicht das Geringste.

Zur Schiffschronik: Am **12. Oktober** verließ die Lüneburg das Trockendock. Schade, als zwiegespaltener Soldat, der nicht irgendeine Perspektive bei der Marine sah, hatte ich das komplette Kuddelmuddel im Dock zutiefst genossen. Immerhin lagen wir weitere fünfzehn Tage an der Werftpier. Die zahlreichen Werftarbeiter flitzten weiterhin bei uns an Bord herum. Auch dieses Durcheinander ließ weiterhin keine normale Bordroutine zu. Der Brandschaden war inzwi-

317

schen behoben. Als Ursache hatte sich herausgestellt, dass sich eine Schraube in der holen Zwischenwand gelöst hatte und somit einen Brand auslöste.

Am **27. Oktober** erfolgte dann eine Werft-Erprobungsfahrt auf der Außenelbe. Hier wurde der Versorger auf Seetüchtigkeit erprobt, gleichzeitig wurde er *entmagnetisiert*. Bei militärischen schwimmenden Einheiten wird die aufgenommene Magnetisierung reduziert. Sie entsteht durch das Erdmagnetfeld. Die Schiffe sollen für Magnetminen und Torpedos mit Magnetzünder dadurch schwerer auffindbar werden.

Am **2. November** liefen wir in Hamburg aus, mit Marsch durch den Nord-Ostsee-Kanal. Die beauftragten Kanalruderer taten diesmal meinen Job. Ich stand deswegen auf Ankerwache und hatte die Aufgabe, im Falle eines Ruderversagens auf Befehl den Anker ausrauschen zu lassen. Hier am Bug spürte ich die Eiseskälte intensiv, die durch den Fahrtwind verursacht wurde.

Danach ging ich zum Heck der Lüneburg, um den *Posten "Mann über Bord"* zu stellen. Wegen der Kälte saß ich zusammengekauert mit dem *BÜ* verbotenerweise mit einer *Persenning* eingedeckt, die ich mir zuvor aufknöpfte. Der *Schmadding* erwischte mich eingekuschelt darunter. Ich wollte schnell aufspringen, um die Meldung zu machen.
„Bleiben sie unter der *Persenning*, es ist heute verdammt eisig", bestimmte er freundlichst. Wir wechselten ein paar unbedeutende Worte, dann verschwand er. Zehn Minuten später tauchte er abermals auf und kramte umständlich aus seinem blauen Parka eine Thermosflasche.
„Genau das Richtige", bemerkte ich freudig, „ jetzt einen heißen Kaffee, wirklich genau das Richtige."

318

Entgeistert schaute er zu mir und schraubte dabei den Deckel ab. Ein herrlicher Duft strömte augenblicklich in meine Nase. „Oh, das habe ich nicht erwartet", staunte ich nicht schlecht. Der *Decksmeister* kredenzte mir einen Grog und holte daraufhin einen weiteren Becher für sich hervor.

Während der wärmenden Verkostung unterhielten wir uns über alles Mögliche. Unter anderem gab ich ihm den Hinweis, dass das *Schulschiff Deutschland* demnächst einen neuen *Schmadding* suchen würde. Er interessierte sich und wollte dort zeitnah nachhaken.

Am **3. November** erreichten wir wiederkehrend den Heimathafen.

Der Bordbefehl lautete am **15. November:** Verlegung nach Wilhelmshaven/Marinearsenal. Wieder ging die Fahrt durch den Nord-Ostsee-Kanal. Die Lüneburg wurde im *Arsenal* mit sämtlichen Gütern bestückt, die für die Versorgung auf See und für die jeweiligen Boote und Schiffe als notwendig erachtet wurden. Wie stets in jedem Hafen, gab es ein herzliches, feuchtfröhliches Wiedersehen in den üblichen Marinekneipen, in welchen wir uns inzwischen heimisch fühlten. Näheres brauche ich nicht erwähnen, da die Landgänge ausschließlich der maritimen Trinkkultur gewidmet waren und immer mit dem unausweichlichen, vernichtenden Resultat endeten.

Für Töpferkurse und dergleichen fehlte uns der Sinn und war so oder so aufgrund der knappen Freizeit völlig verpönt. Einen halben Monat später verließen wir *Schlicktown* und querten die Außenelbe, um durch das Nadelöhr, den Nord-

Ostsee-Kanal, zu steuern. Diesmal mit dem Zielhafen Olpenitz, wo die graue Lady am darauffolgenden Tag einlief. Zum zweiten Male alles retour. Güter, die wir vor der Werftliegezeit auslagerten, schafften wir per Muskelkraft erneut an Bord.

Der **8. Dezember** ging als ein wichtiger Tag in die Bordchronik ein. Ein Kommandantenwechsel wurde vollzogen. Der neue Korvettenkapitän hatte der „Christlichen" den Rücken gekehrt und wollte die letzten Tage bei der Bundesmarine verbringen.

Schade, mit dem alten Käpt'n hatte ich mich stets gut verstanden. Durch meinen Brückendienst auf See blieben häufige Begegnungen unvermeidlich und so war bei uns eine distanzierte, aber von gegenseitigem Respekt geprägte Beziehung entstanden. In der gesamten Zeit hatte sich eine Art Vertrauensverhältnis aufgebaut. Gerade den trockenen norddeutschen Humor und die liebevolle kauzige Art mochte ich besonders an ihm. Ich denke, besser konnte es zwischen Kapitän und Mannschaftsdienstgrad auf einem Kriegsschiff kaum laufen.

Hierzu fallen mir noch folgende Episoden ein: Eines Tages auf See im Fahrstand kam von einem der dort anwesenden der Ausruf: „Der Kommandant betritt die Brücke!" Die Diensthabenden, die es ermöglichen konnten, ohne ihre Tätigkeiten auf dem Kommandostand zu vernachlässigen, nahmen Haltung an. Verharrten in die Richtung, wo sich der Niedergang befand. Der wachhabende Offizier trat einen Schritt vor, um für die Meldung bereitzustehen. Im oberen Bereich des Treppenaufstiegs diente eine Querstange dazu, sich mit den Händen dort festhalten zu können. Dadurch gab es die Möglichkeit sich zum Beispiel bei einem Manöver mit Schmackes herauf- oder herunter zu schwingen. Genau dies tat gegenwärtig, gegen die Gewohnheit, der Kapitän. Mit dem Spruch: „Holla, die Waldfee!", stand er plötzlich unter uns. Dem *WO* war die Kinnlade runtergeklappt, während alle anderen baff dastanden.

„Was schaut Ihr mich denn so an?", reagierte er daraufhin im Glauben, wir würden an seinem Verstand zweifeln und fügte erklärend hinzu: „Vor ein paar Tagen sah ich eine Schulauf-führung mit meiner Tochter. Ich empfand das „Holla" als zutiefst herzerfrischend und wollte die Atmosphäre so auf die Brücke übertragen", erklärte er der Seewache. Mit den Worten „Weitermachen, was liegt an, *WO?*" ging er zur eigentlichen Bordroutine über. Erst jetzt erfassten wir infolge unserer Verblüffung das unerwartete Geschehen und schmunzelten.

Bei einem weiteren Erlebnis passierte Folgendes: Wir manö-vrierten bereits eine Woche auf See und bewegten uns im Hoheitsgebiet vor Dänemark. Die Stimmung an Bord war vortrefflich, stand doch ein sonniges freies Wochenende vor uns. Bei dem sommerlichen Wetter kreuzten wir zwischen den dänischen Inseln und fuhren langsam zurück in den hei-matlichen Hafen.

Die Freiwache verfolgte ihre, den Fachrichtungen entspre-chende Tätigkeit. Zu dem darauffolgenden Ereignis *pönte* ich auf der *Schanz* die *Reling.* Plötzlich, wie bei einer Hafen-rundfahrt ertönte die *SLA:* „Schauen Sie nach *Steuerbord*sei-te, hier passieren wir soeben die Insel Langeland." Eine knappe Pause trat ein, der Kapitän führte die Ansage höchst-persönlich aus. Dann erklang die Stimme erneut aus dem

Schiffslautsprecher: „Die Schlagersängerin Dorthe hat hier auf der schönen Insel ihr Anwesen." (Ich glaube, es war ein Jux vom *Alten,* zumindest entsprach es nicht der Wahrheit).

Kurze Zeit darauf wieder eine Durchsage: „Auf *Backbord*seite sehen wir in dieser Sekunde die wesentlich größere Insel Lolland. Erwähnenswert ist wohl die Tatsache, dass es dort ein Heim für schwererziehbare, zwanzigjährige Mädchen gibt." Es konnte bloß eine weitere unwahre Behauptung von ihm bedeuten, hielt ich geistig fest. Dennoch gingen bei den meisten von uns plötzlich sündige Gedanken durch den Kopf. Ich denke, genau das wollte der scheinheilige „Gauner" damit bezwecken.

Dreißig Jahre später, nach seiner Pensionierung, durfte ich ihn mal besuchen. Wir führten ein sehr nettes Gespräch über diese, über unsere Zeit.

Am **21. Dezember** nahmen wir Abschied von Olpenitz. Wir kehrten rechtzeitig zum Weihnachtsurlaub mit dem neuen Kapitän zurück nach Flensburg.
Zur Jahreswende erfolgte wieder der übliche Wechsel innerhalb der Besatzung. Der *Schmadding* hatte Erfolg mit dem Versetzungsgesuch und fuhr danach weiterhin viele Jahre auf der Deutschland.

1978. Mein selbst gebasteltes *Maßband* wies jetzt 180 Tage auf.

Der neue *Schmadding* stellte sich für die Mannschaft als erheblicher Reinfall dar. Er kam direkt aus der Kaserne und hatte keinerlei Borderfahrung. „Ein neuer Schliff muss her", brüllte er uns entgegen und handelte entsprechend. Die soldatischen Ambitionen setzte er sofort um. Die Dienstroutine wurde durch ihn mit einem Paukenschlag gepfeffert und unbequem.

Vom **16.** bis zum **19. Januar** erfolgte *Einzelausbildung*, das heißt offiziell Gefechtsdienst und Fahrübungen im Seebetrieb. Für uns bedeutete es wie gehabt *Rollenschwof* zu jeder Tag- und Nachtzeit. In Kiel führten wir eine Kompensation für den Schiffsmagnetkompass durch, um eine möglichst exakte Nord-Anzeige zu gewährleisten. Dazu fuhren wir bei langsamer Fahrt auf der unmittelbaren Ostsee über viele Stunden extreme Ruderlagen beziehungsweise Kurse. Auf der Brücke bewegten sich derweil mehrere zivile Facharbeiter, die sich zwischenzeitlich um die korrekte Einstellung des Kompasses kümmerten.

Decksfest

Meistens sah ich mich als Partygast bei der Marine.

Das enge Mannschaftsdeck erinnerte kein bisschen an Gemütlichkeit oder an ein heimeliges Zuhause. Was man als Möbel erkannte, bestand aus Metall. Es gab vor den eisernen *Kojen* zeitweise nicht mal einen Sichtschutz. Somit gab es keinerlei Privatsphäre für die bis zu fünfzehn Bewohner des knapp dreißig Quadratmeter großen Decks.

Das einzige „Highlight" blieb ein von uns organisierter Kühlschrank, in dem wir das rationierte Bier gebunkert hatten. Softdrinks waren aufgrund des Platzmangels, nach einer demokratischen Abstimmung, nicht zugelassen. Aus wirtschaftlichen Gründen kauften wir die Getränke für das *Ziegendeck* günstiger ein, um sie danach bei der einzelnen Flaschenentnahme mit geringem Aufschlag weiterzuveräußern. So erwirtschafteten wir einen Überschuss, der für das sogenannte Decksfest bestimmt war.

Bei der Bundeswehr ist es Brauch, für alles, was außerhalb des umfangreichen Regelwerks liegt, ein begründetes *Gesuch* zu stellen. So stellten wir das *Gesuch* für ein 30-Liter-Fass Bier mit der Begründung: „Geburtstagsfeier" beim Kommandanten. Als *Decksältester* fiel mir jedes Mal diese verantwortungsvolle Aufgabe zu. Ich musste regelmäßig weitere Argumente erfinden, was mir aber mit fortschreitender Zeit schwerer und schwerer fiel. Im Laufe meiner Bordzeit wurde leider immer mal wieder ein *Gesuch* abgeschmettert. Ich hätte doch schon vor drei Wochen einen gleichlautenden Antrag gestellt und genehmigt bekommen, erfolgte die vernichtende Erklärung.

Bei erfolgreicher Genehmigung stand, zum Beispiel für ein Decksfest termingerecht, das Fass Bier im Deck und wurde mit dem Einschlagen des Holzhahnes aktiviert. Währenddessen brutzelten in der Kombüse bereits die Nackensteaks und Würstchen, gleichzeitig schmückten wir unser Mannschaftsdeck. Hierzu dienten Toilettenpapierrollen, die wir zur Girlande verdrehten und aufhängten. Allerdings war ruckzuck so ein Fässchen mit fünfzehn Leuten leer getrunken, danach konnten wir erneut alles abschmücken.

Im Sommer veranstalteten wir auf der achterlichen *Schanz* zusätzliche Grillfeste. Hierfür kauften wir hauptsächlich günstige Nackensteaks bei der Freibank (Verkauf von Notschlachtungen). Mit Gewinn verscherbelten wir sie dann an

324

die anwesende Besatzung weiter. Auf die Weise erwirtschafteten wir genug Geld, um damit die gesamte Feier finanzie-
ren zu können.

Größere Feste mit Kosten von ungefähr tausend Mark orga-
nisierten wir einmal im Jahr, an Land in einem gutbürgerli-
chen Lokal mit Spanferkel und Kegelbahn.

Die Decksfeste gefielen uns so prächtig, dass wir die „maritime Trinkkultur" über die Zeit der Marine hinaus alljährlich
fortgesetzt haben.
Bereits aus dem Grund verloren wir uns nie aus den Augen.
Inspiriert von den immer gern erzählten, erlebten Geschichten, entschloss ich mich, ebendies im möglichst lebendigen
Stil für die Nachwelt schriftlich festzuhalten und damit
ebenfalls für uns zu bewahren.

Am Schluss dieser Erzählung möchte ich noch kurz von den kleinen Veränderungen berichten. Wir verdrehen heute kein Klopapier mehr zu einer Girlande. Fassgesuche sind auch nicht weiter vonnöten. Die zivile Freiheit bietet eben erhebliche Vorzüge und deshalb konnten wir das gesellige Zusammensein auf zwei Tage ausdehnen.

Die nach unserer Zusammenkunft zu Hause dargelegten lustigen Erlebnisse machten die Ehefrauen auf das jährliche „*Elfer* Treffen" neugierig. Kurzerhand hoben wir sie in den Stand der Elfen und so bereichern sie ab sofort die Runde.

Zur Schiffschronik: Vom **26.** bis zum **27. Januar** Besuch einer Abordnung vom *Trossschiff* Lüneburg in die gleichnamige Patenstadt. Meines Wissens gehörte diesmal nicht die Mannschaft zur Abkommandierung, da die Aufwartung am Donnerstag/Freitag während der Dienstzeit erfolgte. Nur an den freien Wochenenden außerhalb der Arbeitsdienstzeit wurde die Stippvisite auch mit einfachen Marinesoldaten „aufgefüllt". Die höheren Dienstgrade fuhren dann lieber ins private Wochenende.

Kurz darauf rollten wir im „Heimatrevier", der Ostsee, die *Einzelausbildung* ab. Der neue Kommandant probte mit der Besatzung den „Ernstfall" in drei Etappen durch. Es begann Anfang Februar für achtundvierzig Stunden, sowie Ende des Monats mit vier Seetagen und endete mit zwei weiteren Tagen im März. Danach war die Crew wieder „fit wie ein Turnschuh".
Am **16. März** übernahmen wir zivile Gäste für eine Familien-Tagesfahrt. Nach dem erhaltenen Schliff, wurde diese

Fahrt für uns eine wahre Erholung, und wir beantworteten deshalb gerne die vielen Fragen der „Badegäste".

Am **19. März** Auslaufen aus Flensburg zu der dreitägigen Geschwaderübung „SquadEX". Am **31. März** spielte sich erneut der vierteljährliche Besatzungswechsel ab, ein Teil der Besatzung ging von Bord, darunter ebenfalls Obermaat Gerd. Wir wollten in Kontakt bleiben und tauschten die Adressen aus. Mein Freund Kuddel kehrte ebenso der eisernen Lady den Rücken. Wir blieben schon aufgrund der nah beieinanderliegenden Wohnorte in Verbindung.

Der **6. April** unterbrach die Hafenroutine, und das *Trossschiff* dampfte mit uns aus dem Hafen von Mürwik, um an der Stichversorgung des 5. Minensuchgeschwaders in der mittleren Ostsee teilzunehmen. Die Verlegung nach Kiel zur *akustischen Vermessung* erfolgte am **17. April.**
18. April: Einlaufen in Flensburg an die Versorgungspier..

Rucola statt Schrankwand!

Langeweile wird verhindert,
indem man die Zeit totschlägt.

Der *Klabautermann* treibt auf dem Papier seinen Schabernack mit mir. Natürlich heißt es „Rum-Cola statt Schrankwand". So macht es mehr Sinn.
Gefühlt schien alles wie immer, wir lagen mit der Lüneburg im Heimathafen Mürwik in der Flensburger Förde an der Versorgungspier.
„Ausscheiden mit Dienst", brüllte die blecherne Stimme aus der *SLA*. Diesmal war ich der ersehnten Befehlsdurchsage

zuvorgekommen und *blähte* meine Wenigkeit bereits planlos im Seemannsdeck. An Land wollte ich wegen des schlechten Wetters heute nicht gehen. Schlimmer noch, der rationierter Biervorrat zeigte sich von der schauderhaftesten Seite, der Kühlschrank wies eine gähnende Leere auf. „Leinen los" heißt die Zeitschrift des „Deutschen Marinebunds". Irgendjemand legte sie uns regelmäßig ins Deck. Gelangweilt blätterte ich das Magazin durch, bis ich auf eine Anzeige stieß, welche mich zu beschäftigen begann. Dort wurde ungefähr Folgendes inseriert:

Zeitsoldaten, die bis zu sechs Monate vor ihrer Bundeswehrentlassung stehen, können jetzt schon Wohnmöbel erstehen und dann mit den zu erwartenden Übergangsgebührnissen am Ende ihrer Dienstzeit begleichen. Rufen Sie an und in angenehmer Atmosphäre bei einem <u>*Glas Wein und einem Drei-Gänge-Menü*</u> *besprechen wir alles in Ruhe ohne Zwang.*

„Ist ja doll", dachte ich. Erfüllte ich gerade sämtliche Kriterien. Na gut, Möbel kaufen kam nicht in Frage. Erst recht nicht mit den *Übergangsgebührnissen.* Immerhin betrugen sie insgesamt rund 6000,00 DM. In drei Monaten hatte ich andere Pläne mit der Summe.

Der kulinarische Gaumenkitzel und der genussfreudige Wein reizten allerdings trotzdem, deshalb rief ich den „Geschäftsmann" an. Meine Skepsis verstärkte sich. Ich musste annehmen, dass er die Soldaten auf übelste Art und Weise abzocken wollte. Mit seiner Sekretärin vereinbarte ich einen Termin. Bereits vier Tage später fand der Verkaufsabend kurzfristig statt. Die Vorfreude auf diese gewonnene Abwechslung und Herausforderung, mit dem hoffentlich exzellenten

Menü wurde immer intensiver und hob mich wie eine Biene auf die Blüte. Wieder einmal aus dem tristen und kargen Bordleben ausbrechen.

Endlich, der ersehnte Abend. Nach Dienstschluss vermeldete knapp darauf die *SLA*: „Obergefreiter Dürigen zur Wache, – Besuch!" In Zivilkleidung taperte ich zur *Gangway* und staunte nicht schlecht. Einige Kameraden, die hier zufällig vorbeikamen, blieben diskutierend stehen. Auf der Pier parkte ein fabrikneuer luxuriöser Mercedes der S-Klasse. Welch eine Augenweide, nicht die S-Klasse, – NEIN, ich hatte die junge Blondine erblickt. Schleunigst meldete ich mich zum Landgang ab und dachte kurz: „Optimale Voraussetzungen!" Nachdem ich mich der hübschen Frau vorgestellt hatte, ging die Fahrt los.

Die Geltinger Bucht wurde unser Ziel. Die Autofahrt verlief ohne weitere Vorkommnisse, außer dass ich um ihre Sympathie warb. Die Atmosphäre zwischen uns war entspannt und angenehm locker. Ihr Arbeitgeber erwartete uns rauchend und voller Ungeduld vor einem Fünfsternehotel und Restaurant mit Blick auf die Bucht.

Mein Plan war einfach: Sich blöd stellen und auf alles einlassen. Nur keine Unterschrift leisten! Der Chef, ich schätzte ihn Mitte vierzig, grüßte überschwänglich und führte mich und seine Angestellte in ein gemütliches Kaminzimmer. Vor dem Festessen lockte bereits ein Gläschen Wein als Aperitif.

Die Zeit bis zum *Aufbacken* des Festmahls nutzte er für ein Vorgespräch, um mich daraufhin besser einschätzen zu können. Unter anderem zeigte ich die entsprechenden Papiere, die bewiesen, dass ich Zeitsoldat war und in vier Monaten ins Zivilleben entlassen werden würde. Der Inhalt der Flasche Wein war ratzfatz verkostet. Zum Essen bestellte ich deshalb mit seinem Einverständnis ein Bier. Während wir vorzüglich speisten, *lenzte* ich zwei Weitere.

Nach dem erstklassigen Menü begann direkt der geschäftliche Teil. Er holte zwei dicke Möbelkataloge hervor. Ich bekundete eine Viertelstunde später mein Interesse für eine Schrankwand in „Eiche Rustikal" (diese Stilrichtung war 1978 total im Trend und kostspielig). Er präsentierte erst die preiswerteren Varianten aus dem Katalog, um mich vorsichtig abzutasten. Hierüber scheinbar desinteressiert meinte ich: „Möbel kauft man fürs gesamte Leben, ich begehre demzufolge ein Top-Modell." Mit den Worten: „Ich muss mal für kleine Kapitäne", verließ ich den Raum.

„Bevor wir zu den Prunkstücken kommen", verkündete er, als ich im Gastraum wieder auftauchte: „Trinken Sie auch Mixgetränke?" „Leidenschaftlich", sagte ich und verwies auf Rum und Cola, wovon er sogleich je eine Flasche im Eiskübel bestellte. Ein derartiges Geschäftsgebaren hatte ich erhofft und sehnsüchtig erwartet. „Die unbedarften Soldaten abfüllen und dann zur Unterschrift nötigen, aber nicht mit mir", dachte ich.

Aufgrund des erstklassigen Essens und der Atmosphäre, die das Kaminzimmer ausstrahlte, verstellte ich mich scheinbar dankbar. Aus dem Katalog wählte ich deswegen als Favoriten ein Paradestück, nämlich die teuerste Eckschrankwand mit allerlei Schnitzereien, aus. Sein Gesicht schien sich vor Glück zu erleuchten! Jetzt hatte ich ihn dahin gebracht, wo ich ihn haben wollte, er leckte Blut. Allerdings stellte sich heraus, dass der schräge Schrankwand-Macker trinkfester war, als ich angenommen hatte. Er verharrte extrem hartnäckig und ich überlegte, wie ich aus dieser Nummer ungeschoren rauskam. Was blieb mir anderes übrig, als meiner Trinkfestigkeit zu vertrauen. Ich musste ganz *sutje* auf Zeit spielen, so würde ich ihn kriegen. Die reizende Sekretärin hatte in der Zwischenzeit den schriftlichen Vertrag aufgesetzt, sodass er zur Unterschrift bereit lag. Während der Chef gerade ein Loch in die Keramik der Urinale mit dem zuvor getrunkenen scharfen Zeug brannte, meinte sie zu mir mit leiser Stimme, so als wäre ihr Arbeitgeber noch im Raum: „Unterschreiben Sie das bloß nicht!"

Erstaunt fragte ich sie: „Warum arbeiten Sie dann für ihn, wenn Sie keineswegs überzeugt sind?" Ihr Boss unterbrach durch die Rückkehr das kurze Gespräch, er hatte keinerlei bemerkt.

Er probierte, mich festzunageln. Ich versuchte Zeit zugewinnen und bekundete deshalb Interesse für anderes Mobiliar, um das Spiel von vorne zu beginnen. Enttäuscht akzeptierte er es und riet der Angestellten, sich bis aufs Weitere schlafen zu legen. Gegen 22:30 Uhr zeigte unsere Flasche Rum, was Ebbe bedeutet. Er musste notgedrungen eine zweite bestellen, um endlich an die Unterschrift zu gelangen.

Vertraulich erklärte ich ihm, dass ich über zusätzliche Ersparnisse verfügte. Daraufhin nahm er wieder hellwach gewaltig Fahrt auf. Ruckzuck war die Summe der aktuell erwählten Möbelstücke auf gut 8500,00 DM angestiegen. In niedergeschmierten Lettern verankerte er alles in einem neuen Vertragsformular.
Glücklicherweise bemerkte ich seine ersten Aussetzer. Dabei war meine Kondition relativ frisch, sofern man die Situation

überhaupt selber einschätzen konnte. Nur meine Aura hatte sich vom Körper gelöst, und hing jetzt wie ein achtlos weggeworfener Mantel zerknittert über der Lehne des Nachbarstuhls. Mehr als dreieinhalb Jahre Marine ließen mich nicht nur sturmfest werden. Zu dieser Zeit hätte ich den „Zuckerrohrsaft" aus Stiefeln trinken können. Das „Geschäftsgespräch" geriet in die zu erwarteten Konfrontation.

Ich bekannte augenblicklich Farbe. Im freundlichsten Tonfall, fast kumpelhaft erklärte ich, dass ich bei so einer hohen Summe unbedingt eine Nacht darüber schlafen müsste. Auch eine Unterschrift würde ich nur nüchtern leisten. Wir drehten uns fortan mit den Argumenten hartnäckig im Kreis. Er quälte sich so noch eine komplette Weile herum, bis er kurz nach 1:00 Uhr aufgab und in die Horizontale verschwand. Damit zeigte ich ihm, wo „Barthel den Most holt." Während ich die Neige vernaschte, tauchte schlaftrunken die Sekretärin auf. Nun war sie nicht mehr zu toppen, unter diesem, meinem Alkoholpegel entsprach sie für mich optisch der Perfektion.

Die Heimfahrt traten wir direkt an. An der frischen Luft merkte ich, dass ich spätestens jetzt nicht als Seiltänzer geeignet war.
Im Laufe der Fahrt wurde das Gespräch vertraulicher, und ich weihte sie nachträglich in den längst ausgeführten Plan ein. Wir ließen den Abend nochmals Revue passieren und lachten. Per Du erklärte sie mir, dass sie in Kiel studierte und Letzteres nur als Nebenjob ausübte. Wegen des unseriösen Geschäftsgebarens ihres Bosses hatte sie bereits einen Tag zuvor zum Monatsende gekündigt.
Sie freute sich und meinte anerkennend: „Tomas, wie du den Chef mit den eigenen Waffen bezwungen hast, ist eine

Genugtuung. An der Erfahrung wird er weiterhin genüge zu knabbern haben. Bisher ging sein Konzept stets auf." Sie erzählte mir, dass er beim Heer mit der Masche bedeutsamen Erfolg hatte und jetzt bei der Marine mit dieser „Geschäftsidee" durchstarten wollte.

„Die Gier der Menschen ist unermesslich!" , dachte ich.

Vor der Lüneburg angekommen, wurde ich von ihr geweckt. Zum Abschied umarmte ich sie und vergaß total, mich mit ihr zu verabreden. War wohl auch besser so. Der Alkohol war nie mein wirklicher Freund, dumme Sache.

Hartnäckig tauchte der Chef noch mehrmals vor unserem Schiff auf. Allerdings konnte er nur mit meiner persönlichen Einladung an Bord empfangen werden. Das verweigerte ich ihm. Irgendwann gab er endlich auf. So bleibt mir am Ende nur dieser kleine Spruch: Keine Spesen, nur verkatert gewesen.

Seine Anzeige entdeckte ich übrigens in der Zeitschrift „Leinen los" nie wieder.

Fazit: Lege dich nie mit einem Marinesoldaten an!

Anmerkung zu meiner persönlichen Chronik: Zu jenem Verlauf kam Apfelkorn in Mode. Doppelkorn mit Apfelsaft war die *plietsche* Idee des Obergefreiten namens „Zu", wie ich bereits seit einiger Zeit von den Kameraden genannt wurde. „Zu" hieß ich deswegen, weil es meistens meinem Zustand entsprach. Entsprechend hatte ich den flüssigen Modemix gebunkert, und der schmeckte mir zudem schon mal am Vormittag vortrefflich. Im letzten Vierteljahr der Dienstzeit versuchte ich fortwährend eifrig, mich vor der Arbeitsroutine zu drücken.

Der Berufsförderungsdienst befand sich im Kasernenbereich der Fernmeldeschule Mürwik, dieser wurde mehrfach ein beliebtes Ziel. Hier erfuhr ich, wie ich nach dem Ausscheiden bei der Marine für das Zivilleben weitergebildet werden konnte. Ebenfalls vernahm ich, in welchen Berufsbereichen die Bundeswehr den abgehenden Soldaten finanziell unterstützte. Manche Angebote schienen recht verlockend, allerdings überzeugten sie letztendlich nicht. Auch wurde ich in der Kaserne im *San-Bereich* Stammgast. Da ich immer mit neuen Wehwehchen vorsprach, wurde ich an jener Stelle höchstwahrscheinlich als Hypochonder gehandelt. Tatsächlich gelang es mir über einen zivilen Arzt, mich in das Bundeswehr-Krankenhaus Kronshagen überweisen zu lassen. Dort verbrachte ich einen angenehmen halben Monat.

Danach nahm ich aus dem vorherigen Jahr den Resturlaub und hängte den mir noch zustehenden Urlaub für das aktuelle Jahr hintendran. So entstanden insgesamt knapp sieben respektable Wochen. In dieser Zeit wollte ich mit Kuddel eine Reise unternehmen.

Zehn Tage vor der Entlassung traf ich zum letzten Mal an Bord ein. Die restliche Dienstzeit war daraufhin nur ein Klacks. Vier Tage vor Dienstende bekam ich vom *Refü* einen Laufzettel in die Hand gedrückt, den ich momentan abarbeiten durfte. Dieser beinhaltete einen Gesundheitscheck, Abmelden bei einzelnen Dienststellen im Kasernenbereich und Auskleidung der Zusatzarbeitskleidung. Am vorletzten Tag gab ich dann die komplette Uniform-Ausrüstung ab.

Den Seesack behielt ich mit der „Zweiten Geige", um in einem Ernstfall sofort wieder eingezogen werden zu können. Heute zieren unter anderem jene Dinge die Marineecke, die ich nach vielen Jahren Meckerei mit der Ehefrau nun endlich in der privaten Seemannskneipe „Zum Zu" verwirklichen konnte. Leider konnte ich bei ihr nie durchsetzen, dass mein *Reservepaddel* über unserem Ehebett hängt.

Zur Schiffschronik: **3. Mai:** Auslaufen zum Manöver „Blue Harrier", in der Kieler Bucht zur *Stichversorgung* des 5. Minensuchgeschwader und norwegischer Minensucher. Weiterhin stand eine *Seeversorgung* mit Tender Mosel und Zerstörer Hessen auf dem Plan. Drei Tage später kehrten wir nach Mürwik zurück. Am Samstag, dem 7. Mai, verließ ich die Lüneburg und wurde mit einem Dienstfahrzeug in das Bundeswehrkrankenhaus Kronshagen nach Kiel gebracht, wo mich eine kleine OP am Bein erwartete. Wie bereits erwähnt, begann danach mein Resturlaub aus dem Vorjahr und die mir noch zustehenden Tage aus diesem Jahr 1978. Bis zum 20. Juni, also fast sieben Wochen, blieb ich ab sofort dem Schiff fern.

Traumreise

Wir erlebten den Zustand zwischen Gut und Böse.

Geplant hatte ich mit Kuddel schon länger eine Reise nach Irland durchzuführen. Traumreise deswegen, weil sie dazu dienen sollte, die Studien in puncto Trinkkultur zu erweitern. Den winzigen Ort Athlone am Lough Ree wählten wir als

Ziel. Bei Tageslicht charterten wir ein Boot und angelten. Brieten Fische auf den zahlreichen Inseln des Lough Ree über dem Lagerfeuer. Die schoben wir mit einem Gläschen Whiskey in den Mund. Irland verschmolz sich mit unseren Interessen im Gleichklang.

In den irischen Pubs bekamen wir im Handumdrehen Kontakt, obwohl wir der Sprache nicht mächtig waren. Hier in der „Sean Bar" floss das Guinness in Strömen. Ruckzuck hatten wir deshalb den Spitznamen „the German-Navy-Guinness-Men" weg. Jedoch erschien den neuen Trinkgenossen der Name viel zu lang, deshalb ließ man einfach „German-Navy" weg. In der Zeit wurden wir tagsüber in dem relativ kleinen Ort lächelnd und freundlichst von allen Seiten begrüßt. Wir schienen zum Stadtgespräch geworden zu sein, wie man so schön sagt. Ob die Prominenz jetzt positiv oder negativ zu bewerten ist, darf sich jeder Selber beantworten.

Abends saßen wir daraufhin regelmäßig zusammen in der Sean Bar und sangen zu Dudelsack und Querflöte die uns bekannten traditionellen irischen Lieder. Dank der Marine besaß ich zu jener Gegebenheit ein beachtliches Repertoire an Seemannsliedern, die ich textfest zum Besten geben konnte. Ich erntete durchaus Beifall. Hierauf bildete ich mir keineswegs etwas ein, da jegliche Anwesende längst einen Zustand jenseits von „Gut und Böse" erreicht hatten. Gegen 23:00 Uhr schellte die Glocke, ab sofort galt die Sperrstunde und es wurde Zeit auszutrinken. Gelang es nicht zeitig, kam die Landlady vorbei und ermahnte zum Aufbruch. Manchmal ergab es sich auch, dass der Wirt den Pub abschloss und wir dann irgendwann durch die Hintertür die gastliche Stätte verließen.

Die Erlebnisse lehrten mich, dass es keine Vorurteile gab, sondern die Iren waren erwiesenermaßen gastfreundliche, musikalische und trinkfeste Gesellen. Als interessant empfand ich außerdem, dass in sämtlichen Pubs nirgendwo eine Musikbox grölte, so wie es zu dieser Epoche bei uns in Deutschland üblich war. Mit den Gedanken noch in der Sean Bar, sah ich mich abrupt erneut zurück an Bord. Es lag Montag, der 20. Juni, an.

Zur Schiffschronik: (Während der Abwesenheit geschah inzwischen Folgendes:) **19. Mai**: *Partnerausbildung* mit Tender Saar. Am **28. Mai** fand mit 238 Gästen eine Familientagesfahrt statt. Am **8./9. Juni** verpasste ich die *Einzelausbildung*, – schade! **12. Juni**: Auslaufen aus Flensburg zur *Stichversorgung* des 1. Minensuchgeschwaders/Marsch durch den Großen Belt ins Kattegatt. Drei Tage später am **15. Juni** war der Spuk vorbei und der Flensburger Hafen nahm die Lüneburg wieder in seine Arme.

Es kam Dienstag der **21. Juni,** als ich zum allerletzten Mal für die Bundesmarine zu einer zweitägigen Seereise antrat. Auf dem Programm stand „*Partnerausbildung* mit der Westerwald". Es passte zu meinem Abschied, fehlte nur noch die „Deutschland", dann wären alle drei Bordkommandos komplett vor Ort gewesen. Am **22. Juni** fuhr ich auf der Rückreise zum letzten Mal mit dem *Troßschiff* durch die Geltinger Bucht über die Förde in unseren Heimathafen ein. Wehmut empfand ich, als ich die Flensburger Förde durchfuhr.
In meiner Freizeit hatte ich sie als ein hervorragendes Segelgebiet entdeckt. Ich wusste schon in diesem Moment, dass

337

ich sie vermissen würde. In den wenigen Tagen, die mir noch verblieben, verspürte ich kein Interesse an der allgemeinen Bordroutine. Ich hatte im Laufe der Zeit gelernt, welche Möglichkeiten es gab, mich der Dienstverpflichtungen zu entziehen. So zog ich am Ende jegliche Register.

Der Altgefahrene

Vielleicht klingt der erfahrene Fahrensmann besser.

Wie der Name *Altgefahrener* bereits vermuten lässt, galt bei der Bundesmarine jemand als *altgefahren*, wenn er eine Zeit lang auf einem oder mehreren Schiffen gefahren war. Allerdings zumindest länger als die überwiegende Besatzung. Die meisten von uns an Bord hatten eine Zeitspanne von zwölf Monaten, weil ein Großteil der Crew aus Wehrpflichtigen bestand. Logisch, dass die paar Zeitsoldaten schon zwei Jahre später automatisch *altgefahrene* Seeleute wurden.

Folglich waren sie aufgrund ihrer Erfahrungen fachlich vortrefflich gefestigt und man gewährte ihnen gewisse Privilege. Die „Neulinge" zollten den Altgefahren gerne Respekt und fragten um Rat nach.

Meine vierjährige Verpflichtung brachte mich ungefragt in die Position eines „*Altgefahrenen*". Nachdem ich die Hälfte der Dienstzeit bewältigt hatte, bekam ich den Vertrauensposten als *Wachplanaufsteller* für den wesentlichen Teil der Mannschaften zugewiesen. Neutral, ohne irgendjemandem Vorteile zu verschaffen, führte ich die Tätigkeit aus. So gab es keinerlei begründete Beschwerden. Während die Wacheinteilung bei den Unteroffizieren immer wieder Unstim-

338

migkeiten hervorbrachte, wurde mir die Aufgabe übertragen. Für gefühlt sechs Monate stellte ich auch für sie den Wachplan auf.

Manch einem unerfahrenen „*Uffz*", der arrogant mit dem Dienstgrad „wedelte", besaß schlechte Karten. Er glaubte, auf die Art und Weise durch Einschüchterung damit einen Bonus erhalten zu können. Rasant brachte ich ihm bei, was für Möglichkeiten und welches Durchsetzungsvermögen ein *Wachplanaufsteller* hat, und habe mir mit der nachfolgenden Methode Respekt eingefahren. Dabei erinnere ich mich besonders an einen frischen Maaten. Mit viel Geschick und Erfindungsreichtum diskutierte er mit mir, bis ich merkte, dass er sich einen Vorteil beim Wachdienst verschaffen wollte. Während er noch mit mir sprach, hatte ich ihn schon für eine zusätzliche Wache eingetragen. Nie wieder verstrickte er mich in ein *Palaver*.

Der Kommandeur des Marinestützpunktes Flensburg Mürwik suchte einen unbescholtenen Mannschaftsdienstgrad der fahrenden Flotte. Unser Kommandant gab dazu eine Empfehlung für meine Person ab. Daraufhin wurde ich zum „*ehrenamtlichen Richter*" ernannt. Sogleich unterstand ich disziplinarisch direkt dem obersten Befehlshaber. Das hieß, Bestrafungen, die mir drohten, konnte der Kapitän nicht mehr vornehmen. Stattdessen musste er ab sofort die Vergehen schriftlich an die Kommandeursstelle einreichen. Weil ein solches Verfahren den Vorgesetzten zu aufwendig war, verblieb es meistens bei einer kleinen Verwarnung. Aufgrund der Zufriedenheit, mit der ich die mir anvertrauten Posten und Ämter bekleidete, erwarb ich weitere Funktionen die ich, während der Dienstzeit zu bewältigen hatte.

Für die Dienstherren gab es keine Möglichkeit, den Zeitaufwand, den ich für die einzelnen Positionen benötigte, nachzuvollziehen. Entsprechend meldete ich mich übermäßig lange ab, um der üblichen Routine beziehungsweise der Arbeitsbeschaffungsmaßnahmen auszuweichen. Zum Beispiel bei der bordeigenen Kleiderkammer, Wäsche ausgeben, aufräumen, sortieren und sauberhalten der Räumlichkeiten.

Der Wachplan brauchte ebenfalls seine Zeit und erforderte oft eine Aktualisierung. Es lag in meinem Ermessen, wie hoch der zeitliche Arbeitsaufwand war. Ich hatte zu verantworten, dass die mir übertragenen Aufgaben einwandfrei funktionierten. Am Anfang stellten die arbeitseinteilenden Unteroffiziere mir noch nach, aber langsam verebbte ihr mühseliges Unterfangen mich aufzusuchen. Stets bestätigte ich ihnen, dass ich hier weiterhin nicht abkömmlich bin. Ich zeige hier nur die beiden Möglichkeiten auf. Es gab allerdings erheblich vielzählige Gelegenheiten, dem Dienst zu entfliehen. Notfalls griff ich zu den üblichen Mitteln: Abmelden zum Sanitätsbereich, Berufsförderungsdienst, und ähnliche Maßnahmen.

Ich betone dennoch, dass ich nur bei dem sogenannten Gammeldienst vor Abwesenheit trotzte. Die normale Arbeitsroutine blieb daher auf der Strecke und die Obermuftis forderten meine Gegenwärtigkeit kaum noch ein. So teilte ich im letzten Jahr bei der Bundesmarine die Arbeit, immerhin im Hafen, größtenteils selbst ein.

Die kuriose Situation wurde zusätzlich auf die Spitze getrieben. In der straffen Hierarchie der Marine unterschied man intern, zumindest bei den Mannschaften, zwischen den Dienstgraden und den *Altgefahrenen*.

So gründete ich mit zwei weiteren altgedienten Artgenossen den „*Altgefahrenen Schapp*". Die Schlafplätze lagen separat in einer Nische vom Hauptdeck abgetrennt, umsäumt von den Spinden. Durch einen flammenfesten Vorhang, aus weinrotem Stoff, verweilten wir fortan vom übrigen Seemannsdeck getrennt. Wir zimmerten uns eine *Back*, die von der Wand abklappbar war. Zum Sitzen diente uns der querverlaufende Stahlrahmen vom *Bock*, welche wir mit einer Decke aufpolsterten. In dem neu geschaffenen Reich wollten wir nach Feierabend nicht gestört werden. Wer etwas von uns wünschte, musste sich gefälligst „ins *Schapp*" melden. Manch ein Seestiefel flog in Richtung des Eintretenden, wenn er uns den Respekt nicht erwies.

An einem Nachmittag im tiefen Winter saß ich mit den beiden Seemännern und *Altgefahrenen* Micha und Manni in der *Vorpiek*, um mich aufzuwärmen. Die Kunst der Zubereitung von Teepunsch oder Grog beherrschten wir bereits, also nutzten wir diese Kompetenz konsequent aus. Aufgrund der Kälte rührten wir mithilfe des Spirituskochers eine recht steife „Suppe" an. Prompt gerieten wir in die gewünschte Stimmung. Alles schien perfekt, bis kurze Zeit später der korpulente *Schmadding* durchs *Schott* hüpfte.
Er baute sich, die Hände in die Hüften stemmend, vor uns auf. Schaute von oben vorwurfsvoll auf seine drei in der Reihe sitzenden, trinkfreudigen *Gasten*.

„Wenn ich euch so anschaue, komme ich mir vor, wie in einer Breitarschbude" war seine fantasievolle, erleuchtende Feststellung. „Herr Hauptbootsmann, ii-ch will ma-al nicht von Ih-nen reden", erwiderte ich lallend. Er war ein gemütlicher, väterlicher Kerl und ließ diesen Satz unbeantwortet im Raum verklingen. Mit Rücksicht auf den Zustand wusste er, wie er uns mit leichten Arbeitsaufgaben weiterhin beschäftigen konnte.

Zu diesem Thema dringt folgende Begebenheit in mein Gedächtnis zurück.

Ich saß zum wiederholten Male wegen einem Problem über den Wachplan gebeugt und fand keine Lösung. Ich entschied deshalb, bei dem schönen Wetter einen kleinen Rundgang an Oberdeck zu unternehmen. Als ich an dem landeinwärts verankerten *Steuerbord*kran vorbeischlenderte, bemerkte ich dort eine Gruppe Heizer, die eine schwergewichtige Palette an Bord hieven wollte. Eine Schwierigkeit schien dabei aufgetreten zu sein. Ich schritt weiter, hörte daraufhin augenblicklich den *altgefahrenen* Heizer Hermann vom Bordkran herunterrufen:

„Da vorne ist Dürigen, frag den mal."

Unaufgefordert ging ich bereitwillig zum Kran und erkundigte mich nach dem Anliegen. Es stellte sich heraus, dass die auf der Pier stehende Palette bereits ordnungsgemäß mit einer *Trosse* vertäut worden war. Allerdings führte zurzeit nur ein Trossenende zum Kranhaken. Die ratlosen Kameraden wussten nicht, wie sie das Ende mit der Kranaufhängung verbinden sollten. Kurzerhand stand ich vor den offenen Haken und bildete mit beiden Händen aus dem massiven Seilende eine u-förmige Bucht. Die steuerte ich von unterhalb um den Bordkranhaken, sodass der Knick des starken Taues hinten im Nacken des Metallhakens seinen Platz fand.

342

Auf die Weise zeigten soeben zwei Seile waagerecht zu meinem Körper. Das kürzere lose Stück legte ich über den Haken. Die andere *Trosse*, an welcher die schwere Last hing, platzierte ich auf das kleinere lose Ende. Geriet nun durch das Anheben der gewichtigen Palette Zug auf die *Trosse*, so wurde der darunterliegende *Tampen* einfach abgeklemmt.

„Und das soll halten?", wurde ich ungläubig gefragt. „Sicher, ich stehe dafür gerade", antwortete ich.

„Allerdings funktioniert der sogenannte *Nackenschlag*, der zu den Klemmknoten gehört, nur solange er unter Zug steht. Tretet deshalb auf der Pier vorsichtshalber einen Schritt zurück", empfahl ich zur Wasserkante blickend.

„Logisch, dass er sich sofort löst, wenn der Zug aus der *Trosse* weicht", erklärte ich noch kurz und setzte den Rundgang fort.

„Und?", fragte ich Hermann, als ich ihn später im Mittelgang wieder traf. „Hat es mit der Ladung geklappt?"

„Alles bestens, hätte nicht gedacht, dass der einfache Knoten die tonnenschwere Last tragen würde", antwortete er anerkennend. Ich lächelte und ging weiter.
Ein paar Tage vor der Entlassung stand das zu meiner Verabschiedung angefertigte *Reservistenpaddel* vollendet bereit. Ein Schmuckstück war entstanden, mit allerlei weißen Zierknoten und mit eingearbeitetem, rotem, dünnerem *Bändsel* aus einer ausrangierten Wurfleine bestückt.

343

Die eine Seite des Paddels zeigte in Textform die Namen der Auslandshäfen, die ich im Laufe der Dienstzeit kreuz und quer angefahren hatte. Die drei Bordkommandos sowie die gefahrenen Seemeilen hatte ich dort ebenfalls verewigt.

Auf der anderen Seitenfläche konnte der interessierte Betrachter die *Backbord*seite der „Lüneburg" sehen, farbig und in voller Größe. Sie war unter Beschuss geraten und

brach deshalb in der Mitte explodierend auseinander. Darunter mit den Worten versehen:

„Tommy von Bord, Glück geht fort!"

Nicht enden wollende Zeit hatte man sich nach dem Tag gesehnt, endlich war es soweit.

344

Irgendwie blieb meine Stimmung trotzdem aasig betrübt. Zu arg hatte ich mich innerhalb der zurückliegenden zweieinhalb Bordjahre an den „Kahn" gewöhnt, der ein karges Zuhause gewesen war. An die Trennung „für immer" von den Kameraden mochte ich erst recht nicht denken. Durch den Zusammenhalt waren wir eng miteinander ver*spleißt*.

So immens ich mich im Übrigen auf den Abschluss gefreut hatte, wurde mir gegenwärtig klar, wie schwer es werden würde.

In dem künftigen Zivilleben war noch nicht das Geringste geregelt, und so wusste ich nicht, wie es künftig beruflich weitergehen würde. Dieser Umstand verunsicherte beim Abschied entsprechend mehr.

Die letzten Botengänge, um mich der gesamten Ausrüstung zu entledigen, hatte ich hinter mir gelassen. Ich beschloss noch mal, den Feuerwerksmeister, der ebenfalls unser *Refü* war, aufzusuchen. Ein fairer Vorgesetzter, deshalb wollte ich mich persönlich von ihm verabschieden. Ich besuchte ihn aber auch, um in meine Personalakte Einblick nehmen zu dürfen. Ebendies war „dienstlich" so nicht möglich. Doch bereitwillig las er mir einiges daraus vor.

Einen Satz merkte ich mir bis zum heutigen Tag ohne Probleme:

„Der Obergefreite, Tomas Dürigen, hat sich im Laufe der Dienstjahre fachlich qualifiziert, als Soldat allerdings ist er völlig ungeeignet."

345

Wir grinsten beide und ich kehrte einem anständigen Freund den Rücken.

Traurige Abschiedsszenen spielten sich im Seemannsdeck ab, bevor ich die Lüneburg verließ. Zurück ließ ich Micha, mit ihm verbrachte ich den längsten Zeitabschnitt, und zwar, zweieinhalb Jahre. Sechs Monate musste Rita noch auf ihn warten, bis er ebenfalls für immer von Bord gehen sollte. Danach haben sie geheiratet. Mit ihren drei kräftigen Söhnen und ihren Enkelkindern leben sie heute glücklich in einem schönen, verträumten Eifeldörfchen. Genauso der Abschied von Manni fiel mir besonders schwer. Er blieb dem „Klub" treu und fuhr nach der Militärdienstzeit bei der Marine als Zivilist weiter zur See, bis zu seiner Pensionierung. In der jüngeren Zeit kam er um die Auslandseinsätze in den Kampfgebieten nicht drum rum.

Vollkommen gegen die Gewohnheit zog ich mit dem *Reservistenpaddel* und dem Seesack zum allerletzten Mal durch das Gelände der Marineschule Mürwik. Nicht nur, um auf dem Weg zur Bushaltestelle zu gelangen, sondern auch, um Lebewohl von der vertrauten Umgebung zu nehmen. Leicht angeduselt schlenderte ich an den geschichtsträchtigen Bauten vorbei.

„Moin, Herr Reservist", hörte ich hinter mir jemand grüßen, „bitte, bleiben Sie mal stehen."
Ich drehte mich mit dem schweren Seesack um und erblickte einen älteren Flottillenadmiral. Ohne nachzudenken, wollte ich den Seesack absetzen, um meine Meldung zu machen. Im letzten Moment besann ich mich allerdings erneut und hatte dabei das Gefühl, für das Zivilleben noch kein bisschen fit zu sein.

Mit „Moin, Herr Flottillenadmiral", grüßte ich gleichwohl zurück und bemerkte prompt die Neugierde für den Reservisten mit dem Paddel. So ließ ich mich auf einen Plausch ein. Ich erklärte ihm, dass ich vier Jahre auf drei Schiffen zur See gefahren war und jetzt „abgemustert" hatte. Während ich auf die Frage hin die angefahrenen Auslandshäfen aufzählte, wurde sein Blick wehmütig.

So begann er von seinem Schicksal bei der Marine zu berichten. Als junger Offizier fuhr er gleichfalls zur See. Unseligerweise degradierte man ihn vor geraumer Zeit zur „Landratte", und nichts ist schlimmer als ein Seemann an Land. Mittlerweile lenkte er die gesamte Aufmerksamkeit auf das *Reservistenpaddel*. Ich überreichte es ihm. Er bestaunte es lange und wollte von mir schließlich die ein oder andere Erklärung, die ich ihm bereitwillig gab. „Ich danke Ihnen", brachte er freundlichst zum Ausdruck und reichte mir meine Kostbarkeit zurück.

„Leider ist diese Marinetradition fast ausgestorben, ich wünsche für Ihre Zukunft alles Gute." Gerne gab ich die Grüße retour, während ich mich von ihm schon wieder abwendete, meinte er noch: „Demnächst werde ich auch pensioniert."

Aufgrund der Vertrautheit des Gespräches wendete ich mich ihm erneut zu, und wagte lächelnd zu fragen: „Fahren Sie ein *Maßband* am Mann?" Er lächelte und ich fuhr fort: „Beachten Sie, so ein *Reservistenpaddel* braucht seine Zeit. Ich benötigte hierfür ein halbes Jahr. Tragen Sie unsere Tradition ebenfalls weiter. Ich denke, der Dienstgrad sollte dabei keine Rolle spielen, denn es symbolisiert den maritimen Zusammenhalt."

347

Mit dem Rat an die Admiralität kehrte der „ewige Obergefreite" der Marine den Rücken.

Hier endet die zwiespältige Geschichte mit meinen Erlebnissen von der Deutschen Bundesmarine.

Anmerkung: Wie erfolgte mein weiterer Werdegang im
Zivilleben? Zu dieser Zeit flaggten, wie bereits berichtet, die
deutschen Reedereien ihre Pötte aus. Trotz aller Phantasie
stellte ich mir nicht mehr vor, dass die „Christliche" auf
meine geringe Kompetenz gewartet hatte. So hängte ich den
„Matrosen" an den Nagel.

Entsprechend der feuchtfröhlichen Partys der letzten vier
Jahre war in dem Fall allerdings eine Umstellung nötig, um
den gewohnten Alkoholkonsum zurückschrauben zu können.
Durch fern gesteckte, realisierbare Ziele im Privatleben und
Beruf und mit eisernem Willen, den ich mir bei der Marine
aneignen konnte, klappte der Übergang relativ gut!? - Okay,
anfangs gab es ein paar Rückschläge, gegen die ich an-
kämpfte und letztlich einen Platz in der zivilen Gesellschaft
errang.

Nach einer gewissen Orientierung auf dem Arbeitsmarkt
machte ich mich ein Vierteljahr später in dem erlernten
Beruf als Schaufenstergestalter selbstständig. Aufgrund der
damaligen Flexibilität blieb ich der fahrenden Einheit auch
zu Lande treu. Ich erklärte sämtliche Bundesländer zu meinem Fahrwasser oder, wie ich jetzt als Landratte zu sagen
pflegte, zum Arbeitsgebiet. Die Firma und die Mitarbeiter
lotste und steuerte ich bisher über fünfundvierzig Jahre

durchaus mit Erfolg, durch manch schwere See, bis zum heutigen Tag.

Als weitere Anmerkung möchte ich ebenfalls von dem Verbleib des *Troßschiffs* Lüneburg A 1411 berichten und beginne mit einer kurzen Übersicht: Ihr Stapellauf fand am 03.05.1965 statt. Am 31.01. 1966 wurde sie in Dienst gestellt. Die Außerdienststellung erfolgte am 02.06.1994. Somit fuhr sie wacker über 28 Jahre unter dem deutschen Kommando und wies danach insgesamt 225.855,2 gefahrene Seemeilen auf.

Erst drei Jahre später, am 27.06.1997, wurden sie und das Schwesterschiff „*Troßschiff* Nienburg" an die kolumbianische Marine übergeben. Der Schrottwert betrug vermutlich zwei Millionen Dollar pro Schiff. Allerdings könnte der Wert auch für beide Schiffe gegolten haben. Näheres gab meine Quelle nicht preis.

Sie hörte von jetzt an auf den Namen ARC Cartagena de Indias 161. Dort wurde sie modernisiert und mit neuen Anlagenteilen nebst Kommunikations- und Radarsystemen ausgestattet. Überdies wurde sie verlängert und mit einem Flugdeck versehen. Als Mehrzweckschiff assistierte sie fortan für allgemeine Marineoperationen sowie für den Personen- und Lastentransport. Zu weiteren Pflichten gehörte das Patrouillieren in der Karibik. Außerdem diente die ehrwürdige graue Dame noch im hohen Alter als Schul- und Trainingsschiff. Augenblicklich komme ich nochmals ins Spiel, nachdem mir einige Gedanken durch den Kopf gingen. Darf ich unsere Lady nun „*Schulschiff* Lüneburg" nennen?

Als Hospitalschiff entsandte die kolumbianische Regierung sie im Jahr 2010 für humanitäre Zwecke zu der Erdbebenkatastrophe nach Haiti. Auch im Kampf gegen den Drogenhandel fand sie ihre Aufgaben. Ende 2017 wurde sie in Kolumbien nach 21 Dienstjahren mit Ehren und 21 Kanonenschüssen außer Dienst gestellt. Ihre Flagge senkte sich für alle Zeit nieder.

Sie hatte inzwischen 49 Jahre auf dem Buckel, für ein Kriegsschiff ein wirklich stolzes Lebensalter. Am Ende fuhr sie unter kolumbianischer Flagge weitere 349.016 nautische Meilen. Demnach hatte sie in ihrem gesamten Dasein 574.871,2 Seemeilen oder 1.064.661,4 nautische Kilometer abgeleistet.

Zwischen mir und dem tonnenschweren stählernen Koloss war eine nachvollziehbare Hassliebe entstanden und damit komme ich zum traurigen Finale des Schiffes. Trotz allem verursacht es bei mir immer wieder eine Gänsehaut, wenn ich das Video im Internet anschaue.

Scheinbar sah ich 1978 die Situation voraus, denn vor 41 Jahren hatte ich auf meinem *Reservistenpaddel* die Lüneburg mit einer vernichteten Breitseite an *Backbordseite* verewigt.

Jedenfalls geschah es unterdessen tatsächlich im Sommer 2019, hier diente sie als Übungsziel. Im Karibischen Meer wurde sie torpediert und versenkt. Vielleicht ist die Anwendung als nachhaltig zu werten, nützt sie doch inzwischen immerhin den Meeresbewohnern als neue Heimat. Auf die Weise wird in der Karibik gegenwärtig das „Lüneburger Riff" entstehen. Ich spiele mal mit den Gedanken weiter und lasse betreffenden freien Lauf: An Land, genauso wie im

Ozean, existieren Tiere, die den gleichen Namen tragen. Bei unseren *Außenbordkameraden* wird zum Namen nur noch die Bezeichnung „See" zur Unterscheidung davor gesetzt.

Zum Beispiel: Seeigel, Seehase, Seepferd und dass es *Seeziegen* gibt, wissen wir ja schon und ist somit unbestritten. Das Wortspiel ließe sich beliebig fortsetzen, und deshalb denke ich, warum soll es denn keine Seeschnucken geben. Für mich wäre es zumindest, und nun kommen wir wieder zum „Lüneburger Riff" in der Urlaubsregion zurück, eine tröstende Vorstellung, wenn dort am Grunde der Karibik Seeschnucken an der Seeheide knabbern würden. Ich könnte jedenfalls mit dieser Denkweise zufrieden leben!

351

Sollte inzwischen irgendein Leser Grammatikfehler gefunden haben, sei ihm versichert, dass ebendiese beabsichtigt sind. Er darf den Fund behalten und in Glückskeksen verstecken. So mache ich hoffentlich noch einige Personen glücklich.

V. Kapitel

Glossar:

11 er: *Seemännischer Dienst/im Bordjargon auch Seeziege genannt.*
1O: *Erster Offizier*
1 WO: *Erster Wachoffizier*
1 Seemeile: *Auch nautische Meile, entspricht exakt einer Länge von 1852 m.*

***A**AR: Auslandsausbildungsreise*
Affenfaust: *Siehe Wurfleine*
Akustische Vermessung: *Ist eine Adjustierung von Echolot und Sonar. Man unterscheidet beim Echolot, womit die Wassertiefe senkrecht abgetastet wird. Ein Sonar arbeitet ähnlich, allerdings gehen die Schallwellen nicht senkrecht nach unten, sondern hauptsächlich dienen sie der horizontalen Unterwasserortung, um unter anderem U-Boote und Minen aufzuspüren.*
Alten: *Respektvolles Wort für Kapitän/Kommandant, bezogen auf sein Alter und ist nicht herabwürdigend gemeint.*
Altgefahren: *Ein Seemann, der schon relativ lange zur See fährt.*
Ankerspill: *Drehbare Vorrichtung zum Einholen der Ankerkette*

Ari: Abkürzung für Artillerist

Arsenal: *Ein Marinearsenal dient zur Wartung, Reparatur und Ausrüstung von Kriegsschiffen mit den zugehörigen Waffensystemen, Geräten und Maschinen.*

Aufgebackt: *Aufgetischt*

Aufklaren: *Aufräumen, in Ordnung bringen*

Aufschießen: *Zusammenlegen von Tauwerk, damit es wieder sofort einsatzbereit ist.*

Auge: *Feste Schlinge in einer Leine/Trosse/Stahlseil/Bändsel*

Außenbord–Kameraden: *Bordjargon für alle schwimmenden Lebewesen außerhalb des Schiffes.*

Außennock/Brückennock: *Die Nock ist ein offenes Deck, in der Regel auf jeder Seite der Brücke und dient zum besseren Überblick, z.B. beim Hafenmanöver/Ausguck.*

Ausscheiden: *Alltägliche Umgangssprache, zumindest bei der Bundesmarine. Bedeutet, eine Tätigkeit beenden. Zum Beispiel Borddurchsage: „Ausscheiden mit Dienst", „Ausscheiden mit Reinschiff", usw..*

*B*ach: *Seemännisch, scherzhaft für die See/Meer/Ozean*

Back: *Tisch, auch vorderes Oberdeck*

Backbord: *Bedeutet an Bord links. Zur Kennzeichnung wird die Farbe rot verwendet.*

Backen und Banken: *Seemannssprache für die Essenausgabe*

Backskiste: *Fest eingebaute, von oben zu öffnende Kastenbank, dient als Stauraum im Wohndeck.*

Backschafter: *Wöchentlich wechselnder Tischdienst. Aufgabenbereich: Sauber halten der Backen und der Mannschaftsmesse usw..*

Badegast: *Seemannssprache für jeden Gast an Bord, der an einem Seetörn teilnimmt, ohne eine Aufgabe im Schiffsbetrieb zu haben.*

Bilge: *Unterster tiefster Bereich auf einem Schiff, mit meist öligem Schwitz- und Leckwasser.*

Bilgenschwein: *Scherz für Rotärsche, erdachtes Schwein, welches in der Bilge gemästet wird.*

Blähen: *Bordjargon, der Vogel bläht sich, bedeutet nichts tun, faul sein.*

Blocker: *Schwerer gusseiserner Bohnerbesen*

Bravo Zulu: *Stammt aus dem NATO Flaggen- und Sprechfunk-Alphabet und bedeutet „well done", auf Deutsch „gut gemacht".*

Bootsmannstuhl: *Ist ein Brett, um in der Takelage oder an der Bordwand sitzend arbeiten zu können.*

Bock: *Untere Koje, Bett*

Bucht: *U-förmig gelegtes Tau/Leine/Trosse oder Bändsel.*

Bändsel: *Seemannssprache für dünnes Tau, Leine*

BÜ: *Befehlsübermittlungsanlage*

Colani: *Halblange, schwarze Uniformjacke der Bundesmarine, wird als Zweireiher getragen, er weist sechs goldene Knöpfe auf, welche jeweils mit einem Anker verziert sind.*

Decksältester: *Ist verantwortlich für Sauberkeit/Ruhe und Ordnung im Unterkunftsdeck.*

Dun: *Niederdeutsch für betrunken, stockbesoffen*

Dünung: *Stetig aufeinanderfolgende lange Wasserwellen, Gegenbegriff von Windsee.*

***E**hrenamtlicher* **Richter:** *Befristet auf ein Jahr und zuständig für das Truppendienstgericht. Im Zivilleben auch Schöffe genannt.*

Einfieren: *Kontrolliertes Einholen von Trossen oder Anker*

Eingemuschelt: *Für das Wort eingekuschelt*

Elfer: *Gehört der Verwendungsreihe 11 bei der Marine an und betrifft den seemännischen Dienst oder auch Decksdienst genannt.*

E-Mixer: *Wird den Heizern zugeordnet und ist für den Strom an Bord zuständig.*

E-Meister: *Dienstgrad Portepee Unteroffizier gehört zu den E-Mixern.*

Erasmus: *Schutzheiliger der Seeleute, auch Rasmus genannt.*

Erste Geige: *Ausgehuniform der Marine*

Zweite Geige: *Wachuniform*

ESAK: *Abkürzung bedeutet offiziell Evangelische-Sünden-Abwehr-Kanone, so wird der evangelische Militärpfarrer, eigentlich Pastor, bezeichnet.*

Es tangiert mich peripher: *Lateinisch, es interessiert mich nicht.*

Entmagnetisieren: *Wird bei Kriegsschiffen gegen Magnetminen vorgenommen.*

***F**achlehrgang* **1:** *Kürzel F1, erster Teil der Ausbildung zum Unteroffizier, Dauer drei Monate.*

Fallreep: *Strickleiter oder Netz zum Erklettern des Schiffsrumpfes*

Farblast: *Kleiner Lagerraum für Farbe*

Festmacherleinen: *Sind wegen der besseren Dehnbarkeit achtfach quadratgeflochten und dienen zur Befestigung* eines Schiffs am Poller auf der Pier oder an einem anderen Schiff. Hierzu benötigt das seemännische Personal zumindest vier Trossen, nämlich zwei Vorleinen (Bug- und Achterleine) und zwei Spring (Vor- und Achterspring). Um das Schiff dicht an der Pier zu halten, können zusätzlich noch zwei Querleinen ausgebracht werden.

Fieren: Seemännischer Begriff für kontrolliertes Nachlassen oder lose geben einer Leine bzw. einer Kette. Ein unkontrolliertes fieren heißt in der Seemannssprache „ausrauschen".

Flaggengruß: Gilt der Ehrenbezeugung eines Schiffes. Dazu wird die Flagge gedippt, das heißt, ein Drittel bis zur Hälfte nieder geholt, nachdem der Gruß erwidert wurde, wird die Flagge wieder gehisst.

FMO: Kürzel für Fernmeldeoffizier, er ist Abschnittsleiter für Funk- und Signaldienst an Bord der Deutschen Marine.

Front: Ehrerweisung auf Kriegsschiffen, wird ausgeführt gegenüber altehrwürdigen Schiffen, Befehlshabern, Flaggoffizieren und Botschaftern, üblich auch beim Passieren von Ehrenmalen.

Die Durchführung: Wachhabender Offizier pfeift, nach Backbord wird lang-kurz-kurz gegeben mit der anschließenden Durchsage „Front nach Backbord!". Lang-kurz bedeutet „Front nach Steuerbord!", daraufhin wenden sich alle Soldaten auf dem Oberdeck und der Pier in der Grundstellung der entsprechenden Person, Schiff oder Ehrenmal zu. Offiziere und Portepee Unteroffiziere grüßen dabei militärisch. Mit zwei kurzen Pfiffen und der Durchsage „Rührt euch!", wird die Front beendet.

G3: Gewehr 3, ist ein Schnellfeuergewehr des deutschen Waffenherstellers Heckler & Koch.

Gangway: Zugangsbrücke zum Schiff/ oder Flugzeug

Gast: *Einzahl/* **Gasten**- *Mehrzahl: Ist die offizielle Bezeichnung für alle Mannschaftsdienstgrade.*

Gefechtsrudergänger: *Der bewährteste Gast übt diese Tätigkeit bei der Marine aus, das heißt, er bedient das Steuerrad nach den Anweisungen des Fahroffiziers im gefährlichen Gewässer oder bei riskanten Manövern.*

Gefechtsviertel: *Marinejargon für das Gebiet mit Marinekneipen und Bordellen.*

Gesuch: *Antrag stellen für alle Dinge, die meistens außerhalb der Regeln sind. Aber auch ein Urlaubsgesuch musste gestellt werden. Auf diese Weise entstanden viele kuriose Gesuche, zum Beispiel: Heimschläfergesuch (Antrag, um an Land in seiner Wohnung schlafen zu können) usw..*

Großreinschiff: *Wöchentlicher Turnus, meistens am Freitag vor dem Wochenende, Putzen und Saubermachen, dauerte in der Regel mehrere Stunden.*

Grundi: *Verniedlichung für Grundausbildung*

Gösch: *Bugflagge wird im Hafen und vor Anker gesetzt.*

*H*eiopei: *Ruhrgebietssprache bedeutet, nicht ernst zu nehmender Mensch.*

Highline–Manöver: *Stückgut- oder Kraftstoffübergabe auf See von einem auf ein anderes Schiff, während der Fahrt.*

Hundewache: *0.00– 4:00 Uhr auch Mittelwache genannt, unbeliebt, weil man vor und nach dieser Wache zu wenig Schlaf bekam.*

*I*n den Seilen hängen: *Umschreibung für betrunken*

Kaleu: *Kürzel für Kapitänleutnant*

Kardeel: *Ist der einzelne Strang vom Tauwerk oder vom Drahtseil.*

KASAK: *Abkürzung bedeutet offiziell Katholische-Sünden-Abwehr-Kanone, so wird der katholische Militärpfarrer bezeichnet.*

Kettenstopper: *Ankerhaltevorrichtung, um das Spill zu entlasten*

Klabautermann: *Seemännischer Aberglaube - oder auch nicht, unsichtbarer Schiffsgeist, dieser Kobold treibt gerne seinen Schabernack an Bord.*

Kleiderausgabe: *Die Ausgabe der notwendigen Einkleidung, die „passgerechte" Uniform–Grundausstattung, die für die Soldatenkarriere geeignet erscheint.*

Klock: *Plattdeutsch für Uhr/Zeiteisen*

Klüse: *Verstärkte Öffnung in der Bordwand (Ankerklüse) Bordjargon scherzhaft auch für die Augen.*

Knoten: *Geschwindigkeitsmaß in der Schiff– und Luftfahrt. 1 Knoten = 1 Seemeile (1852 m) pro Stunde*

Koje: *Bock, Bett*

Krängung: *Schräglage des Schiffes*

Kutterpullen: *Kutter mithilfe eines Paddels (Riemen) fortbewegen.*

Kujampel: *Fruchtsaft oder Sirupgetränk*

Kujampels: *Bordjargon für alle fremden Währungen*

Last: *Lagerraum auf dem Schiff*

Lenzen: *Das Entfernen von Wasser/ Flüssigkeiten aus Wasserfahrzeugen pumpen.*

Leckabwehr: *Vorgang der Abdichtung einer undichten Stelle im Schiffsrumpf*

Leckbalken: *Werden für die Abdichtung eines Lecks benötigt*
Locken: *Mit der Bootsmannsmaatenpfeife werden fünf Minuten vor dem Wecken kurze, lockende Pfeiftöne ausgestoßen.*

*M*__arineattaché:__ *Offizier mit Diplomatenstatus im Ausland ist für militärische Belange zuständig.*
Marlspieker: *Ist ein Werkzeug in Form eines dicken Dorns mit Knauf, dient der Bearbeitung des Tauwerks, zum Beispiel: Tampen oder Stahltrossen spleißen.*
Maßband: *100 cm lang: Ab 100 Tage Restdienstzeit wurde jeden Tag am Ende des aufgerollten Maßbandes 1 cm abgeschnitten, so wusste der Soldat sofort, wie viel Tage er noch dienen musste. Sehr beliebt bei den Wehrpflichtigen.*
Mittelwächter: *Mahlzeit im Zeitraum von 23 bis 24 Uhr, nur für die aufziehende Wache von 00:00 bis 04:00 Uhr.*
Mole: *Ein mit Steinen oder Beton aufgeschütteter Damm, der ins Wasser ragt und mit einer Pier versehen sein kann.*
Muck: *Auch Mug, an Bord für Trinkbecher oder Schale*
Munkeln: *Flüstern, tuscheln, Gerüchte verbreiten*
MUS-Lehrgang: *Marineunteroffizierschule (MUS) Ziel der Ausbildung: Einen künftigen Vorgesetzten zu formen, nach den Prinzipien der deutschen Verfassung. Er lernt, wie man Soldaten ausbildet und führt.*
Müllprahm: *Kleines flaches Transportschiff für den Bordmüll*

*N*__ackenschlag:__ *Auch Hakenschlag, ist ein Klemmknoten und dient zum Belegen eines Hakens. Solange Zugkraft besteht, hält der Schlag.*

Nautischer Kilometer: *Entspricht exakt einer Länge von 1000 m und findet Anwendung in Binnengewässern (Flüsse, Kanäle).*

OA: *Militärisches Kürzel für Offiziersanwärter*

Palaver: *Bordjargon für Gespräch, Reden, afrikanisch auch Versammlung*

Pantry: *Kleine Schappkombüse, dient zur Anrichtung für Speisen und Getränke.*

Pantrygast: *Ähnlich wie Backschafter, allerdings kein abwechselnder Posten. Bei uns an Bord war er für die Offiziersmesse, zu der auch die Portepee- Unteroffiziere gehörten, zuständig. Seine Aufgaben: Sauber halten der Messe und Pantry und ist für die Bedienung zuständig.*

Persenning: *Begriff in der Seemannssprache für imprägniertes wasserfestes Gewebe, welches an Oberdeck zur Abdeckung der Gerätschaften verwendet wird.*

Pfeifen und Lunten aus, Ruhe im Schiff–Licht aus: *Ausruf zur Schlafenszeit um 22:00 Uhr.*

Picken: *Bordjargon scherzhaft für Backen und Banken oder Mahlzeit einnehmen.*

Pinasse: *Größeres Beiboot, insbesondere bei Kriegsschiffen*

Plietsch: *Niederdeutsch, pfiffig, gewitzt, schlau*

Poller: *Festmachervorrichtung, hauptsächlich aus Metall gegossen, für Tauwerk und Stahltrossen, befinden sich auf der Pier und am Oberdeck.*

Ponton: *Schwimmplattform*

Portepee-Unteroffizier: *Portepee bedeutet Degenträger (Gürtelband), sie hatten früher das Recht, einen Degen am Mann zu führen. Der PUO ist eine Dienstgradgruppe der*

Bundeswehr, die alle Unteroffiziersdienstgrade ab Boots-mann/Feldwebel umfassen.

Posten Dock: *Im Trockendock Wache gehen*

Posten Mann über Bord: *Achtern auf der Schanz Kontroll-funktion/ Sicherheitsposten*

Posten Maschinentelegraf: *Bedient das Gerät, mit dem die Geschwindigkeitsbefehle des Kapitäns/Fahroffiziers von der Brücke an den Maschinenraum weitergeleitet wurden. War wohl, speziell auf hoher See, der überflüssigste Posten an Bord, für gewöhnlich steht man nur davor, da meistens Marschgeschwindigkeit gefahren wurde, diese betrug in unserem Fall zwölf Knoten.*

Posten Pier: *Seemännische Landwache mit Kontrollfunktion*

PUO: *Portepee-Unteroffiziere, Bordjargon: Puff `ze*

PUO Messe: *Messe für Portepee Unteroffiziere an Bord*

Prahm: *Kleines flaches Transportschiff*

Pönen: *Seemannssprache für Farbe streichen /anmalen*

Pütz: *Seemannssprache für Eimer*

*R**atzen:** Knacken, pennen, ruhen, schlafen*

Reede: *Ankerplatz vor einem Hafen oder vor der Mündung einer Wasserstraße.*

Refü: *Abkürzung: Rechnungsführer*

Reinschiff: *Tägliche Routine morgens und abends, bedeutet sauber machen, putzen, dauert bis zu einer Stunde.*

Reling: *Bezeichnung für Geländer an Bord*

Reservistenpaddel: *Marinetradition, wurde zum Dienstende mit viel Zeitaufwand und Sorgfalt während der Freizeit angefertigt, darunter entstanden wirkliche Meisterwerke.*

Revierfahrt: *Wurde bei schwieriger Situation oder bei schwierigem Fahrgewässer ausgerufen.*

Riemen: *Fortbewegungsmittel für den Kutter*

Rollenschwof: *Übungen für den Ernstfall nach dem Rollen-plan, z.B.: Mann über Bord, Ruderversager, Feuer im Schiff.*
Rotarsch: *Scherzhaft für Neuling*

SAN-Bereich: *Bundeswehr Kürzel für Sanitätsbereich*

Sani: *Verniedlichung für Sanitäter*
Schanz: *Achteres Oberdeck*
Schapp: *Niederdeutsch/Seemannssprache für Schrank/klei-ner Raum*
Schiffchen: *Kopfbedeckung für den Alltag bei der Marine*
Schlepptrosse: *Siehe Trosse*
Schlicktown: *Scherzhaft für Wilhelmshaven*
Schlieren: *Seemannssprache für gleiten, rutschen*
Schmadding: *Seemännische Nr. 1/*
Seemännischer Abschnittsleiter/ Decksmeister
Schnack: *Norddeutsches Platt für Reden/ sich unterhalten*
Schott: *Seemannssprache, Wort für eine Tür/Durchgang*
Schulschiff: *Aufgaben, repräsentierend/ Ausbildungsreisen/ Kadettenausbildung*
Schulschiff Deutschland:
Die NATO-Schiffskennung lautet: A 59
Schwoien: *Ist die drehende Bewegung der vor Anker liegen-den Schiffe, verursacht durch Strömungen und der Gezeiten.*
Schäkel: *Verschließbarer Bügel zum Verbinden zweier Teile*
Seemannssonntag: *Traditionell am Donnerstag, extra Kaf-fee und Kuchen für die Besatzung, bei ganz normalem Dienst. Urkundlich wird dieser Brauch z. B. in den Hambur-ger Artikelsbriefen von 1727 erwähnt und geregelt.*
Seefahrerabzeichen: *Erhält man für die geleistete Bordzeit. Bronze ab einem Jahr, Silber ab zwei Jahre und Gold ab 5 Jahre Bordzeit.*

Seeziegen: *Scherzhafte Bezeichnung für die seemännische Mannschaft*

Seite: *Eine Ehrerweisung für an Bord kommende und gehende hohe Gäste und Offiziere. Das Signal wird mit der Bootsmannsmaatenpfeife ausgeführt und besteht aus einem tiefen Zwei-Sekunden-Triller und einem kurzen Hochton. Alle Besatzungsmitglieder im Sehbereich der Gangway drehen sich in die Richtung mit militärischem Gruß. Darauf erfolgt das „Abpfeifen".*

SLA: *Kürzel für Schiffslautsprechanlage*

Smut/ Smutje: *Koch zur See*

SOS: *Ist ein internationales Notsignal, das als Morsezeichen* · · · − − − · · · *oder als ausgeschriebene Buchstabenfolge verwendet wird.*

Spill/ das: *Drehbare Vorrichtung zum Einholen einer Trosse oder der Ankerkette.*

Spleißen: *Verflechtung der einzelnen Kardeele des Tauwerks zu einer dauerhaften, bruchsicheren und nicht lösbaren Verbindung.*

Spring: *Man unterscheidet Vor- und Achterspring, die Vorspring wird schräg an der Seite des Schiffs vom Bug zum Heck, während die Achterspring vom Heck zum Bug ausgebracht wird.*

Stelling: *Oder Gangway, Zugangsbrücke zum Schiff*

Steuerbord: *Bedeutet an Bord rechts. Zur Kennzeichnung wird die Farbe grün verwendet.*

Strecktaue: *Werden bei hohem Seegang übers Oberdeck gespannt und dienen der Sicherung des Oberdeckpersonals durch das Anleinen mit dem Karabinerhaken am Gurt.*

Stropp: *Kurzes zusammen gespleißtes Tauende, um ein Auge zu erhalten*

Sutje: *Norddeutsch für locker, entspannt*

SVO: *Kürzel für Schiffsversorgungsoffizier, Abschnittsleiter für die Versorgung an Bord der Deutschen Marine.*

Takelboden: *Raum für die Lagerung seemännischer Ausrüstung, z.B.: für Tampen, Taue, Trossen und Bändsel. Dient auch zum Üben für seemännische Arbeiten, z.B.: Knotenherstellung und Spleißen usw..*

Takelpäckchen: *Zweiteilig, besonders kräftiger, heller Arbeitsanzug aus anfangs steifen beigen Leinen. Nach mehrmaligem Waschen wurde er weicher und weißer. Er wurde mit Wäsche achtern getragen, d.h., an der Bluse wurde ein Exkragen angeknüpft.*

Tampen: *Seemannssprache für Tau- und Strickende*

Tide: *Norddeutsches Platt: Bedeutet Zeit (Tied) oder Gezeiten (Tide)*

Tidenhub: *Ist der Höhenunterschied zwischen dem niedrigsten Wasserstand (Ebbe) und dem höchsten Wasserstand (Flut).*

Trosse: *Sind im Durchmesser große Taue aus Stahl, Pflanzenfaser oder synthetischem Material. Sie dienen unter anderem für das laufende und stehende Gut. Verwendet werden sie außerdem als Festmacherleine, Schlepptrosse oder Ankertrosse.*

Troßschiff: *(Habe bewusst die alte Schreibweise, wie auf meinem Mützenband benutzt). Das Troßschiff dient nicht für unmittelbare Kampfhandlungen, sondern der logistischen Unterstützung der Kampfeinheiten.*

Typhon: *Akustisches Signalgerät, dient hauptsächlich als Nebelhorn.*

U-Messe: *Messe für die einfachen Unteroffiziere (Maaten)*

Uffz: *Kürzel für Unteroffizier. Nachfolgender derber Spruch sollte nicht zur Herabwürdigung der Unteroffiziere dienen, sondern war bei uns an Bord üblich, vor allem kam er dann zur Aussprache, wenn man von ihnen mal wieder „gefickt"* wurde. „Wie macht ein Schwein, wenn es gegen eine Wand läuft? - Uffz".

UVD: *Kürzel für Unteroffizier vom Dienst*

Übergangsgebührnisse: *Wird Zeitsoldaten ab 4 Jahre nach ihrem Dienstende laut dem § 11 des Soldatenversorgungsgesetzes gezahlt. In der Übergangsphase ins zivile Erwerbsleben dient sie dazu, dem ehemaligen Soldaten seinen Lebensunterhalt zu sichern.*

V-Boot: *Seetüchtiges Verkehrsboot für Personen- und Materialbeförderung*

Verholen: *Über kurze Distanz, auch ohne Motor, Wasserfahrzeug bewegen. Der Seemann verholt sich, wenn er zum Beispiel zur Schanz geht oder auch der Arbeit aus dem Weg geht.*

Verschotten: *Seemannssprache für Schott/Tür schließen*

Vorpiek: *Lagerraum für seemännische Gerätschaften*

Wachplan-Aufsteller: *Organisiert die schriftliche Einteilung der Wachen*

Wahrschau: *Bedeutet, Achtung, Vorsicht, wahrnehmen*

WO: *Kürzel für Wachoffizier*

Wehrkraftzersetzung: *Diesen Begriff hat man zu unserer Zeit offiziell angewendet, wenn der Soldat durch Reden und Handlungen gegen die Bundeswehr handelte. Am 26. August 1939 wurde die Wehrkraftzersetzung im Reichsgesetzblatt aufgenommen. Zu den aufgeführten Tatbeständen gehörten*

Kriegsdienstverweigerung, defätistische Äußerungen und Selbstverstümmelung. In der Bundesrepublik Deutschland wird die Verfolgung gleichartiger Straftaten gegen die Bundeswehr nun im §§109-109k des deutschen Strafgesetzbuches unter dem neuen Namen „Straftaten gegen die Landesverteidigung" geregelt.

Wuling: *Durcheinandergeratenes, schlecht aufgeschossenes (aufgerolltes) Tauwerk, auch der Begriff „vertörnt" oder „unklar", wird verwendet. Als Wuling bezeichnet der Seemann auch: ein dichtes Gedränge von Personen, auch Durcheinander und Wirrwarr.*

Wurfleine: *Auch Bola genannt, ist eine dünne Leine, die am Ende mit einem Wurfknoten oder einer sogenannten Affenfaust beschwert war. Sie diente zum Werfen, um zum Beispiel die Festmacherleinen an Land zu übergeben. Heute ist die Affenfaust bei der deutschen Marine verboten, da es immer wieder aufgrund ihrer Härte zu Unfällen kam.*

Wäsche achtern: *Bezeichnung für den blauen Exkragen*

***Z**iegendeck:* *Mannschaftsdeck für das seemännische Personal*

Zolllast: *Hier wurden unverzollte Güter gebunkert, die im zollfreien Seegebiet rationiert an die Besatzung gegen entsprechender Bezahlung ausgegeben wurden, zum Beispiel: eine hochprozentige Monatsflasche und pro Tag auf See zwei Packungen Zigaretten.*

Zossen: *Scherzhaft zum Schiff*

Zwillingspoller: *Sind zwei eng beieinanderstehende Poller. Sie werden über Kreuz achtförmig mit Schlägen belegt.*

367

Erläuterung der Schiffschronik des Troßschiffs Lüneburg:

Einzelausbildung: Gefechtsdienst und Fahrübungen im Seebetrieb.

Partnerausbildung: Seemännisches Manöver mit einem Partnerschiff.

Stichversorgung: Versorgung von Bootsgeschwadern vor Anker oder im Hafen

Seeversorgung: Versorgung von Zerstörern, Fregatten und Booten mit den Troßschiffen in Fahrt.

AF-Ost: Aufklärungsfahrt, Beobachtung von Marineeinheiten des Wahrschauer Paktes.

Tag der Flotte: Wochenende bei der Marine und Veranstaltungen zur Öffentlichkeitsarbeit.

ConvoyEx: Verbandsübungen für Handelsschiffsoffizierslehrgänge der Marineschule.

Mob Übung: Mobilmachung mit Reserveübende an Bord.

Nachruf:

Die Aggression ist die Wurzel allen Übels!!

Mit hochachtungsvoller Verneigung, nicht nur in Richtung Ehrenmal Laboe, sondern verneigen möchte ich mich vor allem gegenüber den meist jungen Soldaten, die weltweit seit ewigen Zeiten für die sogenannten *„Interessen des Vaterlandes"* gefallen sind!

Weiterhin gedenke ich:

Meinem langjährigen Jugendfreund und Marinesoldaten *Jens Rudolph*, der mit 27 Jahren viel zu früh verstarb. Uns verband eine Seelenverwandtschaft mit dem hintergründigen, trockenen Humor.

Meinem Schulfreund und Marinekameraden
Bruno Mathewes (äquatorgetauft), der im Einsatz als Wasserschutzpolizist im Winter in der eiskalten Elbe sein Leben verlor.

Lutz Bernd (äquatorgetauft), mein Cousin zweiten Grades erfüllte seine Pflicht bei der Volksmarine, danach fuhr er lange Zeit bei der Handelsflotte der DDR zur See. Krebs beendete das Leben des aktiven Sportlers. Ihm verdanke ich das Interesse an die Seefahrt.

Unvergessen bleibt auch mein Marinekamerad
Franz Brauckmann (genannt **Porky**, ebenfalls äquatorgetauft). Krebs riss ihn mitten aus dem Leben.

Auch Dithmarschen verlor einen Sohn. *Heinz Henschke,* mein Freund und Marinekamerad kämpfte gegen den übermächtigen Krebs und verlor den ungleichen Kampf.

Unser seemännischer Ziehvater und *Schmadding*
Gerhard Hansen hat uns ebenfalls nach einer schweren Herzerkrankung verlassen.

Tomas Dürigen

Albatros

Ich bin der Albatros, der
am Ende der Welt auf dich wartet.
Ich bin die vergessene Seele der toten Seeleute,
die Kap Hoorn ansteuerten von allen Meeren der Erde.
Aber sie sind nicht gestorben im Toben der Wellen.
Denn heute fliegen sie auf meinen Flügeln in die Ewigkeit
mit dem letzten Aufbrausen der antarktischen Winde.

Soy el Albatros que te espera

en el final del mundo.

Soy el alma olvidada de los marineros muertos

que cruzaron el Cabo de Hornos

desde todos los mares de la tierra.

Pero ellos no murieron

en las furiosas olas,

hoy vuelan en mis alas,

hacia la eternidad,

en la última grieta

de los vientos artánticos.

Ein Gedicht von **Sara Vial** *(Chile).*

Kap Horn ist der größte Schiffsfriedhof der Welt.

Dort sanken 800 Schiffe und 10.000 Seeleute ertranken.